# SPRINGTI

Van Femke Roobol zijn verschenen:

*De laatste winter*◈
*Springtij*◈

◈Ook als e-book verkrijgbaar

FEMKE ROOBOL

# Springtij

Uitgeverij Luitingh-Sijthoff

FSC
www.fsc.org
MIX
Papier van verantwoorde herkomst
FSC® C116331

Uitgeverij Luitingh Sijthoff en Drukkerij Ten Brink vinden het belangrijk om op milieuvriendelijke en verantwoorde wijze met natuurlijke bronnen om te gaan.

Eerste druk 2014
Tweede druk 2014


Omslagontwerp: Marry van Baar
Omslagfotografie: Merkelbach Atelier Amsterdam, Stadsarchief Amsterdam
Foto auteur: Bonnita Postma
Typografie binnenwerk: Wim ten Brinke

ISBN 978 90 218 0929 8
NUR 301

www.boekenwereld.com
www.lsamsterdam.nl
www.watleesjij.nu

Voor Mette en Steffan

# 1

## SARA, 'S-GRAVENDEEL, 31 JANUARI 1953

In de loop van de nacht was het steeds harder gaan waaien. 's Morgens keek ik uit het raam en zag dat Lucas de vlag in zijn houder probeerde te zetten omdat prinses Beatrix jarig was. Het lukte hem maar niet, omdat de stof steeds in zijn gezicht kwam. Na een tijdje hield hij ermee op, klom naar beneden en zette de ladder weg. Ik keek hem na tot hij om de hoek verdwenen was. Op de rivier schommelden de boten hevig heen en weer. De wind floot snerpend en ik sloeg huiverig een vest om mijn schouders. Ellie maakte zulke tevreden pruttelgeluidjes in haar wieg dat ik voelde hoe er als vanzelf een glimlach op mijn gezicht verscheen. 'Kom, lieve schat. Dan gaan we naar je oma.'

In de keuken was mama al bezig met de koffie. Ze haalde het water en de melk van het kookstel en we namen die mee naar de kamer waar het een stuk warmer was.

Op de fornuiskachel zette ik de vuile luiers op voor ik Ellie verschoonde.

'Je weet toch dat je haar beter eerst kunt voeden,' zei mama. 'Meestal poept ze net erna.'

Ik deed of ik haar niet hoorde en veegde de vieze billetjes af. 'Zo lieverd, bijna klaar.' Nadat ik ook de laatste luier in de pan had laten vallen, ontblootte ik mijn rechterborst en legde Ellie aan.

Nog even bleef mama naar ons staan kijken voor ze zich omdraaide en naar de keuken terugging. Ellie begon te zuigen en haar donkerblauwe ogen bleven me aanstaren terwijl ze dronk. Ze had lange, zwarte wimpers die naar boven krulden. Wie weet zou de kleur van haar ogen later net als die van mij naar bruin verkleuren. Tevreden begon ze met haar handje te klauwen in mijn borst, en ik wreef over haar ruggetje.

De radio in de keuken stond net hard genoeg om het weerbericht te horen. 'Guur met wisselende bewolking en nu en dan hagel- of sneeuwbuien. Krachtige tot stormachtige wind uit het westen en noordwesten,' zei de nieuwslezer. Het drong niet helemaal tot me door: het was winter, wat wil je. Dan kun je koud en winderig weer verwachten. De hele maand januari was het somber en mistig geweest. Een keer was er zelfs bijna zes dagen lang geen zon te zien en hingen er flarden nevel boven het water, die in deze tijd van het jaar weinig voorkwamen. Ze onttrokken de oever van de overkant aan het gezicht.

Mama kwam de kamer binnen met een pan pap. 'Wil je vandaag nog zwemmen?' vroeg ze.

'Kunt u oppassen?'

'Als je niet te laat gaat, vanmiddag komt er een leerling voor pianoles. Al begrijp ik niet waarom je per se iedere dag moet.'

Ik lachte naar haar. 'Om mijn oude figuur terug te krijgen.'

Ze keek met een kritische blik naar me en ik zag haar denken: waar is al die drukte voor nodig? 'Nou, goed, eventjes dan...' zei ze.

'Niet langer dan een uurtje,' beloofde ik. 'Ik ga wel meteen na het ontbijt.'

De deur vloog met een klap open. Lucas stapte op de mat uit zijn laarzen. 'Het stormt behoorlijk.'

'Ik zag je worstelen met de vlag,' zei ik. Hij kuste me op mijn haar, wreef zacht met zijn vinger over Ellies wang. Ze keek niet naar hem om, maar ging gewoon verder met haar smakkende geluidjes.

'Ik heb het opgegeven. Prinses Beatrix zal het niet erg vinden, denk ik.'

Mama zette een kop koffie voor Lucas neer. Ik keek naar zijn leigrijze ogen, de vertrouwde lachrimpeltjes die hem zo lief maakten, het bruine haar dat over zijn kraag krulde. 'Hoe is het met de koeien?'

'Best. Ze zijn allemaal gemolken en in de stal staan ze uit de wind.'

'Hoef ik je niet te helpen?'

'Ga jij maar zwemmen.'

Ik verplaatste Ellie naar mijn andere borst. 'Dus jij doet de kippen?'

Hij knikte, streelde met zijn vrije hand mijn pols waar de mouw van mijn vest opgekropen was, terwijl hij met zijn andere de koffiekop vasthield. Achter ons tilde mama de pap van de kachel en schepte drie borden vol.

'Komt opa niet?' vroeg ik.

'Hij wilde nog even bij de dijk kijken,' antwoordde Lucas. 'Vanwege de harde wind.'

'Och,' zei mama. 'We zijn hier wel wat gewend.'

Op de veerboot naar Wieldrecht merkte ik dat het echt stormde en dat ik me stevig vast moest houden aan de reling. Uit het noordwesten kwamen zwarte wolken aandrijven. Het water van de Kil kwam in mijn ogen en binnen een paar minuten sliertten mijn haren om mijn hoofd. Ik hield niet van hoofddoeken, maar nu wenste ik bijna dat ik er toch een om had geknoopt. Het was snijdend koud.

Aan de overkant stapte ik in de bus naar Dordrecht die flink heen en weer schudde op de weg. Gelukkig hield de chauffeur beide handen aan het stuur en wist hem steeds weer recht te krijgen. Ik keek door het raampje naar de grijze wereld en voelde mijn hart tegen mijn ribben bonzen. Bij het Sportfondsenbad liet ik mijn kaart afstempelen en zwaaide naar mijn oude badmeester. Nadat ik eerst als klein hummeltje van vier jaar van mijn opa had leren droogzwemmen op een plank op de zanderige oever van de rivier en daarna op een ondiepe plaats met een dubbele fietsband om mijn middel, had ik later van meneer Van der Heiden echte zwemlessen gekregen in het zwembad.

Het water van het bad was rimpelloos en de betegelde bodem gaf het een blauwe schittering. Terwijl ik me vooroverboog om te duiken, ging er al een rilling van verwachting door me heen.

Algauw hervond ik het ritme dat ik fijn vond. Eerst een paar baantjes schoolslag om erin te komen, daarna borstcrawl om alles om me heen te vergeten. Moeiteloos gleden mijn armen en benen door het zwembad. Ik ademde diep in en uit. Nu was ik heel even geen dochter van iemand, geen moeder van een klein kind. Hier hoefde ik niet aan de voorbereidingen van de bruiloft van Lucas en mij te denken, maar kon ik alleen zijn met de bewegingen van mijn goed getrainde lijf die ervoor zorgden dat er rust in mijn hoofd kwam.

Toen ik mijn moeder vorig jaar verteld had dat ik een kind verwachtte, dat ik zwanger was geraakt van de boerenknecht die al sinds de oorlog op opa's land werkte, had ze het trekken van haar mond niet kunnen verbergen. 'Hij past niet bij je,' had ze op haar bekende snibbige toon gezegd toen ik meedeelde dat Lucas en ik ons meteen maar verloofd hadden. 'Het houdt nooit stand.'

'U mag hem niet,' zei ik. De teleurstelling voelde ik toch nog in mijn hele lijf, ook al had ik er al rekening mee gehouden toen ik de mededeling deed.

'Natuurlijk mag ik hem.'

'Ik denk niet dat u ooit iets aardigs over hem gezegd hebt.'

Mijn moeder beet op haar lip. 'Het is geen verkeerde jongen...' Ze zweeg even terwijl ze verder nadacht. 'En hij is een prima kracht...' Ze keek me aan en haar blik was zo ernstig dat ik ervan schrok. 'Maar ik had andere plannen voor jou.' Ze keek even hoe ik daarop reageren zou.

'Ik had geen andere plannen.' Nu keek ik naar haar reactie.

'Er is niks mis mee, maar...' Mijn moeders stem stierf weg. 'Het is zo gewoon.'

'Ik houd van gewoon,' had ik geantwoord.

Maar zij schudde haar hoofd en wilde de hele avond niet meer tegen me praten.

In het kleedhokje stroopte ik het natte badpak af en pakte een handdoek. Mijn huid was stroef van de chloor en met enige moeite kreeg ik mijn onderbroek weer aan. Ik trok mijn bloes en de licht klokkende rok aan, stapte in mijn schoenen met de hoge hakken. Bij het verlaten van het zwembad voelde ik het normale leven alweer aan me trekken, mijn gedachten keerden terug naar Ellie, naar het huishouden dat mama maar al te graag aan me overliet.

De wind was nog verder aangewakkerd, de regen kwam met bakken uit de hemel. Ik holde naar de pont, bang dat hij uit de vaart genomen was in de korte tijd dat ik gezwommen had. Gelukkig stond de veerman op de kade. Ik kende de man met zijn norse gezicht onder zijn blauwe pet niet. Zonder een woord liet hij me passeren.

De overtocht verliep zonder problemen. Toen ik thuiskwam, schudde ik als een hond mijn natte haren uit.

Vanuit de kamer zweefden pianoklanken naar me toe. Chopin, Nocturnes, dacht ik.

Ik ging naar binnen en boog me over de kinderwagen waarin Ellie vredig lag te slapen op de muziek.

'Het is vreselijk buiten,' zei ik. 'En het water staat best hoog.'

Mijn moeder draaide zich niet eens om. 'De dijken houden het heus wel.' Met die in zichzelf gekeerde blik die er altijd op haar gezicht lag als ze speelde, liet ze haar handen over de toetsen glijden.

In de la van de kast zocht ik naar een speld om mijn nog natte haar op te steken. Mijn handen woelden door de rommel. Ik kwam een doosje lucifers tegen, de dop van een fles, een vel papier, een zaklamp zonder batterij erin, een verdwaald haarlint en andere nutteloze spulletjes die mijn moeder gauw in de la had gepropt met de bedoeling ze eens goed op te ruimen als ze daar tijd voor had. Met mijn linkerhand trok ik het vel eruit, met mijn andere probeerde ik de haarspeld te ontdekken waarvan ik zeker wist dat hij er moest liggen. Pas toen ik hem gevonden had en mijn haren in een haastige wrong achter op mijn hoofd had vastgezet, pakte ik het weer op met de bedoeling hem terug te duwen onder de troep.

Het was een portret van een jonge vrouw, een meisje bijna nog. In haar armen hield ze een baby. De tekenaar had beiden met een paar snelle houtskoolhalen weergegeven, alsof hij haast had gehad.

Onder de tekening stond: Saartje, samen met haar moeder, 1932.

Maar het gezicht van de vrouw die een vastberaden, haast strijdlustige blik op haar gezicht had, was mama niet.

# 2

## KITTY, DEN OEVER, MAART 1931

Het is zaterdag, aan het eind van de middag. Hoog in de lucht krijsen rondvliegende meeuwen, in de verte dobberen een paar botters op de golven. Gelukkig is het opgehouden met regenen en krijgt een dun zonnetje de kans om vanachter een dik wolkendek vandaan te komen. Hij doet zijn best de wind te verjagen die dwars door alles heen waait. Rillend knoop ik mijn jas dicht tot aan mijn kin: de lucht is waterkoud.

Ik ben het café uit geglipt en langs de kust gelopen waar een pad kronkelt zonder dat ik het einde ervan kan zien. Op zondag volgen we het vaak, op zoek naar scharretjes en alikruiken waar moeder soep van kookt.

Mijn ouders hadden het te druk om te merken dat ik ervandoor ging. Moeder was boven de was aan het wegbergen in de grote linnenkast en vader was bezig onkruid te wieden in de moestuin, voor de golf van klanten het café zou overspoelen. In onze gezamenlijke slaapkamer lag mijn oudere zus Martha, die een jaar met mij scheelde, uitgestrekt op haar bed een boek te lezen. Ik wachtte tot haar oogleden naar beneden zakten voor ik ervandoor ging. In de andere kamer zong mijn moeder zachtjes een liedje. Ze zag me niet toen ik langs de openstaande deur sloop.

De tweede en de zevende tree van de trap kraken en ik zorgde ervoor dat ik ze oversloeg, keek om de hoek van de keukendeur en zag nog net hoe mijn vader brandnetels bij elkaar harkte. Ik had het gevoel dat hij zich elk moment om kon draaien en trok haastig mijn hoofd terug. Daarna deed ik de deur van het café van de knip, sloop naar buiten en sloeg meteen een hoek om zodat ik uit zicht was.

Ik trek de spelden eruit en schud mijn lange haren los. Het is heerlijk de koude wind op mijn wangen te voelen als ik het pad af hol, het dorp uit, weg van de oude wijven die naar iedereen staren vanachter hun kijkvenstertjes, ver van de rinkelende flessen in het café of de lucht van bier die in mijn kleren blijft hangen als ik de mannen bediend heb. Heen en weer slingerend koers ik op het water af. Een paar keer val ik en schaaf mijn handen aan de harde puntige stenen op de weg. Het kan me niks schelen dat ik onder de natte smurrie kom te zitten.

In de verte dreunen de kraanmachines en de baggermolens van de Zuiderzeewerken. Iedere stap die ik zet verkleint de afstand tussen mij en mijn ouders, het dorp met de werkhaven en het café. Ik heb het gevoel alsof ik eindelijk weer vrijuit adem kan halen.

Een koppel eenden dat plotseling snaterend opvliegt, verrast me. In de verte klinkt vanuit het niets het hoge geluid van een bromfiets. De bestuurder rijdt duidelijk te hard; hij komt in hoog tempo dichterbij. Ik ga zo veel mogelijk in de berm lopen, maar neem me voor om hem aan te spreken als hij me passeert. Rakelings en zonder in te houden gaat hij langs me heen, zodat ik opzij moet springen. 'Hé!' roep ik. 'Je rijdt echt veel te hard!'

Een jongen draait zijn hoofd naar me toe en kijkt me over zijn schouder aan als hij mijn stem hoort. Blond, te lang haar wappert achter hem aan, zijn overhemd staat bol in de wind. Dan is hij voorbij, met knetterende uitlaat verwijdert het geluid zich langzaam tot het niet meer is dan een irritant gezoem. Hoofdschuddend loop ik verder, de stank van de benzine hangt nog in mijn neus. Het wordt ineens stil, maar ik schenk er geen aandacht aan. Ik ben met mijn gedachten bij vanavond als ik samen met Martha de cafégangers moet bedienen. Ik kan de drankkegels al ruiken, de warmte van die vele lijven bij elkaar al voelen. Ik zie mezelf de zware bladen met glazen optillen. Ik huiver, voel dat mijn borstkas zich weer samentrekt.

Bij de volgende bocht in de weg sta ik even stil en kijk naar de glinsterende golven van de Zuiderzee. Het is eb en de zandbanken zijn drooggevallen. Op het zand strekken zeehonden zich lui uit. Met hun ogen dichtgeknepen proberen ze zich in de weinige zonnestralen te warmen. Hun natte huid glimt als zijde. Ze zijn zo tam dat ze zich niet eens verroeren als ik langsloop. Ik ben blij dat de bromfietser ze niet verjaagd heeft, al vraag ik me af hoe lang ze hier nog zullen liggen. Als de dijk klaar is, wordt de zee een meer. De zeehonden zullen dan wel een andere plek zoeken om te zonnebaden.

Pas als ik weer verderga, valt me het ronddraaiende wiel aan het eind van de weg op. De motorfiets ligt ondersteboven, de bestuurder staat zichzelf af te kloppen. Hij is lang en mager en heeft helderblauwe ogen. De kraag van zijn lichte overhemd is grijs van het stof en zijn haar mag wel eens gewassen worden. Zijn broekspijpen zijn gerafeld. Omdat hij zijn pols onderzoekt, vraag ik me af of die gebroken is.

'Je reed als een idioot,' zeg ik scherp als ik dichterbij kom.

'Wat?' Gealarmeerd kijkt hij op, een pijnlijke grimas laat witte tanden zien. Er ontbreekt er niet een in zijn mond. 'De band heeft een boomwortel geraakt, denk ik.'

'Je reed als een gek,' herhaal ik.

Hij geeft weer geen antwoord. 'Is je pols gebroken?' vraag ik milder.

'Weet niet.' Omdat hij voorovergebogen over zijn arm staat kan ik zijn gezicht niet meer zien, de woorden komen bijna onverstaanbaar tussen zijn opeengeklemde lippen uit. Hij heeft duidelijk veel pijn.

'Laat eens kijken.' Ik zet nog een stap naar voren.

'Het gaat wel,' antwoordt hij terwijl hij zijn pols met zijn andere hand omklemt.

'Ja, dat zie ik.' De brommer ligt op zijn zij, het wiel is opgehouden met draaien. De geur van benzine is zo penetrant dat ik er misselijk van word. Op de grond vormt zich een plas. Ik sta nu zo dicht bij de jongen dat ik het zweet in zijn kleren kan ruiken.

'Laat je pols nou maar zien,' zeg ik. 'Ik help mijn oom soms, hij is dokter.'

‘Dat maakt jou nog geen expert.’

‘Jij bent er duidelijk ook geen.’ Ik grijp zijn hand en hij laat het toe. ‘Ik heb genoeg gebroken pootjes en vleugels gezet van katten en vogels. Ik word later verpleegster.’

‘Zo,’ zegt de jongen. ‘Lijkt me een mooi plan.’

Ik concentreer me op zijn hand. De huid zit vol kloven en ziet vuurrood. ‘Wat heb je daarmee gedaan?’

‘Dat is normaal,’ antwoordt hij. ‘Ik ben steenzetter.’

Terwijl ik mijn vingers langs de ruwe huid laat glijden, aan al zijn botten voel en hem laat strekken en buigen, kijk ik hem af en toe nieuwsgierig van opzij aan. Ik ken eigenlijk geen arbeiders die aan de Afsluitdijk werken. Ze komen natuurlijk zuipen in mijn vaders zaak, maar we gaan niet met ze om. Vader en moeder hebben Martha en mij verboden naar de werkhaven te gaan, ook al ligt die nog geen halfuur van ons huis en kan ik hem vanuit mijn slaapkamerraam zien liggen.

‘Het is niet gebroken,’ zeg ik gedecideerd. ‘Maar je handen zou ik wel insmeren met zalf.’

De jongen glimlacht. ‘Iedere avond,’ zegt hij. ‘Maar het helpt geen reet. Ik ben Casper Slagboom, trouwens.’ Hij steekt me zijn andere hand toe.

‘Kitty Lont,’ antwoord ik.

Nog even staan we zwijgend en een beetje verlegen tegenover elkaar. De stilte wordt alleen doorbroken door het ruisen van de zee en de roep van een verdwaalde vogel. Ik stop mijn handen in de zakken van mijn groen geruite jurk. ‘Ik zou hem nog wel na laten kijken.’

Hij haalt zijn schouders op, bukt zich en trekt met een pijnlijke trek om zijn mond de bromfiets overeind. Het wiel is verbogen, de dop van de benzinetank ligt eraf. Hij vindt hem een eindje verder in het gras. ‘Nou...’ begint hij.

Plotseling wil ik niet dat hij weggaat. Ik wil meer van hem weten. Zuiderzeearbeiders zijn vies, zegt mijn moeder. Ze wonen in keten en wassen zichzelf nooit. Maar Casper lijkt me aardig, hoewel hij veel te hard over het zandpad reed, natuurlijk. 'Laat me je helpen duwen,' zeg ik haastig. 'Probeer je hand maar niet te gebruiken.'

'Dank je, maar het gaat best. Ik voel er bijna niks meer van.' Aan zijn gezicht kan ik zien dat hij niet helemaal de waarheid spreekt, maar we lopen wel samen verder. 'Waar kom je vandaan?'

'Sliedrecht.' Uit zijn zak haalt hij twee sigaretten en een doosje lucifers. Als hij me er één aanbiedt, aarzel ik heel even. Gerookt heb ik nog nooit, maar waarom zou ik het niet een keer proberen?

Van het eerste trekje moet ik hoesten. Voorzichtig houd ik de sigaret tussen mijn vingers, kijkend naar de omhoogkringelende rook. Sliedrecht ken ik niet, het is in ieder geval geen plaats die hier in de buurt ligt.

Casper kijkt me van opzij aan. 'Ligt in Zuid-Holland. Er komen hele families steenzetters vandaan. De helft van het dorp heet er Slagboom.'

Aan het eind van de weg staan we stil. In de verte ligt Den Oever en ik voel hoe mijn keel weer dichtgesnoerd wordt. Ik haal diep adem. 'Waarom reed je nou eigenlijk zo hard?'

Casper richt zijn ogen op een punt in de verte. 'Het voelt goed. De wind in mijn haren...'

'Deze weg is er niet geschikt voor.'

'Nee.' Vanonder de lok haar die over zijn voorhoofd hangt, kijkt Casper me recht aan. Zijn ogen hebben de kleur van een blauwe lucht op een prachtige zomerse dag. 'Maar ik moest weg van die lul van een opzichter. Ik had hem een grote bek gegeven.' Hij draait zijn gezicht weer in de richting van de haven. Ineens voel ik hem naast me verstijven. Binnensmonds mompelt hij een verwensing en zegt: 'Daar is hij.'

Hij gooit de brandende sigaret weg en drukt hem uit met zijn voet. Verwilderd zoekt hij een uitweg. 'Ik wil niet dat hij me ziet.'

Naast een stapel basaltzuilen staat een gezette man. Zijn onderkinnen deinen zachtjes. 'Hé, dat is Van Dijk,' zeg ik. 'Onze nieuwe kostganger.'

'Dan heb ik medelijden met jullie.' Casper strijkt zijn haren uit zijn bezwete gezicht. 'Hij is een rotzak.'

Hij zet de motorfiets tegen een hek en pakt mijn hand. 'Kom mee.' Die van hem is plakkerig en nat van de transpiratie. Verscholen achter een paar bomen staat in het landschap een oude tramwagon met daarnaast een krakkemikkig houten gebouw. Terwijl we erheen rennen, hoor ik achter ons geschreeuw, maar ik kijk niet om.

Pas als we dichterbij gekomen zijn vallen me de witte gordijntjes achter de ramen op, alsof het bewoond is. Ik weet dat de huisvesting voor dijkwerkers een probleem is omdat het er zoveel zijn, maar ik had niet gedacht dat er zelfs in een overblijfsel van een oud spoor iemand zou kunnen wonen.

Casper legt zijn hand op de deurklink. Hij draait zijn hoofd achterom naar mij, wacht tot ik ook bij de deur ben en springt op de treeplank. Ik werp nog snel een blik om me heen – de eindeloos herhaalde vermaningen van mijn moeder om niet met arbeiders mee te gaan zeuren zachtjes in mijn hoofd – maar er is niemand te zien. Dan ga ik hem vlug achterna. 'Woon je hier?' vraag ik fluisterend.

'Nee,' antwoordt Casper. 'Niemand, volgens mij.'

Hij schuift een van de korte, niet al te schone gordijntjes voor de ruit weg. 'Ik zie Van Dijk niet meer.'

Binnen ruikt het bedompt en muf, alsof er nooit een raam wordt opengezet en er wel eens iemand langs mag komen met een bezem en veel groene zeep om de vloer te schrobben. Er ligt een strozak in de hoek en onder het raam herinnert een houten bank nog aan de oorspronkelijke woonfunctie van de wagon.

Terwijl ik me op een soort kist laat zakken die midden in de ruimte staat, neem ik hem scherp in me op. 'Waarom verstop je je eigenlijk voor hem?'

'Ach.' Mismoedig laat Casper het gordijntje vallen. 'Hij liep te zieken. We hebben allemaal ons eigen stukje op de dijkglooiing. Het is net een puzzel. Als je een steen legt moet je al vooruitdenken waar de volgende gaat komen. Als het niet goed genoeg aansluit, merken de opzichters die plaatsen met geel vetkrijt. Van Dijk heeft de pik op mij: met een grote grijns kruiste hij afgelopen woensdag een behoorlijk stuk aan.'

'Word je moe van steenzetten?'

Casper haalt zijn schouders op. 'Niet meer dan baggeren of stenen sjouwen, denk ik. Je staat wel de hele dag gebukt. En je handen gaan er kapot van.'

Buiten klinkt het geluid van voetstappen en twee zware mannenstemmen. Een van hen herken ik uit duizenden. Achter het raam beweegt iets. 'Waarom is hij hier?' vraag ik. Ik voel mijn hart tegen mijn ribben bonken. We drukken ons plat tegen de wand en kijken voorzichtig om het hoekje. 'Van Dijk weer,' zegt Casper. Hij balt zijn vuist en klemt zijn kaken op elkaar. De andere, roodharige man, heeft blozende wangen en is groot van stuk. De biceps in zijn bovenarmen hebben twee keer de dikte van die van Casper. Ik strijk met mijn vingers mijn eigen haar uit mijn gezicht. Ik heb mijn kleur niet van een vreemde. Zo ver als ik maar kan schuifel ik achteruit. 'Dat is mijn vader.'

'Ze staan binnen,' hoor ik Van Dijk zeggen voor ze verder lopen en het houten gebouw naast de wagon in gaan. Heel even ben ik bang dat de opzichter ons bedoelt, maar de beide mannen kijken niet eens naar het raam van de wagon.

'Is jouw vader Wouter Lont?' vraagt Casper met iets van ontzag in zijn stem.

Ik kan alleen maar knikken.

Zachtjes neem ik de zoom van mijn jurk in mijn hand en draai aan de punten. Als mijn vader mij hier zou vinden, alleen, met een jongen... een keetjongen, met een groezelig gezicht en steengruis aan zijn donkergrijze broek... Ik hoef niet verder na te denken over wat hij daarvan zou zeggen.

Nog geen twee minuten later komen ze alweer naar buiten

met een groot, houten krat tussen zich in. Hun gezichten zijn rood en ze puffen allebei. Onder het raam blijven ze stilstaan, op gedempte toon met elkaar sprekend. Ik doe niet eens moeite om ze te verstaan, want misschien willen ze hun lading binnen neerzetten. Ik haal raspend adem, Casper staat juist doodstil. Wanneer de twee mannen de kist weer optillen en verder lopen, laat hij de ingehouden lucht door zijn mond ontsnappen.

'Hoe laat is het?' Ik hoor zelf hoe paniekerig mijn stem klinkt.

Casper kijkt op zijn horloge. 'Bijna halfzes.'

'Echt? Ik moet weg... Ik ben al te laat voor het eten en het is mijn beurt om de glazen klaar te zetten voor vanavond.'

'Na jou...'

Opgelucht leg ik mijn hand even op zijn arm vanwege zijn tactvolle suggestie om me vooruit te laten lopen, zodat we niet tegelijkertijd in het dorp aankomen. 'Als je een keer zin hebt om naar ons café te komen...' zeg ik aarzelend.

Hij lacht naar me. 'Zodra ik de anderen over kan halen, doe ik dat zeker.'

'Dag.' Zorgvuldig sluit ik de deur achter me en ren terug over het pad. Onderweg naar huis bedenk ik alvast een paar smoezen om mijn afwezigheid te verklaren.

Bij de eerste huizen draai ik me nog een keer om. Van hieruit zijn alleen de groene toppen van de bomen in de verte zichtbaar, maar daarachter bevindt zich dus een fantastische verstopplek.

'Hé, Kitty!' Buiten adem verschijnt Martha aan mijn zij. 'Ik heb je overal gezocht! Moeder is razend...'

'Ik was de tijd vergeten.'

'Waar was je?'

Liefdevol leg ik een arm om haar ronde schouders en druk een kus op haar donkerblonde haren. 'Bij de werkhaven.'

De leugen is eruit voor ik er erg in heb, maar ik neem me voor om haar, zodra we thuis zijn, over Casper en de tramwagon te vertellen.

# 3

## 31 JANUARI 1953

Ellie werd wakker en zette een keel op. Haastig stopte ik de tekening in de zak van mijn rok en veegde de tranen van haar bolle babywangen af.

'Heeft ze honger?' Zonder dat ik het gemerkt had, was mama opgehouden met pianospelen en achter mij komen staan. Nu boog ze zich voorover om haar kleindochter op haar buik te kietelen, en haar blonde haren vielen in haar gezicht.

'Ik denk het niet,' zei ik. De tekening brandde in mijn zak, maar ik durfde hem niet tevoorschijn te halen. Ik wist gewoon niet wat ik ervan denken moest. Wat ik wel wist, was dat wij helemaal niet op elkaar leken. Mijn ogen waren bruin, die van mama blauw. Ik had donkerbruin haar, mijn moeder niet.

Zo lang als ik me kon herinneren, was er op de vraag wie mijn vader was geen antwoord gekomen. Een keer, toen ik een jaar of twaalf was, had ik naar hem gevraagd, maar mijn moeder had gezegd dat het beter was als we onze mond verder over hem hielden. Het maakte me niet uit; ik had opa. Opa die me hoog boven zijn hoofd tilde als ik de school uit kwam rennen, opa die een schommel voor me had gemaakt van een stevige tak. Hij was het die me voorlas voor het slapengaan. Ik had geen vader nodig, hij verving hem wel.

De laatste tijd, als ik aankondigde dat ik nu toch echt de papieren voor de ondertrouw in orde moest laten maken, wisselden mama en opa een zenuwachtige blik. 'Daar heb je nog tijd genoeg voor,' zeiden ze iedere keer.

Ellie begon weer te krijsen. Zonder mijn moeder aan te willen kijken, tilde ik haar uit de wagen. Ik legde haar op tafel en controleerde of ze droog was. Nog nahikkend slaakte ze een diepe zucht en begon weer tevreden op haar vingers te sabbelen. 'Ik wilde dat je dat niet deed,' zei ik. 'Het ziet er niet uit.'

De grote ogen van mijn dochter lieten me niet los. Ze lag verwoed belletjes te blazen en ik moest lachen.

'Natte broek?' Mijn moeder kwam dichterbij, ze lachte ook. Het kostte me moeite om haar te antwoorden. 'Nee, niks aan de hand.'

'Zomaar een beetje aan het zeuren?' Ze tilde Ellie hoog boven haar hoofd en die leek ervan te genieten. Ik observeerde mama's gezicht, maar kon er niets ongewoons aan ontdekken. Ik wilde de tekening net uit mijn zak halen, toen opa binnenkwam.

'We krijgen zwaar weer.' Zijn gezicht onder de borstelige wenkbrauwen stond bezorgd. 'Ik heb de koeien vastgezet met een knoop die we alleen maar los hoeven trekken, mocht het nodig zijn.'

Mama legde Ellie weer in haar wieg. 'De dijken zijn sterk genoeg,' herhaalde ze. 'Ze hebben het de afgelopen jaren toch altijd gehouden?'

Ik keek naar opa, maar hij vermeed het om ons aan te kijken. Iets in zijn gedrag deed me denken aan een vogel die ik eens gevonden had toen hij per ongeluk naar binnen gevlogen was. Aan de borstkas die te snel op en neer ging en het zielige gepiep. Pas nadat ik het trillende beestje in de kom van mijn handen had genomen en buiten losgelaten, was het beven opgehouden. Hij had met zijn veren geschud en was in één keer weggevlogen.

Als ik niet zo opgewonden en nerveus geweest was vanwege het portret dat ik gevonden had, had ik meer aandacht besteed aan zijn mededeling. Nu deed ik er het zwijgen toe en probeerde de moed te verzamelen om over mijn vreemde vondst te beginnen.

Mama haalde even haar schouders op. 'Aan het weer kun je nou eenmaal niks doen. Wilt u koffie, pa?' Ze verdwenen al pratend naar de keuken.

Met mijn hand voelde ik in de zak van mijn rok en trok het opgevouwen papier eruit. Aandachtig bekeek ik de tekening nog een keer. Bij nader inzien vond ik dat de ogen van de vrouw ook iets treurigs hadden.

Aan het kindje, dat volgens de woorden eronder Saartje heette, net als ik vaak genoemd werd, was niets te ontdekken. Het had haar ogen open, maar doordat alles in zwart-wit was kon ik niet zien welke kleur ze hadden. Er was natuurlijk nog een kleine kans dat ik de baby op de tekening helemaal niet was. Een andere Saartje kende ik niet, maar mijn naam kwam natuurlijk vaker voor.

'Wat heb je daar?' Mama was de kamer weer in gekomen en keek over mijn schouder mee.

Zwijgend stak ik het papier naar haar uit. Ze pakte het portret aan en ging bij het raam staan, zodat het licht erop viel. Ik zag dat ze haar lippen samenkneep. 'Het is niet wat je denkt...'

'O, wat denk ik dan?' vroeg ik scherper dan ik wilde.

'Saar...' Mama schudde haar hoofd, ze vouwde de tekening op en streek met haar vingers het papier glad. Ik vond haar reactie vreemd kalm en op mijn armen verscheen kippenvel.

'Vind je het geen tijd worden dat je het haar vertelt?' Opa klonk vastberaden. Hij stond in de deuropening naar ons te kijken en het verbaasde me dat het voor hem geen verrassing was. Langzaam liep hij naar mijn moeder. Het was ook gek dat geen van beiden meteen ontkende dat het portretje belangrijk was. Dat ze niet gewoon zeiden: 'O, dat is een Sara die we kennen. Het kind van die en die. Toevallig is ze in hetzelfde jaar geboren als jij.' Nee, opa en mama stonden naast elkaar en wisselden een blik en op de een of andere manier had juist dat iets beangstigends.

Na een paar minuten maakten mama's ogen zich los van mijn gezicht en keek ze fronsend opzij.

'Kom op, Neeltje,' zei opa. 'Je wist dat dit moment een keer zou komen.' Zijn stem klonk gebiedend en ik had het gevoel dat het niet de eerste keer was dat hij dit tegen mijn moeder zei. Hij haalde een hand door zijn dikke, witte haar zodat het alle kanten uit sprong. 'Je hebt het al veel te lang uitgesteld.'

Zijn woorden maakten het niet gemakkelijker. Niet voor mijn moeder, die nu een kwetsbare, verdrietige blik op haar gezicht had, maar ook niet voor mij. Ik voelde de spanning in mijn lijf groeien. Ik pakte de tekening weer uit haar hand en drukte hem tegen mijn borst alsof hij iets kostbaars was. 'Nou?'

'Ik weet niet hoe ze heette,' begon ze. Ze wilde me over mijn hoofd strelen, maar ik deed een stap achteruit zodat de tafel tussen ons in stond. 'Ik heb je gevonden.'

'Zomaar gevonden,' schamperde ik. 'Vanuit het niets.'

'Ja. Nee.' Mama ging op een stoel zitten en zweeg weer.

'U kletst maar wat,' schreeuwde ik. 'Ik begrijp er niks van.'

Wat ik eigenlijk wilde vragen was: 'Bent u nou mijn moeder, of niet?' Ik deed het niet, bang voor het antwoord.

Vanuit mijn ooghoek zag ik dat opa dichter naar de tafel toe kwam. Hij keek naar mama, die aarzelend op haar lip beet en daarna naar mij. 'Rustig, meisje. Geef haar even de tijd.'

'Best,' zei ik met klem. 'Toch wil ik weten wie zíj is.' Ik tikte een paar keer met mijn wijsvinger op het papier. Het bleef nog even stil tot mama ineens heel snel begon te praten, alsof ze het al die tijd had opgekropt en het er nu in één keer uitkwam. Ze vertelde over hoe ze op een heel koude morgen in februari de deur opengedaan had en hoe ik daar op de stoep had gelegen. Iemand had zorgvuldig een deken om mij heen gevouwen. 'Ik keek naar links en naar rechts, maar de weg was volkomen verlaten. Ik wist niet wat ik doen moest. Het was crisis, in de zomer was de oogst mislukt en radio-optredens kreeg ik bijna niet meer.'

Mijn ogen dwaalden af naar de piano die een behoorlijk grote plaats in de kamer innam. Die had mijn opa voor mama aangeschaft toen zij nog een kind was. Iedereen in het dorp had hoofdschuddend gezegd dat het misplaatst was om zo'n instrument te bezitten. Dat nutteloze ding, weinig praktisch voor een boerendochter. Maar mama had erop leren spelen en ze was zo goed dat ze kort voor mijn geboorte twee jaar aan het conservatorium van Rotterdam gestudeerd had. Ik had haar nooit op de radio gehoord, toen waren de dagen dat ze met het orkest concerten opnam al voorbij. Tegenwoordig was ze pianolerares en de mensen kwamen van ver voor haar lessen.

Mama onderbrak mijn gedachten. 'Ik pakte je op van de bevroren grond. Ik was bang dat je een nacht in de vrieskou niet overleefd had. Een donker bosje haar piepte boven het dekentje uit toen ik het wegschoof om je beter te kunnen zien.' Ze haalde diep adem en keek me recht aan. 'Ik aarzelde geen seconde.'

Tijdens haar verhaal had ik het steeds kouder gekregen. 'Fantastisch,' siste ik. 'En wanneer was u precies van plan geweest me te vertellen dat iemand me gewoon op uw stoep gelegd had?'

Ze zweeg moedeloos, dat zag ik wel, maar ik had er helemaal geen zin in om daar rekening mee te houden. 'Nooit, zeker.'

'Luister eens,' vlamde ze ineens op. 'Ik zocht naar het juiste moment. Als je eens wist hoe vaak ik die rottekening tevoorschijn gehaald heb! En iedere keer dacht ik: laat het haar gewoon zien.'

'Maar u deed het niet.'

'Nee. Begrijp je dan niet hoe moeilijk dat voor me was? Hoe langer je bij ons bleef, hoe meer ik van je ging houden.' Ze streek over haar ogen. 'Je was gewoon mijn dochter.'

Ik dacht hier een tijdje over na. Je moeder is de mens uit wie je voortkomt, degene van wie je verwachten mag dat ze nooit tegen je liegt en uit haar kwam ik niet eens. Ze had tegen me gelogen, niet één keer, maar jaren achter elkaar. Woedend draaide ik me naar opa om. 'Ik voel me belazerd.'

'Ja,' gaf hij toe. 'Ik kan het me voorstellen.' Voorzichtig zette hij de half leeggedronken kop koffie voor zich op de tafel. 'Maar misschien kun jij je ook verplaatsen in je moeder?'

Koppig keek ik naar mijn handen. Ik wilde me niet verplaatsen in haar. Ik wilde antwoorden.

'Mocht u me gewoon zomaar houden?' Op de een of andere manier kon ik me dat bijna niet voorstellen. Mama was niet zwanger geweest, de buren vonden het vast vreemd dat er plotseling een kind bij was gekomen.

Weer wisselden opa en mama een blik uit en het was opa die me antwoord gaf.

'Natuurlijk is de politie er wel bij gekomen, Saar. Maar wat konden ze doen? Hier in de omgeving konden ze niemand vinden die pas bevallen was en wij wilden je verzorgen en opnemen. Tot ze je ouders zouden vinden...'

'Dus die hebben me nooit opgehaald.' Nadenkend kauwde ik op mijn lip. Ik probeerde te verwerken wat ze me vertelden, maar het drong nog maar half tot mij door.

Mama wierp een blik op de klok aan de muur. Het was al middag. Voor ze weer iets zei, stond ze op en haalde de bladmuziek weg. Ze opende de klep van het pianobankje en stopte het boek erin. 'Ik moet zo lesgeven.'

Ik wierp mijn handen omhoog in een wanhopig gebaar. Ze moest altijd lesgeven.

'Eén vraag nog.' Op de een of andere manier was het heel belangrijk dat ik haar aan de praat hield. Ze had zo lang haar mond gehouden dat ik bang was dat ze me nooit meer de gelegenheid zou geven. 'Waar komt die tekening vandaan?'

Ze zuchtte en zette haar handen in haar zij. 'Je dramt, Sara.'

'Geef dan ook een keer antwoord!'

'Die zat tussen het dekentje dat je om je heen had, nou goed?'

'Is die vrouw op het portret dan mijn moeder?'

Mama zweeg met haar armen over elkaar. Achter haar zag ik haar leerlinge Greet binnenkomen. 'Stoor ik, mevrouw Groeneveld?' vroeg ze. 'Anders wacht ik wel op de gang, hoor.'

'Nee,' zei mijn moeder zonder me nog aan te kijken. 'Kom binnen, kind. Sara ging net weg.'

Mijn wangen brandden. Voor ik Ellie oppakte en de kamer uitbeende, wierp ik nog één lange, woedende blik op haar.

'Lijk ik op deze vrouw?' vroeg ik Lucas die avond, toen we samen in bed lagen. We hadden de schemerlamp op het nachtkastje aan gelaten en hij hield de tekening vast tussen zijn eeltige vingers. De wind huilde nog harder in de schoorsteen dan eerder op de dag en rukte als een bezetene aan de luiken voor de ramen. In de loop van de avond waren er nog een paar discussies geweest: Lucas vond dat het buiten best meeviel, opa zei dat het stom was om te gaan slapen. Om middernacht had de nieuwslezer op de radio het weerbericht voorgelezen en aangekondigd dat de wind aan het afnemen was.

Toen de klanken van het Wilhelmus weggestorven waren, had Lucas beslist dat we toch maar naar bed moesten gaan.

Nadat ik de tekening tussen de rommel gevonden had, was de rest van de dag in een soort roes aan me voorbijgegaan: mama had geprobeerd me te ontlopen en ik had me na een tijdje ook teruggetrokken op onze slaapkamer. Ik bleef staren naar het gezicht van die onbekende vrouw en probeerde een gelijkenis met mezelf te ontdekken. Ik was niet alleen boos op mama en opa, maar ook op haar. Op een dag had ze me midden in de winter voor de deur van iemand achtergelaten die ze niet eens kende.

'Je kin en de vorm van je ogen zijn hetzelfde,' begon Lucas. Met zijn vinger trok hij de contouren na. Ik voelde een rilling over mijn rug lopen. 'Of zie je zoiets altijd als je dat wilt?'

'Ik weet het niet.'

'Ik ook niet.' Lucas legde het portret neer en trok me dicht tegen zich aan. 'Wat maakt het uit? Wil je iets weten over een onbekende die geen zin had om je te houden? Neeltje heeft altijd voor je gezorgd.'

'Ik ben dus door iedereen in de steek gelaten,' zei ik.

Lucas gaapte. 'Dat vind jij, maar ik zie het echt anders. Ze hebben hooguit iets verzwegen. Maar laten we alsjeblieft gaan slapen, morgen moet ik weer vroeg op om de koeien te melken.'

Als door een wesp gestoken veerde ik overeind. Hitte breidde zich uit tot mijn haarwortels en ik sloeg mijn armen over elkaar.

'Mijn leven is één grote leugen en jij wilt slapen!'

'Sara,' suste hij. 'Je overdrijft weer eens. Ik begrijp best dat je geschrokken bent, maar er is toch niets veranderd? Je bent nog steeds de moeder van mijn kind, Sara Groeneveld, binnenkort Reedijk.'

'Dat is nou juist het vervelende, hè,' reageerde ik. 'Misschien heet ik wel helemaal geen Groeneveld, maar Van Velzen.'

'Ja, of Jantje van Leiden, waarom niet.'

'Maak er maar weer een flauwe grap van,' mokte ik. 'Maar ik meen het, mijn leven voelt ineens heel anders.' Ik knipte de lamp uit en draaide mijn rug naar hem toe. 'Ga jij maar lekker slapen, hoor!' Ik voelde tranen prikken.

'Liefje toch,' zei Lucas. 'Het spijt me.' Hij streelde mijn nek en ondanks alles voelde ik dat ik me ontspande. 'Zullen we er morgen verder over praten, als we uitgerust zijn?'

Ik knikte en liet mijn hoofd tegen zijn schouder rusten. Opeens zag ik hem weer voor me toen ik hem voor het eerst gezien had. Opa stelde hem aan me voor, zonder zijn naam te noemen, als de nieuwe knecht die zou helpen met het werk op het land. Mijn moeder riep hem vanuit het huis en hij liet Lucas achter bij mij zonder eraan te denken dat ik niet wist wat ik met hem aan moest. Zelf bekeek de jongen zwijgend wat ik aan het doen was.

Het was lente, een van die mooie, frisse morgens waarin de mist maar langzaam optrekt en ik het haatte om mijn taak – onkruid wieden in de moestuin – uit te voeren, omdat geen sjaal dik genoeg leek om de waterkou te verdrijven.

Hij was vijftien, ik twaalf, het was al bijna vijf jaar oorlog. Ik trok de hoofddoek die mijn hele haar bedekte nog wat beter recht.

'Zal ik je helpen?' vroeg hij.

Ik dreef de schoffel de harde grond in, raapte een steen op en knikte, met stomheid geslagen. Niemand hielp me ooit, want er was te veel te doen. Lucas knielde naast me neer op de half bevroren grond.

'Dat is sla,' snauwde ik toen hij een van de jonge planten er uittrok.

'Ik lette niet op. Ik heb nog nooit een meisje gezien dat haar haren helemaal wegstopt.'

'Mijn moeder is bang dat de Duitsers me aanzien voor een Jodin. Ik heb nogal donker haar.'

Hij richtte zijn grijze ogen op mijn gezicht. 'Maar dan wel een heel mooie Jodin.'

Ik liet mijn handen op de grond rusten.

'En ben je er een?' vroeg hij even later.

'Beslist niet,' verzekerde ik hem. Ik maakte de hoofddoek los en trok hem van mijn hoofd zodat mijn donkere haren over mijn schouders vielen.

'Mooi,' herhaalde hij. Hij had zelf donkerblond kortgeknipt haar en zijn nek zag er kwetsbaar uit. Ik bloosde.

'Lucas Reedijk,' zei hij terwijl hij me recht in mijn ogen keek.

'Sara,' stamelde ik.

'Nu begrijp ik waarom je moeder bang is.' Hij hakte met de schop een stuk wortel door. 'Je hebt ook een naam die vaak bij Joodse meisjes voorkomt,' legde hij uit.

'Toeval,' antwoordde ik. Ik probeerde in te schatten of ik hem vertrouwen kon. Mijn moeder zou woest zijn dat ik de hoofddoek had afgedaan.

'Wees maar niet bang,' zei hij ernstig. 'Ik zou je nooit verraden.'

'Maar ik ben geen...'

Hij stond op en klopte zijn broek af. 'Al was je er wel een. Dan nog niet.'

Zijn blik was oprecht en ik voelde hoe ik ontspande. Toen opa naar ons toe kwam lopen, knoopte ik de hoofddoek weer haastig om.

Nu de bezetting alweer acht jaar voorbij was, keek ik weer naar Lucas en ik wist dat ik hem nog steeds vertrouwen kon. Misschien was ik dan toch Joods, zoals mijn moeder altijd gevreesd had? Ik wilde Lucas vragen wat hij daarvan dacht, maar hij was al in slaap gevallen.

En hoewel het buiten nog steeds zo hard waaide dat het leek of er een orkaan woedde, was het binnen in zijn omhelzing veilig.

# 4

## MAART 1931

Onmiddellijk nadat we de deur met het rinkelende belletje van De Haven hebben geopend, springt mijn moeder vanuit de keuken achter de bar tevoorschijn. Haar vinger priemt in mijn richting. 'Met jou reken ik later wel af! Wij zijn allang klaar met eten. Martha: jij moet de stoelen van de tafels halen en Kitty: de glazen moeten worden opgewreven.'

Mijn moeders gezicht, met de smalle lippen en brede jukbeenderen, staat alweer moe. Haar gladde, bruine haren zijn achterovergetrokken en doen het hoge voorhoofd nog breder lijken. Ze is geen mooie vrouw en het doet me veel genoegen dat ik niet op haar lijk. Haar wangen zijn voorzien van onnatuurlijk rode blosjes. Haar grijsblauwe ogen kijken extra streng op mij neer, ze zet haar handen in haar zij en wil al beginnen om me ervan langs te geven als Martha haar een kus op haar wang geeft. 'Ze is er nu toch?'

Onze moeder is geen onaardige vrouw, ze is niet eens echt kil. Maar ze heeft maar één liefde: het café. Martha reageert daar anders op dan ik, ze lijkt besloten te hebben dat het haar niets kan schelen. Mij wel en ik probeer steeds aan haar eisen te voldoen.

'Het spijt me, ma,' zeg ik berouwvol.

Mijn moeder snuift, ze werpt een kritische blik op de vuile zoom van mijn jurk en snauwt: 'Ga je eerst eens wassen graag. En trek wat schoons aan, zo kun je toch niet in de zaak staan. Waar heb je gezeten?' Genadeloos ben ik aan haar onderzoekende blik overgeleverd. Spontaan bedenk ik een leugen. 'Ik zocht krabbetjes voor u en toen ben ik uitgegleden.'

Met mijn ogen smeek ik Martha me niet te verraden. Ze schudt zachtjes haar hoofd, maar mijn moeder let niet op haar.

'Hm.' Peinzend bekijkt ze de modderige zolen van mijn schoenen. 'Waarom staan je laarzen dan nog bij de achterdeur?'

Ik slik en buig mijn hoofd. Het verraderlijke van mijn leugen dringt pijnlijk tot me door.

Met het schaamrood op de kaken wurm ik me langs haar heen, zodat ze niet verder kan vragen. Bijvoorbeeld waarom ik dan geen emmer vol van die beestjes bij me heb. Als je iets verzint, moet je steeds op je hoede zijn.

Bij het aanrecht steek ik mijn armen onder de kraan. Het water spat op het zwart-wit gespikkelde graniet van de gootsteen. Het is zo koud dat ik mijn ogen onwillekeurig dichtknijp als het mijn huid raakt. De zeep ruikt lekker schoon en schuimt in mijn handen. Terwijl in de bar de stemmen van mijn moeder en Martha zachtjes roezemoezen, dwalen mijn gedachten af naar het vuile gezicht van Casper. Als hij onder net zulke omstandigheden woont als de tram waar we vandaag in gestaan hebben, begrijp ik waarom hij zich niet wast.

Snel verwissel ik boven in mijn slaapkamer mijn geruite jurk voor een donkergrijze. Ook nu vergelijk ik onwillekeurig de twee ruimtes met elkaar: een stevig houten ledikant dat door mijn vader zelf in elkaar getimmerd is met daarop een comfortabel matras. Daartegenover de strozak in de tramwagon, misschien wel vol met vlooien en waarschijnlijk ook niet fijn om de hele nacht op te liggen. Het rood van de beddensprei komt terug in de gordijnen voor het raam. De vitrages zijn vorige week nog afgehaald en in azijn gewassen. Daarbij vergeleken zijn de voddige gordijntjes die voor de ramen van de wagon hangen, veel smeriger. In de slaapkamer staat verder een statige spiegelkast op bolle poten, waarin alle kleding ruimschoots past. De vloerplanken zijn vorig jaar nog opgeschuurd en opnieuw gelakt. Voor het bed ligt een kleed waarvan het patroon aan een echt Perzisch tapijt doet denken. Geen van dit soort dingen was aanwezig in het tramstel.

Het enige vervelende is dat ik de kamer met mijn zus moet delen. Een grotere sloddervos is er niet. Ook nu slingeren een lichtblauw vestje en een donkerrode jurk op de grond. In een opwelling trek ik het vestje aan. Met een beetje geluk komen er biervlekken op en kan ik Martha zeggen dat ze haar spullen op moet ruimen als ze wil dat ze met rust gelaten worden. Maar ik realiseer me vandaag ineens dat het delen van een bed met je enige zus een vorm van luxe is. Toch is het gebouwtje achter de bomen een ideale plek om te ontsnappen en me af te zonderen. Een plaats waar niemand me zal zoeken. God weet hoe hard ik dat af en toe nodig heb...

Ik neem me voor er vaker heen te gaan en de viezigheid en de strozak vol vlooien te negeren, tenslotte hoef ik er niet op te slapen.

'Kitty! De glazen worden niet vanzelf schoon!'

Uw wens is mijn bevel, denk ik zuchtend en ik haast me de trap af naar de keuken, waar de boterhammen al op een bordje voor me klaarliggen. Ik schrok ze naar binnen alvorens me schrap te zetten voor de hoeveelheid werk die op me afkomt.

Het is nog erger dan anders. Ook al werken we met zijn tweeën en wrijven zo snel mogelijk al het glaswerk op met een zachte theedoek, we blijven achterlopen. Tegen de tijd dat Gerard Rotgans en Klaas de Wit binnenkomen, allebei rijswerkers die de matten van rijshout en wilgentakken voor de zinkstukken vlechten, staan er nog maar twintig klaar op de dienbladen van de mahoniehouten bar. Martha gaat verder, terwijl ik de bestellingen opneem van de steeds sneller binnendruppelende mannen. Op de planken achter haar glinstert een grote verscheidenheid aan flessen in allerlei kleuren en vormen. Mijn vader is al bezig glazen vol te schenken. De meeste met bier, maar er zijn ook veel mannen die jenever bestellen.

In een behoorlijk tempo gaat het volume in de niet al te grote zaal omhoog, en is het bijna onmogelijk om afzonderlijke woorden te onderscheiden. Om de mensen te verstaan die hun bestellingen willen doorgeven, moet ik me naar voren buigen en heel geconcentreerd liplezen.

Als ik een paar mannen uit een groepje opzij duw om erlangs te kunnen, voel ik de hand van een man uit een andere groep mijn billen omvatten. Zonder zelfs maar om te kijken sla ik zijn hand geroutineerd weg en loop verder. Even later moet ik een kerel opzij duwen die zijn halfdronken kop in mijn hals wil stoppen.

Een normale zaterdagavond, dus.

Ook de nieuwe kostganger is naar beneden gekomen – Van Dijk staat met een pul bier in zijn handen naar de lachende klanten te kijken. Zijn ronde gezicht, waarvan de wangen een beetje afhangen – misschien doordat ze zoveel vet bevatten dat alles naar beneden zakt – staat donker. Ik zie zijn glinsterende ogen naar mij afdwalen. Bang dat hij me van vanmiddag herkennen zal, sla ik die van mij onmiddellijk neer.

Aan de zijkanten van de zaal staat een groep giechelende meisjes. Wanneer ik hun vaders en broers passeer, hoor ik ze tegen elkaar zeggen: 'Is Cato al aan het dansen? Met wie staat Maria te praten? Hopelijk laten ze haar vanavond met rust...'

Ik glimlach. Vandaag heb ik een aardige jongen ontmoet, steenzetter of niet. Alle vooroordelen zijn wat mij betreft weggenomen. Hij heeft niet geprobeerd me te kussen, zelfs geen hand op mijn rug gelegd. Maar vanavond, als ik me tussen de mensen door wurm, moet ik voortdurend een paar handen van mijn dij vegen. Een groepje jongens uit Den Oever lacht keihard om de schunnige opmerkingen die een van hen me achterna slingert. Over schoften gesproken...

Uit de grammofoon die mijn vader speciaal heeft aangeschaft voor de dansavonden, schettert Lou Bandy: 'Marie, Marie, waarom heb je lange rokken aangetrokken...' Een man verspert me de weg. 'Jouw rokken zijn ook te lang,' begint hij. 'Kom op, Karel,' zeg ik vriendelijk lachend. Ik weet dat dit het beste bij hem werkt. 'Ik wil er even langs.' Hij kijkt me aan, zijn ogen zijn rood, op zijn voorhoofd parelen zweetdruppeltjes. 'Marie, Marie, vind zo jammer dat ik er niets meer van zie...' brult hij luidkeels mee met de plaat. Ik schuif hem resoluut opzij.

Algauw lopen de zweetdruppels ook over mijn gezicht. Met mijn ene arm probeer ik ze weg te vegen terwijl ik met mijn andere het gevaarlijk balancerende blad hoog boven de mensen uit til. Het is lastig om tussen de opeengepakte groepjes door te lopen, maar gelukkig gaan de meesten aan de kant staan bij de muur. In het midden vormen zich aarzelend de eerste paren.

'Hier, Kitty!' Martha duwt een glas whisky in mijn handen. 'Voor hem.' Ze wijst op Van Dijk, die met pruilende mond naar de dansers staart. Zijn dikke lippen getuit, een beetje smalend alsof het hem allemaal niet aangaat, staat hij half met zijn rug naar de stelletjes op de geïmproviseerde dansvloer gekeerd. De rillingen lopen me over de rug: hij kijkt naar de meisjes en vrouwen op een manier die me niet bevalt, maar hij probeert zijn belangstelling te verbergen onder het mom van minachting.

Dat vermoeden wordt bevestigd als ik me langzaam en met tegenzin naar hem toe beweeg – hij likt zijn lippen af en neemt me van top tot teen op. Door zijn ogen zie ik plotseling mijzelf: een slank middel, lange benen. Geërgerd duw ik hem het glas in zijn handen. 'Was dat alles?'

Hij knikt langzaam en buigt zich naar me toe. Zijn mond komt zo dicht bij mijn oor dat de klodders speeksel tegen mijn huid spetteren als ik zijn woorden wil verstaan. 'Met die idioot die je vanmiddag opgeduikeld hebt, zou ik me maar niet meer bemoeien.'

Mijn hart slaat een paar keer over. Ik was er bijna zeker van dat hij me niet herkend had.

Om ons heen gaat het dansen gewoon door. Nadat hij de woorden uitgespuugd heeft, is het alsof hij zijn interesse verliest. Met zijn voet tikt hij de maat mee van de muziek, zachtjes neuriënd. Hij kijkt zelfs niet meer naar me, en dat maakt me plotseling kwaad.

Ik wacht tot een van de paartjes zo dicht bij is dat de jongen en het meisje per ongeluk tegen mijn dienblad stoten waarop een vijftal glazen staat te wachten om naar de klanten te worden gebracht. Met een kleine beweging van mijn schouder en arm lukt het om ze precies voor de voeten van de opzichter te laten belanden. In een berg van rinkelend glas spat de inhoud alle kanten op. Vooral over zijn benen en kruis.

'Kreng!' Scheldend buigt hij zich over zijn natte broek. Met afgewend gezicht neem ik zijn woorden in ontvangst, ondertussen op mijn lip bijtend om niet in lachen uit te barsten.

'Laat me u even helpen.' Haastig dringt mijn moeder me opzij, met in haar handen een doek waarmee ze de drank probeert op te deppen. Haar diepliggende ogen staan woedend. Ik maak een afwerend gebaar: het is niet mijn schuld, zoiets kan gebeuren.

Met een gezicht dat ook niet veel goeds voorspelt, duwt mijn vader me een bezem in handen. Onder het vegen zing ik zachtjes mee met het volgende liedje op de plaat – het genoegen van mijn actie weegt zeker op tegen de straf die later volgen zal.

De deur van het café wordt opengegooid, luide stemmen klinken boven de muziek uit. Daar, tussen een aantal mannen die hier normaal nooit komen, staat Casper. Zijn bovenlichaam zwaait zachtjes heen en weer, zijn handen gesticuleren ongecontroleerd. Zijn blik blijft op mij rusten als een vlinder op een bloem en ik maak onwillekeurig een beweging in zijn richting. Tegelijkertijd schud ik zachtjes mijn hoofd: alsjeblieft, laat niet merken dat je me eerder hebt gezien. Naast Casper staat een man die zijn vader moet zijn, want al is hij een kop kleiner, hij heeft dezelfde helderblauwe ogen. 'Hé,' schreeuwt Casper toch nog onverwacht. 'Ik ken jou!'

Ik krimp ineen. Achter me hoor ik hoe Martha sissend haar adem laat ontsnappen. Haar ogen branden in mijn rug. 'Zo, wat een lekker ding!'

Casper probeert mijn richting uit te komen, waarbij hij één van de barkrukken omstoot die bij de toog staat en tegen Zwarte Gerrit aan valt, een boomlange kerel die zo genoemd wordt vanwege zijn beroep als schoorsteenveger. Als je hem een hand geeft, blijft er altijd roet op je vingers achter. Gerrit houdt zijn arm geslagen om de magere Maria, die met iedereen danst als ze de kans heeft. Het bier in haar hand gutst over de rand van het glas en ze glijdt uit over de plas die ze zelf veroorzaakt heeft. Casper mompelt een bijna onverstaanbaar excuus dat verloren gaat in het lawaai om hem heen.

Gerrit draait zich om, geeft de jonge steenzetter een dreun die hem nog een keer doet wankelen, maar waarvan hij zich razendsnel herstelt, ondanks zijn dronkenschap. Licht gebogen en met gebalde vuisten stelt hij zich tegenover de schoorsteenveger op. Deze duwt zijn vriendinnetje voor de avond opzij en maait in het rond met zijn lange armen. Daarna wordt het allemaal nogal onduidelijk. Voor we het goed en wel doorhebben, springen de mannen uit het dorp boven op Casper, zonder dat hij de kans krijgt nog een keer uit te halen. Daarop komen zijn vrienden en familie hem te hulp, er ontstaat een bult kerels waaruit alleen nog armen en benen zichtbaar zijn, zonder begin en einde. Vechtend en schreeuwend verplaatst de kluwen zich naar het midden van de zaal. Ik werp de bezem op de grond en spring geroutineerd achter de verweerde toog vol vlekken. Het is niet de eerste keer dat er een knokpartij uitbreekt. De Wieringers en Zuiderzeewerkers brullen naar elkaar, en tussen de klappen door voert Caspers vader hem met een bloedende snee op zijn voorhoofd weg van het strijdtoneel. Hij lijkt op slag ontnuchterd. Heel even haken onze ogen in elkaar, tot zijn vader zijn hoofd naar het licht van de lampen draait die aan de zijkant van het lokaal hangen om de wond te bekijken.

De ruzie gaat intussen door en pas als mijn vader een jachtgeweer tevoorschijn haalt, naar buiten loopt en een keer in de lucht schiet, wordt het stil. 'Ophouden, of iedereen eruit!'

Stokstijf staan de twee groepen tegenover elkaar uit te hijgen. 'Hij begon,' zegt een van de mannen beschuldigend, wijzend op de hevig bloedende Casper die op een kruk is neergezakt. De hand van zijn vader rust op zijn schouder. Hij ziet bleek, maar ik weet niet of dat komt van de drank of de verwonding.

'Het kan me niet schelen wie begon,' zegt mijn vader. Dreigend kijkt hij in het rond. 'Iedereen die doorgaat, kan vertrekken!'

Er wordt wat heen en weer geschuifeld. De mannen weten dat mijn vader het meent. Hij sluit de tent als het hem niet zint. Als het rustig blijft, zet hij zijn geweer tegen de muur naast de deur en komen de meisjes terug die zich uit de voeten hadden gemaakt bij het begin van de vechtpartij.

Martha zet met een spierwit gezicht een nieuwe plaat op. Ze heeft voor een langzaam nummer gekozen; de melancholische melodie brengt als vanzelf de rust terug in de zaal. Langzaamaan worden gesprekken hervat en zoeken paartjes elkaar weer op.

Vanonder de toog pak ik de verbanddoos van een plank en loop naar de twee steenzetters in de hoek. 'Laat mij eens kijken.'

De snee is zo diep dat hij misschien wel gehecht moet worden. Voor nu maak ik hem met jenever schoon en duw Caspers handen opzij wanneer hij protesterend de watten weg wil halen. 'Het prikt!' zegt hij op een zielige jammertoon. Hij is blijkbaar niet zo nuchter als ik dacht.

'Eigen schuld. Had je maar niet moeten vechten.' Twee paar ogen staren me aan, als ik gaas boven op de snee doe.

'Ze heeft gelijk,' geeft de vader toe nadat ik de wond stevig heb aangedrukt.

'Zo, al klaar.'

'Kitty is goed in het verzorgen van gewonden,' zegt mijn vader. Onverwachts staat hij naast ons. 'Maar ik zou wel even langs mijn broer, de dokter, gaan. Zeg maar dat ik jullie gestuurd heb, dan kijkt hij er vanavond nog naar.'

'Dat zullen we doen,' zegt de oudere man terwijl hij een bezorgde blik op zijn zoon werpt. 'Joost Slagboom,' stelt hij zich voor. 'En dit is Casper. Hij biedt zijn excuses aan voor de puinhoop die hij gemaakt heeft.'

Met gebogen hoofd bestudeert Casper zijn handen.

'Ik zal de schade vergoeden,' zegt meneer Slagboom als zijn zoon blijft zwijgen. Uit zijn broekzak trekt hij een donkerbruine portefeuille.

'Ach,' wuift mijn vader zijn woorden weg. 'Een rondje is genoeg.'

Soms sta ik versteld. Die paar glazen die tijdens het vechten gesneuveld zijn, had hij toch al ingecalculeerd. Maar door Joost Slagboom drank te laten betalen voor de hele tent, draait hij extra omzet. Aan het gezicht van Caspers vader zie ik dat hij dat ook weet, maar hij vertrekt verder geen spier, draait zich om naar de dansende klanten en roept: 'Voor iedereen een biertje!'

Niet lang daarna stapt de groep steenzetters op met een bleke Casper tussen hen in. Hij heeft me niet eens bedankt voor het verbinden van de snee op zijn voorhoofd, maar zoekt nog wel mijn ogen voordat de mannen hem meetrekken naar buiten.

'Ik zei het je al,' zegt Van Dijk, die hinderlijk als een vlieg om me heen zoemt. 'Die jongen betekent ellende. Niet meer in de buurt komen van die zuiplap, is mijn advies.'

Intussen is hij zelf aan zijn zoveelste whisky toe en staat ook niet helemaal vast meer op zijn benen. Ik werp één vernietigende blik op het halfvolle glas in zijn hand en hij heeft het fatsoen om zijn gezicht af te wenden.

# 5

## DE NACHT VAN 31 JANUARI OP 1 FEBRUARI 1953

Hoe laat het precies was, weet ik niet meer, maar ik schrok plotseling wakker van een geluid tegen de ramen beneden.

Lucas stond onmiddellijk naast het bed en stommelde op blote voeten naar de trap. Ik hoorde hoe hij met opa overlegde. ‘Wat was dat?’

‘Een stuk hout, misschien een tak van een boom. Hebben jij en Sara de noodklok dan niet gehoord?’

Ineens begreep ik dat het geklepper van de kerkklok wel was doorgedrongen tot in mijn slaap, maar dat ik het niet had kunnen plaatsen voor ik de dreun gehoord had. Pas nu merkte ik het zachte beieren in de verte op, dat boven de storm uitkwam.

Ik duwde de dekens van me af. Naast me in de wieg bewoog Ellie zich even, maar ze werd niet wakker. Ik legde mijn hand op haar zachte haartjes. Daarna zwaaide ik mijn benen over de rand en schoot mijn pantoffels aan die op de grond voor het bed klaarstonden.

Lucas kwam terug naar het bed. ‘Foute boel,’ zei hij. ‘Het is toch gevaarlijker dan het vanavond leek. Volgens mij is het kippenhok uit elkaar geslagen.’

In het licht van de maan die door het slaapkamerraam scheen was zijn gezicht goed zichtbaar. Tussen zijn ogen zat een diepe rimpel. Hij trok zijn broek aan en zocht naar zijn overhemd dat ik eerder die avond bij de andere vuile kleren gelegd had met de bedoeling hem op maandag te wassen. ‘Je moet die met de scheur in de mouw maar nemen,’ zei ik. ‘Ik heb hem nog niet in de verstelmand gelegd. En doe het licht niet aan, anders wordt Ellie wakker. Het moet zo maar even.’

Lucas knikte, hij hinkte op een been rond, terwijl hij zijn voet in een sok probeerde te steken. Ondanks de spanning die we allebei voelden, moest ik lachen om zijn onbeholpen pogingen om rechtop te blijven staan. Hij vond het overhemd en probeerde zijn arm in een mouw te steken. Net toen ik hem hielp de andere te vinden, begon Ellie met haar beentjes te trappelen en geluid te maken. Het zou niet lang meer duren voordat ze in huilen uit zou barsten. Ik hoopte dat ze zou wachten tot ik aangekleed was. Gelukkig ging er alleen een diepe zucht door haar heen en haar oogleden trilden even voor ze gewoon verder sliep.

Onder mijn jurk deed ik een lange onderbroek aan die nog van opa was geweest en die ik alleen droeg bij het schaatsen, met daarover dikke wollen kousen. Het was koud in de kamer en als we naar buiten moesten, zou het daar nog veel kouder zijn.

'Ik laat Ellie nog even hier,' besliste ik.

Het gezicht van opa verscheen om de hoek van de deur, zijn haren zaten in de war en zijn dunne benen kwamen onder de te korte pijpen van zijn pyjamabroek uit. Maar zijn blauwe, intelligente ogen stonden alert en ik begreep dat hij niet had liggen slapen.

'Zullen we even buiten kijken?'

'Ja, misschien kunnen we de koeien beter losmaken nu,' antwoordde Lucas.

Opa knikte. 'En ik ga even naar de dijk. Daarna moeten we een paar spullen naar boven brengen, denk ik.'

'Wacht even,' riep ik toen ze elkaar naar beneden volgden. 'Ik wil mee.'

In de kamer was mijn moeder, als een bij van bloem naar bloem zoemend, bezig haar collectie stenen miniatuurtjes in lappen te rollen.

'We gaan even buiten kijken,' zei opa tegen haar.

Ze hoort hem niet eens, dacht ik, haar verzameling is belangrijker.

Mama keek op. 'Jij ook, Sara?' vroeg ze. 'Ik dacht dat je me wel zou helpen.'

'We komen zo terug,' mompelde ik. Het laatste wat ik wilde, was met haar alleen in huis blijven. Hoewel ik abrupt in mijn slaap gestoord was, had ik bijna onmiddellijk aan de tekening moeten denken. Ik was bang dat ik haar allerlei vragen zou stellen en daar was nu geen tijd voor. 'Ellie ligt nog boven,' was het enige wat ik verder tegen haar zei. Ze knikte zonder me aan te kijken en pakte een van de twee stenen hondjes op die altijd in de vensterbank stonden.

Ik draaide me om naar Lucas. 'Ik ben klaar.'

'Vergeet je je jas niet?' vroeg hij.

'O, ja.' Ik trok de mantel met deftige bontkraag van de kapstok. Het was een weinig praktisch kledingstuk met een klein kind, maar dat had ik Lucas maar niet verteld toen hij het ding voor me gevonden had. Ellie had er al eens overheen gespuugd en het had me moeite gekost om de melkvlekken uit de rode vossenstaart te krijgen. Zelfs al was de oorlog al een hele tijd voorbij, het was nog steeds een wonder dat hij iets had kunnen kopen dat me gewoon paste en dat niet versleten was. Ik knoopte ook nog een wollen sjaal om mijn hals en toen konden we gaan.

Ik wilde dat ik kon zeggen dat het met het weer wel meeviel toen we eenmaal buiten waren, maar zo was het niet. De wind kreeg onmiddellijk vat op onze lichamen en we probeerden dicht tegen elkaar aan ertegenin te leunen. Om ons heen loeiden de sirenes van het luchtalarm en een ogenblik dacht ik aan al die keren dat we in de oorlog hadden moeten schuilen.

We moesten ons uiterste best doen om niet te vallen, zelfs die sterke Lucas die een span ossen in zijn eentje tegen kon houden als hij dat wilde. Ik keek achterom naar het huis. Even wenste ik dat ik weer binnen was. Het zachte licht dat vanuit de kamer op het pad viel, zag er knus en uitnodigend uit. In de stal trokken opa en Lucas de lussen los waarmee ze de koeien aan de ringen in de muur hadden vastgebonden. Het dak van het kippenhok was er door de wind afgerukt en lag een eindje verder op het erf. De kippen waren in doodsangst omhooggefladderd en liepen luid kakelend door de modder. Ik ving ze en zette ze in de stal, waar ze nerveus in het stro pikten met hun snavels. We sloten de deur achter ons af.

'Of kunnen we dat beter niet doen?' vroeg Lucas. 'Misschien hebben de dieren niet door dat ze er alleen maar tegenaan hoeven te duwen. Zullen we ze hogerop brengen?'

Opa draaide zijn gezicht naar hem toe dat glom van het zweet. 'Wat is wijsheid? Ik weet het werkelijk niet. Ik geloof niet dat ik het ooit zo erg heb meegemaakt...'

We besloten om de koeien te laten waar ze waren en eerst te gaan kijken hoe het op de dijk was. Het leek ook geen goed idee om de beesten aan de kou en de wind bloot te stellen.

Erg ver was het niet en toch duurde de tocht voor mijn gevoel langer dan ik van tevoren bedacht had. De regen striemde in mijn gezicht, takken vlogen om mijn oren. De maan maakte er door zijn zilverachtige licht een surrealistisch beeld van. We waren niet de enigen die zich buiten waagden, overal om ons heen kwamen mensen snel even poolshoogte nemen hoe hoog het water stond.

Bij de haven stroomde het al over de vloedpalen heen. Toen we doorploeterden in de richting van de buitendijk werd me al snel duidelijk dat we die nooit zouden bereiken.

In de sloten was het water zo hard gestegen dat ze meer op rivieren leken. Het bruggetje naar een van de weilanden toe was losgeraakt en dreef in het rond. In het donker kon ik niet goed zien of de weg naar Puttershoek al onbegaanbaar was geworden.

'Ga terug naar huis, Sara,' riep Lucas. 'Probeer nog wat naar boven te brengen en ga dan naar zolder.'

Voor ik kon protesteren gaf hij me een haastige kus op mijn wang. Met grote stappen verdween hij in de duisternis.

Ik draaide mijn gezicht naar opa. Hij keek zo zorgelijk dat

mijn hart onmiddellijk twee keer zo hard begon te bonken. 'Lucas heeft gelijk, meisje. Op zolder zit je veilig.'

'En jullie dan?' riep ik hem achterna toen ook hij zich haastig van me verwijderde. 'Wat gaan jullie doen?'

'Zand scheppen!' Opa's stem ging bijna verloren in de wind. 'Helpen de dijk te versterken. Blijf daar toch niet staan!'

Ik zocht mijn weg om de diepste plassen heen en drukte het hoedje dat ik opgezet had steviger op mijn hoofd. In mijn eentje leek de weg terug twee keer zo lang. De wind rukte aan mijn rok, mijn laarzen zogen zich vast aan de modder. Voorbij die bomen nog, dacht ik. En dan nog vier, nee vijf huizen. Dan ben ik weer thuis, dan ben ik veilig.

Met de grootste moeite kreeg ik de deur achter me dicht. Zonder mijn kletsnatte jas en laarzen uit te doen, liep ik door de gang naar binnen.

Mama had intussen niet stilgezeten. De kamer was in een chaos veranderd. Sommige van de stenen beeldjes waren in lappen gerold, maar andere stonden nog op hun planken. Er lagen dekens op de grond en over de piano had mijn moeder een zeil gehangen. Ze keek verwilderd naar me om. Haar ogen waren bloeddoorlopen en sommige krullen waren uit haar vlecht ontsnapt. Ze stond tot haar enkels in het water. 'Waar zijn de mannen?'

'Helpen bij de dijk,' zei ik kortaf. 'Waarom staat u hier nou in het donker?'

'Het licht doet het ineens niet meer.'

Om het te demonstreren haalde ze zonder resultaat de schakelaar een paar keer heen en weer. Ik wrong me langs haar heen naar de keuken. Omdat het afgelopen nacht vollemaan was geweest, scheen er nu wat licht door het kleine vierkante raam naar binnen. Het was genoeg om de meeste keukenspullen te kunnen onderscheiden. Op de tast liet ik mijn handen over het granieten aanrechtblad heen glijden. Aan de rechterkant stond een appeltaart die ik vanmiddag nog snel voor zondag gebakken had, samen met een paar aangebraden gehaktballen en een pan soep.

In een van de laden van het aanrecht lagen twee of drie kaarsen. Mijn handen trilden een beetje en ik moest een paar keer de lucifer aanstrijken voor het me lukte om er een aan te steken zodat ik meer zag. 'Zullen we het petroleumstel mee naar boven nemen?' riep ik naar de kamer.

'Dat is een goed idee. Dan kunnen we de soep opwarmen.'

'Snel, schiet op.' We namen het loodzware ding tussen ons in en sleepten het moeizaam de trap op naar boven. Op zolder stonden twee wankele stoelen met half vergane zittingen die opa nog altijd eens repareren zou en een tafeltje waarop ik enkele druppels kaarsvet liet vallen voor ik een van de kaarsen erop vastzette. In de hoek stond het oude ledikant waarin Lucas geslapen had voor hij mijn verloofde werd. Hierop smeet mijn moeder dekens en lakens, waarna ze hardop vaststelde dat ze onze hoofdkussens nog moest halen.

'Zo houden we het wel uit,' zei ze tevreden toen ze om zich heen keek en met me mee naar beneden liep.

Ik bleef nog even staan kijken naar het bed, waarop ik zo vaak stiekem gelegen had met Lucas.

Aan het begin van de lange zomer van 1952, waarin het bijna altijd warm leek te zijn en ik de Dordtse Kil in sprong zodra ik kon, had ik hem pas na lang nadenken verteld dat ik zwanger was. Ik had het uitgesteld, wilde niet dat hij zich verplicht voelde. Maar natuurlijk kwam er een moment waarop het niet meer kon, simpelweg omdat het op begon te vallen. Toen ik het hem uiteindelijk zei, hier op dezelfde zolder waar ik nu stond, was ik zo bang geweest voor zijn reactie dat mijn hart luid in mijn oren bonsde. Maar Lucas keek me alleen maar aan en zonk meteen op een knie.

'Sara Groeneveld, jij die zo van aardbeien houdt dat er weer eens een rode vlek bij je mondhoek zit, wil je met me trouwen?'

Verward bracht ik mijn hand naar mijn gezicht, maar hij was me voor en veegde het sap met zijn rechterduim weg. 'Nou?'

'Ja,' zei ik terwijl ik mijn armen om zijn hals sloeg. 'Natuurlijk.'

Ik moest glimlachen bij de herinnering. Die zomer leek nu zo ver weg dat het haast onwerkelijk was. Maar aan dromen had je niets en er moest nu gehandeld worden, wilden we de storm een beetje comfortabel uit kunnen zitten. Daarom rende ik weer naar beneden.

In de slaapkamer griste ik de tekening van het nachtkastje en tilde Ellie uit de wieg. Ze sliep gewoon door en ik klom met haar in mijn armen terug naar boven waar ik haar voorzichtig op het bed neerlegde. Mijn moeder had intussen een oude petroleumlamp aangestoken en op het plankje boven het ledikant gezet. 'Denk je dat mijn beeldjes veilig zijn?' vroeg ze.

Ik haalde mijn schouders op. 'Geen idee. Alles wat beneden staat wordt nat als het water nog verder stijgt.'

'Dat zou zonde zijn.' Mama had een gekwelde uitdrukking op haar gezicht. 'Ik ga ze halen.'

'Laat ze toch staan,' zei ik. 'Zijn er geen belangrijkere dingen die naar boven moeten?' Toen ik om me heen keek zag ik dat er al een tweede matras op de grond lag, want we konden onmogelijk met zijn vieren op het bed liggen. Ook het bord gehaktballen en de soep had mama op tafel gezet, samen met vier mokken. Een emmer melk stond in een hoek naast een bezem en een kastje waarvan het blad was aangevreten door houtworm.

'Volgens mij is dit genoeg.' Mijn moeder dacht even na en schonk me toen een beverige glimlach. 'En nu?'

'Wachten.' Ik ging op het bed zitten, trok mijn laarzen uit en zette ze met overdreven precisie voor het bed. Ik liet mijn hoofd tegen de muur rusten en trok mijn knieën op. Een van de dekens vouwde ik om mij en Ellie heen, want hier was het tochtiger dan op de eerste verdieping. De balken kraakten ook veel harder en de wind leek dichterbij.

Trillerig en nerveus veegde ik een lok haar achter mijn oor.

# 6

## MAART 1931

'Waar zat je met je hoofd vanavond, Kitty?' In de kleine keuken, waarin een houten tafel staat die de ruimte bijna vult, loopt mijn vader geagiteerd heen en weer van de muur naar het aanrecht. 'Eerst verdwijn je urenlang en daarna gedraag je je als een halvegare.'

Met trillende handen steekt hij een sigaret aan en inhaleert diep. Vanonder zijn borstelige wenkbrauwen blijft hij me aanstaren. Onder zijn blik lijk ik ineen te krimpen, te verschrompelen tot er niets meer van me over is. Iedere keer flikt hij het weer: met zijn lichte, felle ogen wil hij tot in het binnenste van mijn gedachten doordringen, me mijn geheimen ontfutselen, me ontleden als een dode die een sectie ondergaat. Ik moet sterk zijn. Maar het gevoel te licht bevonden te worden, overheerst.

Mijn ouders hebben Martha naar boven gestuurd, maar het zou me niet verbazen als ze nu met haar oor tegen de keukendeur aangedrukt staat om geen woord te hoeven missen.

'Die glazen en de drank die je over Van Dijk hebt laten vallen, daar moet je extra voor werken,' beslist vader plotseling. 'En waarom zei die steenzetter dat hij je kent?'

'Hij was dronken,' mompel ik. 'Misschien verwart hij me met iemand anders. Ik heb hem nog nooit gezien.'

'Hm.' Vader wrijft over de rossige stoppels op zijn kin. 'Waar was je vanmiddag?'

In het nauw gedreven probeer ik me te herinneren welke verklaring ik ook alweer had. 'Kokkels zoeken.' Tot zover is er geen gevaar om in mijn eigen leugens verstrikt te raken.

Moeder zit zwijgend te luisteren. Ze bemoeit zich nooit met mijn vaders uitbarstingen, ook niet als ze onverdiend zijn, maar nu staat haar gezicht gespannen alsof ze hoopt me ergens op te kunnen betrappen. 'Met Martha,' voeg ik eraan toe.

Te laat zie ik de triomfantelijke blik in haar ogen. Wat zijn dat voor mensen die er genoegen in scheppen als hun kind op zijn kop krijgt?

'Ha!' zegt ze. 'Je zus is de halve middag hier geweest. En ik wist het toen ik je brandschone laarzen zag staan.'

'Ik was ze vergeten.' Ik probeer niet weg te kijken, mijn ogen niet neer te slaan. Dat zou me verraden en ik weet uit ervaring dat als ik betrapt word op leugens, de straf niet mis is.

'En waar zijn je kokkels?'

Ik haal mijn schouders op, en naast me voel ik mijn vaders woede groeien. Als hij zo is, weet ik dat ik beter kan wegwezen.

De klap tegen mijn wang komt toch nog onverwachts, zodat ik geen tijd meer heb om weg te duiken. Geagiteerd heft mijn vader zijn arm voor nog een tik, en ik buk me om hem te ontwijken. Dit wekt pas echt zijn boosheid op: zijn vuisten dalen neer waar hij me maar raken kan. Ik kruip onder de tafel. Hijgend wil hij nog een keer uithalen, maar dan bedenkt hij zich ineens. Heel langzaam zakt zijn hand naar beneden, klemt hij zijn kaken op elkaar en gaat bedrieglijk kalm op een stoel zitten.

In de stilte staat mijn moeder abrupt op, ze houdt een theedoek onder de kraan en geeft hem zwijgend aan. 'Lieg toch niet altijd,' zegt ze hoofdschuddend. Haar stem klinkt moe en een beetje hees. 'Als we je gewoon konden vertrouwen...'

Al zijn haar woorden dan misschien wel gemeend, ze dringen niet helemaal door. Moeizaam kom ik overeind, een stekende pijn trekt door mijn lichaam. Ik dep mijn brandende wangen met de natte doek. De keuken draait, ik moet me vasthouden aan de rand van de tafel.

'Je móét naar ons luisteren,' zegt mijn vader haast verontschuldigend. 'We zijn gewone, hardwerkende mensen. Jij droomt te veel. Al die rare ideeën over naar school gaan. Het houdt nu op!'

In mijn benevelde toestand – mijn ouders zijn verworden tot een zwarte vlek waarop ik me nauwelijks kan concentreren – heb ik moeite hem te verstaan.

'Je bent een heel normaal meisje, Kitty. Je bent geen haar beter dan je ouders of je zus, ook niet omdat je toevallig op school uitblonk in rekenen en taal.'

Nu doelt hij op de woorden van de onderwijzer die op mijn twaalfde trachtte mijn vader over te halen vervolgonderwijs te overwegen door middel van een lofzang op mijn intellectuele talenten. 'Ik begrijp dat ze een tante heeft in Alkmaar? Stuurt u haar toch naar de middelbare school!'

'Nee, we hebben haar nodig in het café.'

En daarmee was voor mijn vader de zaak afgedaan. Dat hij nu het argument van een alledaags meisje uit een gewoon vlijtig, doorsneegezin weer van stal haalt, is wreed. Ten eerste heeft het niks te maken met de gebeurtenissen van vandaag, ten tweede is dromen het enige wat me overblijft.

'Ik weet dat je morgen plannen hebt,' zegt mijn vader bitter. 'Maar die stel je maar uit. Pas als ik tevreden over je ben, mag je gaan.'

Stompzinnige tranen glijden buiten mijn wil over mijn wangen. Ik veeg ze haastig weg zonder mijn ouders aan te willen zien. In absolute stilte – ik gun ze geen weerwoord of smeekbeden – strompel ik de trap op naar boven.

Zonder naar mijn ongetwijfeld bleke gezicht in de spiegel te kijken, kleed ik mij uit.

Martha beweegt zich niet als ik naast haar kom liggen. Ik ben blij dat ze niks vraagt. Wanneer ze even later de warmte van mijn lichaam opzoekt, krimp ik onwillekeurig even ineen. De pijn in mijn rug is het ergste. Ook nadat de adem van mijn zus allang zacht en regelmatig geworden is, lig ik nog met open ogen in het donker naar de muur te staren.

'Waarom doe je niet net als ik?' vraagt Martha als ze de volgende morgen de kneuzingen op mijn rug ziet wanneer ik mijn nachthemd uittrek. 'Ja zeggen, nee doen...'

Houterig kleed ik me verder aan zonder haar antwoord te geven. Ze heeft gemakkelijk praten – ze is bijna een nog grotere draaikont dan ik. Alleen zijn haar leugens niet zo doorzichtig als die van mij.

'Laat me eens zien,' zegt ze streng. Voorzichtig buigt ze zich over de blauwe plekken heen, ze tilt mijn hemdje op en legt haar mollige vinger naast een van de bloeduitstortingen. Haar donkerblonde haren raken mijn huid en er gaat onwillekeurig een rilling door me heen. Martha's groenblauwe ogen richten zich op mijn gezicht. Soms is het alsof ik mijn eigen spiegelbeeld zie wanneer we elkaar aankijken. Alleen haar haren zijn niet rood zoals die van mij.

'Deed hij het met de riem?' vraagt ze.

'Nee, gewoon met zijn vuisten.' De woorden komen maar moeizaam naar buiten, alsof ook mijn mond stijf dichtgeslagen is. 'Maar dat doet niet minder pijn.'

Peinzend strijkt Martha mijn haren glad. Ik kan het medelijden in haar ogen niet meer aan, en draai mijn rug naar haar toe. 'Zal ik het vlechten?' vraagt ze zacht.

Ik knik stom en vecht tegen de brok in mijn keel. In de afgelopen jaren ben ik zo vaak geslagen, nee, zijn wij allebei zo vaak geslagen, dat ik zou verwachten dat het ons koud liet. Niets is minder waar. De vernedering, de pijn en de onredelijkheid zijn iedere keer weer een verrassing. Dat en het feit dat moeder erbij staat te kijken zonder in te grijpen, veroorzaken de hete tranen die nu over mijn wangen lopen zonder dat ik ze tegen kan houden. Ik haal mijn neus op en veeg ze met mijn hand weg. Pas daarna kan ik me weer omkeren naar mijn zus.

'Ken je die jongen van de vechtpartij?' Omdat ik naar de knoopjes van mijn blouse kijk, tilt Martha mijn kin omhoog. 'Ja, dus. Hij is knap.'

'Gaat wel,' zeg ik behoedzaam. Hij lijkt me aardig, maar ik ben er niet zeker van of ik dat toe wil geven. Terwijl we samen de kussens met de hagelwitte kanten slopen opschudden en de lakens rechttrekken, vertel ik haar van de brommer en de tramwagon.

'Ben je met hem meegegaan? Nooit gedacht dat je dat zou durven. Stel je me een keertje aan hem voor?'

Als ik geen antwoord geef, zegt mijn zus vleiend: 'Ben je vergeten dat het vandaag zondag is? Vanmiddag is de voetbalwedstrijd, misschien is hij er ook wel.'

Een keer in de week verbroederen de Zuiderzeearbeiders en de jongens uit Den Oever zich. Op een zorgvuldig onderhouden grasveldje aan de rand van het dorp, verschijnen jong en oud. Teams worden samengesteld, waarbij het enige wat telt is dat een man kan voetballen en niet waar hij vandaan komt. Voor de wedstrijd wordt eerst een hartversterkertje in een van de cafés gehaald, want met wat drank in hun maag spelen de voetballers veel beter. Meestal rinkelt direct na de kerkgang het belletje van onze deur. De aanvoerders bespreken op gedempte toon de tactieken met hun spelers, ieder in een hoek van de zaal, zo ver mogelijk van elkaar vandaan. Soms vragen ze of ik iets gehoord heb van de tegenpartij, en dan vertel ik ze met een glimlach dat alleen een eerlijke wedstrijd eeuwige roem op het bord aan de wand achter de bar op zal leveren. Speciaal om de scores bij te houden heeft mijn vader een plaat van zachtboard vastgemaakt aan de muur, onder de gezouten hammen die aan de haken van de geteerde balken aan het plafond hangen. Op het bord prijken iedere week de winnaars: een lijstje met de namen van het team dat de meeste doelpunten heeft gescoord.

De voetbalwedstrijd is het hoogtepunt van de week, niemand wil hem missen.

Ik zucht hardop. 'Ze laten me vast nooit gaan. Ik moet het verdienen...'

Martha rolt met haar ogen. 'Laat dat maar aan mij over.' Ze

draait me weer om, pakt de borstel en begint met krachtige slagen mijn haar te ontwarren. Binnen een paar minuten heeft ze er met haar vaardige vingers een kunstwerk van gemaakt. 'Klaar,' zegt ze opgewekt, terwijl ze nog gauw een van haar eigen schildpadkammen vastzet. 'Laten we gaan eten.'

Met tegenzin volg ik haar naar beneden, waar mijn moeder de ontbijtspullen al op de tafel heeft neergezet.

'Goedemorgen,' zegt ze, maar ze vermijdt mijn ogen. Ik neem stijf en ongemakkelijk plaats op een van de harde keukenstoelen, en zwijgend lepelen we onze havermoutpap naar binnen.

Mijn vader schuift ook aan, en bij het horen van zijn harde, te jolige stem krimp ik ineen. Niemand heeft het over gisteravond, er volgen geen excuses en er wordt al helemaal niet gevraagd hoe het met me gaat.

'Martha, dek jij even een tafel voor Van Dijk?' vraagt moeder als we klaar zijn. 'Ik moet het eten nog opzetten voor vanmiddag.' Het lijkt bijna of ze me vandaag ontziet.

Mijn zus neemt een wit porseleinen bord en een bijpassend kopje mee vanuit de keuken. Ze legt een schoon tafelkleed over de vierkante bruine tafel die het dichtst bij het raam staat. In het voorbijgaan fluistert ze tegen me: 'Ik vraag zo wel of we naar de wedstrijd mogen.'

Even later komt Van Dijk binnen en hij vraagt onmiddellijk om een groot glas water. Zijn gezicht ziet grauw en er zitten dikke wallen onder de ogen.

'Koffie?' vraagt Martha vrolijk, maar hij schudt zachtjes zijn hoofd.

'Laat die eieren en spek ook maar zitten,' zegt hij bijna onverstaanbaar. Met zijn dikke vingers wrijft hij over zijn slapen.

Ik heb veel zin om een opmerking te maken over de inname van whisky en de gevolgen de volgende morgen, maar mijn vader begint net fluitend de door Martha klaargezette flessen op de toog in een grote mand te verzamelen. 'Lekker weertje vandaag, Van Dijk,' roept hij.

De opzichter heft met een pijnlijke grimas zijn hoofd. 'Ja,' antwoordt hij zonder enthousiasme.

'Doet u mee?' vraagt Martha, die een mandje met brood, de botervloot en een schoteltje met een beetje jam op de tafel neerzet.

'Waarmee?'

'Met voetballen.'

'Ik niet. Sommigen van mijn mannen wel.'

'Maar u komt wel kijken?'

Wat is ze toch goed met klanten. Al dat geduld, ik wilde dat ik er een fractie van had. Helemaal bij deze vadsige kerel die waarschijnlijk niet eens in staat is achter een bal aan te hollen, al had hij er zin in. Hij zou nog geen honderd meter vooruitkomen.

'Ga jij ook?' Hij doet een poging om te knipogen. Gehinderd door zijn kater lukt hem dat niet. Hij loenst. Lachend antwoordt Martha dat we altijd naar de wedstrijden gaan. Vol afschuw loop ik snel naar de keuken om de dweil uit te spoelen. In de opening van de achterdeur staat mijn moeder met een brandende sigaret in haar vingers. Ze staart met niets ziende ogen naar de poepdoos in de achtertuin naast de moestuin waar een zinken teil met nat wasgoed staat te wachten. Ze gaat voor me opzij om me langs te laten. Onverwachts legt ze haar hand even op mijn schouder. 'Ik eh... was het niet eens met gisteravond.'

De tranen springen me in de ogen. Om me een houding te geven hang ik niet alleen de dweil, maar ook alle handdoeken, theedoeken en hemden voor haar op. Een grote witte ziet eruit als een echt oudemannenhemd. Hij moet van Van Dijk zijn. Het liefst had ik hem tussen de modderige boontjes gegooid, maar ik houd me in. Daarna ga ik aan de keukentafel zitten en trek de krant met aardappels naar me toe.

Op het fornuis gaat het deksel pruttelend heen en weer. Het ruikt heerlijk naar stoofvlees.

Als mijn moeder de sigaret opgerookt heeft, loopt ze naar het aanrecht en begint de wortels in keurige vierkante blokjes op een snijplank te hakken.

Onder het schillen probeer ik de berichten op de oude krant te lezen. Tussen de advertentie voor chique damesjaponnen, de aankondiging van radioprogramma's en een bericht over een man die tijdens een rit met zijn auto over de Wieringerdijk vast kwam te zitten in de opgespoten klei, vind ik een flard van een feuilleton.

Zeker een kwartier brengen we door in een aangename stilte, tot de lach van mijn vader door het café schalt en ik haast in mijn vinger snijd.

# 7

## DE VROEGE MORGEN VAN 1 FEBRUARI 1953

Zeker een halfuur zaten mama en ik zwijgend tegenover elkaar, met Ellie tussen ons in. De spanning was bijna tastbaar. Ik wist niet of ze aan ons gesprek van vanmiddag dacht, maar bij mij bleef het maar door mijn hoofd malen.

Buiten ging de wind intussen tekeer, alsof hij net als in het sprookje van de wolf en de drie biggetjes het huis omver wilde blazen.

Toen ik beneden geluid hoorde, schoot ik mijn laarzen weer aan en liep de trap af met twee treden tegelijk. In de tijd dat we boven hadden gezeten, was er nog meer water door de deuren heen gedrongen. Het kwam nu tot mijn schenen.

Bij het losmaken van de deur leek hij zo licht als een veertje. Voor ik hem tegen kon houden, klapte hij naar buiten open. Op het erf stond opa, de regenjas wapperend om zijn benen en met druipende haren. 'Ga naar binnen, Saar. Het stijgt nu snel. Geen idee wanneer het weer zakt.'

'Waar is Lucas?' Ik probeerde achter opa langs te kijken of ik zijn vertrouwde gestalte zag.

'Hij komt er zo aan.'

Ik knikte, maar bleef met mijn voeten heen en weer schuifelen. Wat als er iets met hem gebeurde? Buiten had het er haast spookachtig uitgezien, met de storm en de regen die in dikke stralen langs de regenpijp stroomde. Ik duwde de gedachte weg en stelde me in plaats daarvan voor dat hij alweer op de terugweg was. Een prettig, maar snel vervliegende opvatting, want ik wist dat Lucas zich zou laten verleiden zo lang te helpen als nodig was. En dat terwijl hij toch een kind had om aan te denken. Ook die laatste gedachte duwde ik weg. In plaats daarvan stelde ik de vraag die me het meest bezighield: 'Opa, denkt u dat de dijk het houdt?'

'Natuurlijk.' Hij legde zijn grote, warme hand in mijn nek. 'Hij houdt het toch altijd?' Maar zijn ogen gingen heen en weer, keken naar alles behalve naar mij. Het leek alsof hij bedacht had dat hij in deze situatie de kalmste moest zijn, maar dat het niet echt lukte.

Al voor we bovenkwamen en geconstateerd hadden dat het water intussen rond de onderste treden van de trap naar de eerste verdieping klotste, overheerste opnieuw de angst bij mij dat dit geen normale situatie was. Het steeg ineens inderdaad schrikbarend snel. Mijn handpalmen voelden een beetje zweterig aan en ik veegde ze af aan de sporten van de zoldertrap toen ik opa volgde. Ondertussen probeerde ik mezelf ervan te overtuigen dat ik toch genoeg stormen had meegemaakt om te weten dat de wind altijd vanzelf weer ophield. Bovendien waren we hier toch wel iets gewend met de zee zo dichtbij?

Wachten, niets doen en maar een beetje doelloos heen en weer lopen of op het bed liggen zonder te slapen, was niet aan mij besteed. Ik ging voor het raam staan, starend naar de zwiepende takken van de bomen. De wanden van het kippenhok schudden zo hevig heen en weer dat ik bang was dat het in elkaar zou storten. Ik bleef net zo lang in het donker staan turen of Lucas er al aankwam, tot opa me met zachte drang bij de schouders pakte. 'Probeer nog een beetje uit te rusten.'

Hij ging op de matras op de grond liggen terwijl mama zich uitstrekte op het bed. Ze deed haar ogen dicht, maar ik wist zeker dat ze niet sliep.

Hoewel ik geen zin had om dicht bij haar te zijn, had ik geen keuze en ging naast haar liggen. Het was nu of nooit. 'Wie is die vrouw op de tekening?' vroeg ik.

Ze zuchtte en deed haar ogen open. 'Begin je nou weer? Ik weet het niet.'

'Waarom staat er dan onder dat ze mijn moeder is?'

'Dat heeft iemand eronder gezet. Ik weet niks van jouw afkomst, ik heb toch al gezegd dat je voor onze deur lag.' Mama ging rechtop zitten. 'Kunnen we het er niet een andere keer over hebben?' vroeg ze. Huiverend wreef ze in haar ogen. 'Ik ben bang.'

'We zitten hier nog wel een tijdje,' zei ik. 'Misschien leidt het af als we erover praten.'

'Nee,' zei ze. 'Ik wil het niet.' In het weinige licht keken we elkaar aan. Het voelde net als vroeger, wanneer ik weigerde om mijn bord leeg te eten. Maar toen was ik nog een kind en meestal winnen kinderen het niet van hun moeder.

Ik herinnerde me dat ik het een keer vertikt had om havermout te eten. Hoe langer het stond, hoe meer klonten erin verschenen. Kokhalzend had ik één hap genomen, waarna ik het van me af had geschoven, maar mama was niet onder de indruk. Na een uur haalde ze het weg, ik was opgelucht en lachte triomfantelijk. 's Middags aten we draadjesvlees – mijn lievelingseten. Maar in plaats van mij op te scheppen schoof mama onverbiddelijk de kom met pap naar me toe.

Ik lachte niet meer. Ook bij de avondboterham stond de havermout voor me klaar. De volgende morgen was de oude pap weggegooid; een nieuw, fris bord werd al klaargemaakt.

Toen had ik het begrepen: winnen zou ik niet. Gehoorzaam had ik de lepel opgepakt, mijn misselijkheid bedwingend, voor de havermout zo plakkerig werd als stijfsel.

Nu wilde ik haar niet laten triomferen.

De petroleumlamp walmde en mama draaide hem lager, zonder me verder aan te willen zien.

In de stilte die volgde, hoorden we ineens een harde klap. Opa rende naar het zolderraam en keek naar buiten. Met een wit gezicht draaide hij zich naar ons om. 'Niks aan de hand, alleen een dakpan die naar beneden gevallen is.'

Opgelucht haalden we alle drie adem.

'Dus u weet niet wie hem gemaakt heeft?' drong ik na een tijdje nog eens aan.

Ze schudde haar hoofd. 'Wat ik weet, heb ik je net verteld.'

'En een naam, heeft u die? Bijvoorbeeld van mijn moeder?'

'Nee,' antwoordde ze.

Als ze loog, hield ze haar gezicht uitstekend in plooi. Haar schouders waren hoog opgetrokken en ik durfde niet meer door te vragen. We probeerden ons een beetje te ontspannen.

Ik schoof zo dicht mogelijk naar de muur toe. Het hoge huilen van de wind hield me wakker en ik draaide me van mijn ene op mijn andere zij.

Terwijl de regen fel tegen het raam tikte en nog meer dakpannen te pletter vielen op het erf, probeerde ik die stomme tekening te vergeten.

'Luister.' Opa ging rechtop zitten. Onder ons hoorde ik een zacht gebonk op de deur.

'Daar is Lucas,' zei ik opgelucht.

Mama rekte zich uit. 'Ik geloof dat ik toch nog even geslapen heb, jij?'

Ik schudde mijn hoofd. Opa was intussen al naar beneden gelopen en ik hoorde de stemmen van de beide mannen in de gang. Na een paar minuten verscheen het hoofd van Lucas door het zolderluik. Hij lachte tegen me en ik kon me niet aan de indruk onttrekken dat hij het probeerde te beschouwen als één groot avontuur. Een beetje wind, een beetje water. 'Het stijgt steeds harder,' zei hij terwijl hij het pak dekens dat hij in zijn handen had op de grond liet glijden. 'Maar alles komt goed.'

Mijn hand zocht naar het zachte plekje in zijn hals, net onder zijn oor, en ik haalde diep adem. 'Wordt het nog erger?'

'Misschien...' Lucas wreef met zijn hand over zijn kin. In het lamplicht zag ik het waas van een donkere baardgroei. Hij heeft gisteren zeker geen tijd gehad om zichzelf te scheren, dacht ik. Vreemd hoe je details kon registreren die er niets toe deden terwijl je veel belangrijker dingen aan je hoofd had.

Ik maakte mijn haren los en kamde er met mijn vingers doorheen voor ik er weer een vlecht van maakte die ik oprolde en vaststak met verschillende haarspelden. Lucas volgde mijn bewegingen.

'Vanmiddag verzekerde iedereen me dat het alweer zakte en het ergste voorbij was,' zei ik.

Lucas haalde zijn schouders op. 'Vanmiddag hadden we nog niet door dat de combinatie van hoogwater en die sterke wind zo gevaarlijk is. Springtij maakt het extra erg.'

Mijn moeder gaf me zwijgend een kom melk. We aten er een stuk brood bij en een koude gehaktbal.

Ik probeerde niet meer na te denken, probeerde de zware druk op mijn borst weg te duwen. Om beurten lagen we op het bed of op de matras. Ik was blij dat Ellie gewoon doorsliep en niks leek te merken van de spanning die wij allemaal voelden. Een keer slechts werd ze wakker en ik voedde haar. Wat er ook zou gebeuren, nu had ze tenminste geen honger.

Tegen een uur of halfacht in de morgen zagen we door het dakraam hoe witte schuimkoppen vanuit de polder aan kwamen rollen. Eerst dacht ik dat het mistflarden waren, maar even later zag ik dat het een muur van water was die met vernietigende kracht langskwam. Het lawaai was oorverdovend en hij sleurde van alles met zich mee: koeien en paarden die niet op tijd weg hadden kunnen komen, meubels en een stuk van een schuur. Het kippenhok werd helemaal uit elkaar geslagen en raakte op drift.

Ik keek in de richting van het kruispunt en mijn hart stond bijna stil. Over de smalle weg baande het water zich een weg naar beneden en het perste zich samen op een heel klein stukje.

Van beneden klonk geluid, maar toen ik naar de trap wilde vliegen om te kijken, hield opa me tegen. 'Dat zijn de meubels die tegen de muur aan drijven.'

Voor ik me weer omdraaide zag ik dat het al bij de overloop kletsnat was.

'Al mijn mooie dingen,' snikte mijn moeder plotseling. 'Mijn beeldjes, mijn boeken, de naaimachine...'

'Hou toch op,' snauwde ik. 'We leven nog! Misschien zijn er al mensen verdronken, mensen die beneden sliepen en overvallen zijn.'

Mama boog haar hoofd alsof ze zich schaamde en hield gelukkig op met jammeren.

'Volgens mij is het beter als we hier niet blijven,' zei Lucas. Zijn gezicht was bleek en hij had donkere kringen onder zijn ogen van vermoeidheid en ongerustheid. Hij strekte zijn armen naar Ellie uit en ik gaf haar aan hem zonder tegen te sputteren.

'Wat stel je voor dan?'

'Dat we uit het raam klimmen en proberen zo weg te komen.'

We keken elkaar aan en in zijn ogen werd mijn eigen angst weerspiegeld. Het onmogelijke was gebeurd: de dijk was doorgebroken.

'Ik ben het met Lucas eens,' zei opa zacht. 'Hoe eerder we hieruit zijn, hoe beter. Het bevalt me niet hoe het huis heen en weer schudt.'

Mama's gezicht werd nog bleker, maar ze knikte langzaam.

'Laten we dan maar bedenken hoe.' Ik slikte een paar keer. Ik wilde de zolder niet verlaten, kon me niet voorstellen hoe we daar straks blootgesteld aan de storm en de zee moesten proberen onze weg naar de veiligheid te vinden. En dat met Ellie...

'Er staat hier een keukentrap,' zei opa.

'Als we de dakpannen er nou eens afwippen.' Lucas streek weer het haar van zijn voorhoofd weg. Hij zweette. Ik kon zien dat hij zich concentreerde op de taak die hij zichzelf gesteld had en dat hij op die manier zijn angst onderdrukte. 'Dan kunnen we ons vasthouden aan de latten. We binden lakens aan elkaar en laten ons zakken langs de gevel.'

Mijn moeder en ik kwamen tegelijkertijd in beweging. We trokken het beddengoed van het bed, knoopten de uiteinden aan elkaar. Het leek me een miezerig korte lijn, maar ik durfde mijn gedachten niet uit te spreken. Bovendien had ik mijn twijfels of het ons gewicht zou houden.

'Hoe doen we het met de kleine?' vroeg ik Lucas.

'Een van ons gaat als eerste, daarna laten we haar in een soort draagzak zakken.'

'Gemaakt van?'

'Ook een laken, denk ik.'

Ik knikte weer en scheurde er een in tweeën. De helft legde ik op het bed. Lucas en opa zetten samen de keukentrap bij het dakraam. De opening zag er onmogelijk klein uit en ik vroeg me af of mijn moeder, die behoorlijk mollig was, er wel door zou passen. Voor ik de punten van de geïmproviseerde draagzak om Ellie heen vouwde, voedde ik haar nog een keer. Ze keek zo intens tevreden naar me op, dat ik er tranen van in mijn ogen kreeg.

Ik voelde de arm van mijn moeder om mijn schouders glijden en ineens werd ik minder bang.

We zouden dit samen doen en we zouden het redden.

# 8

## MAART 1931

Martha en ik komen bijna te laat voor de wedstrijd. Ze smeekt of ik mee mag.

'Toe, vader. Vanmiddag zullen we samen alle tafels afnemen en de ramen lappen. Alstublieft! Zonder Kitty is er voor mij ook niks aan.'

Vader blijft onverbiddelijk. 'Je zus heeft straf.'

Onverwachts pleit moeder mee: 'Het is zondag, Wouter. De enige vrije dag van de meisjes.'

Als hij uiteindelijk toegeeft ben ik wel blij, maar ik had nog liever gehad dat moeder gisteren zijn hand had tegengehouden.

Voordat vader zich bedenkt, doe ik snel mijn schort af. Lachend hollen we naar buiten. Alle wolken van gisteren zijn uit de lucht verdwenen: een stralende lentezon schijnt over het nog drassige grasveld, al blijft het koud.

'Kom op, Kitty!' Martha's stem gaat grotendeels verloren in de wind, en al ligt ze een stuk op me voor, ik haal haar steeds meer in.

Vlak bij de huizen aan de dijk, die scheef tegen elkaar aan hangen, staat het ene team, een eind verderop het andere. Als doelpalen zijn stokken in de grond gestoken waartussen donker getaande vissersnetten zachtjes schommelen in de wind. Er heerst een gemoedelijke spanning. De meeste mannen staan nog even te roken, de dorpsmeisjes hangen in hun buurt rond, maar de spelers zijn al half met hun gedachten bij het voetbal. De twee aanvoerders delen rode en gele repen stof uit aan hun ploeggenoten die ze om hun bovenarmen binden om zo het onderscheid met de tegenpartij te maken. Sommige toeschouwers hebben een keukenstoel meegenomen. De poten zakken ver in de zompige graszoden, doorbuigend onder het gewicht van hun eigenaars.

'Daar is die steenzetter van je weer,' stoot Martha me aan.

Casper staat tussen de andere mannen – polderjongens en dorpsgenoten door elkaar. De bleekheid van zijn gezicht wordt geaccentueerd door de zwarte uitsteeksels van ongeveer acht hechtingen. 'Hij is niet van mij,' zeg ik. Ik heb het gevoel dat ik me verdedigen moet.

'Stel me dan eens voor...'

Ik geef toe, al is het niet van harte. Eigenlijk wil ik helemaal niet dat ze hem leert kennen. Mijn maag krimpt samen wanneer ik haar verwachtingsvolle gezicht zie. Wat als hij haar leuker vindt dan mij? Onzeker laat ik mijn handen over mijn ingevlochten haren glijden. Ik draag het meestal los, zoals Martha nu. Ineens vraag ik mezelf af of dit kapsel me wel staat. Doe niet zo belachelijk, denk ik. Jongens interesseren je geen ene moer, waarom zou het met deze ineens anders zijn?

'Hé,' zegt Casper als we voor hem staan.

'Hé. Toch even langs mijn oom geweest?' vraag ik. Mijn handen jeuken om de wond beter te bekijken. De steekjes van de hechtingen zien er zo regelmatig en netjes uit dat ik mijn vingers erlangs zou willen laten glijden om zelf te voelen hoe professioneel oom Frans het aangepakt heeft. Maar ik durf niet goed en laat mijn armen naast mijn zij vallen.

Casper lacht. 'Hij zei dat hij het zelf niet beter had kunnen verbinden. Alleen: mijn kop doet nu wel pijn.'

'Dat kan ik me voorstellen.' Naast me schraapt Martha haar keel. Casper heeft haar nog niet één keer aangekeken. In plaats daarvan laat hij zijn ogen glijden over mijn strakke blouse en rok. Hij vindt me leuk, denk ik, en mijn hart maakt een sprongetje.

'Stel me nou eens voor, Kitty!' zegt mijn zus terwijl ze zich tussen ons dringt.

'Martha, dit is Casper, Casper, Martha,' zeg ik snel. Hij maakt zijn ogen los van mijn gezicht en knikt mijn zus toe.

'Hoe is het met je hand?' vraagt Martha. Ze haalt haar eigen vingers door haar haren en glimlacht. 'Kitty zegt dat je brommer kapot is. Jammer, anders had je ons een keer achterop kunnen nemen. Om de beurt, natuurlijk.'

'Mijn hand doet geen pijn meer,' zegt Casper. 'En die brommer... nou, voorlopig wordt daar helemaal niet op gereden. Eerst sparen voor een nieuw wiel.'

Op hetzelfde moment snerpt het fluitje van de scheidsrechter door de lucht. Vandaag is dat Bert Lont, een verre neef van vader. Hij vraagt de spelers bij hem te komen staan.

'Kom je nog, Slagboom!'

'Ik moet...' verontschuldigt hij zich.

'Natuurlijk.'

We lopen naar de kant en ik zie aan Martha's gezicht dat ze iets tegen me wil zeggen, maar ik geef haar geen kans. Ik staar strak naar het veldje. Daar is de aftrap al. Hij wordt genomen door Pieter Overveen, maar de bal komt onmiddellijk op de neus van een schoen van de tegenpartij. Schreeuwend en joelend moedigen we aan. Het eerste doelpunt knalt tegen het geïmproviseerde net. Scheldend grijpt de keeper ernaast. Algauw scoort de andere kant de gelijkmaker.

De eerste twintig minuten gaan de beide teams gelijk op. Volwaardige elftallen zijn het overigens niet, de spelers hebben elk maar acht leden in hun groep. Na een halfuur wordt er weer gefloten en is het rust. Beide partijen gaan terug naar hun eigen hoek op het veld. Ze krijgen kommen schuimende melk aangereikt door hun familieleden en vrienden.

'Zo terug,' zegt Martha.

Ze steekt het grasveld over en legt haar hand op Caspers arm. Hij kijkt naar haar met een vage glimlach om zijn mond. Misschien praten ze over mij, want hij draait zijn hoofd heel even in mijn richting. Snel kijk ik naar de grond. Als ik weer opkijk veegt mijn zus net het zweet van zijn voorhoofd af met een handdoek. Hoofdschuddend vraag ik me af waar ze die nou weer gevonden heeft.

Als de wedstrijd wordt hervat, komt ze heupwiegend teruglopen met de handdoek stevig tegen zich aan gedrukt.

'Hij kijkt allang niet meer,' zeg ik.

Martha's mollige wangen kleuren lichtrood en ze schudt haar lange donkere haar. 'Jaloers? Als jij hem leuk vindt zal ik je niet in de weg zitten, hoor. Hij is maar een eenvoudige steenzetter.'

'Wat is daar mis mee?'

De kleur op haar mooie gezicht wordt nog dieper. Zachtjes stoot ik haar aan. 'Ik heb geen belangstelling voor jongens, dat weet je toch?'

Gelaten haalt Martha haar schouders op. Plagend trek ik aan haar lange, donkerblonde haar, maar ze keert zich half beledigd om en ik concentreer me weer op het spel.

Er zijn behoorlijk wat tekortkomingen bij de voetballers. Aan beide kanten laten ze gaten vallen in hun verdediging, rukken te sloom op en missen zo een heleboel kansen.

In het team van Casper laat een van de spelers zich plotseling met een harde schreeuw vallen. Met een vertrokken gezicht grijpt hij naar zijn enkel. Vastberaden ren ik het veld op. Ongeduldig duw ik iedereen opzij, gefocust op de verwonding. Op het eerste gezicht lijkt het mee te vallen, waarschijnlijk heeft hij hem alleen verstuikt, want het gewricht begint meteen op te zwellen. 'Wel met je been omhoog blijven zitten, hoor!' roep ik ze achterna terwijl hij afgevoerd wordt. De eerste kreten van teleurstelling klinken om me heen. Hoe moeten ze nu verder spelen nu een van hen is uitgeschakeld?

'Ik kan voetballen.' Op mijn woorden kijken de mannen elkaar half verlegen aan. Er wordt met de voeten geschuifeld, niemand zegt een woord. Een meisje dat zich aanbiedt, wat is dat waard? Minder dan een halve man, niemand kan zich voorstellen dat ze daar iets aan hebben.

'Als kind heb ik heel veel gevoetbald,' verdedig ik me. 'Graag of niet.' Uitdagend kijk ik in het rond. Casper laat mijn ogen niet los, nadenkend bijt hij op zijn lip. 'Kun je rennen in die rok?'

'Als iemand een broek voor me heeft, trek ik hem uit.'

Ze gaan een eindje van me af staan om te overleggen. Hun tegenstanders glimlachen en slaan elkaar alvast op de schouders: je ziet ze denken dat de overwinning niet meer aan hen voorbij kan gaan. Al zou er een meid inspringen, die telt niet mee. Ze hadden net zo goed meteen kunnen opgeven, met zeven man hebben ze even weinig kans als met mij erbij.

'Hier.' Casper werpt me een smerige, donkere broek toe. Vanuit mijn ooghoeken zie ik dat Martha mijn aandacht probeert te trekken, maar ik laat me nu absoluut niet meer tegenhouden. Ik heb er zin in. Achter het struikgewas is de rok gauw verwisseld en een verbouwereerde Martha pakt het in elkaar gefrommelde kledingstuk van me aan.

We stellen ons in het midden van het iets omhooglopende veld op. Voor de scheidsrechter zijn fluitje aan zijn mond zet, test ik nog even hoe nat het gras is. Dat lijkt mee te vallen, al gingen in de eerste helft toch heel wat mannen onderuit. Mijn directe tegenstander is iemand van ongeveer vijfentwintig, redelijk mager en maar een halve kop groter dan ik. Hij heeft pikzwart haar en hazelnootkleurige ogen en komt me totaal onbekend voor. Zijn grote grijns laat zien dat ook hij me totaal onderschat. Bij het duel dat algauw tussen ons ontstaat, zijn mijn lange benen en armen een voordeel: aan het luide geschreeuw om ons heen is te merken dat onze dorpsgenoten langzaamaan op mijn hand zijn. Ik voel de schrijnende kneuzingen en bloeduitstortingen op mijn rug niet meer; een ware furie neemt bezit van mij.

Een schijnbeweging brengt zijn lichaam dichterbij, een ondefinieerbare geur dringt mijn neus binnen. In een flits bedenk ik dat het zijn lichaamsgeur moet zijn. Hij ruikt vaag naar zweet en vreemd genoeg naar onbekende kruiden. Boos vanwege de afleiding stoot ik hem ruw opzij, mijn hele gewicht in de strijd gooiend. Hij slipt en glijdt een eindje door op de grasmat. Ik maak gebruik van het gat, race naar het doel, en... scoor!

Tegelijkertijd fluit de scheidsrechter af; de wedstrijd is voorbij.

Om mij heen vallen mijn teamgenoten elkaar in de armen, ze draaien zich naar me om en ik voel hoe ik hoog opgetild word. Het laatste wat ik zie voor ze me wegvoeren is de onbekende man, die me nastaart met zijn bruine ogen.

Er gaat een schok door mijn lichaam.

# 9

## 1 FEBRUARI 1953

Opa ging als eerste. Lucas had de trap vastgebonden met een touw dat hij ergens in een hoek van de zolder gevonden had. Voor we het raam open konden doen, ging er een siddering door het huis. We moesten nu opschieten, als we langer zouden blijven zitten was er een grote kans dat het zou instorten.

'Ik haal het hele raam eruit,' zei Lucas vastberaden. 'Zo is de opening groter en het maakt toch niet meer uit of de wind en de regen binnenkomen.'

Ik wist niet of hij alleen maar hardop nadacht, of dat zijn opmerkingen voor iemand in het bijzonder bedoeld waren. Ellie spartelde tegen toen ik haar optilde, alsof ze de spanning kon voelen. Ik was blij dat ze niet huilde. De wind beukte zo hard tegen het glas dat opa en Lucas samen de grootste moeite hadden het eruit te tillen. Daarna had de storm vrij spel en joeg er een kou over de zolder die ons deed huiveren in onze dikke jassen.

Opa stond nu boven aan de kleine ladder en zwaaide zijn been over de rand van het raamkozijn. Hij was verdwenen voor ik er erg in had.

'Wie nu?' Met grote ogen van de spanning keek Lucas achterom. 'Gaat u?'

Mijn moeder knikte. Ze klom moeizaam omhoog en probeerde zichzelf door de smalle opening te wurmen. 'Ik zit vast,' klonk haar stem paniekerig.

Lucas aarzelde niet, hij klauterde ook naar boven en duwde uit alle macht. Ten slotte was ook mijn moeder niet meer te zien en bleven we met zijn drieën op de zolder achter, waar het stof van de houten planken in ons gezicht waaide. Ik probeerde het weg te vegen, maar het was tevergeefs.

Toen Lucas zich omdraaide had hij die blik in zijn ogen die ik zo goed kende van toen hij pas verliefd op me was geworden. 'Geef Ellie maar,' zei hij.

Ik ging naar hem toe en voor ik mijn dochter losliet, stonden we tegen elkaar aan met de baby tussen ons in. Het was voor het eerst dat ik besefte dat ik hem niet kwijt wilde raken, hem niet en Ellie ook niet.

'Nee,' zei ik. 'Ik kan het niet.'

'Je moet, Saartje.' Hij keek me aan.

'Ik kan het niet, ik kan het niet, Lucas. Ik...' Mijn stem klonk steeds schriller en hij sloeg zijn armen om me heen. 'Ik zal uit het raam moeten klimmen en de regen maakt ons allemaal klets- en kletsnat. Ook Ellie... Hoe moet ik haar beschermen?'

Lucas smoorde mijn protesten met een lange kus. Hij duwde zijn voorhoofd tegen dat van mij en hield mijn blik vast. 'We kunnen niet anders,' zei hij.

Ik opende mijn mond en wilde nog iets zeggen, maar er kwam geen geluid uit. Hij had gelijk. Voor ik er erg in had, duwde hij me het trapje op en gaf me een zetje.

Zodra ik mijn hoofd uit het raam had gestoken, kletterden er hagelstenen op me neer. Met moeite kwam ik op het dak en probeerde grip te krijgen, wat lastiger was dan ik van tevoren gedacht had, ook al had opa intussen behoorlijk wat dakpannen naar beneden gegooid en hielden we ons vast aan de houten balken. Onder ons zag ik niets anders dan water en een heel smal reepje grond vlak bij de buren, waarop we ons waarschijnlijk moesten laten zakken om zo uit de buurt van het huis te kunnen komen.

De snijdende wind vond zijn weg door een open gaatje van mijn jas en boorde zich met een onbarmhartige vaart in mijn hals. Ik probeerde de kraag op te zetten, maar het was lastig om me tegelijk met een hand vast te houden en ik moest de hakken van mijn laarzen achter de latten haken zodat ik niet van het dak af viel. Bovendien stak Lucas zijn hoofd door het zolderraam en even later ook zijn armen om onze dochter aan te reiken. Ik had nu al mijn kracht nodig om mijn evenwicht te bewaren. Opa hield de slip van mijn jas vast terwijl ik haar probeerde over te nemen. De wind bleef maar om mijn oren beuken en ik probeerde geen negatieve gedachten toe te laten als: ik val, ik grijp mis, ik haal het niet.

Ten slotte lukte het me haar aan te pakken, maar zonder de hulp van opa en mijn moeder had ik Ellie nooit in de geïmproviseerde draagzak gekregen. Ik maakte mijn jas open en knoopte hem vast om mijn middel, zodat ik haar iets meer warmte kon bieden door de zware stof om haar heen te plooien.

Het was hopeloos. Hoe ik de baby naar beneden moest krijgen zonder dat we samen zouden vallen, zag ik niet.

Voordat Lucas over de rand klauterde, bond hij het beddengoed vast aan het touw dat hij eerder aan de keukentrap had vastgemaakt en slingerde dit over het raamkozijn heen. Zoals ik al verwacht had, bereikte het de grond niet – nog een compliceerende factor. Het liefst was ik weer terug naar binnen gegaan, waar we nog enigszins beschut hadden gezeten, maar het huis schudde af en toe zo hard heen en weer dat de weg terug ook afgesloten leek te zijn.

Dit keer wachtte Lucas niet op opa en mama, maar liet hij zich als eerste zakken en sprong het laatste stuk. Daarna volgde opa en ook hij kwam zonder al te veel moeite beneden aan. Nu de beide mannen op het eilandje in het kolkende water stonden en zich met moeite in de wind rechtop konden houden door zich aan een vlierstruik vast te grijpen die naast het huis stond, had ik het gevoel dat we dit toch tot een goed einde zouden brengen.

Mijn moeder keerde zich naar me toe. In het grijze morgenlicht leek haar toch al bleke gezicht nog grauwer. 'Ga jij eerst of ik?'

'Ik ga als laatste, dan kunnen jullie Ellie aanpakken.'

De lijn van lakens schommelde heen en weer en kwam telkens tegen de muur aan terwijl mama zich liet zakken. Lucas en opa waren als bergbeklimmers afgedaald, met hun voeten tegen de wand, maar mijn moeder lukte het niet om zich met haar gladde schoenzolen tegen de stenen af te zetten, zodat ze als een gek heen en weer tolde en af en toe tegen het huis aan gesmeten werd. Toch kwam ook zij beneden aan.

Nu was het mijn beurt. Tenminste, eigenlijk was het de beurt van mijn dochter, die zich willoos aan onze grillen en nukken moest overgeven en geen keuze had in wat er voor haar beslist werd. En toen ik de punt van het tere laken aan de draagzak vastmaakte, een zeer discutabel alternatief voor een stevig en echt touw, had ik de neiging naar beneden te roepen dat ik het absoluut niet zag zitten om mijn dochter meters boven de grond te laten zweven met alle gevolgen van dien. Ik veegde mijn klamme handen af aan mijn jas en haalde diep adem voor ik probeerde om Ellie te laten zakken.

Het bleek algauw dat ik daar gelijk in had, want niemand daarbeneden kon het stomme ding echt leiden en ook mijn kindje bonkte tegen de gevel aan. Ze begon te huilen en ik hees haar meteen weer op.

Lucas keek naar boven, zijn gezicht was verkrampt van angst.

'Het gaat niet,' schreeuwde ik zo hard als ik kon tegen de storm in.

'Geen... keuze... het moet...' ving ik op.

'Ik blijf hier tot het zakt,' schreeuwde ik dapper naar hem. 'Dat is het beste.'

Zelfs in het weinige licht zag ik de rimpels op Lucas' voorhoofd verschijnen toen hij nadacht. Hij zette zijn handen aan zijn mond als een trechter. 'Ik zoek iemand met een ladder! Misschien heeft de buurman er één en anders zoek ik iemand met een boot en kom terug om jullie te halen!'

Om te laten zien dat ik hem gehoord had, stak ik mijn duim omhoog en liet me zakken op de oncomfortabele daklatten. Onder mij begonnen ze langs het huis te schuifelen, zich zo goed mogelijk vastgrijpend aan de takken van de vlierbes.

Mama hief haar gezicht om naar mij en Ellie te kijken. Onze ogen haakten in elkaar en in haar ogen zag ik iets wat ik niet vaak eerder gezien had. Ze was meestal nogal afwezig, bezig met haar beeldjesverzameling of de piano. Het was er maar heel even, als een zonnestraaltje die achter een wolk tevoorschijn kwam op een overwegend betrokken dag. Maar het was fel en het raakte me diep vanbinnen. In haar blik zag ik haar liefde voor ons, blootgelegd alsof ik in haar hart kon kijken.

Terwijl ze omhoog bleef staren, stapte ze mis op dat piepkleine stukje grond dat nog niet verzwolgen was.

Haar handen grepen tevergeefs naar een houvast – toen verloor ze haar evenwicht. Haar stem ging verloren in het tumult van het water en de storm, onbarmhartig werd ze meegesleurd voor Lucas of opa haar kon vastpakken.

Aan een tak van de vlierstruik bleef alleen haar wollen handschoen hangen.

Ik geloof dat ik gilde, maar hoorde zelf het geluid niet. Mijn eerste reactie was naar beneden te springen, gewoon van het dak af. Ergens in die kolkende massa moest mijn moeder nog ronddrijven. Ze kon niet zwemmen. Alleen het compacte en warme gewicht van Ellie hield me tegen om een wanhoopsdaad te begaan.

Beneden op het laatste stukje erf dat nog over was, konden opa en Lucas niet heel lang blijven staan om te kijken waar ze in de golven verdwenen was. Het eilandje brokkelde steeds meer af, en ik was bang dat Lucas geen tijd meer zou hebben om naar een ladder te zoeken en dat ons huis in de golven zou zakken met mij en Ellie erbij. Ik wilde het liefst naar ze toe om mijn armen om hen heen te slaan, maar dat was onmogelijk. Daarom klemde ik mijn dochter met één arm heel vast tegen me aan, terwijl ik met de andere krampachtig de dakrand vastkneep en dacht: schiet op, schiet alsjeblieft op! In het onbestendige, bijna geelachtige licht werden ze algauw kleiner en bleef ik alleen achter met de fluitende wind en de regen die alles doorweekte.

In de volgende uren werd het een obsessie voor me om naar het stukje te blijven turen waarin mijn moeder verdwenen was. De rode handschoen ging hevig heen en weer aan de tak waaraan hij zichzelf gespietst had en ik keek ernaar tot ik bijna gek werd.

Terwijl ik daar op het dak zat, trok mijn leven aan me voorbij. Heden en verleden liepen in elkaar over: het ene moment zat ik te bedenken dat we het ontbijt vergeten hadden en vroeg ik me af waarom de klokken nog niet geluid hadden voor de zondagsdienst, even later herinnerde ik me ineens de keer dat ik met Lucas een bezoekje had gebracht aan de boerderij van zijn broer, ergens op Goeree-Overflakkee, een enorm boerenbedrijf met stallen vol koeien en een erf dat bezaaid was met kippenstront. Daarna dat we als kleine kinderen slootje hadden gesprongen, waarbij ik niet ver genoeg de kant op was gekomen en mijn moeder achteraf gemopperd had over mijn natte kousen vol drabbige modder. Ik herinnerde me de vrijdagavonden, waarop mama een teil met een laagje warm water vulde, waarna opa en ik om beurten een bad namen. Het schone gevoel na zo'n wasbeurt – ik in mijn nachtjapon met aan mijn voeten dikke zelfgebreide kousen, nog rozig van de stevige boenbeurt waaraan mama mij had blootgesteld. Op zulke avonden maakte ze warme melk voor mij en luisterden we naar een vioolconcert op de radio.

Ik zag de ongelofelijk lieve glimlach op het gezicht van Lucas voor me als hij me aankeek na een dag hard werken op het land. Ik herinnerde me de moeizame bevalling van Ellie, het moment dat haar glibberige lijfje naar buiten kwam en ik de opluchting door me heen voelde stromen toen ze op mijn buik gelegd werd.

Ik was terug in de schoolbanken en luisterde naar de monotone stem van mijn lerares, mevrouw Van Wijk, en keek verlangend over haar schouder naar het raam en de blauwe lucht, zonder een woord in me op te nemen van wat ze zei. Toen ze in mijn herinnering haar liniaal op mijn knokkels neer liet komen, schrok ik wakker, om tot de ontdekking te komen dat ik terug was in 1953. Pas toen voelde ik de kou en ik begon te rillen en te klappertanden. Er schoot een gebed door mijn hoofd, ik hoorde het koor kerstliedjes zingen bij de dienst, Ellie duwde haar gezichtje tegen mijn borst.

En al die tijd verging de wereld om me heen.

# 10

## APRIL 1931

Moeder stuurt me naar oom Frans om een hoestsiroop te vragen voor vader. Al nachtenlang houdt zijn geblaf ons allemaal wakker.

Toen ik klein was logeerde ik regelmatig in het witte huis met dokterspraktijk aan de rand van het dorp. Er heerst daar altijd een zekere sfeer van statigheid en rust, zo contrasterend met de eeuwige drukte in het huishouden van mijn ouders.

Behalve mijn oom, die ik mateloos bewonder, kan ik er ook altijd tante Dina vinden. Ze is een voorname, rijzige vrouw met donker haar die zich bezighoudt met de administratie en de patiënten van de wachtkamer naar de spreekkamer leidt.

Halverwege de straat vallen de eerste druppels al op mijn opgeheven gezicht uit de donkere wolken die zich boven mijn hoofd samengepakt hebben. Mijn donkergroene baret raakt onmiddellijk doorweekt en de zolen van mijn schoenen zuigen zich vast aan de modderige grond nog voor ik de paraplu uit kan vouwen die ik van huis heb meegenomen. Rondom de dijk, niet alleen bij de werkhaven maar ook in het dorp, bestaat de grond uit zompige klei. De drek lijkt zich vastgezet te hebben op de stoepen. Bij de dijkwerkers die in het café komen, zit het aan hun laarzen en op hun kleding en gezicht. Ze dragen eigenlijk altijd een geur van natte aarde bij zich, vermengd met zurig zweet. Soms houd ik mijn adem in als ik ze hun drank breng. Soms overvalt het me. Dan voel ik hoe de resten van een vorige maaltijd omhoogkomen en probeer ik rustig door mijn neus adem te halen.

Ik loop langs de bakker in de Voorstraat, die vanachter zijn raam naar me zwaait, en glip snel de achterdeur van het huis van mijn oom en tante binnen.

'Kitty! Wat leuk, we hebben je al zo lang niet gezien.' Oom Frans kust me op beide wangen. Hij kijkt op zijn polshorloge. 'Nog één patiënt, dan heb ik middagpauze. Eet je mee?'

'Lekker. Moeder wil graag een hoestdrankje voor vader. Ze vindt één nacht zonder slaap genoeg.'

Oom Frans knikt. 'Dat doen we zo wel.' Hij stuurt me met een zacht duwtje in de richting van het woonhuis. Door een behoorlijk donkere gang, waar portretten van mijn overgrootouders in klederdracht streng op mij neerkijken, kom ik bij de deur die toegang geeft tot de keuken. De grote, lichte ruimte draagt het stempel van tante Dina. Mijn moeder zou een moord doen voor zoveel plaats: onze keuken is klein en naargeestig zonder ramen waardoor het zonlicht naar binnen valt. De plafondlamp brandt altijd, of het nu morgen of avond is.

Op de tafel, waarop een wit kanten kleed ligt, staan al twee borden klaar. Het bestek is glimmend opgepoetst. Naast de bekers melk liggen de keurig opgerolde servetten in hun eigen ring. Een bosje blauwe irissen in een sierlijk vaasje maakt het plaatje compleet.

'Tante!' Er volgt geen antwoord. Ik loop door naar de kamer achter de keuken, waar de goed gevulde boekenkast staat. Mijn vingers glijden langs de verschillende kleurige ruggen. Op een rond mahoniehouten tafeltje naast de kast ligt een boek over het menselijk lichaam. Belangstellend pak ik het op en laat de bladzijden door mijn handen glijden. Vlak naast de kachel ga ik zitten in een fauteuil bekleed met helderblauwe stof. Met opgetrokken benen maak ik het me gemakkelijk, met mijn armen rustend op de brede leuningen blader ik door het boek. De eerste pagina's laten het hele skelet zien met daarnaast de namen van alle mogelijke botten, een eindje verderop worden de spieren genoemd.

'Dag meisje, ik had je niet gehoord.' Tante buigt zich voorover om me te omhelzen. Haar zoete parfum prikkelt mijn neusgaten, waardoor ik bijna niezen moet. 'Wat wil je met dat boek, dat is toch veel te moeilijk voor je? Kom, dan gaan we naar de keuken. Ik zet een bord bij...'

We zitten nog maar net wanneer ook mijn oom binnenkomt, hij wast eerst zijn grote handen onder de kraan voor hij aanschuift. 'Hoe is het bij jullie? Goed? Behalve dan die hoest van je vader, natuurlijk.'

Tante Dina schept de borden vol met aardappels en boontjes. Over de sukadelappen doet ze een grote lepel jus.

'Gaat het ook goed met jou, Kitty?' Nu ze zit, richt tante haar lichtgrijze ogen onderzoekend op mij. Haar liefdevolle blik doet me denken aan de tijd dat ik nog een kind was en hier veel logeerde. Eén keer, toen ik een hele week bij hen was en vroeg of ik nog langer mocht blijven, had ze gevraagd: 'Wat is er, kleintje? Wil je niet naar huis?'

Ik kon alleen mijn hoofd schudden en ze schonk me net zo'n lieve glimlach als ze nu doet. Maar ze bracht me wel terug.

Wanneer ik mijn schouders ophaal als antwoord op haar vraag, legt ze haar hand op die van mij.

We eten zwijgend. De tijd lijkt hier stil te staan, ook al tikt de pendule op de houten buffetkast nadrukkelijk hard. Hoewel oom Frans niet meer dan een uur heeft voor hij zich weer bezig moet houden met de kwalen van zijn patiënten, lijkt hij zich volledig te ontspannen. Na de maaltijd komt de krant op tafel en hij zet een leesbril op met dikke glazen in een hoornen montuur. Wij vrouwen wassen af, zoals het hoort.

'Mag ik dat boek met die botjes lenen?' vraag ik terwijl ik de theedoek weer op het haakje terughang.

Oom Frans kijkt op. 'Dat is toch geen boek voor een kind? Wil je niet liever een roman?'

Ik haal diep adem. 'Ik ben bijna zeventien! Vader kan me niet eeuwig in het café vasthouden.'

'Ach meisje...' De krant wordt langzaam opgevouwen en weggelegd. In de stilte valt mijn oog op twee piepkleine berichtjes die nog net te lezen zijn: 'Rijnaak bij de zandplaat Oude Zeug losgeslagen, opvarenden met moeite gered.' 'Ongelukken bij de Zuiderzeewerken, onveilige situaties voor de arbeiders.'

Ik wil het hem zo vreselijk graag uitleggen dat ik struikel over mijn eigen woorden. 'Weet u nog wat een klein mager scharminkel ik was?'

Mijn oom knikt langzaam. 'Je moeder noemde je "sprietje". De klanten in je vaders café vroegen zich altijd af of je wel genoeg te eten kreeg.'

Ik sluit mijn ogen en tuimel terug in de tijd. Ik zie mezelf staan, aan de hand van mijn moeder in de spreekkamer van ditzelfde huis. 'U had een witte jas aan. U zei dat ik me uit moest kleden en liet me mijn mond opendoen. Met een houten spatel duwde u mijn tong opzij en ik moest: "Aaa" zeggen.'

'Ik weet het nog. Je was drie turven hoog en toen ik mijn stethoscoop uit mijn tas pakte, vroeg je me waar die voor was.'

'Hij was zo koud!' Ik moet lachen bij de herinnering. Oom Frans had naar mijn longen en hart geluisterd, hij had mijn ribben bevoeld en op mijn rug geklopt. Hij keek er zo ernstig bij dat ik me meteen verbeeldde dat er iets verschrikkelijks aan de hand was. Misschien had ik wel een akelige ziekte. Mijn moeder zou het nieuws maar nauwelijks kunnen bevatten en flauwvallen. Er zou vlugzout aan te pas komen, dat wist ik zeker.

'Toen ik me weer aankleedde, nam u moeder apart. Ik kon helaas niet horen wat u tegen haar zei, hoe hard ik het ook probeerde.'

Het is altijd verwarrend om mijn vader en mijn oom met elkaar te vergelijken. Oom Frans kijkt naar me met warmte in zijn groenblauwe ogen en zijn gelaatsuitdrukking is rustig, in tegenstelling tot die van mijn vader, wiens ogen vaak heen en weer flikkeren als een gloeilamp die bijna springt. Ook mijn oom heeft rode, blozende wangen die samen met de bleke huid zo kenmerkend zijn voor mensen met rossig haar. Zijn goed verzorgde baard en getrimde snor geven hem het uiterlijk van een intellectueel, een echte dokter. Nu lacht hij naar me en het geluid is geruststellend en jaagt me geen angst aan, zoals wanneer ik mijn vader hoor. 'Ik zei tegen haar dat ze zich geen zorgen moest maken,' zegt hij. 'Dat er geen reden was waarom je niet zo snel groeide als andere kinderen, maar dat je kerngezond was.'

'Weet u dat ik dat bijna jammer vond?'

'Omdat je graag wat extra aandacht wilde?' vraagt tante Dina.

'Misschien wel.' Tante reikt over de tafel naar mijn hand en geeft er een kneepje in.

Ik slik. 'Daar in uw schemerige spreekkamer wist ik voor het eerst wat ik later wilde doen: voor zieke mensen zorgen en hun pijn verlichten. Het leek me geweldig om tegen mensen te mogen zeggen dat ze in hun ondergoed voor me moesten staan en ze te vertellen wat ze hadden.'

Oom Frans schudt lachend zijn hoofd. 'Was dat maar alles!'

'Ik weet nu wel dat het zo niet zit.'

Oom Frans knikt langzaam, zijn ogen glanzen vochtig. 'Als jij dat boek graag wilt lenen, dan mag dat.'

'Frans...' begint Dina.

'Nee!' De vuist van mijn oom komt zo hard op het tafelblad neer dat ik op mijn tong bijt. 'Kitty mag haar eigen dromen hebben. Ik verdom het om haar die af te pakken!'

Uit de kamer haalt hij het biologieboek en hij drukt het me tamelijk hardhandig in mijn hand. 'Als het uit is krijg je van mij een andere.'

Ik weet niets beters dan mijn armen om zijn hals te slaan. Verlegen maakt hij zich van me los. 'Ik heb eigenlijk een andere assistente nodig. Misschien kan ik eens met je vader praten...'

# 11

## 1 FEBRUARI 1953

Ik heb het zo verschrikkelijk koud.

De woorden bleven in mijn hoofd rondhangen tot ik mezelf tot de orde riep. 'Ik moet in beweging komen,' zei ik hardop.

Een paar uur geleden was het bij me opgekomen dat het misschien verstandiger was om weer door het zolderraam naar binnen te klimmen, waar het in ieder geval droog was en waar ik Ellie, die zwakjes was begonnen te jammeren, veel beter de borst had kunnen geven. Maar toen ik geprobeerd had om over de houten latten terug te schuiven naar het dakraam waren de angst om uit te glijden en het risico om te vallen te groot. Wel had ik het touw dat Lucas eerder had gebruikt opgetrokken, het ene einde om mijn middel vastgemaakt en het andere aan de dakrand geknoopt. Áls ik zou vallen, was er tenminste nog iets wat me tegenhield. Maar af en toe ging het huis zo hard heen en weer dat ik weer bang werd en me afvroeg of het niet beter was om mezelf weer los te maken. Deze twee gedachten hielden me eindeloos bezig terwijl het reepje erf waarop mijn familie had gestaan steeds verder afbrokkelde, tot er ten slotte niets meer van over was en het water me omringde zo ver als ik kon kijken. Ik begreep niet waar Lucas bleef, maar ik besefte dat hij alleen nog met een boot bij me zou kunnen komen.

Er vlogen allerlei dingen in het rond, die ik moest proberen te ontwijken: boomtakken die afgeknapt waren alsof het luciferhoutjes waren, balen vlas, maar ook kledingstukken die waarschijnlijk van een waslijn gerukt waren door de storm. Toen er een hele deken langs me schoot, strekte ik een hand uit en kreeg een punt te pakken. Hij was zwaar van het vocht, dus had ik er niks aan en ik liet hem naar beneden vallen waar hij algauw wegdreef.

Het was niet te traceren waar al die dingen vandaan kwamen. Het huis dat aan de overkant stond was ineens in elkaar gestort; ik had het gegil gehoord van de mensen die erin zaten en die geen tijd meer gehad hadden om te vluchten. De afschuwelijke zee die mijn moeder had opgeslokt, had ook de buren meegesleurd. Hun hulpgeschreeuw bleef nog heel lang in mijn hoofd naklinken, ik wilde mijn handen tegen mijn oren aan drukken maar ik had er maar één vrij en het lukte me niet om het geluid uit te bannen.

Boven de wind uit hoorde ik ook koeien loeien in doodsangst. Ik dacht aan die van ons en wist dat ze geen schijn van kans hadden in de afgesloten stal. Het gebouwtje stond er nog, al had ik geen idee hoe lang dat zou duren. Er zwom een paard langs dat dapper probeerde zijn hoofd omhoog te houden. Het was een vos, met een witte bles op zijn neus. Een paar keer ging hij kopje-onder en ik bleef maar naar hem staren, tot hij ten slotte niet meer bovenkwam. Met pijn in mijn hart richtte ik mijn ogen op een ander punt, alleen maar om te ontdekken dat er een paar dode varkens in de kolkende massa ronddreven.

Mijn handen verkrampten en mijn tenen werden gevoelloos. Toch bleef ik me vastklemmen, bijna tegen beter weten in. Maar na al die tijd was er een steeds hardnekkiger stemmetje in mijn hoofd dat zeurde dat er nu toch gauw hulp moest komen, anders...

Aan Lucas durfde ik bijna helemaal niet te denken. Zou ik zijn gezicht nu ook nooit meer zien, net als dat van mama? Het was best mogelijk dat zowel opa als hij allang verdronken was. Ik schudde mijn hoofd en probeerde de rilling die door me heen ging te onderdrukken.

Net toen ik die gedachte van me af probeerde te zetten, beukte het water met zo'n kracht tegen de kopse kant van het huis aan dat er een stuk van de muur uit geslagen werd. Er ging een heel harde trilling door het dak; alsof het zich wilde losmaken en op eigen kracht verdergaan. Maar het bleef hangen, al begreep ik niet waarop. En hoe idioot het ook klinkt, toen het besloot erop te blijven liggen, voelde dat als een soort houvast.

Even later besefte ik dat het zo niet langer kon. Ik hoopte dat mijn lichaam genoeg warmte had vastgehouden om Ellie te beschermen. Van tijd tot tijd had ik haar mondje tegen mijn borst aangedrukt en soms had ze even aan de tepel gezogen, maar nu had ze al een poos niet bewogen en ook het huilen was geleidelijk aan minder geworden, tot het ten slotte weggestorven was.

Ik kon hier niet blijven zitten; dan gingen we allebei dood.

Naar beneden klimmen met de baby in mijn armen zou niet lukken. Verwilderd keek ik om me heen. Nergens op het gladde dak, waarvan de helft van de dakpannen verdwenen was en weggespoeld, was een richel of plank waarop ik Ellie neer kon leggen. Je bent al gek dat je erover nadenkt, schoot het door mijn hoofd. Hoe kon ik mijn eigen kind achterlaten? Toch wist ik diep vanbinnen dat het onze enige kans was, als ik zelf hulp ging halen. Het eerste wat ik deed was het touw dat rond mijn middel zat losknopen. Ik rolde het op en probeerde het in de zak van mijn rok te proppen, maar mijn vingers waren ijskoud en het viel naar beneden bij de eerste poging.

Ik haalde diep adem. Voor hoogtes schrok ik normaal niet terug, maar het ziedende water onder mij maakte me duizelig wanneer ik in de diepte keek. Het zolderraam was niet zo ver van mij vandaan: als ik op mijn billen over de daklatten heen zou schuiven moest ik het zonder al te veel inspanning kunnen bereiken. Moeizaam ging ik wat rechterop zitten. Ellie opende even haar ogen en keek vanuit de geïmproviseerde draagzak naar me op voor ze ze weer dichtdeed. Ze zag er niet goed uit. Ik had al mijn moed nodig om mijn voeten te verplaatsen en klemde me met alle macht vast aan het hout achter mijn rug terwijl ik een eindje opschoof. Hijgend hield ik stil. Aan de andere kant van het huis zwaaide de schoorsteen heen en weer en een paar van de bovenste bakstenen brokkelden af. 'Kom op,' zei ik hardop. 'Je kunt dit. Nog een klein eindje.'

Het hielp om tegen mezelf te praten. Het lukte me om me beter te concentreren en te vergeten dat ik op een dak zat, meters boven waar het erf geweest was voor de zee het overspoeld had, terwijl de wind zo hard aan mijn haren rukte dat alle spelden waarmee ik ze had vastgezet allang weggesprongen waren en mijn jas inmiddels zo zwaar was dat ik er meer last dan gemak van had. Daarom trok ik hem uit, ook al betekende dit dat Ellie regen en hagel in haar gezicht kreeg. Ik zag hem omlaag fladderen en daarna wegdrijven met de vossenstaart die leek op een of ander verdronken dier. Ik keek hem na tot hij uit het zicht verdwenen was en hield mijn aandacht weer gevestigd op mijn doel. Ik tastte met mijn been opzij en zette mijn voet steeds een eindje verderop tot ik bij het zolderraam aankwam. Nu kwam het moeilijkste: ik moest met één hand het dak loslaten en de zijkant of bovenkant van het zolderraam vastpakken zonder dat ik naar beneden donderde en daarna op een of andere manier mezelf op het raamkozijn laten zakken. Het lukte! Heel even verloor ik bijna mijn evenwicht, en zochten de zolen van mijn laarzen naar houvast op het spekgladde hout toen mijn hand naar de sponning van het raam reikte, maar ten slotte zat ik op de rand. Mijn adem ontsnapte met korte schokkerige pufjes en ik wachtte tot ik iets rustiger werd voor ik verderging. Eerst schoof ik voorzichtig de draagzak opzij tot hij op mijn heup rustte zodat ik het idee had dat ik beter kon manoeuvreren. Het bleek nogal lastig mijn balans te houden met Ellie toen ik mijn been over de rand van het raam heen zwaaide om zo schrijlings op het kozijn te komen zodat ik daarna met een van mijn voeten door het open gat kon zoeken naar de bovenste trede van de keukentrap. Hoe ik het uiteindelijk klaarspeelde zou ik later niet meer kunnen navertellen, maar ik voelde het stevige hout onder de zool van mijn laars, schoof Ellie terug naar mijn borst en klom de paar treden naar beneden. Uitgeput liet ik me op de grond zakken en wachtte tot ik weer op adem gekomen was. Mijn voorhoofd was niet alleen nat van het water, maar ook van het zweet.

Op de stoffige grond strekte ik mijn benen voor me uit, wiegde mijn kindje heen en weer en huilde.

Het begon schemerig te worden en ik begreep dat ik al veel te lang uitgesteld had wat ik me voorgenomen had te doen. Hoe langer ik wachtte, hoe meer kans er was dat het huis in zou storten.

Ik keek neer op mijn dochter – ze had haar duim in haar mond en haar gezichtje had een akelige wasbleke tint gekregen. Ik kuste haar wangen, haar zachte haar, haar mond die zo klein was als een rozenknop. Mijn maag kromp samen toen ik haar in een extra deken rolde en neerlegde op het bed. Aan de andere kant van de zolder bulderde de wind onverminderd voort en ik kon de lucht zien waar de muur was afgebrokkeld.

'Ik hou van je,' fluisterde ik. 'Mama moet even... mama moet...' Mijn stem stierf weg. De tranen liepen alweer over mijn wangen. 'Je hebt geen schijn van kans als ik niet... Ik doe het voor jou.'

Op het tafeltje naast het bed zag ik de tekening van mij met mijn echte moeder liggen, en in een opwelling rolde ik hem op en stak hem bij de deken waarin ik mijn dochter had ingepakt.

'Tot zo,' zei ik tegen beter weten in. Daarna trok ik mijn laarzen uit, omdat ik bang was dat ze anders vol zouden lopen, en ik hoopte dat mijn rok me niet naar beneden zou trekken. Even dacht ik erover om me helemaal uit te kleden op mijn onderjurk na, maar misschien zou ik het dan te koud krijgen in het water.

Ik was er zo klaar voor als ik ooit kon zijn. Toen ik voor het raam stond, huiverend in de dunne stof, keek ik nog een keer achterom. Wie naar binnen kwam, zou niet weten dat er een baby op het bed lag, tenzij hij het wist.

Het water omsloot me. Ik was vlot naar beneden geklommen langs de keten van lakens die Lucas eerder gemaakt had. De vlierbes was bijna verdwenen, ik rukte mama's handschoen eraf en stopte hem in de zak van mijn rok.

Pas toen ik begon te rillen en klappertanden merkte ik dat het ijskoud was. De zee trok aan me met een enorme kracht die me willoos meevoerde. In paniek maaiden mijn armen en benen in het rond, tot ik me herinnerde wat ik moest doen om te blijven drijven. En hoewel het zwemmen in de kolkende stroom in niks leek op wat ik normaal deed in het zwembad, vond ik een zeker ritme. Ik hield mijn mond stijf gesloten en ademde langzaam uit door mijn neus. En weer in en weer uit...

Stukje bij beetje kwam ik vooruit. Toen ik mijn hoofd omdraaide, was ons huis al een eindje van me vandaan. Het stond er nog steeds, hel en verdoemenis trotserend. De gedachte aan Ellie boven op de zolder gaf me een extra impuls. Sneller, dacht ik, kom op, sneller. Ik was een goede zwemmer, maar ik wist zelf ook wel dat ik dit niet lang vol zou kunnen houden, alleen al vanwege de kou. Afhankelijk van hun kleding en lichaamsgewicht konden mensen, zo had ik gehoord, zo'n negen minuten in de ijskoude Noordzee overleven. Toen er een kastdeur langs me heen dreef, greep ik dan ook de rand vast en hees mezelf moeizaam op het hout. Mijn benen hingen nog in het water en al trappelend probeerde ik daarheen te sturen waar ik naartoe wilde.

In de verte was de kerktoren zichtbaar en het was dit punt waarop mijn aandacht de komende tijd gericht werd. Ongetwijfeld zou ik daar iemand vinden met een boot.

Er dreef rommel voorbij waar ik omheen moest manoeuvreren. Stoelen met kapotte zittingen, een tafelblad, kadavers van koeien en varkens. Hun ogen staarden naar de lucht, ik keek snel een andere kant uit en gebruikte mijn voeten als flippers om sneller vooruit te komen. Waar eens de weg geweest was, zag ik alleen maar water, water en nog eens water.

Ik wist dat er ergens een hek moest staan dat toegang had gegeven tot een weiland, maar pas toen ik er met mijn benen tegenaan stootte en de pijn voelde, besefte ik dat ik al op dat punt was. Voorzichtig bewoog ik me erlangs, me plotseling heel erg bewust van het feit dat de tocht naar het centrum van 's-Gravendeel vol obstakels was die ik niet kon zien.

Iets trok aan mijn benen, het was scherp en deed zo'n pijn dat ik een ogenblik ophield met trappen, en van schrik de kastdeur losliet die wegdreef voor ik besefte dat ik mijn enige overlevingskans kwijt was. Ik ging kopje-onder. Onmiddellijk gooide de stroming me tegen het prikkeldraad aan waar ik in verward geraakt was.

Mijn voet, mijn voet zat vast! Ik trok uit alle macht. Er gebeurde niets, ik kwam geen centimeter vooruit, het water golfde over mijn mond en neus. Hoestend probeerde ik mijn hoofd rechtop te houden. 'Rustig blijven,' zei ik tegen mezelf. 'Denk na, Ellie rekent op je.'

Ik wist dat ik aan het verdrinken was, ik wist dat ik dood zou gaan als ik mijn voet niet uit het hek kon bevrijden. En daarmee mijn kindje ook.

Voor ik onderdook, haalde ik een grote hap lucht. Eenmaal onder was alles schemerig en grijs-groenachtig met vage contouren. De rommel die het water meegevoerd had, stootte tegen me aan. Ik duwde het opzij, ging recht op mijn doel af. Het prikkeldraad sneed mijn handen open, ik trok hard aan mijn voet. Hij kwam niet los en een gevoel van paniek golfde omhoog in mijn borst: lucht, dacht ik, ik stik!

# 12

## APRIL 1931

'Dokter!'

Verontschuldigend staat oom Frans op. 'Een patiënt.' Hij laat de deur achter zich open wanneer hij zich naar de praktijk haast. De opgewonden mannenstemmen zijn luid genoeg om de woorden te verstaan. 'Er ligt iemand bekneld onder een stuk steen bij de werkhaven.'

'Dag tante,' zeg ik haastig terwijl ik haar een kus op haar wang geef. 'Ik kom gauw terug.' Voor ik wegga, gris ik het biologieboek mee en stop het onder mijn jas.

In de spreekkamer rommelt oom Frans in een hoge, houten kast met glazen ruitjes waarachter een doos verband en bruine flesjes netjes op de planken staan. Hij stopt verschillende spullen in zijn zwarte dokterstas. Als hij de deur van de kast zorgvuldig gesloten heeft, draait hij de sleutel in het slot om en bergt deze op in de la van zijn bureau. 'Kitty, ik kan nu niet meer met je praten. Ik moet zo snel mogelijk naar de dijk.'

'Mag ik mee?' Ik wil hem niet smeken, maar aan zijn gezicht zie ik dat de klank van mijn stem hem raakt.

Oom Frans zucht. 'Ik wil liever eerst met Wouter overleggen, liefje. Je weet hoe hij erover denkt.'

'Hij hoeft het niet te weten.'

We kijken elkaar aan: in mijn ooms blik worden zijn en mijn ambities weerspiegeld, en ik ben me slechts vaag bewust van de mannen in de gang die op hem staan te wachten.

'Goed dan,' zegt hij ineens vastbesloten. 'Misschien kun je me helpen, geen idee wat ik aantref.'

'Ik kan dingen aangeven en zo...' Opgewonden steek ik een arm door die van hem.

'Al goed,' lacht hij. 'Maar je moet heel goed luisteren. Dat is het eerste wat een verpleegster moet leren.'

Mijn hart klopt snel als ik oom Frans naar buiten volg. Het is niet duidelijk waar de lucht ophoudt en waar het land begint. Ook de zee is opgelost in het geheel: alleen aan de horizon kleurt hij iets donkerder grijs.

We lopen naar de auto van oom Frans. In de harde wind lijkt het net alsof we achter de dijkwerkers aan vliegen. Gelukkig heb ik er nog aan gedacht om mijn paraplu mee te nemen, want het water gutst over mijn gezicht. Enkele baleinen schieten van hun plaats en het kost me moeite ze weer terug te buigen. De twee arbeiders die mijn oom zijn komen halen, slaan de hoek om.

Vlug kruip ik op de passagiersstoel. Oom Frans manoeuvreert door de smalle straatjes van het centrum en rijdt zo hard als hij kan het dorp uit.

'Het is de eerste keer dat ik bij de werkhaven kom,' zeg ik. 'Van moeder mogen we daar niet komen.'

'De arbeiders maken lange dagen,' antwoordt oom Frans met een frons op zijn gezicht. 'Ze verzamelen zich vroeg in de morgen bij de sluis en worden met de bak naar hun werk gebracht. Pas om een uur of zes 's avonds springen ze hier weer aan wal. En dan wordt ze nog verweten dat ons rustige dorp zo veranderd is. Terwijl ze alleen maar willen zorgen voor hun gezin dat achtergebleven is, of moeten sparen als ze ooit de kans willen krijgen om te trouwen.'

'Waarom blijven ze niet in hun eigen streek?'

'Omdat het crisis is, meisje. Iedere dag komen er werklozen bij. Het beperkt zich niet meer tot het verre Amerika, ook hier staan ze rijen dik voor het loket van het stempellokaal.' Oom Frans doet het portier open en stapt uit. 'En dan vaak nog voor een schijntje ook. Maar ze hebben in ieder geval werk en dat is altijd beter dan je hand ophouden.'

Ik knik en ben even afgeleid door de ruitenwissers die de harde regen op de voorruit bijna niet weg kunnen vegen en als ik me weer op mijn omgeving concentreer rijden we het terrein van de werkhaven al op: we hebben er nog geen tien minuten over gedaan.

Ik sta verwonderd om me heen te kijken naar de ongewone omgeving waarin ik plotseling terechtgekomen ben. Het lijkt wel een eigen wereld: één waarin grondwerkers de keileem egaliseren, ronkende sleep- en motorboten af en aan varen, baggerboten hun stoomfluit laten snerpen. Een groep steenzetters staat met hun voeten half in het water of buigt zich over het oplopende talud. 'Wat een mensen,' zeg ik.

Oom Frans zet de motor af. 'En dit is nog maar een klein stuk. Er wordt van vier kanten naar elkaar toe gewerkt. Behalve in Den Oever ook bij Zurich en op de twee werkeilanden Kornwerderzand en Breezand.'

'O, ja.' Ik herinner me ineens wat de arbeiders in het café me verteld hebben als ik ze hun bier inschenk. Dat er op de verschillende plekken gebouwd wordt omdat de stroming van de zee zo sterk is. Dat er 's nachts hele stukken dijk weggeslagen worden die ze de dag ervoor met veel moeite opgehoogd hebben. 'Eigenlijk hebben ze het behoorlijk zwaar,' denk ik hardop.

Oom Frans pakt zijn tas van de achterbank. 'Zwaarder dan wij ons vaak realiseren. Kom, Kitty. Ze wachten op ons.'

Vanuit de smidse is het luide gesis van de machines en kranen te horen. Wanneer we dichter bij de plaats van het ongeluk komen, draaien sommige dijkwerkers hun gezichten naar ons om, maar de meesten gaan gewoon door met waar ze mee bezig waren. Achter geel glimmende oliejassen en baggerhoedjes gaan hun lichamen en gezichten schuil. De opspattende modder heeft hen bijna onherkenbaar gemaakt. Er hangt een groepje bij elkaar onder een van de houten afdakjes van een zogenaamde schuilkeet die speciaal gebouwd is tegen de regen of sneeuw. Twee opzichters die ik niet ken roken met donkere gezichten een sigaret. Een van de mannen draait zijn gezicht naar ons toe. Onder de regenhoed herken ik eerst het nog steeds vuurrode en rafelige litteken dat over zijn voorhoofd loopt en daarna pas hemzelf. Casper gooit zijn steenzettersijzer neer en komt ons tegemoet. Mijn keel wordt ineens droog. Nog maar een paar dagen geleden was ik hem tegengekomen bij de kruidenier. We botsten bijna tegen elkaar op toen hij naar buiten kwam en ik naar binnen ging. Als een paar idioten stonden we tegen elkaar te grinniken. Casper zei: 'Ik vond je geweldig voetballen. Doe je nog een keer mee?'

Verlegen schudde ik mijn hoofd. 'Mijn moeder was niet zo blij met de grasvlekken in mijn blouse.'

'O, natuurlijk.' Zwijgend bleven we elkaar aankijken. Ik constateerde dat in zijn glimlach een verwachting lag. Ik wist niet of ik die waar kon maken. Toen had ik maar heel gauw een einde aan de impasse gemaakt. 'Ik moet naar binnen. Mijn moeder heeft boter nodig voor een saus. Ik zie je wel weer.'

'Dat hoop ik. Dag, Kitty.'

Ik sloot de winkeldeur achter me. Casper bleef nog even staan om een sigaret op te steken – pas toen hij wegliep hield het harde bonzen van mijn hart op.

Nu staat zijn gezicht grimmig onder de druipende pet. In straaltjes loopt het water over zijn wangen, zo zijn hals in. 'Ik denk dat hij bewusteloos is,' zegt Casper.

Ik herken hem pas als oom Frans naast hem op de doornatte grond knielt. Zijn been ziet er verwrongen uit en er zit een merkwaardige knik in. Hij tilt zijn hoofd een eindje op. Bijna ga ik er als in een reflex vandoor, maar op dat moment duwt oom Frans zijn tas in mijn handen. Met glazige blik staren de hazelnootkleurige ogen van de steenzetter dwars door me heen en hij kreunt zachtjes van de pijn.

'Laten we eens kijken,' zegt oom Frans. Hij vraagt op rustige toon wat er gebeurd is. Nog voor er geantwoord wordt komen vier, vijf, dijkwerkers om ons heen staan. Hun handen fladderen heen en weer terwijl ze in een voor mij totaal onbekende taal praten. Het lijkt of ze zingen. Of boos zijn, ik weet het niet.

'Italianen,' zegt Casper. 'Ploeggenoten van Luigi hier.' Hij grinnikt zacht. 'Die hebben ze hierheen gehaald omdat steenzetters zo schaars zijn. Aan alle mannen is een enorm overschot, behalve aan onze vakgenoten.'

'Kun je ze verstaan?' Ik sta nog steeds met de tas van oom Frans tegen me aan geklemd. Voorzichtig zet ik hem neer op de klei.

'Nee.' Casper schudt zijn hoofd. 'Spaghettivreters,' mompelt hij binnensmonds.

'Spaghetti?' Ik probeer het onbekende woord uit.

'Ze eten van die vieze lange slierten gekookt deeg, met tomatensaus.'

'Allemaal heel interessant,' zegt oom Frans op strenge toon. 'Maar ik vroeg je iets. Wat is er gebeurd? Kun je die mannen niet even wegsturen? Ik wil hem onderzoeken.'

Als een boer die vogels van zijn land verjaagt, klapt Casper in zijn handen. 'Wegwezen, de dokter heeft ruimte nodig.' De mannen kwetteren gewoon door, maar ze gehoorzamen en gaan een eindje verderop staan. Terwijl oom Frans en Casper praten over het ongeluk, bestudeer ik het gezicht van de Italiaanse steenzetter. Luigi. Een naam die zo exotisch klinkt moet wel bij zo'n man horen. Hij heeft zijn ogen weer gesloten en zijn lange, donkere wimpers raken zijn gebruinde huid.

'Er is een stuk steen op zijn been gevallen.' Casper wijst naar het blok waaronder de Italiaan bekneld ligt.

'Oké, dat is duidelijk,' zegt oom Frans terwijl hij zijn voorhoofd probeert droog te maken met de mouw van zijn regenjas. Hij beveelt een paar mannen om de kraan te halen. Na enkele minuten tilt de grijper de basaltzuil moeiteloos op en laat hem met een dreun een eind verderop neerkomen.

'Goed,' zegt oom Frans. 'Kitty, ga eens op je knieën zitten. Jij moet tegen hem praten terwijl ik hem onderzoek.'

'Maar hij begrijpt me niet,' zeg ik.

'Maakt niet uit,' antwoordt oom kortaf. 'Hij moet zich op

iets anders concentreren dan zijn been.'

Als ik hurk voel ik onmiddellijk dat de doornatte grond glibberig is en ik duw de gedachte weg aan mijn moeders boze blikken als ik straks weer thuiskom met moddervlekken op mijn kleren. Met mijn beide handen omvat ik het gezicht van de Italiaan en buig me naar hem toe. Wanneer hij mijn stem hoort richt hij een wazige blik op mijn mond. Nu ik weet dat hij me toch niet volgen kan, praat ik over de meest onzinnige dingen.

Heel zachtjes, bijna fluisterend vertel ik hem een sprookje dat bij me opkomt. Af en toe draaien zijn ogen weg, waarschijnlijk omdat zijn gewonde been aangeraakt wordt, maar meestal glijden ze over mijn gezicht met een concentratie die bijna benauwend aandoet. Ik heb de neiging me af te wenden, maar houd in gedachten dat het de bedoeling is dat hij me aanstaart. Een scheurend geluid leidt me even af: mijn oom heeft de pijp van Luigi's broek stukgetrokken om naar de wond te kunnen kijken.

Wanneer het onderzoek afgelopen is, geeft oom Frans met een hoofdknik aan dat ik op moet staan. Stijf van het zitten in één houding kom ik met moeite overeind. Ik negeer Caspers uitgestoken hand.

'Ik moet het been spalken,' zegt mijn oom. 'Dit gaat mijn expertise te boven, het ziet ernaar uit dat het gebroken is, misschien wel op meerdere plaatsen. Hij moet eigenlijk naar het ziekenhuis.'

'U gaat hem hierbuiten toch niet helpen?' Met één hand veeg ik een losgeraakte streng haar achter mijn oor. 'Laten we hem naar De Haven brengen. Het is er droog en u kunt hem op een tafel neerleggen.'

'Hoe dan? Ik zou niet weten op welke manier ik hem vervoeren moet. We kunnen hem toch niet dragen...'

'Met een deur misschien?' Ik wijs naar de houten gebouwtjes die iets verderop staan.

'Wat een geweldig idee, meisje!'

Uit de gammele keet waar de opzichters schuilen voor de regen, wordt de deur gewrikt en plat op de grond bij de gewonde neergelegd. Drie mannen pakken de Italiaan bij zijn twee armen en het gezonde been. Het andere bungelt er zo'n beetje bij en Luigi slaakt een kreet van pijn.

'Eén, twee, drie,' telt oom Frans. De dijkwerkers hijsen Luigi op, en achter elkaar lopen we naar het café. Het is een verschrikkelijke tocht die langer duurt dan ik er onder normale omstandigheden over doen zou. Oom Frans haalt ons in met zijn auto, maar blijft met een slakkengangetje naast ons rijden om de patiënt in de gaten te houden.

Onder andere omstandigheden zou ik de gezichten van mijn ouders komisch gevonden hebben: de mond van mijn eeuwig grappende vader valt open en voor een keer is hij sprakeloos. Mijn moeders ogen schieten schichtig heen en weer als ze de druipende processie ziet met de geïmproviseerde draagbaar. Zonder toestemming te vragen of iets tegen ze te zeggen, schuif ik de stoelen opzij. De mannen leggen de deur op de vloer neer en tillen de gewonde er met moeite af. Daarna vlijen ze hem voorzichtig op de tafel waar mijn moeder, die zich hersteld heeft, gauw een deken op gelegd heeft.

Oom Frans wist zijn voorhoofd af. 'Als we maar niet nog meer schade veroorzaakt hebben,' zegt hij terwijl er een frons op zijn voorhoofd verschijnt. 'Eigenlijk mocht hij helemaal niet verplaatst worden voor ik zijn been gespalkt had. Kitty, een schaar alsjeblieft. De rest van zijn broek moet er ook af.'

In de keukenla zoek ik tevergeefs naar een schaar. Uiteindelijk grijp ik een scherp mes en hol weer naar binnen. Intussen heeft oom Frans de dragers en andere belangstellenden bij de gewonde weggestuurd.

Vader schenkt iedereen een glas bier in. 'Van het huis.'

Het been ziet er op het eerste gezicht vreselijk uit. De huid is ontveld en bloed welt op uit tientallen kleine wondjes. Waar het bekneld gezeten heeft, zwelt het net onder de knie al op.

Op zijn aanwijzing help ik mijn oom de wond te bedekken met gaas uit de verbandtrommel, die alweer zijn dienst bewijst. Ik heb een heleboel vragen, zoals waarom we het niet eerst schoonmaken, maar ik durf zijn concentratie niet te verstoren.

'Nu komt het moeilijkste. Zijn been moet worden gestrekt voor ik de spalk aanbreng. Kun je het aan, denk je?' vraagt oom Frans.

'Natuurlijk.'

'Dan wil ik dat je een stok of zoiets haalt en zo veel mogelijk schone lappen als je maar vinden kunt.'

In de keuken ruk ik de borstel van de bezemsteel en grijp een paar oude lakens mee die mijn moeder in haar verstelmand heeft liggen.

Vele ogen volgen mij als ik met de gevraagde spullen terugkom, maar het is zo stil geworden dat je buiten een merel in de boom kunt horen zingen. Zelfs mijn vader houdt zich op de achtergrond, te zeer onder de indruk van de ongewone gebeurtenissen die plaatsvinden in zijn zaak. Hoewel de oogleden van de Italiaan licht trillen, kan ik niet zien of hij nog bij bewustzijn is of niet.

Heel even aarzel ik om mijn handen op zijn blote huid te leggen, maar mijn oom knikt me geruststellend toe. Ik haal diep adem en doe gewoon wat hij me zegt. Hij begint heel zachtjes, met constante kracht, het been recht te buigen.

'*Madonna! Porca Miseria!*' schreeuwt Luigi. Hij wil overeind komen, en ik verplaats mijn handen een seconde.

'Houd ze stil!' bijt oom Frans me toe. Achter me beweegt iemand. Casper komt naast me staan en drukt heel zachtjes de schouders van de Italiaan weer naar beneden. Nu staan we met zijn drieën om hem heen en doen zo snel mogelijk wat gedaan moet worden. Eerst scheur ik de lakens aan repen en als het been weer in de juiste stand terug staat, bindt oom de stok daarmee vast. We proppen zo veel mogelijk schone lappen tussen de spalk en de breuk, daarna stappen we achteruit.

Luigi opent zijn ogen en glimlacht flauw. 'Voelt beter,' zegt hij met een zwaar accent.

Het is de eerste keer dat ik zijn stem hoor: een licht geluid dat ik eigenlijk niet bij zijn gezicht vind passen.

'Niet bewegen,' zegt oom Frans duidelijk en langzaam. 'Je moet naar het ziekenhuis.'

'*No!* Werken.'

'De eerstkomende tijd kun je helemaal niet werken.' Oom Frans draait zich om naar mijn vader. 'Heb je niks te drinken voor hem?'

Ik pak het glas jenever van hem aan en buig me over Luigi heen. Opnieuw verbaas ik me over de kruidengeur die van zijn haren afkomt en die ik me nog zo goed herinner van de voetbalwedstrijd. Mijn bewegingen trekken zijn aandacht, hij begint breder te glimlachen. 'Wie meisje?' vraagt hij aan Casper. '*Bella.*'

'Kitty,' antwoordt Casper terwijl hij zijn blauwe ogen op mij richt. Ze staan kil. Ik voel me duizelig worden, alsof ik heel hard gerend heb. De glimlach van Luigi verdwijnt.

Ik word gemangeld tussen hun blikken.

Snel graai ik de niet-gebruikte lappen en gaasjes bij elkaar.

'Hoe vervoeren we hem?' hoor ik Casper tegen mijn oom zeggen.

Ik wacht het antwoord niet af, maar ga snel naar de keuken om het bloed en vuil van me af te wassen.

# 13

## 1 FEBRUARI 1953

Proestend en naar adem happend kwam ik weer boven. Mijn voet zat nog steeds vast en ik had geen andere keuze dan het nog eens te proberen. Watertrappend hield ik mijn hoofd omhoog en ik haalde met diepe teugen adem. Mijn longen voelden alsof ze uit elkaar zouden barsten, alsof er nooit genoeg zuurstof meer zou zijn om ze te vullen. Maar na een paar minuten werd het al beter en ik zette mezelf schrap voor een tweede poging. Instinctief begreep ik dat ik snel moest zijn, voor ik te moe werd.

Deze keer was ik voorbereid op het vreemde halfduister, de troep die ik opzij moest duwen om bij het prikkeldraad te komen. Mijn vingers waren verstijfd van de kou en ik rukte tevergeefs aan mijn been en frummelde aan de ijzeren uitsteeksels. Ik kon niet goed zien hoe ik vastzat en had geen tijd om er rustig naar te kijken. Wanhopig voelde ik hoe mijn ademhaling automatisch terugschoot in de paniekerige kramp waarin hij daarnet ook zat. Het drukte zo zwaar op me dat er zwarte vlekken voor mijn ogen verschenen.

Mijn lichaam verslapte, mijn armen en benen werden zwaar. Heel even wilde ik me eraan overleveren, gewoon opgeven en me naar de bodem laten zinken. Mijn ogen vielen bijna dicht, een verlammende loomte nam het vechten langzaam over. Zou het niet veel gemakkelijker zijn om te aanvaarden dat ik niet sterk genoeg was?

Misschien zou Lucas wel terugkomen en Ellie op tijd vinden. Ik was er gewoon te slap voor; het water won stukje bij beetje.

De gedachte aan Lucas zorgde ervoor dat ik nog één vertwijfelde ruk gaf en onverwachts schoot mijn voet toch nog los.

Met hernieuwde kracht worstelde ik me naar boven, stak mijn

hoofd opnieuw boven de oppervlakte uit en probeerde mijn ademhaling onder controle te krijgen. Ik had geen idee hoeveel tijd ik had verloren.

Toen er een tafel langs kwam dobberen, greep ik de rand vast. Met heel veel moeite kreeg ik er een been op en bleef zo hangen. Uitgeput sloot ik mijn ogen, maar even later deed ik ze weer open, want ik bedacht dat ik goed uit moest kijken dat ik niet de verkeerde kant op dreef.

Tegen die tijd werd ik opnieuw wanhopig bij de gedachte dat de kerktoren voor mijn gevoel totaal niet dichterbij gekomen was. Normaal was het zo'n klein eindje, ik begreep niet hoe het kwam dat ik er nog niet was.

Hoe lang nog? dacht ik. En hoe houd ik het vol?

Toen ik mijn hoofd optilde van het hout zag ik een roeiboot aankomen. Ik wilde me verder oprichten en met mijn armen zwaaien, maar ik durfde niet los te laten en was niet in staat om me te verroeren omdat ik verstijfd was van de kou. Ik hoopte dat ik genoeg stemgeluid had om te schreeuwen. 'Help!' riep ik. 'Hierheen!'

Mijn stem klonk schor, ik had het idee dat ik niet hard genoeg geroepen had.

De boot bleef een eindje van mij af heen en weer schommelen. De twee mannen die erin zaten zagen me tegelijk en overlegden met elkaar. Ik kende ze geen van beiden, maar ik bad vurig dat ze niet verder zouden varen.

De schipper, die heel blond haar had, reikte achter zich. De andere was ouder, vanonder een blauwe pet was nog net zijn grijze haar zichtbaar. In zijn ene hand hield hij een soort lange stok, in de andere een touw. Eerst begreep ik niet waarom hij niet onmiddellijk naar me toe roeide, tot ik zag dat hij om de rotzooi heen moest bomen. Het was niet zo gemakkelijk als het leek om bij de drijvende tafel te komen waarop ik mijzelf half opgetrokken had. 'Stilliggen,' riep hij naar me, hoewel ik me niet bewogen had.

Op de een of andere manier wisten ze naast me te komen en ze gooiden het touw naar me toe. De eerste keer schampte het langs de zijkant van de drijvende tafel af en viel het in het water voor ik de kans had om het te grijpen, maar de tweede poging lukte.

Langzaam haalden ze me in en hielpen me aan boord. De schipper hing een deken om mijn schouders. 'Je benen,' zei hij. Pas toen keek ik naar beneden en voelde de pijn waar het prikkeldraad de huid opengehaald had. Mijn rok was gescheurd en zat onder het bloed. Ook mijn kousen waren aan flarden. Het was beschamend hoe naakt ik erbij zat, maar het was niet de aantrekkelijkheid van mijn onbedekte huid waar de man zo bezorgd naar keek. Toch trok ik de deken beter om me heen en de schipper legde een tweede over mijn knieën. 'Ik zat vast in het hek,' zei ik. 'Maar we hebben hier geen tijd voor. We moeten terug.'

'We brengen je naar dokter Van der Bijl,' zei de man. 'Die wonden moeten verzorgd worden.'

'Nee!' Mijn stem klonk schril. 'Mijn dochter!'

'Wat is er met uw dochter?'

'Ik heb haar achtergelaten op de zolder.'

De mannen wisselden een blik. Ik wilde hun zo wanhopig laten weten waarom ik mijn eigen kindje achtergelaten had, dat ik struikelend over mijn eigen woorden begon te vertellen wat er de afgelopen uren gebeurd was.

'Waar?' onderbrak de man met het blonde haar me.

Ik wees ergens achter me, in het water waarin steeds minder herkenningspunten te zien waren. 'Net buiten het dorp.'

Hij schudde zijn hoofd. 'Dat je dat stuk in die kou gezwommen hebt.'

'We hadden anders geen schijn van kans gehad,' zei ik. 'Ik was bang dat het huis in zou storten.'

Vertwijfeld zweeg ik weer en keek naar mijn handen. Misschien stond het huis er nu al niet meer en als dat zo was, had ik de foute beslissing genomen. Dan had ik bij Ellie moeten blijven en haar in mijn armen moeten nemen. Ik zou haar verteld hebben dat haar vader en ik van haar hielden, ook al was ze onverwachts gekomen, ook al had haar geboorte onze eigen gevoelens voor elkaar in een stroomversnelling gebracht. Zonder haar hadden we misschien nog geen trouwplannen gehad.

Het beeld van de kleine bundel die ik had achtergelaten op het bed veroorzaakte een scherpe pijn in mijn borst, alsof mijn adem werd afgesneden.

Moeizaam waren de mannen al bezig de boot om te keren, ze duwden met de lange stok alle rommel opzij en we begonnen aan dezelfde weg die me zwemmend bijna onmogelijk had geleken.

Opgelucht stelde ik even later vast dat het huis er nog steeds stond. Toen ik vanuit de boot naar boven keek, zag ik dat het wel gehavend was: de overlopende dakgoot hing scheef, de regenpijp waarlangs de regen stroomde kon elk moment loslaten en de luiken klapperden naargeestig om de gebroken ramen heen en weer in de wind. Door een daarvan kon ik de meubels zien ronddobberen. Aan de sponning van het zolderdakraam fladderden de lakens waarmee ik naar beneden geklommen was...

'Het is er allemaal nog!' schreeuwde ik. Bijna was ik gaan staan in mijn opwinding, maar de oudere man met het grijze haar duwde me terug op de roeibank.

'Zo slaan we om,' siste hij woedend. 'Wil je ons allemaal laten verzuipen?'

Gespannen hield ik mijn mond. Ik kon Ellies kleine ronde babylijfje al bijna voelen, het deed fysiek pijn om zo dicht bij haar te zijn zonder haar aan te kunnen raken.

De andere man, degene met het blonde haar die de boot had bestuurd, maakte een lus in het touw dat ze bij zich hadden. Mijn voeten rustten op een ladder, maar die konden we niet gebruiken omdat intussen het hele erf rondom het huis ondergelopen was. De stal was uit elkaar gebeukt; er dreven balen stro en balken rond in het snelstromende zeewater en ik vreesde het ergste voor opa's koeien en de kippen. De schipper gooide het touw als een lasso naar de half afgebrokkelde schoorsteen. Zijn eerste pogingen mislukten jammerlijk. Hij keek steeds wanhopiger, want hij stond te balanceren in de schommelende boot waar de andere man en ik ons vastklampten aan de rand en wist zelf ook wel dat het een kwestie van tijd was voor we waarschijnlijk allemaal zouden vallen. Uiteindelijk lukte het hem om het touw eromheen te krijgen. Langzaam trok hij de boot naar de gevel toe.

'En nu?' Ik realiseerde me niet dat ik hardop gedacht had tot hij naar me omkeek met ogen die heel groot leken in zijn gezicht.

'De regenpijp, denk ik.' Hij moest even in de veertig zijn, want nu pas vielen me de kraaienpootjes op in zijn magere, verweerde gezicht. In zijn haar zaten grote plukken grijs, die ik door de lichte kleur niet eerder had gezien en waardoor hij op het eerste gezicht jonger had geleken.

'Ik klim wel naar boven,' zei ik.

'Absoluut niet!' Op zijn gezicht kwam een beledigde blik. 'Met die wonden zeker. Ik ga zelf.'

Ik wilde hem succes wensen, maar dat klonk zo dom, dus slikte ik mijn woorden in. Ik had wel dapper gezegd dat ik zelf langs de regenpijp zou klimmen, maar ik voelde nu pas hoe moe en koud ik was. Al die tijd had de adrenaline door mijn lijf gegierd en nu was het alsof er een ballon was doorgeprikt en alle lucht uit me was gelopen. Ik pakte zijn hand en gaf er een kneepje in, in de hoop dat ik daarmee over kon brengen hoe dankbaar ik was. Deze man ging met gevaar voor eigen leven een half ingestort huis in om de dochter te halen van een vrouw die hij niet eens kende. Mijn dochter. Hij liet mijn vingers los en gaf het touw aan de man met de pet. Daarna greep hij de regenpijp, die hevig heen en weer schudde onder zijn gewicht. Binnen een paar minuten was hij door het gat in het dak verdwenen.

Het begon weer te hagelen en het water probeerde nieuwe routes te vinden, het stroomde over de muren van het gehavende huis heen, bedreigde ons in de boot. Ik trok de deken over mijn hoofd terwijl ik angstig bleef turen naar het kleine vierkant zonder glas waaruit de redder van mijn kind ieder ogenblik weer tevoorschijn kon komen. Voor mijn gevoel duurde het een eeuwigheid tot het gebeurde, maar uiteindelijk zag ik hem dan toch. De man stond met een bundel in zijn handen en ik drukte mijn hand tegen mijn mond om het niet uit te schreeuwen. Daarna klom hij langs de regenpijp naar beneden en ik begreep niet hoe hij het klaarspeelde om zichzelf met één hand in evenwicht te houden tegen de steile gevel. Het laatste stukje moest hij springen en zijn maat zette zich schrap terwijl hij aan het touw trok. Opnieuw schommelden we zo hevig heen en weer dat ik dacht dat we om zouden slaan. Na een paar minuten kreeg de man met het touw de boot enigszins stil.

Toen Ellie in mijn armen werd gelegd, barstte ik in lachen en huilen tegelijk uit. Snikkend boog ik me over haar heen, kuste haar gezicht, en fluisterde: 'Hoe heb ik je ooit achter kunnen laten?'

Door mijn tranen heen lachte ik naar de schipper die de boot al gekeerd had en nu zo snel als hij kon van het huis wegboomde. Het touw lieten ze aan de schoorsteen hangen.

'Dank u wel,' zei ik zachtjes. 'Dank u, dank u wel.'

'Ik heb zelf ook kinderen,' zei hij. Hij draaide zich om, zijn vriendelijke gezicht stond geëmotioneerd. Hij concentreerde zich op de troep waar we omheen moesten varen.

Ik keerde mijn gezicht naar de andere man.

'Heeft Lucas u gestuurd?'

'Wie?'

'Mijn verloofde.'

Hij schudde zijn hoofd. 'Ik ken geen Lucas. Ik kom uit Dordrecht. Zodra we begrepen hadden dat 's-Gravendeel ondergelopen was, hebben we de boot gepakt.'

'Met succes?'

'Ja, we hebben er al een paar van de daken afgehaald.' In zijn ogen las ik dat hij ook een aantal mensen niet had kunnen redden, en ik vroeg niet verder. Het was een vreemd gezicht om over de straten te varen, met hier en daar ingestorte huizen of dood vee, drijvend tussen huisraad en brokstukken.

Ook Ellie leek een beetje wakker te worden, ze had in ieder geval haar ogen open en kloof weer op haar vingers.

De schipper ging verder: 'Uw dorp is niet het enige wat verdronken is.'

Een rilling kroop over mijn ruggengraat. Hoe erg was het? Tot waar was de zee al doorgedrongen?

En wat nog veel belangrijker was: waar waren Lucas en opa?

# 14

## APRIL 1931

Vandaag kan ik pas na het middageten en talloze klusjes en karweitjes eindelijk wegkomen met het biologieboek onder mijn arm. Martha wil met me mee, maar moeder roept haar en voor ze me kan vragen waar ik naartoe ga, ben ik de deur al uit.

Het is een stralende lentedag; de zon schijnt uitbundig en aan de lucht staan hooguit een paar kleine schapenwolkjes. Nu het ineens echt warm wordt, bot alles uit. De bloesem van de kersenboom in onze tuin staat op uitbarsten. Moeders bloemen zitten ook vol knoppen en overal schiet het onkruid uit de grond.

De zonnestralen verwarmen mijn gezicht en maken me blij zonder dat er een echte reden voor is. De afgelopen tijd ben ik vreemd uit mijn doen geweest. Af en toe was ik zo afwezig dat ik vergat wat ik aan het doen was. Dan vond ik mezelf ineens terug bij het aanrecht in de keuken zonder dat ik wist hoe ik daar gekomen was. Of ik veegde de vloer van het café twee keer. Moeder moppert op me omdat ik glazen uit mijn handen laat vallen, vader zegt dreigend dat ik niet meer drank moet verspillen, anders zwaait er wat.

Martha zei gisteravond dat ik steeds meer op een van die tienermeisjes ga lijken over wie we gelezen hebben in een van onze meisjesboeken. En mijn familie heeft gelijk: ik ben er gewoon niet met mijn hoofd bij, ik verlies me in dagdromen.

Zijn lichtbruine ogen achtervolgen me, ik zie ze de hele tijd voor me als ik die van mij sluit. In gedachten ruik ik weer de kruidige geur van zijn haren. Luigi. De ongewone naam heeft een zoveel zachtere klank dan de Nederlandse die ik ken. De letters rollen over je tong en roepen de associatie op van uitheemse plaatsen waar ik nooit geweest ben. Maar ik weet niet wat er met hem gebeurd is nadat ze hem weer op de deur gelegd hebben en weggedragen. Er is niemand aan wie ik het vragen kan.

Als het verlaten tramstel in het landschap opdoemt, kijk ik eerst voorzichtig om me heen of er iemand in de buurt is. Ik wil niet gestoord worden, ik wil deze plek voor mezelf houden. Maar er is alleen het kwetteren van een groepje mussen die een zandbad nemen en met hun snavels in de grond pikken op zoek naar wormen. Je hoort hier de machines van de Zuiderzeewerken bijna niet. Als ik de deur van de wagon opendoe, voel ik me echt vrij – het café en de klanten, mijn ouders en zus, lijken heel ver weg.

Op de houten bank onder het raam ligt een versleten deken die er laatst niet lag, maar verder is er niks veranderd. De deken ziet er schoon uit, beter dan de strozak in de hoek. Ik vouw hem op en ga erbovenop zitten, met mijn rug tegen de muur en mijn knieën opgetrokken. De harde zitting van de bank is niet meer te voelen en door het raam kan ik eventuele indringers aan zien komen. Het zonlicht valt door een kier van de gordijntjes, ik houd het boek in evenwicht op mijn schoot. De verschillende botjes hebben vreemde Latijnse namen die bijna niet uit te spreken zijn. Ook de spieren op de daaropvolgende bladzijden zijn lastig te onthouden. Langzaam vallen mijn ogen dicht.

Een zacht, maar onbestemd geluid maakt me wakker. Er ligt een jasje over me heen dat ik niet herken, het boek is op de grond gevallen. Een gestalte maakt zich los uit een van de donkere hoeken van de wagon. Ik kan me niet bewegen en blijf stokstijf zitten, met de zware stof in mijn hand geklemd. Pas als de zonnestralen vol op zijn blonde haren vallen, herken ik hem. Ik laat de jas uit mijn handen glijden en breng mijn trillende vingers naar mijn mond.

'Ik wilde je niet aan het schrikken maken,' zegt Casper. 'Je sliep zo lekker en ik dacht, laat haar maar.'

'Ik ben niet echt geschrokken,' zeg ik. 'Ik had je gewoon niet verwacht.'

Hij knikt. Tussen zijn ogen verschijnt een rimpel. 'Wil je liever dat ik wegga?'

Ik schud mijn hoofd. 'Nee, jij mag hier toch ook gewoon komen?'

Hij staat vrij dicht bij me, met zijn handen in zijn zakken. Zijn haar lijkt pasgewassen en zijn kleren zijn afgeborsteld. Hij loopt op blote voeten; de nagels zijn geknipt en schoon. Zijn modderige schoenen staan bij de deur, met de sokken er nog in.

We zwijgen. Met zijn ogen op de grond gericht woelt Casper met zijn hand door zijn haar. Achter hem op de kachel borrelt een pannetje met kokend water. 'Wil je thee?' vraagt hij.

'Graag. Woon je hier nu?' Mijn hart bonst harder, ik was zo blij dat ik een plekje voor mezelf gevonden had. Het is niet erg dat hij nu hier is, maar het zou wel vervelend zijn als ik niet naar de wagon kon gaan zonder het hem te moeten vragen.

'Was het maar waar,' verzucht hij. 'Ik zou hier zoveel liever willen zijn dan in de keet, opeengepakt met twintig man. De keetbazin, mevrouw Rademakers, is aardig en ze zorgt ook goed voor ons, maar je bent nooit alleen. De keetbaas is ook best een geschikte vent.'

'Ik weet hoe je je voelt,' zeg ik. 'Het is nergens zo druk als in een café.'

Casper lacht. 'Je hebt gelijk, jij hebt ook altijd mensen om je heen.'

'Daarom vind ik het zo fijn hier.' Ik glimlach en zijn ogen worden nog zachter. Na een korte aarzeling loopt hij terug naar de kachel en rommelt in een soort plunjezak die in de hoek van de kamer is gezet. 'Ik heb wat thee van mevrouw Rademakers gepikt. Zo weinig mist ze toch niet.' Hij giet het water direct in twee bekers die op een plank achter hem staan en strooit de theeblaadjes er los in.

'Ik wist niet dat jij hier wel eens was,' zegt hij als hij de bekers op de kist in het midden zet. De damp slaat ervan af.

'Dit is de eerste keer,' antwoord ik.

'We kunnen dit plekje delen.' Nu kijkt Casper me recht aan, en in zijn ogen zie ik het verlangen weer opgloeien.

Het bloed stijgt naar mijn wangen. 'Ik ben nog veel te jong voor zulke dingen, nog niet eens zeventien.'

Ook hij kleurt langzaam rood. 'Dan ben je jonger dan ik. Ik ben al achttien.' Hij zwijgt en raapt in plaats daarvan het biologieboek van de grond op. Hij bladert erdoorheen. 'Ziet er lastig uit.'

'Ik moet je eerlijk zeggen dat ik er niet veel van begrepen heb. Ik had gehoopt...'

Ik pak het boek van hem aan en laat mijn ogen weer over de Latijnse namen dwalen waarover ik eerder gestruikeld ben. Wat had ik eigenlijk gehoopt? Dat ik iets zou leren, dat de geheimen van het menselijk lichaam in één keer aan me geopenbaard zouden worden? Maar het stuk dat ik gelezen heb, heeft me alleen maar hoofdpijn bezorgd.

Het voelt vreemd om hier tegenover Casper te zitten. Ik ken hem niet goed, maar ik heb het gevoel dat ik bijna alles tegen hem zou kunnen zeggen.

Na een tijdje leg ik het boek voorzichtig naast me op de houten bank en pak een van de bekers. Ook Casper drinkt de thee met kleine slokjes.

'Dit,' zegt hij terwijl hij zachtjes met zijn wijsvinger op de kaft tikt, 'lijkt me meer iets voor een dokter.'

'Ik heb het dan ook van mijn oom geleend.' Ik pluk een verdwaald theeblaadje van mijn tong. De andere zijn naar de bodem gezonken.

'Jij bent wel goed met mensen,' zegt Casper nadat hij zijn beker heeft neergezet. 'Zoals je met die Italiaan omging, met het gebroken been... en met die snee van mij, natuurlijk.'

Verlegen kijk ik naar het litteken op zijn voorhoofd. De wond ziet veel minder rood, ik kan me niet inhouden en raak met mijn vingertoppen heel zacht de huid aan. Casper zit doodstil en houdt zijn adem in. Zijn spanning wordt op me overgedragen, dus sla ik snel mijn armen over elkaar.

Mijn hart sloeg daarnet een paar tellen over toen hij Luigi's naam noemde. Ik zou hem graag hardop willen uitspreken, maar durf het niet goed.

Zorgvuldig richt ik mijn ogen strak op een punt ergens achter Casper in de kamer. 'Is die man nog naar het ziekenhuis gegaan?'

'Ze hebben hem twee nachten in Alkmaar gehouden. Zijn been is in het gips gezet en nu hinkt hij op krukken rond. Werken kan hij niet. Maar ja, aan die buitenlanders heb je toch niks.'

Ik herinner me dat er van de week een andere steenzetter in het café langskwam. Hij was in zijn eentje en daarom misschien wel loslippig. Hij bestelde een biertje. Terwijl ik het glas schuin onder de tap hield, mopperde hij dat hij met vier Italianen in een ploeg zat. 'Ze doen een eeuwigheid over een klein stukje. Dat is toch geen steenzetten! Het lijken meer een soort kunstenaars. Geen idee hoe ze dat in hun land doen, maar ze zijn niks gewend. Klagen altijd over de regen en het eten hier. Waardeloos!'

Met een vloeiende beweging schuimde ik met een spatel de kraag van het bier. Ik wilde de man vragen of hij iets van Luigi wist, maar mijn vader kwam naast me staan en mijn kans was verkeken. Hij nam zelf het geld aan en borg het op in de kassa. 'Ga jij je moeder maar helpen, Kitty. Ik neem het vanaf hier over.'

Gehoorzaam was ik weggelopen, maar het speet me dat ik niet in de gelegenheid was om meer te weten te komen. Nu kan ik natuurlijk wel gewoon vragen stellen. Niemand die me hier wegstuurt met een standje of me weer een volgend werkje opdraagt.

'Als je niet werkt, bijvoorbeeld omdat je ziek wordt zoals Luigi, hoe gaat dat dan?' vraag ik.

Kijk, nou heb ik zijn naam toch nog uitgesproken, ik schrik er zelf van. Maar Casper merkt het niet, hij zit nadenkend voor zich uit te kijken en bijt op zijn lip. 'Als je niet werken kan, krijg je geen loon, natuurlijk. En tja, als het te lang duurt, moet je weg.'

'Een gebroken been kan weken duren,' zeg ik. Mijn stem klinkt vreemd geëmotioneerd en ik hoop maar dat Casper niet begrijpt wat de gedachte aan Luigi's vertrek met me doet.

'Hm, hm,' zegt hij. 'De directie zal hem na een tijdje wel vervangen, denk ik. De Zuiderzeewerken zijn tenslotte geen liefdadige instelling.'

Nee, denk ik. Toch hadden ze wel wat meer voor hun arbeiders mogen organiseren. Zoals ik nu van oom Frans begrepen heb, zitten ze eigenlijk alleen in de keten en zuipen daar het bier van hun bazen op. Geen lezingen, geen films, geen cabaret. Natuurlijk hebben we dat wel hier in Den Oever, maar de rest van de tijd zitten de dijkwerkers zich maar te vervelen. Bij de Haukes hebben ze pas een werkkamp gebouwd met een strikt antialcoholbeleid. Toen ik dat hoorde moest ik een beetje lachen, want onze klandizie is er niet minder om geworden in het laatste jaar.

Casper staat weer op en dit keer haalt hij uit de zak in de hoek een kruik jenever. Hij doet een flinke scheut in zijn kopje.

'Jij ook?'

Hoewel mijn vader dagelijks drank schenkt en ik opgroei met een flink aantal mensen om me heen die regelmatig dronken zijn, heb ik nog nooit alcohol geproefd. Hij laat het niet toe. Misschien heeft hij wel gelijk, ik zie wat het met mensen doet. Diep verborgen karaktertrekken worden niet langer verstopt als je te veel drinkt. Vorige week zondag nog mocht ik weer na een drukke zaterdagavond de kots van het stoepje voor ons café wegschrobben. En toch wil ik nu wel eens weten of het lekker is en of het echt zo'n effect heeft. Een klein beetje kan geen kwaad, denk ik. Dus knik ik en laat ook mijn kopje vullen.

Mijn slokdarm brandt, ik krijg tranen in mijn ogen, maar de scherpe smaak is niet vies. Een aangename hitte verspreidt zich door mijn lichaam.

'Zie je wel.' Casper lacht. 'Dat is lekker, hè?'

Als antwoord maak ik in één teug mijn beker leeg. Hij vult hem meteen weer, dit keer zonder de thee die de smaak verzacht heeft.

Terwijl we een tijd zwijgend zitten te drinken, staar ik naar buiten waar het zonlicht gefilterd wordt door de grote bomen die de tramwagon aan het oog van het dorp onttrekken. Er treedt een soort verdoving in mijn brein op, allerlei gedachten buitelen over elkaar heen. Het is alsof ik een beetje zweef en dat is niet onprettig, maar ik heb het gevoel alsof ik de controle over mezelf verlies.

'Is het de eerste keer dat je jenever drinkt?' vraagt Casper zacht. Hij slaat zijn arm om mijn schouders en hoewel ik ervan schrik laat ik hem daar liggen zonder moeite te doen om hem af te schudden.

'Ik heb nog nooit een glas alcohol gedronken, alleen maar ingeschonken.'

'En dat voor de dochter van een cafébaas.' Zijn hand kruipt over mijn rug en maakt daar cirkeltjes met zijn vingers.

En hoewel ik eigenlijk met mijn gedachten bij een heel andere man ben, veroorzaken Caspers zachte adem in mijn hals en de langzame streling over mijn ruggengraat geen vervelend gevoel.

# 15

## 1 FEBRUARI 1953

Bij De Kaai was het doktershuis ingericht als eerstehulppost. Onbekende handen trokken me uit de boot en voerden mij en Ellie mee naar de wachtkamer voor ik mijn twee redders nog een keer bedanken kon.

Ellie begon te huilen en probeerde haar beentjes uit de dekens te bevrijden.

'Ik heb niks,' zei ik geïrriteerd tegen de verpleegster die mijn benen verbond. 'Kijk liever naar mijn baby. Ze heeft eerst een hele tijd boven op het dak in de kou gezeten en daarna op een tochtige zolder gelegen.'

'Je kindje mankeert niets,' verzekerde ze me nadat ze Ellie met warme handdoeken drooggewreven had. 'Ik moet jou behandelen tegen een infectie. Geef je dochter straks maar de borst, dan houdt ze vanzelf op met huilen. Er is geen betere troost dan je eigen moeder.'

Haar woorden bleven in mijn hoofd naklinken tot ik een kop soep aanpakte van een dame met bruin, krullend haar waarvan de helft uit een vlecht op haar rug ontsnapt was. De blik die ze me toewierp was vol medelijden en ik kon hem niet verdragen. De Rode Kruis-zuster had de vinger ongewild op een zere plek gelegd. Hier zat ik nu, net ontsnapt aan een groter gevaar dan ik tot nu toe in mijn leven had meegemaakt. En mama, die ik nu het meest nodig had, die als ze hier geweest was mijn hand zou hebben vastgehouden, was voor mijn ogen meegesleurd. Wat miste ik haar!

Voorzichtig tussen de mensen door manoeuvrerend ging ik op een omgekeerd krat zitten in een van de verste hoeken van de kamer. Om mij heen vertelden mensen elkaar over verbazingwekkende stunts van dorpsgenoten met auto's die hen uit hun huizen hadden gehaald, over wildvreemden die vanaf zondagmorgen onafgebroken met bootjes heen en weer hadden gevaren om in nood verkerende gezinnen van hun zolders en daken af te helpen. Ze hadden iedereen naar De Kaai gebracht, waar uitgezocht werd wie naar het ziekenhuis vervoerd moest worden of wie doorgezonden kon worden naar Dordrecht of Rotterdam. De meeste dorpelingen hadden net als zoveel anderen gedacht dat ze er goed aan deden een hoger punt op te zoeken, bijvoorbeeld op een van de slapersdijken, zoals de Molendijk en de Gorsdijk. Maar intussen had de zee juist hierdoorheen gebeukt en er zulke grote bressen in geslagen dat het water overal naartoe stroomde. De meesten van hen zaten met niets ziende ogen voor zich uit te staren, of praatten zachtjes met elkaar, terwijl ze iedere keer als er iemand binnenkwam hoopvol hun hoofd hieven om te kijken of het een van hun familieleden of vrienden was die zij tijdens de storm kwijt waren geraakt. Ik zag hun schouders moedeloos zakken en hun blik dof worden als dit niet zo was.

Ik durfde niet te vragen of ze mijn moeder gezien hadden, ik durfde de naam Neeltje Groeneveld helemaal niet uit te spreken. Toch gaven de verhalen van anderen die gered waren een soort hoop. Toegeven dat die hoop waarschijnlijk vals was, wilde ik niet. Was er niet een kleine kans dat ze een eindje verderop aangespoeld was, ja op wonderbaarlijke wijze gered was uit de ziedende watermassa die alles had meegesleurd wat hij tegenkwam op zijn weg?

'Sara?' Dokter Van der Bijl, die mijn bevalling nog geen drie maanden geleden gedaan had, raakte mijn arm aan. 'Is er iets wat ik voor je kan doen?'

'Nee. Ik heb het nog steeds een beetje koud, maar verder gaat het wel.'

'Dan zetten we je in de bus en word je naar een van de opvangpunten gebracht. We houden hier alleen de mensen die we direct moeten behandelen.'

'Dokter? Is Lucas hier geweest? Of opa?'

'Ik weet het niet meer, meisje.' Zijn ogen stonden donker van vermoeidheid en ik begreep dat het zinloos was hier verder naar te vragen. Ik stond op en probeerde vanuit de deuropening van de kamer te zoeken naar hun dierbare gezichten. Maar hoewel ik vele dorpelingen herkende, waren zij er niet bij.

'Ik dacht dat je verdronken was,' zei onze buurman toen ik stond te wachten op instructies van een van de hulpverleners. Nog steeds rilde ik hevig in mijn gescheurde rok met een deken om mijn schouders. Ik trok hem iets beter om me heen. 'Nee...' begon ik.

'Het is een straf van God, weet je,' onderbrak hij me. 'Deze storm is de zondvloed...'

Ik schudde mijn hoofd, ik geloofde daar niet in. En hoewel de verdwijning van mama in de golven voor mij geen enkele logica had, moest er een reden voor zijn. Dat juist zíj en niemand anders van het gezin opgeslokt was door het water zonder een duidelijke verklaring, daar dacht ik liever niet aan. De gebeurtenissen moesten enige zin hebben, anders zou ik mijn grip op het leven verliezen. En die grip had ik toch al verloren toen ik de tekening van mijn echte moeder gevonden had. Ik schudde mijn hoofd.

Toen ze Ellie uitgepeld en drooggewreven hadden, zat het papier nog steeds tussen de lakens. Kurkdroog. Ik stopte het in mijn zak en verzekerde mij ervan dat het niet op de grond zou kunnen glijden.

De regendruppels tikten verwoed tegen het raampje van de bus aan. De EDAD, de busmaatschappij die ons evacués via het veer naar Wieldrecht bracht, draaide overuren. De Barendrechtse brug was onbegaanbaar geworden. Het was haast ironisch dat de enige weg naar droogte alleen nog over water was. Terwijl ik naar de traag rollende druppels keek die mijn uitzicht vertroebelden, dacht ik na over de onzekere nacht die ik tegemoet ging in een onbekende omgeving. Ik hield niet van onbekend. Ik wilde dat de wereld in hapklare, logische brokjes uiteenviel die ik netjes in de daarvoor bestemde hokjes kon stoppen. Als kind al was ik boos als een boek in mijn ogen niet het juiste einde had of als de levens van de hoofdpersonen in een radiohoorspel aan het slot in het luchtledige hingen. Je moest toch weten hoe iets afliep...

De bus bracht ons naar Ahoy in Rotterdam.

Pas hier, in die grote hal, waar de veldbedden zo dicht achter elkaar stonden dat de zijkanten de volgende bijna raakten en waar volslagen vreemden zonder enige gêne recht in het gezicht van hun buurman of buurvrouw staarden, werd me duidelijk dat niet alleen ’s-Gravendeel, maar ook een groot deel van de Zuid-Hollandse eilanden, West-Brabant en Zeeland door de watersnood getroffen waren. Uit alle hoeken van Zuidwest-Nederland kwamen slachtoffers binnendruppelen; het ergst was het in Zeeland en op Goeree-Overflakkee. Er hadden mensen urenlang vastgezeten in hun woningen of zich vastgeklampt aan ronddrijvende strobalen. Er waren mannen en vrouwen die net als ik op het dak gezeten hadden, alleen was dat van hen losgeslagen en dreven ze rond in een kolkende zee tot iemand ze op kwam pikken.

Een constante doorstroming van vluchtelingen werd in de hallen in goede banen geleid door vele vrijwilligers en Rode Kruis-zusters. Ik werd naar een tafel geleid waar ze me naar mijn naam vroegen, zodat ik als overlevende geregistreerd kon worden. Toen ik vroeg waar ik aan informatie over mijn familie kon komen, schudden de dames hun hoofd. ‘Ik neem deze nog wel voor ik wegga,’ zei een van de vrouwen die bij de tafel stond. Ze was in uniform en had haar hoofddoekje in haar hand. Ze draaide zich om naar mij. ‘Doe die natte kleren maar gauw uit. We hebben hier droge kleren voor je. Ook voor de kleine. Hoe oud is ze?’

‘Bijna drie maanden.’

De verpleegster had vriendelijke ogen, lichtgroen of misschien blauw, dat kon ik in dit licht niet zien. Haar haren waren bij de kaaklijn afgeknipt en ik staarde er verbluft naar. De meeste vrouwen die ik kende hadden lang opgestoken haar of hoogstens op schouderlengte, maar ze zouden zeker niet zo'n kapsel nemen als deze dame had. Ik legde Ellie neer op een van de tafels. Het was lastig om me uit mijn kletsnatte ondergoed te wringen, maar de vrouw hielp me met de tegenstribbelende stof en gaf me een schoon slipje en een jurk aan die sterk naar uien rook.

'Ik zal maar niet vragen hoe je je eigen kleren bent kwijtgeraakt,' vervolgde ze. 'Al die vreselijke verhalen van de mensen hier zijn nauwelijks te bevatten. Maar hier zijn jullie veilig.' Ze glimlachte naar me en ik vond haar ongelofelijk mooi. De vermoeidheid begon toe te slaan en in mijn ogen was deze vrouw een engel van bijna bovenaardse schoonheid.

'Wat is je schoenmaat?' vroeg ze.

'36.'

Uit een stapel achter haar trok ze een paar bruine laarzen waarvan de hakken een beetje scheef waren van het lopen. Ze keek naar de zool. 'Maat 37. Kleiner kan ik ze niet vinden.'

'Dat geeft niet.' Voorzichtig trok ik een paar kousen over het verband waarmee mijn benen bedekt waren en probeerde de laarzen. Ze pasten redelijk. 'Waar komen al die kleren vandaan?'

'O, er zijn zoveel mensen die willen helpen. Luiers, babykleertjes, alles wat we maar nodig hebben,' zei ze opgewekt. Haar handige vingers hadden mijn dochter al uitgekleed en ze deed haar een schone luier om. 'Dag poppetje,' zei ze, terwijl Ellie enthousiast met haar armen begon te maaien en lieve pruttelgeluidjes maakte zodat we allebei vertederd naar haar keken. 'Hoe heet jij dan?'

'Ellie,' antwoordde ik.

De vrouw glimlachte weer, maar onmiddellijk daarna trok er een schaduw over haar gezicht en ze hield op met praten, trok

Ellie een truitje en broekje aan en stuurde me naar een andere tafel, waar hete thee en boterhammen werden uitgedeeld. Al kauwend keek ik om me heen.

De vrijwilligers vroegen me of ik familie in Rotterdam of in de buurt had. Maar ik had niemand behalve opa en Lucas, die zelf natuurlijk ook uit het ondergelopen 's-Gravendeel kwamen. Dus moest ik voorlopig in de Ahoy-hal blijven tot ze een adres voor me gevonden hadden.

Af en toe snelden er verpleegsters voorbij, bij wie de slierten haar onder hun wapperende witte hoofddoeken uitstaken. Ze hadden het te druk om de pieken zelfs maar achter hun oren te strijken. Dokters die in hun witte jassen met grote stappen door de paden tussen de verschillende rijen doorliepen, wisselden de zusters af. Ik was niet ernstig gewond en het was de bedoeling dat ik op een van de smalle britsen zou gaan zitten of liggen. Ik stond aarzelend stil tussen een rij bedden. Links van mij zat een vrouw mompelend in haar opengeklapte handtas te rommelen. Ze hield hem vast alsof haar hele bezit in het ding gepropt was. Rechts van mij hield een vader een kind van een jaar of drie in zijn armen, en drukte met zijn neus tegen het smoezelige wangetje van zijn zoontje. Beiden hadden de ogen gesloten en waren overmand door vermoeidheid in slaap gevallen, of probeerden op deze manier wat hun was overkomen te vergeten. Wat had ik er niet voor over gehad om op die manier in de armen van Lucas te mogen liggen! Ik snakte naar nieuws over hem en begon verder te lopen, hopend zijn gezicht tussen al die mensen te ontdekken.

Ondanks de drukte in Ahoy maakte de opvang eigenlijk een rustige indruk op mij. Je hoorde de voetstappen van de hulpverleners die dekens uitdeelden of de mensen een kop thee en soep in de handen drukten, maar er was niemand die hysterisch gilde of zo hard huilde dat anderen daar last van hadden. Na al het geweld van het water, de kou en de wind waren de redding en het vervoer naar Rotterdam gladjes en snel verlopen en het opvangcentrum leek op een oase, waar iedereen zijn eigen rol had.

Achterin waren nog veldbedden vrij en ik liep langzaam naar een ervan toe. In een hoek die er rustig uitzag ging ik liggen met Ellie in mijn armen. Door het raam naast mij zag ik dat de lucht ongemerkt van donkerblauw naar zwart verkleurd was. Uitgeput deed ik mijn ogen dicht.

Het moet al laat op de avond geweest zijn toen Ellie zachtjes en monotoon begon te jengelen. Eerst dacht ik dat ze honger had, maar toen ik aan haar voorhoofd voelde, was het warm. Ik zocht naar een verpleegster, maar ze waren allemaal een eind verderop bezig, dus besloot ik te wachten tot ze mijn kant uit kwamen en probeerde mijn dochter nog maar eens te voeden.

De verpleegster met het korte kapsel liep voorbij. Ze had haar jas aan. Toen ze mijn vergeefse pogingen zag om mijn dochter aan te leggen, bleef ze staan. 'Ze is zeker een beetje in de war, hè?'

Terwijl ik Ellie tegen mijn schouder legde en op haar rug klopte zei ik: 'Volgens mij heeft ze koorts.'

Ze kwam naar me toe en raakte haar zacht aan. Er zweefde een lichte bloemengeur naar me toe toen ze zo dicht bij me stond. 'Je zou wel eens gelijk kunnen hebben. Zal ik een dokter voor je roepen?'

'Ja, graag.'

Ze liep terug naar waar ze vandaan gekomen was en ik volgde haar met mijn ogen. Ze had een zelfverzekerde manier van bewegen, rechtop met een soepele gang. Ik schatte haar achter in de dertig, maar als zij voorbijliep draaiden de mannen nog steeds hun hoofd voor haar om. Ze hield een van de dienstdoende dokters tegen aan zijn arm en zijn glimlach werd bijzonder breed.

Ellie hoestte en leidde daarmee mijn aandacht af. Toen ik weer opkeek stond de vrouw weer voor me.

'Er komt straks iemand naar je kindje kijken.'

Ik bedankte haar. Ze bleef naar Ellie staren met een blik die ik niet begreep.

'Was u op weg naar huis?'

Ze hief haar hoofd en haar gezichtsuitdrukking werd harder. 'Ja. Gelukkig staat het er nog.' Even keek ze me aan alsof ze iets afwoog, en zuchtte licht. Daarna zei ze: 'Ik kan nog wel even blijven. Zou je dat fijn vinden?'

Ik knikte, maar tot ze de woorden had uitgesproken, wist ik niet dat het zo was. Inderdaad wilde ik liever met iemand praten. Slapen kon ik toch niet met al dat geroezemoes van zoveel mensen om me heen en bovendien was ik gek genoeg helemaal niet moe meer.

Voorzichtig streek ze haar uniform glad en ging op de rand van het veldbed zitten dat naast dat van mij stond. 'Als je iets ergs hebt meegemaakt, dan kom je vaak slecht tot rust,' zei ze. 'Ik ben Catharina.'

'Sara.' Ik stak mijn hand naar haar uit en na een korte aarzeling drukte ze die.

'Ik kom uit 's-Gravendeel. En u?'

'O, ik woon al jaren in Dordrecht.'

'Is het daar minder erg?'

Catharina streek een lok achter haar oor. Haar haar golfde op een manier waar de meeste vrouwen stikjaloers op zouden zijn. 'Ja. De straten stonden wel vol en het water kwam ook al over de vloedplanken, maar de dijk is niet doorgebroken. Daarom steeg het denk ik niet verder.'

We zwegen.

'Ben je helemaal alleen?' vroeg ze even later.

Ik schudde mijn hoofd en voor ik er erg in had zat ik mijn verhaal te vertellen. Over de zolder en de krakende balken, over Lucas en opa die wegliepen van het smalle stukje grond naast ons huis. Ik wilde net beginnen aan de verdrinkingsdood van mijn moeder en mijn eigen spectaculaire zwemtocht, toen Catharina me onderbrak. 'Dus je bent getrouwd?'

‘Nog niet,’ gaf ik toe. ‘Maar wel binnenkort.’

Ze keek me recht aan en haar ogen waren groot en ondoorgrondelijk. ‘Vanwege de baby?’

‘Ja,’ antwoordde ik een beetje beschaamd. ‘Dat doe je toch als je zwanger bent?’

Ze streek haar haar nog een keer achter haar oren. ‘Wat?’ vroeg ze.

‘Bent u getrouwd?’

‘Dat geloof ik niet,’ zei ze raadselachtig. Ze stond op van het bed en stak haar hand op naar een dokter die vier bedden verderop gebogen stond over een meisje van een jaar of twaalf met een verband om haar hoofd. ‘Ik haal even iemand voor je dochter.’

Te verbouwereerd om te reageren, staarde ik haar na. Ze liep weer met kaarsrechte rug tussen de bedden door, haar haren koperachtig glanzend in het gelige licht van de hal. Wat een eigenaardige vrouw. Vriendelijk, maar merkwaardig. Toen de dokter naar Ellie kwam om haar te onderzoeken vergat ik Catharina en richtte mijn volle aandacht op wat hij tegen me zei – dat ik Ellie warm moest houden en zo veel mogelijk laten drinken als ze daar behoefte aan had. We zouden het vannacht nog even aankijken, misschien had ze alleen een verkoudheid opgelopen.

Toen hij naar de volgende patiënt ging zocht ik weer naar Catharina, maar waarschijnlijk was ze naar huis gegaan.

# 16

## APRIL 1931

Toen ik vanmorgen beneden kwam, lag de krant opengeslagen op de toog bij een aankondiging van een dansavond in Concordia in Hippolytushoef.

Hippolytushoef heeft veel meer cafés dan Den Oever en er is ook een bioscoop. Concordia is hét café waar je heen moet voor een fantastische avond. Er speelt geregeld een band. Aan een van de muren hangt een afbeelding van de Eiffeltoren en we noemen het hier in de buurt daarom ook 'Klein Parijs'.

Martha kwam naast me staan en zei dat we zeker moesten proberen te gaan. 'We mogen vast niet,' zei ik. 'En ik blijf ook veel liever hier.'

Ik houd niet van dansen; ik ben te onhandig en struikel over mijn voeten. Bovendien vind ik het helemaal niet fijn om langs de kant te staan wachten tot een van de mannen me vraagt. Ik zou wel in mijn eentje willen dansen, maar dat kan natuurlijk niet.

Martha antwoordde: 'Je bent gek! Laat moeder maar een keer rondrennen met de bladen op zaterdagavond. We mogen vast wél als oom Frans ons wegbrengt en ook weer ophaalt.'

Ik zei haar dat ik hem liever niet gebruikte om onze zin te krijgen, maar ze nam me onderzoekend op en zei dat ik niet zo schijnheilig moest zijn. Hoe vaak gebruikte ik onze oom en tante niet als ik een smoes nodig had om weg te komen? Het zou nu niet anders zijn, alleen kon zij er ook eens van profiteren. Ik moest haar gelijk geven, want ik nam altijd alle kansen aan om naar het doktershuis te gaan.

Voor ik nog meer bezwaren kon maken, was ze de keuken al in gelopen om vader en moeder te bewerken.

Later, toen we ons in onze slaapkamer voor de spiegel op de kast stonden op te maken, vroeg ik haar hoe ze het voor elkaar gekregen had. 'Mij lukt dat nooit.'

Maar Martha lachte geheimzinnig en antwoordde dat ze precies wist wanneer ze iets moest vragen. 'Je wacht tot moeder het net te druk heeft om goed te luisteren. Aan vader moet je nooit iets vragen, die zegt altijd nee.' Ze deed de kastdeur open en pakte de haarborstel van een plank. Met krachtige slagen begon ze haar dikke, glanzende haar uit te borstelen. 'Jij laat te veel merken dat je het graag wilt. Je moet gewoon doen alsof het antwoord onbelangrijk is.'

Ze gaf de borstel aan mij en ik begon de klitten eruit te kammen.

'Geef maar hier,' zei Martha. 'Ik kan het veel beter dan jij. Mag ik je blauwe jurk lenen?'

Ik vond het goed, want het blauw benadrukt haar ogen. Zelf droeg ik een groene jurk en we waren het met elkaar eens dat we er prachtig uitzagen, dat we zeker niet onderdeden voor meiden in Hippo die op de kermis altijd zeikten dat we hun jongens afpakten. 'Die zien gewoon dat wij van een heel ander slag zijn,' zei Martha. Haar ogen schitterden en ik moest lachen om haar zelfverzekerdheid.

En nu lopen we achter oom Frans aan het café uit, terwijl de eerste gasten al binnendruppelen. Het is haast onwerkelijk. Wanneer we buiten staan roept Martha: 'Wacht even. Ik ben nog iets vergeten!' Ze rent weer naar binnen.

Oom Frans steekt een sigaret aan. Met zijn hand in zijn zak staat hij kalm tegen de muur geleund. Vanuit de zaal komen flarden muziek naar buiten waaien, iemand lacht lang en overdreven, er klinkt luid gerinkel van flessen die tegen elkaar aan stoten als mijn vader of moeder ze in de mand in het halletje legt. Omdat het zaterdagavond is, zijn de nauwe straatjes vol met allerlei mensen: oude vissers die een praatje maken bij de haven, arbeiders in hun zondagse kleren met een sigaret tussen de lippen. Het gebonk en geronk van de sleepboten, vletten en kranen bij de werkhaven is verstomd, het kantoor van de Zuiderzeewerken ligt er verlaten en stil bij. Het lawaai komt nu vanuit Den Oever zelf: van de luidruchtig zingende mensen die met de armen om elkaars schouders door het dorp zwalken, van de schreeuwende jongens bij een opstootje voor de deur van een café en van de talloze onpasselijk geworden mensen die een stil hoekje opzoeken om de inhoud van hun maag op de keien te deponeren. Alleen al van de vislucht die altijd tussen de huizen hangt, wordt een normaal mens misselijk.

'Een prachtige avond,' zegt mijn oom. Hij blaast de rook uit en haalt een sliertje tabak tussen zijn tanden vandaan. 'Heb je dat boek al uit?'

'U had gelijk, het is te moeilijk voor me.'

Hij zucht licht, slaat zijn arm om mijn schouders en drukt me tegen zich aan. Uit zijn jasje stijgt de geur van tabak op, vermengd met de lucht van het waspoeder waar tante mee wast. Het is een vertrouwde geur, één waar ik als kind al dol op was. Ik meen me te herinneren dat ik mijn moeder zelfs eens een keer gevraagd heb of ze niet hetzelfde kon gaan gebruiken. Ze keek me aan alsof ik gek was.

Martha komt weer naar buiten met een sjaal om haar schouders. 'We kunnen!'

Stapvoets rijden we het dorp uit, Martha zit voorin en ik heb de hele achterbank voor mezelf. Door het portierraampje kleurt de hemel rozerood, de schemer is bijna ingevallen. Oom Frans doet de lichten aan. De koplampen werpen een geelachtige vlek vooruit, daaromheen wordt alles in snel tempo zwarter en vager. Martha draait zich naar me om. In het afnemende licht is de uitdrukking in haar ogen bijna niet te zien. Ik kan me zo voorstellen dat ze heel tevreden kijkt.

Hippo is maar een paar kilometer van ons dorp vandaan, meestal nemen we de bus ernaartoe, maar met de auto zijn we er nog sneller.

Oom Frans brengt ons tot vlak bij Concordia, stapt zelf uit en houdt het portier voor ons open. 'Veel plezier, meisjes. Niet te veel drinken en vergeet niet dat ik jullie om halfelf kom halen.'

We knikken allebei braaf, Martha geeft me een knipoog en ik moet alweer lachen. Ik heb het gevoel dat ik een beetje zweef als we de stampvolle zaal binnenkomen. We geven elkaar een hand en ik laat me langs een groep mannen trekken die aan de bar hangen. Ze staan met de armen om elkaar heen grote glazen, schuimend bier te drinken terwijl hun stemmen proberen boven het lawaai van de muziek uit te komen. Grappig, denk ik. Ik heb de neiging te vragen of ze er nóg een lusten. Het is moeilijk om de knop om te zetten van barmeisje naar bezoeker.

Het duurt niet lang voor Martha ten dans gevraagd wordt en ik alleen achterblijf. Af en toe vang ik een glimp van haar op, rondwervelend in de armen van een jongen met een scheiding die zo kaarsrecht over het hoofd getrokken is dat het lijkt alsof hij er een liniaal voor gebruikt heeft. Ik bestel een glas jenever, de eerste sinds ik er stiekem een gedronken heb met Casper in de tramwagon.

'Mag ik?' Voor me staat een jongen wiens haren glinsteren van de pommade. Ik sla het glas in één keer achterover, de alcohol brandt in mijn keel. Even later klikken mijn hakken over de dansvloer en kruipt zijn arm over mijn rug naar beneden. Zonder al te veel geestdrift draaien we rond. Na afloop van de dans brengt hij me terug naar de kant.

'Kijk,' wijst Martha, die nu ook een glas in haar hand heeft. 'Daar is Casper.'

Zijn gezicht is naar de dansers gekeerd, maar als Martha hem roept maakt hij zich los uit de groep waarmee hij gekomen is en komt onmiddellijk naar ons toe. Ze vraagt hem voor hij iets heeft kunnen zeggen en hij laat zich lusteloos door haar meetrekken. Iedere keer als hij voorbijkomt, kijkt hij me recht aan. Ik neem nog een glas en probeer zijn blikken te negeren.

Zonder dat ik het gemerkt heb, staat hij plotseling voor me:

Luigi. Zijn landgenoten die hun vreemde, melodieuze taal spreken en met fladderende handen ondersteunen, zijn nog aan het overleggen. Zijn ogen die in het licht van de lampen de kleur van een goede whisky hebben, veroorzaken een gevoel in mij dat ik niet ken. Mijn haarwortels prikken en mijn knieën worden slap. De band speelt net een langzaam nummer, hij zet de stok waarop hij steunt tegen de muur. Daarna glimlacht hij naar me met zijn lippen iets geopend, en strekt zijn hand naar me uit. Ik grijp hem zonder aarzelen, en er gaat een duizeling door me heen die niets te maken heeft met de warmte in de zaal of vermoeidheid. We lopen naar het midden, hij licht hinkend vanwege zijn been, ik een beetje wankelend. In feite ondersteunen we elkaar. De klanken van de muziek en de stem van de zanger lijken heel ver weg, ik voel alleen nog maar die sterke armen om me heen, de ruwe huid vol kloven van zijn hand die mijn hand vasthoudt. Ik vergeet Martha. Ik denk niet meer aan Casper. Er is alleen deze dans, alleen dit samenzijn. Als het nummer afgelopen is, blijven we tegenover elkaar staan wachten tot een nieuwe wordt ingezet.

'Hé, mankepoot! Laat mij eens.' Een magere hand met slanke vingers klemt zich om Luigi's schouder. 'Ik tik je af.'

'Nee,' wil ik zeggen. 'Ga niet weg, luister niet.'

Maar de Italiaan heft zijn handen in een afwerend gebaar: hij heeft het begrepen. Ik ben niet exclusief van hem.

Terwijl Casper mijn hand grijpt en me stevig tegen zich aantrekt, begint de muziek alweer.

Vanuit mijn ooghoeken zie ik hoe Luigi de stok vanuit het hoekje pakt en hinkend tussen de mensen verdwijnt. De neiging om hem achterna te lopen is zo groot dat ik me bijna losruk uit Caspers armen.

'Doet je brommer het weer?' vraagt Martha. We staan buiten met zijn drieën op de auto van oom Frans te wachten. Casper heeft bijna niks tegen me gezegd, maar wel behoorlijk veel gedronken nadat hij me na twee dansen losgelaten heeft omdat ik zei dat ik pijn in mijn voeten kreeg. De rest van de avond is een beetje in een roes aan me voorbijgegaan. Ik had de hele tijd rondgekeken of ik Luigi nog zag, maar hij was waarschijnlijk weggegaan.

'Deze heb ik geleend,' antwoordt Casper. 'Zo hard kan ik nou ook weer niet sparen, dat ik nu al een nieuw wiel bij elkaar heb.' Hij is boven op het zadel gaan zitten en onze ogen ontmoeten elkaar. Martha staat zo dicht bij hem dat haar schouder bijna die van hem raakt. Nu legt ze haar hand op het stuur. 'Mag ik achterop?'

'Oom Frans komt zo,' zeg ik. Martha knikt, maar haar ogen staan boos. Ze zegt dat ik dan maar tegen hem moet zeggen dat ze er zo aankomt. Hij kan wel even wachten. Maar Casper wil geen rondje met haar maken, omdat de brommer van iemand anders is.

Martha slaat haar armen over elkaar. Ik ben er blij om – het voelt vervelend als ze zo tegen Casper doet. Maar waarom eigenlijk? Het zou makkelijker zijn als hij haar leuker vond dan mij. Ik wil dat Luigi mij leuk vindt, dus wat kan het mij eigenlijk schelen?

'Ga je ook naar huis?' vraag ik om de drukkende stilte te doorbreken die ons alle drie overvallen heeft.

'Ja, het wordt al laat. Morgen een vrije dag. Ik denk dat ik maar een wandeling langs de kust ga maken, als het mooi weer is.'

Zijn woorden refereren aan onze allereerste ontmoeting, dat proef ik uit de nadruk die hij op het woord kust legt. Ik glimlach. Mijn zus kijkt naar hem en vervolgens naar mij, terwijl ze met de hak van haar schoen over de stoep schraapt. 'Waar woon je?'

'In een keet,' antwoordt hij. 'Ik heb geluk. Allemaal dorpsgenoten van me. Maar een paar van die spaghettivreters.'

Mijn zus begint te lachen. Het is een vreemd soort lach, hard en hoog. Ik begrijp ineens dat ze zenuwachtig is. Ik knijp mijn ogen samen en observeer haar. Ze vindt hem echt aantrekkelijk, denk ik.

'Wassen jullie je vanuit een emmer? Hebben de keten geen badkamers?' Martha friemelt aan het kraagje van haar jurk. 'Het lijkt me zo rot om daarin te moeten wonen.'

De glimlach op Caspers gezicht bevriest. 'Waarom? Het is maar tijdelijk. Wanneer de dijk klaar is, woon ik weer in een huis. Jullie doen alsof we een soort beesten zijn...'

'Nee,' zegt Martha. 'Zo bedoel ik het niet. Ik ben gewoon nieuwsgierig. Ik kan me er gewoon niks bij voorstellen.'

Casper knikt, maar hij vertelt niet hoe het dan wel zit. Ik heb medelijden met hem – al dat vuil op de dijk zet zich vast en door het harde werken ga je zweten. Ik weet zeker dat de dijkwerkers weten dat ze stinken, maar waarschijnlijk hebben ze de moed opgegeven daar iets aan te doen en is er op hun gezichten een trek van berusting gekomen.

Gelukkig rijdt juist op dat moment de grote zwarte auto van oom Frans de hoek om. Ik stoot Martha aan en ze zucht. 'Dag,' zegt ze tegen Casper.

'Tot ziens,' antwoordt hij, maar zijn ogen dwalen alweer af naar mij.

We kruipen samen achterin, de auto trekt op. Door het achterraam zie ik dat Casper ons na staat te kijken. Naast me legt Martha haar hoofd tegen mijn schouder.

'Was het leuk, lieverds?' Oom Frans draait heel even zijn hoofd naar ons om, maar richt meteen zijn aandacht weer op de weg.

Martha geeft geen antwoord – ze slaapt al voor we de grote weg op draaien.

'Ja,' zeg ik. 'Bedankt dat u ons bent komen halen.'

# 17

## DE VROEGE MORGEN VAN 2 FEBRUARI 1953

Mijn ogen vlogen open toen iemand zachtjes aan mijn schouder schudde. Urenlang had ik me op het veldbed van de ene op de andere zij gekeerd omdat ik niet in slaap kon komen. Tegelijkertijd was ik echter dankbaar dat ik uit de kou en de storm was. Nog tijdenlang leek het alsof de wind door mijn hoofd raasde; dat hoge, fluitende geluid dat hoofdpijn veroorzaakte. Pas na een tijdje was ik het kwijtgeraakt. Midden in de nacht werd ik een keer wakker en door het stikdonker dacht ik heel even dat ik weer onder water was, tot ik het gemompel en gesnurk van mijn lotgenoten hoorde en besefte dat ik samen met honderden anderen op een veldbed lag in een hal. De zere plekken op mijn benen schrijnden, het verband was een beetje verschoven. Zo te voelen hadden de wonden niet gelekt.

Nu schrok ik op van de hand die me aanraakte en schoot omhoog. 'Lucas!'

Hij zei niets, sloeg alleen maar heel stevig zijn armen om me heen.

'Wat ben ik blij dat ik je zie.' Ik kon niet ophouden zijn rug te strelen, zijn gezicht tussen mijn handen te nemen en zijn mond te kussen. Het liefst was ik samen met hem op de brits gaan liggen, maar die was veel te smal en waarschijnlijk waren we erdoor gezakt als we het geprobeerd hadden. Zijn vingers haakten in mijn haar en hoewel dat pijn deed, was ik te blij dat ik hem terug had om dat te laten merken. Heel even maakte hij zich los om naar Ellie te kijken, daarna hield hij me weer dicht tegen zich aan. Ik stopte mijn neus in zijn hals en merkte dat die nat was.

'Waar bleef je toch?' vroeg ik uiteindelijk. 'Waarom kwam je niet meer terug met een ladder en een boot?' Zoals je beloofd had, wilde ik eraan toevoegen, maar ineens leek dat heel oneerlijk en ik slikte de woorden in. Natuurlijk had Lucas zijn eigen verhaal en het leek waarschijnlijk op dat van mij: wind, water, kou. Wanhoop om Ellie en mij, misschien had hij ook wel vastgezeten.

'Waar is opa?' vroeg ik.

'Ik heb hem afgezet bij De Kaai en ben meteen naar ons huis teruggegaan. Ik wilde de ladder pakken en aan iemand in het dorp vragen om een boot aan me uit te lenen. Maar ik werd tegengehouden door een pontonnier die zei dat ik het aan hen over moest laten. Wat ik ook tegen hem zei, hij liet me niet door.' Het gezicht van Lucas vertrok bij de herinnering. Nu was ik helemaal blij dat ik hem geen verwijten had gemaakt.

'En jij?' vroeg hij zacht. 'Hoe ben je van het dak af gekomen?'

Ik zag de groenachtige wereld weer voor me toen ik ondergedoken was om mijn voet uit het prikkeldraad los te trekken. 'Ik heb gezwommen.'

'Met Ellie?' Lucas keek geschokt.

'Nee...' Ik zweeg verward, ineens zo moe bij de gedachte dat ik het hem vertellen moest. 'Dat komt nog wel, ga jij nou maar liggen.'

Ik duwde hem op het veldbed en trok de deken over hem heen. Hij sloeg zijn arm om onze dochter heen en deed zijn ogen dicht. Ik streelde zijn halfnatte haar vol zand tot hij sliep. Daarna zocht ik nog een keer de hal af naar de vertrouwde spierwitte haren, het gebronsde en verweerde gezicht met de staalblauwe ogen en de licht gebogen rug van het zware werk op het land. Waar kon opa zijn?

Het moest al bijna morgen zijn, want de meeste mensen lagen nog op de bedden. Af en toe klonk er gemompel of een kuch, een kind begon te huilen en werd gesust door zijn ouders.

'Kun je niet meer slapen?' vroeg een van de Rode Kruis-zusters.

Ik schudde mijn hoofd. 'Het is hier zo benauwd,' antwoordde ik. 'Mag ik even naar buiten?'

'Die kant uit,' wees ze me de weg.

De hemel begon in de verte alweer lichter te worden. Het waaide nog steeds hard, maar het leek alsof de storm een beetje was gaan liggen. Aan de overkant maakte de gestalte van een vrouw zich los uit de schaduw van een stenen muur en liep in de richting van de deur waar ik net door gekomen was. Met haar voet drukte ze een sigaret uit. In plaats van naar binnen te gaan volgde ze me en stak een nieuwe sigaret aan. Het was Catharina. 'Hoe gaat het met je?' vroeg ze.

'Ik heb mijn verloofde teruggevonden,' zei ik.

'O, dat is mooi.' Ze blies de rook door haar neusgaten uit.

'Maar mijn opa ben ik nog steeds kwijt.'

'Ik was getrouwd, weet je...' Ze keek me plotseling aan, en het leek of ze mijn woorden nauwelijks gehoord had en verderging met het gesprek dat ze eerder zelf had afgebroken.

'Mijn man is omgekomen bij een ongeluk.' Met haar slanke lenige vingers viste ze een mondharmonica uit de zak van haar jas. 'Dit is het enige wat ik nog van hem heb.'

'Dat spijt me.'

'Hoeft niet. Het is al lang geleden. En hij was een ploert.' De laatste woorden werden zo snel en zacht uitgespuugd dat ik niet zeker wist of ik ze wel goed verstaan had.

'Ja,' zei ze. 'Een rotzak. En ik was naïef, ik had het allemaal te laat door. Maar toch had hij deze dood niet verdiend. Al denk ik dat ik hem toch wel verlaten had als hij was blijven leven.' Ze trapte de nog brandende sigaret ook uit en wenkte me met haar mee te lopen. Aan de achterkant van de hal kwamen we in de luwte. Hier knipte ze een zwarte tas open met een koperen beugel waaruit een heupflacon tevoorschijn kwam. Met haar ogen dicht nam ze er een grote teug uit. 'Ook een slok?' Ze hield me de fles voor, maar ik schudde mijn hoofd. Toen ze weer sprak, rook haar adem licht naar alcohol. 'Ik had ook een dochter. Maar zij...' Ze hield op met praten en schudde haar hoofd. 'Het doet er niet toe.'

Omdat ik niet antwoordde, glimlachte Catharina een beetje voor zich uit.

Opeens kreeg ik er genoeg van. Wat deed ik hierbuiten met een vrouw die dingen zei waar ik niks mee kon? Mijn verloofde lag in de hal te slapen; bij hem wilde ik zijn. Ik was niet geïnteresseerd in het levensverhaal van een ander. 'Het klinkt allemaal heel naar... maar ik moest maar weer eens naar binnen.'

Catharina stopte de drank terug in haar tas. 'Ik denk er nog iedere dag aan.'

Ik zweeg weer en keek naar de lucht boven mij. De regen was gestopt, al bleven de zware donkergrijze wolken dreigend over drijven. Na een paar minuten begreep Catharina dat op haar ontboezeming geen vraag zou komen.

Ik groette haar gereserveerd en nam me voor verder geen gesprekken meer met haar aan te knopen. Haar eerdere vriendelijkheid leek alleen bedoeld te zijn geweest om over zichzelf te kunnen praten.

De warme hal was bijna verstikkend na de frisse buitenlucht, een donker hol, als een schuilkelder waar ik in de oorlog vaak uren had doorgebracht wanneer de bommen vielen. Ook hier zaten zoveel mensen bij elkaar dat het al een beetje begon te stinken. Een oude angst welde in mij op: het gevoel niet naar buiten te mogen, willoos af te moeten wachten tot iemand besliste dat het weer veilig was.

Ik had moeite om de plek terug te vinden waar ik Lucas en Ellie had achtergelaten – alle veldbedden leken op elkaar en overal zaten mensen met hun hoofd in hun handen of ze lagen op hun rug in het niets te staren. Ik zag te veel vreemden, mijn logisch opgebouwde wereld viel weer eens in stukken uit elkaar en ik voelde mijn hart vreemd bonken in mijn keel.

'Daar ben je.' Duidelijk opgelucht zwaaide Lucas naar me, zijn blik was voor het eerst in lange tijd nors. 'Je dochter heeft honger.'

'Ik wilde even naar buiten.'

'Zeg dan even waar je heen gaat.' Lucas' stem schoot uit.

Met gebogen hoofd pakte ik Ellie aan. We waren allemaal overstuur en de ongewoon harde toon van Lucas was ongetwijfeld een reactie daarop. Ik besloot er geen aandacht aan te besteden.

Ellie was rood aangelopen en huilde met gierende uithalen. Op het moment dat ze de tepel gevonden had werd het in één keer stil. In het begin, net na haar geboorte, had ik niet doorgehad dat deze vorm van troost de meest efficiënte en snelste manier was om haar rustig te krijgen. Aanvankelijk had het stevige zuigen ook pijn gedaan, tot mijn tepels er langzaam aan gewend waren geraakt.

'Ik hoopte dat opa toch nog binnen was gebracht,' zei ik.

Lucas keek fronsend en met gebogen hoofd naar zijn dochter. Zacht streelde ik hem met mijn vrije hand over zijn wang. Hij hief zijn hoofd. 'Misschien hebben ze hem naar Dordrecht gebracht,' zei hij. 'Er zijn hier zoveel mensen. Ik beloof je dat ik hem zo snel mogelijk zal zoeken.'

Dankbaar glimlachte ik naar hem. Om me heen begonnen de meeste mensen op te staan, ze wierpen de dekens van zich af en maakten kennis met hun buren of gingen op zoek naar brood en thee. Zo gaat het als je gered bent: de slaap heelt het allereerste leed, we veren op en proberen weer zin te geven aan ons leven. De roezemoezende stemmen om me heen verdwenen naar de achtergrond, en mijn blik gleed over het slordig verfrommelde beddengoed aan het voeteneind. Ondanks het langzaam dagende besef dat mama nooit meer zomaar voor me zou staan, voelde ik me positief gestemd.

Nog even en dan konden we in ieder geval weer terug naar huis.

# 18

## MEI 1931

Het is kort voor middernacht, en erg warm in de slaapkamer als ik door het open raam naar buiten klim. Langzaam laat ik me zakken langs de regenpijp en ik spring het laatste stukje. Met een plof kom ik op de grond terecht, klop het stof van me af en kijk omhoog. Ik heb dit al een paar keer eerder gedaan en zolang Martha maar blijft slapen en niet wakker wordt van de regen of iets dergelijks zodat ze op het idee komt om het raam dicht te doen, is er geen kans op ontdekking.

De nachtlucht strijkt langs mijn wang en verkoelt mijn huid. Ik voel me vrij, vrijer dan wanneer ik overdag wegglip, want nu heb ik ook nog de duisternis als dekmantel. Voor ik er erg in heb, ben ik de hoek omgeslagen langs het directiegebouw van de Zuiderzeewerken waar iedere dag vergaderd wordt over het werkplan en de uitvoering van de Afsluitdijk. Ik stop pas bij de andere kant van de oude haven, bij de botters en de tjalken die zachtjes liggen te deinen op de golfslag. Hier is het zo vredig en stil dat mijn ademhaling en hartslag vanzelf rustig worden.

Het is een zachte nacht voor mei, een vol geheimzinnige geluiden. Een watervogel krijst in de verte, de meerlijnen van de dobberende boten kletsen tegen de houten palen. Maanlicht glinstert op de golven en laat ze pulseren en glanzen als kwik. Ja, ik ken dit landschap zo goed: vanuit het raam op de eerste verdieping vergezelt het me als ik niet kan slapen, ik zie de seizoenen wisselen en het water veranderen met elk weertype. Soms is de zee grijs, een andere keer wordt het blauw van de lucht erin weerspiegeld. Maar vannacht is anders; vannacht lijkt het of ik ergens op wacht.

En dan is daar een zacht schrapend geluid op de keien van de kade. Als vanzelf houd ik mijn adem in, ik kan het niet plaatsen. Mijn hart bonst, is het een mens of een dier?

Pas als Luigi voor me staat, begrijp ik dat ik het gekras van de houten stok over de stenen gehoord heb. Even bewegen we allebei helemaal niet. De geluiden om ons heen gaan hun eigen gang: er is een vogel die zijn vleugels uitslaat, een zeil dat klappert in de wind. Zijn ogen lijken donkere uitdrukkingsloze gaten in zijn gezicht. Ik zou zo graag willen zien wat erin te lezen staat. Met zijn vrije hand pakt hij mijn vingers vast. De vereelte duim streelt mijn palm. Er gaan rillingen door me heen, maar dit keer niet van angst. Hij trekt me mee, verder weg van de smalle straatjes en de voorgevels van de cafés met hun bonte en schreeuwerige reclameborden, achter de loodsen en kisten van de haven.

Daar krijg ik mijn eerste kus, onvergelijkbaar heerlijk en zoveel beter dan de voorzichtige strelingen van Caspers vingers op mijn rug een tijdje geleden.

Liegen en bedriegen worden hoe langer hoe gemakkelijker.

Als kind hinkelde ik een keer door de gang. Honderden keren had mijn moeder tegen me gezegd dat het niet de bedoeling was, er zou zeker iets breken en dan had ze me gewaarschuwd. 'Dan heb je de poppen aan het dansen,' zei ze. Ik vond het een grappige uitdrukking – als ik in bed lag zweefden mijn Clara en Lientje voor mijn ogen: ik stelde me voor dat ze samen met Martha's poppen een bal organiseerden. Ze trokken hun mooiste kleren aan, de gebreide jurken die mijn oma gemaakt had, en bleven de hele nacht op. 'Lientje, wordt het geen tijd om naar huis te gaan?' vroeg Clara dan. 'Nog even,' antwoordde mijn andere pop. 'Nog heel even.' En daarna dansten ze gewoon door.

Mijn moeder herhaalde constant, meer dan me lief was, dat ik voorzichtig moest zijn. Toch hield ik niet op met spelen in de gang. Op een halfronde tafel tegen de muur stond een grote vaas waar ze behoorlijk trots op was, geërfd van een oudtante die toen zij nog leefde al rook naar half vergane herfstbladeren. Natuurlijk stootte ik tegen de tafel aan omdat ik probeerde op de witte tegels te blijven bij het hinkelen. De vaas wankelde, ik stond er als versteend naar te kijken. Ik herinner me vooral de harde klap. En daarna stroomde het water over de vloer, de blaadjes van de rode rozen uit de tuin lagen er verlept bij in een grote plas. Ik vond het heel dom van mezelf dat ik toch op de zwarte tegel was gestapt, want nu was ik af.

'Heb ik het je niet gezegd!'

Ja, ze had het me gezegd.

'De kat sprong op de tafel. Ik heb niks gedaan.' Mopperend veegde mijn moeder de scherven bij elkaar.

Het was de eerste keer dat ik een leugen bewust gebruikte.

's Avonds na de afwas ren ik weg, zonder dat me veel vragen worden gesteld. 'Om halftien thuis zijn, hè,' roept moeder me achterna. Ik hoor het niet eens meer.

Op sommige dagen verzin ik het excuus dat tante Dina me heeft gevraagd of ik bij haar langs wil komen. Dan mag ik zeker weg. In werkelijkheid klaagt ze dat ze me nooit meer ziet. 'Heb je het zo druk?' vraagt ze als ik haar een keer tegenkom op straat. 'Vroeger kwam je nog wel eens bij me langs als oom Frans avondvisites moest lopen.'

Ik zeg snel dat ik in het café moet helpen. Ik voel me schuldig, maar haar de waarheid vertellen gaat natuurlijk niet.

'Ik begrijp het.' Haar ogen staan teleurgesteld.

'Morgenavond,' lieg ik. 'Dan kom ik even bij u langs.'

'Tot morgen dan,' zegt ze weifelend. 'Ik kijk ernaar uit.'

'Ik ook,' roep ik over mijn schouder voor ik wegren in de richting van de haven.

Achter de haven staan de lege gebouwen op het terrein van de Zuiderzeemaatschappij. We hebben afgesproken in de laatste, die het dichtst bij het dorp staat en het verst weg van de werkhaven. Om twee redenen is overleggen met Luigi lastig: hij begrijpt zo goed als niets van wat ik zeg en het is bijna onmogelijk om een plek te vinden om samen te zijn zonder dat we gezien worden. Of het is te dicht bij de keten, of er zijn te veel van mijn dorpsgenoten in de buurt.

Deze loods is 's avonds verlaten. Ik kijk snel om me heen voor ik de krakende deur openduw. Hij is er al, komt meteen op me af hinken en ik voel mijn lichaam reageren. Het gebrek aan woorden wordt ruimschoots goedgemaakt als hij me omhelst. Hij kan mijn naam zeggen, dat hij met zijn zware accent uitspreekt als Kiettie. Soms mompelt hij iets in mijn hals of haren, ik doe geen moeite om het te verstaan. In zijn armen is taal onbelangrijk geworden. Ik weet niet of dat op den duur zo blijft, ik leef in het moment.

Vanavond drukt hij zich nog steviger dan anders tegen me aan en ik laat hem begaan terwijl zijn handen de knopen van mijn jurk losmaken. Zijn haren geuren weer sterk naar de kruiden die ik niet herken. 'Waar ruik je naar?' vraag ik. Maar hij schudt zijn hoofd – hij verstaat me niet. Daarom laat ik mijn hand over zijn haren glijden en snuif er overdreven aan terwijl ik een verbaasd gezicht trek.

'Ah!' Zijn gezicht verheldert. Uit zijn zak haalt hij een bosje groen dat samengebonden is met een touwtje. '*Rosmarino*.'

'Ja,' roep ik blij dat ik hem iets duidelijk heb kunnen maken. 'Dat is het!'

Voorzichtig breekt hij een takje voor me af en geeft het aan me. Ik rol het in mijn zakdoek die ik in de zak van mijn jurk stop.

Daarna kust hij me veel dwingender dan anders. Mijn fatsoen zou me tegen moeten houden, maar dat doet het niet, ik heb gewoon mijn verstand verloren. Als hij zijn jas op de kale en harde grond uitspreidt, laat ik me meteen naar beneden trekken.

In het donker worden al mijn zintuigen behalve het zicht, verscherpt. Ik ruik het zweet van onze huid, voel het stof dat op de houten planken van de vloer ligt. Mijn oren registreren trippelende muizenpootjes, en onder de dakspanten ritselen vogels in hun nest. Een koel briesje strijkt over onze naakte lichamen heen, ik huiver en Luigi trekt zijn overhemd over me heen. Steeds sneller bewegen we, ik voel een scherpe pijn, maar een paar minuten later is dat over en kan ik weer het ritme volgen. Is dit nu waar moeder me voor gewaarschuwd heeft, waar de meisjes in het dorp over fluisteren? Dat kan haast niet, want het is zoveel mooier dan de samengeknepen lippen van mijn moeder deden vermoeden, of dan wat ik had bedacht toen de oudere zus van een schoolvriendinnetje op haar huwelijksfeest tegen Martha en mij angstig fluisterde dat ze opzag tegen de huwelijksnacht.

Na afloop liggen we beiden volkomen roerloos. Alleen mijn hart klopt onrustig en zijn borstkas gaat gejaagd op en neer. Luigi wrijft heel zacht met zijn lippen over mijn voorhoofd.

Maar niet lang daarna gaat hij rechtop zitten en kleedt zich gehaast aan. De maan die door het raam schijnt zet zijn lichaam in een zilverachtig licht. Hij haalt een kam uit de achterzak van zijn broek en ontwart zijn haar. 'Morgen?' vraag ik.

Hij knikt en buigt zich voorover om me een kus te geven. Ik sta op en geef hem zijn jas aan. Zonder me aan te kijken slingert hij hem over zijn schouder. Twee tellen later is hij verdwenen.

Pas dan kleed ook ik me aan, al trillen mijn vingers zo dat ik de knoopjes bijna niet dichtkrijg. Voor ik de loods verlaat werp ik nog een blik in het rond om er zeker van te zijn dat al onze sporen zijn uitgewist.

De ontmoeting heeft veel langer geduurd dan ik me gerealiseerd heb. Wanneer ik via de moestuin en het achterplaatsje het al donkere huis binnen sluip en op de trap de krakende treden probeer te vermijden, wordt de deur van de ouderslaapkamer opengeworpen.

'Waar kom jij vandaan?'

'Ik...' Het antwoord is niet belangrijk, mijn schuld staat al vast. Zelfs een misdadiger krijgt ten minste nog de gelegenheid zich te verdedigen.

Mijn vader, groot en breed in zijn gestreepte pyjama, slaat me tegen de grond. 'Kom maar niet weer met een smoes aan!'

Ik zou niet durven, het is veel beter om helemaal niets meer te zeggen, mijn tranen te verbijten, stoïcijns naar de grond te kijken. Achter vader is het grote ledikant met moeder erin nog net zichtbaar. Ze heeft haar lange donkere haren al gevlochten voor de nacht, erdoorheen lopen zilveren strepen die in het licht van de leeslamp op het nachtkastje nog duidelijker te zien zijn. 'Je bent te laat,' bijt ze me toe. 'Had ik niet halftien gezegd?'

'Hoe laat is het dan?' vraag ik zo onschuldig mogelijk. 'We deden een kaartspelletje, het liep uit. Ik lette niet op de tijd...'

Mijn vader luistert niet eens. Een leugen blijft een leugen, hoe mooi je hem ook vertelt. Ik doe verder geen enkele moeite om hem te overtuigen. Op mijn knieën hef ik mijn armen beschermend boven mijn hoofd.

Zonder mededogen ranselen zijn vuisten op me neer.

# 19

## FEBRUARI 1953

De eerste dagen na onze redding was het onmogelijk om al naar 's-Gravendeel terug te gaan. We wilden meteen, we wilden helemaal niet wachten op bevelen vanuit Den Haag of beslissingen die door onze burgemeester genomen zouden worden. Het was intussen dinsdag en het voelde als een eeuwigheid geleden dat ik in mijn eigen vertrouwde omgeving was geweest. Ik snakte naar een kop thee die geen raar bijsmaakje had, de schommelstoel voor het raam waarin ik met Ellie op schoot over de weilanden uit kon kijken en de warmte van Lucas' handen op mijn lichaam wanneer we eindelijk alleen zouden zijn in onze slaapkamer.

'Ik ga,' zei Lucas vastbesloten. Hij keek de vrijwilligster die ons te woord stond strak aan met een bozige blik in zijn ogen die nieuw voor me was. 'Er is een heleboel te doen.'

'Meneer,' begon de vrouw aarzelend. Haar blauwe ogen stonden moe en haar jurk was gekreukt. Om haar heen stonden meer mannen die geen zin hadden om werkeloos rond te hangen. 'U kunt alleen terug als u helpt de kadavers van dood vee op te ruimen, of mee helpt zoeken naar vermisten.'

'Dat is precies wat ik ga doen,' zei Lucas ferm. 'En ik denk niet dat jullie me tegen kunnen houden.'

'Ik ga ook mee.' Vastberaden drong ik me naar voren tussen de wachtende mannen.

'Maar u hebt een speciaal pasje nodig, mevrouw.' De stem van de vrijwilligster klonk een halve toon hoger dan daarnet. 'U mag alleen het dorp in als u er iets te zoeken heeft. En er zijn al genoeg vrouwen die in de gaarkeuken werken. Bovendien, u hebt een baby...'

Ik had een baby. Dat was haar reden om me te verbieden naar mijn eigen huis terug te gaan. Mijn haarwortels prikten, ik voelde hoe mijn wangen rood werden. Voor ik de vrijwilligster van repliek kon dienen, was ze me voor met de opmerking: 'Vanwege het besmettingsgevaar... met al die dode dieren en zo wordt het aantal mensen dat het dorp in mag beperkt.'

'Ze heeft gelijk, Saar.' Lucas keek me aan en ik zag dat hij worstelde tussen zijn verlangen en het besef dat het gevaarlijk was voor mij en Ellie. 'Je komt zo snel als het veilig is. Intussen...'

Hij maakte zijn zin niet af, maar ik begreep zo ook wel wat hij had willen zeggen. Hij zou naar opa zoeken en hij zou ook naar mijn moeder uitkijken.

We verwijderden ons van de groep.

'Ze had haar rode handschoenen aan.' We stonden dicht tegen elkaar met onze trillende handen ineen. 'Hier, kijk maar. Eentje bleef aan de struik hangen toen ze werd meegesleurd.'

Ik haalde de handschoen uit de zak van de houtje-touwtjejas die ze me hadden gegeven. Ik vond hem spuuglelijk, ook al hield hij me redelijk warm.

De wol kriebelde tegen mijn wang. 'Zo weet je dat zij het is.'

Lucas knikte. Zijn ogen glansden en de lok haar viel weer over zijn voorhoofd. Zodra we thuis zijn, dacht ik afwezig, moet ik hem bijknippen.

'Hoe weet je zo zeker dat ze verdronken is?' Lucas knipperde met zijn ogen, zodat er een paar tranen over zijn wangen rolden. Hij veegde ze niet weg. Ik deed het, met mijn duim. 'Dat weet ik gewoon. Opa komt wel weer terug, mama niet.'

'Ik zal naar haar zoeken,' beloofde hij ineens. 'Ze moet toch ergens zijn. Wie weet...'

Ik schudde mijn hoofd, maar ik hield des te meer van hem om zijn onbeholpen poging de waarheid voor me te verzachten. Met mijn onderbuik duwde ik tegen hem aan en zijn lichaam reageerde meteen. 'Het is zo lang geleden,' fluisterde hij in mijn haar.

‘Ja,’ zei ik half lachend, half verdrietig. ‘Kom mee.’ Zo snel als ik kon trok ik hem mee naar de achterkant van de hallen, naar hetzelfde plekje waar Catharina een stiekeme slok had genomen, en heel even vergaten we alles om ons heen terwijl mijn handen onder zijn jasje en overhemd op zoek gingen naar zijn blote huid en hij mijn rug bijna hardhandig tegen de muur duwde.

Toen Lucas weggegaan was, haalde ik opnieuw de handschoen uit mijn zak en zat er op het veldbed een hele tijd naar te kijken terwijl ik wachtte tot iemand me zou vertellen waar ik opgevangen zou worden. De wol pilde een beetje en ik trok aan de pluisjes tot ik er een handjevol van had. De handschoenen waren een cadeau geweest van mij; ik had ze zelf gebreid. Rood was een kleur die mijn moeder mooi vond. Ik hield er niet van, maar gaf de voorkeur aan koelere kleuren, zoals blauw en groen. Kleuren die geassocieerd werden met lucht en water. Ik had ze in een stuk bruin pakpapier gerold voor haar verjaardag en ze was er zo blij mee geweest dat ze ze sinds het begin van de winter gedragen had.

Ze deden me aan haar denken en aan al haar eigenaardigheden.

Mama had nooit die typische vrouwelijke dingen gedaan die de meeste moeders van mijn schoolvriendinnetjes wel deden. Bij Nel Peters, een meisje met wie ik een tijd gespeeld had tot ze met haar ouders verhuisd was naar Brabant, kreeg ik een keer zelfgebakken appeltaart. Haar moeder serveerde het op een schoteltje van wit porselein met een blauw randje. Bij ons thuis waren de borden van aardewerk en ik geloof niet eens dat wij gebakschoteltjes hadden. Van sommige borden waren stukjes af, maar we gebruikten ze gewoon.

Ik zag mijzelf weer zitten bij de familie Peters, een jaar of acht oud, aan de brandschone keukentafel met tafelkleed terwijl ik mijn vorkje in het gebak stak. De achterkant was hard, zodat hij van het bordje afschoot en op de keukenvloer belandde waarvan je rustig kon eten zonder iets op te lopen.

'Ach,' had mama gelachen toen ik later verteld had hoe een hysterische mevrouw Peters de kruimels bij elkaar geveegd had. 'In ons huis wordt geleefd, bij haar is het net een museum. Mogen jullie daar eigenlijk wel iets aanraken?'

Ik schudde mijn hoofd en moest haar gelijk geven. 'Ga maar verven,' zei mijn moeder. Ze haalde de verfdoos en zette hem voor me neer zonder eerst een oude krant neer te leggen, iets wat ondenkbaar zou zijn geweest bij mijn vriendin thuis. Ze verdween naar de kamer om piano te spelen en vergat me te vragen of ik iets wilde drinken. Ik had al twee tekeningen af toen de dorst te erg werd. Vanuit de gang zweefden de muziekklanken me nog steeds tegemoet, en ik kon toch zelf bij de melkkan. Dus schonk ik een beker in en was er trots op dat ik niet morste. Opa kwam net binnen toen ik een boterham had afgesneden waar ik boter op smeerde.

'Waar is je moeder?' vroeg hij.

Ik wees naar de kamer en strooide suiker over het brood zonder erop te letten waar de korreltjes naartoe rolden.

'Jij zou dit helemaal niet moeten doen,' zei opa met een frons op zijn gezicht. 'Neeltje!'

Hij liep met grote passen naar de voorraadkast. Ik keek toe hoe zijn handen pakjes verzetten en bussen en potten openmaakten. 'Weer niks te eten,' zei hij. Bruusk schoof hij de kat opzij die de kast in was geslopen om te kijken of er iets te snaaien viel.

'Neeltje!' riep hij nog een keer, harder nu.

We hoorden hoe het pianospel onderbroken werd, hoe de kruk achteruitgeschoven werd over de houten vloerplanken.

'Wat eten we vanavond?' vroeg opa zodra mama de keuken binnenkwam. De vraag overviel haar, aan haar gezicht konden we zien dat ze er niet over nagedacht had.

'Je hebt dat kind helemaal geen eten en drinken gegeven,' ging opa verder. 'Ze heeft zelf melk ingeschonken en een boterham gepakt.' Zijn gezicht was rood, er lag een dreigende klank in zijn stem die ervoor zorgde dat ik me zo klein mogelijk probeerde te maken op mijn stoel.

'Met zelfstandigheid is niks mis.' Mama liep met grote stappen langs opa heen naar het aanrecht en begon de theedoek op te vouwen die ik had laten liggen.

'Sara wordt me veel te zelfstandig op die manier. En veel te vroeg. Ben je al naar de kruidenier geweest?'

'Nee, pa.' Ze draaide zich om en de blik in haar ogen werd hard. 'Ik heb lesgegeven.'

Opa zuchtte. 'Hoeveel leerlingen zijn er geweest? Een, twee? Volgens mij had je genoeg tijd om...'

'Ik kan wel even gaan,' onderbrak ik hem. Wanhopig keek ik van de een naar de ander. Ze stonden tegenover elkaar en deden me denken aan twee boksers in de ring met hun vuisten opgeheven voor de eerste ronde.

'Je moeder gaat,' zei opa zonder naar me te kijken.

Mama haalde diep adem en staarde hem strak aan. 'Je gaat zelf maar,' zei ze terwijl ze de theedoek neergooide en de deur achter zich dichtsmeet. Het duurde niet lang voor we de piano weer hoorden.

Zonder me te kunnen bewegen zat ik naar de dichte deur te kijken.

Opa merkte het en stak zijn armen naar me uit. 'Kom hier, kindje.' Hij drukte een kus op mijn voorhoofd. 'Ze draait wel weer bij, ze draait altijd weer bij,' zei hij zacht.

Die avond aten we gebakken aardappels met kip die opa bereid had. Voor we aan tafel gingen had ik mama moeten halen en ik durfde haar haast niet te storen. Toen ik de kamer binnenkwam, zat haar ronde gestalte kaarsrecht achter het instrument en haar handen leken een eigen leven te leiden. Haar ogen waren gesloten.

Ze moest me hebben gehoord, want ze keek op en zag me.

Haar vingers bleven nog even boven de toetsen hangen voor ze me dichterbij wenkte. 'Ik zal een liedje voor je spelen.'

Terwijl vrolijke klanken de ruimte vulden, klom ik naast haar op het pianobankje en leunde tegen haar aan, luisterend naar haar prachtige stem.

Nadat ze opgehouden was met zingen, bleven we nog een paar minuten zitten. De klok tikte op de schoorsteenmantel, het laatste licht van buiten stierf langzaam weg. Mama's arm drukte zwaar op mijn schouders, maar dat gaf niet, het was zo fijn dat ze tot rust gekomen was, dat ze niet meteen opstond en de afstand tussen ons vergrootte zoals ze meestal deed. Ik snoof de vertrouwde geur op die uit haar donkerblauwe jurk met het witte kraagje opsteeg.

Nu ik naar de rode handschoen staarde, nadat ik allang opgehouden was aan de wol te trekken en hem naast me op het veldbed had gelegd, begreep ik pas ten volle wat het begrip veiligheid inhield. Al mijn zekerheden waren samen met de storm en het water weggevaagd en het achtjarige kind dat ik in me meedroeg hunkerde wanhopig naar geborgenheid. Ook de eenentwintigjarige die ik nu was, had haar nodig. En de vrouw in die stille kamer die ik me herinnerde had me opgevoed, verzorgd en gekoesterd, ook al had ze een ongedurige speelse geest.

Zij was de enige moeder die ik gekend had. Tranen welden op in mijn ogen. Ik liet ze vallen zonder ze weg te vegen.

# 20

## JUNI 1931

Op een morgen word ik wakker met een wee gevoel in mijn maag. Ik ga op mijn rug liggen met mijn handen onder mijn hoofd. Door een kier in het gordijn valt een zonnestraal op de vloer, ik concentreer me op een spinnetje dat omhoogkruipt langs de muur, tot de misselijkheid gezakt is en het me lukt rechtop te zitten. Martha is al opgestaan, van beneden klinken de stemmen van mijn ouders.

Wat zou ik me graag nog een keer omdraaien; mijn hoofd is zwaar en ik krijg mijn ogen nauwelijks open. Met moeite zwaai ik mijn benen over de rand van het bed en meteen heb ik het gevoel dat ik over moet geven. Vlug strek ik me weer uit op de matras.

Na vijf minuten probeer ik het weer, voor er van beneden geroepen wordt. Nu lukt het beter, al blijf ik het gevoel hebben dat ik een verkoudheid of griep te pakken heb.

'Kom op Wouter,' zegt oom Frans die namiddag als de eerste mannen alweer binnenkomen voor een glaasje. 'Je weet toch hoe je dochter is met mensen? Ik wil haar lenen. Binnenkort heb ik weer spreekuur bij de keten en ik kan een paar extra handen goed gebruiken.' Hij houdt zijn glas nog eens bij en vader vult het opnieuw met bier. Nadenkend veegt hij de schuimkraag van de bovenkant van het glas. 'Ja maar, Frans. Die keten...'

Ik sta op een trapje de ramen aan de voorkant te zemen en probeer zo onopvallend mogelijk mijn hoofd naar ze toe te draaien zodat ik hun gezichtsuitdrukkingen kan volgen. Zeg ja, denk ik. Zeg alsjeblieft ja.

'Zie jij Dina al achter me aan sjouwen?'

'Nee,' beaamt vader. Hij geeft het glas aan zijn broer. 'Maar die polderjongens vertrouw ik niet.'

'Hou toch op!' Lachend slaat oom vader op de schouder. 'Ik ben er toch bij! Die zijn niet zo erg, hoor. Keurig nette patiënten, gewoon als iedere andere man hier in het dorp. En ik heb haar echt nodig. Mijn vaste verpleegster is terug naar Den Haag. Ze heeft een zieke moeder. Het duurt een hele tijd voor de directie van de Zuiderzeewerken me vervanging stuurt.'

'Goed! Ik begrijp het al.' Vader schudt de hand van oom Frans. Hij wil zich nooit laten kennen als er anderen bij zijn. 'Kitty!' roept hij.

Met bonkend hart kom ik naar beneden en ik laat mijn lap in de emmer vallen. Ik veeg mijn handen af aan het schort dat ik over mijn jurk draag tegen het vuil en de azijn.

'Hier,' zegt vader. Een blad glazen wordt me toegestoken. 'Breng dit even naar die groep in de hoek, wil je?'

Hij is dus niet van plan om me te vertellen dat ik mee mag met mijn oom. Nog niet, tenminste. Want ik ken hem – waarschijnlijk verzint hij op het allerlaatste moment nog een smoes om me tegen te houden. Arme oom Frans, hij steekt tevreden een sigaret op en geeft me een knipoog. Hij denkt dat hij de overwinning behaald heeft, maar ik ben er helemaal niet zeker van. Met een zucht loop ik tussen de tafeltjes door.

Achterin, bij het raam, zitten een paar dijkwerkers. 'Ha, Kitty! Net wat we nodig hebben,' roept Gerard Rotgans. 'Nog een borrel!'

'Zware dag gehad?' vraag ik. Glimlachend buig ik me voorover om de bestellingen voor de mannen neer te zetten. 'Haal je vingers eens van mijn kont, Klaas,' zeg ik in één moeite door.

'Maar dat is net wat we nodig hebben,' zucht de rijswerker theatraal. 'Drank en een lekker wijf.'

'Bedankt voor het compliment.' Ik sla zijn hand weg. Toch blijf ik even bij ze staan praten. Het vlechten van het rijswerk is goed gegaan, maar de zinkstukken wilden maar niet op de bodem van de zee blijven liggen, zeggen ze. 'Die stroming, Kitty, die klotestroming! Allemaal voor niks, want vanmorgen had de zee alles weggeslagen en konden we opnieuw beginnen.'

'Wat rot,' zeg ik. 'Vorige week ook al, hè?'

Een van de arbeiders zit er heel ontspannen bij. Zijn ogen zijn halfgesloten, hij haalt een zak tabak tevoorschijn en draait een sigaret. 'Wat vindt u daar nou van, meneer?' vraag ik, om hem bij het gesprek te betrekken. Ik heb het lege blad nog in mijn handen, het stoot tegen mijn zij.

Hij kijkt naar me op. 'Het kan me geen reet schelen,' zegt hij terwijl hij zijn schouders ophaalt. 'Nog een week en dan mag ik eindelijk een weekend naar huis.' Hij gaat nog eens extra achteroverzitten en strijkt met zijn vingers zijn baard glad. 'Vier hele weken heb ik mijn Gerrie moeten missen.'

'Zo!' roept Klaas de Wit. Hoofdschuddend loop ik verder, en de rest van de schunnige opmerking gaat verloren in het gelach.

Al die tijd heb ik vermeden om naar de tafel bij het raam te kijken, net als ik het uitgesteld heb om de ruit in die hoek te lappen. Casper zit in zijn eentje en zijn ogen volgen me als ik naar de toog loop om het blad terug te brengen. Nu wenkt hij me.

Als een klant aangeeft dat hij je nodig heeft, ga je naar hem toe. Ik kijk nog even achterom naar vader, maar hij staat nog steeds te praten met oom Frans. Van Dijk is erbij komen staan.

Voor Casper staat een leeg glas, de rest van het tafelblad is bezaaid met losse vellen en hij heeft ook een blok voor zich, waar zijn hand op rust. Naast hem liggen een paar potloden en een stukje houtskool. Hij houdt een blauw potlood tussen duim en wijsvinger, waarmee hij een stuk lucht inkleurt.

'O!' zeg ik. 'Ik wist niet dat je zo mooi kon tekenen.'

'Mooi? Dit zijn zomaar een paar probeersels.'

Ik pak de tekening waar hij mee bezig is op en houd hem dichter bij mijn gezicht om hem beter te bekijken. Daar liggen de robben op de zandbanken te rusten in het zonnetje. Ik heb het gevoel alsof ze zo hun kop om kunnen draaien of in zee kunnen glijden en wegzwemmen. Er is ook een schets van ons café – de deur staat open en je ziet een deel van de vloer, de knoesten in het hout en op de achtergrond de bar. Ik pak nog meer tekeningen op, sta versteld van zijn talent. De werkhaven komt tot leven, ik zie mannen die met een schop bagger uit de bakken scheppen, een kruiwagen met grond op een van de lange loopplanken. Hij heeft gevlochten rijshout getekend, een stapel basaltzuilen, steenzetters aan het werk, plus een enorme slurf die het keileem de zee in laat plonzen. 'Wanneer heb je hier tijd voor?' vraag ik.

Verlegen haalt hij zijn schouders op en antwoordt dat hij meestal na zijn werk tekent. 's Avonds in de keet gaat hij in gedachten terug naar de plaatsen die hij overdag gezien heeft. Ik knik. 'Ik vind het prachtig.'

Maar als ik mijn hand uitstrek naar het schetsblok, maakt hij een beweging alsof hij me tegen wil houden. Ik vraag of hij daar zijn geheimen in bewaart en dan laat hij het papier ineens los. Zijn blik wordt zachter. 'Het maakt ook eigenlijk niks uit,' zegt hij.

Bladzijde na bladzijde komt tot leven als ik ze omsla. Eerst een onbekend landschap, waarvan ik vermoed dat het de streek voorstelt waar hij vandaan komt. Een portret van een streng uitziende vrouw, met lang krullend haar. 'Mijn moeder,' antwoordt hij als ik hem vragend aankijk.

Een kerk, een huis. Sommige tekeningen zijn met een paar streken houtskool weergegeven, andere zijn juist heel gedetailleerd uitgewerkt met kleurpotlood. Nog twee gezichten en een jonge vrouw en profil die zich over een wieg heen buigt. 'Mijn oudere zus Mies,' verklaart Casper. 'De enige tussen drie broers. Man, wat hebben we haar gepest.' Hij glimlacht.

'Woont ze in Sliedrecht?'

'Ja.' Zijn ogen worden donker en ik voel hoe de heimwee aan hem trekt.

'Het is moeilijk hè, om zo lang van huis weg te zijn.'

'Je hebt geen idee,' antwoordt hij zonder me aan te kijken. 'Als steenzetter ga je daarheen waar er werk is. Meestal blijven we niet lang op dezelfde plek...'

Omdat ik niet weet wat ik moet zeggen, kijk ik maar weer verder. Bladzijden lang komen er opnieuw inkijkjes van zijn leven hier in Den Oever voorbij. Mevrouw De Veer die met haar kinderen aan de hand op weg is naar huis. Uit haar boodschappenmand steekt een brood. Het directiegebouw met het magazijn en de smidse. De bakker, met zijn hoge witte muts op terwijl hij koekjes op een bakblik legt. 'Het lijkt net of je door het raam met hem meegekeken hebt,' zeg ik opgetogen.

Hij lacht en zoekt in zijn zakken naar een sigaret. 'Dat is ook zo.'

Maar van de volgende schetsen word ik stil. Er is een studie van mijn gezicht, dan een van mij bij de haven, turend in de verte. Ik, liggend op de bank in de tramwagon. Die tekening doet me naar adem snakken. Als ik toen, op die dag vermoed had dat hij me stiekem bekeken heeft terwijl ik in slaap gevallen was, had ik het papier verscheurd. Maar hij heeft me zo goed weergegeven; hij heeft me niet mooier gemaakt dan ik ben. Er zijn een paar schetsen van mijn handen in mijn schoot, één van mijn mond die halfopen staat, zodat mijn tanden zichtbaar zijn. Het allerlaatste portret onthutst me het meest: ik sta bij het raam in het café, bijna op dezelfde plaats als nu. Dit keer heeft hij me helemaal getekend; ik draag een rok met daarop een licht truitje en ik heb een bezem vast. Alles is uitgewerkt tot in het kleinste detail, van de verschillende roodtinten in mijn haar, tot de kale neuzen van mijn schoenen. Dit is geen tekening die hij even snel gemaakt heeft, waarschijnlijk heeft hij er meerdere dagen aan gewerkt. Maar het zijn de ogen die me pas echt schokken. Ze staan wijd, wijd open, alsof ik heel ver weg ben. Het is alsof hij mijn gedachten in een beeld gevangen heeft. Hij weet veel meer van mij dan ik hem verteld heb.

Ik kijk op. Onze blikken ontmoeten elkaar en hij spreidt zijn handen in een verontschuldigend gebaar. Voor hij zijn sigaret aansteekt, zegt hij: 'Zo zie je eruit als je droomt.'

Ik sta als aan de grond genageld. Zijn ogen houden me vast, ik wil me van ze losrukken, maar het lijkt of er een onzichtbare draad tussen ons gespannen staat. Waarom voel ik me zo? Mijn gedachten dwalen af naar Luigi, met wie ik vanavond afgesproken heb. Weet Casper dat ook? Is hij een soort waarzegger die mijn gedachten leest? En wat is er eigenlijk precies tussen ons?

Voor ik wegloop, laat ik het schetsboek op de tafel vallen. 'Kitty?'

Het kost me heel veel moeite om me weer naar hem om te draaien en alleen jarenlange dienstbaarheid maakt dat ik het opbreng. Nu staan zijn ogen geamuseerd. 'Nog één, graag,' zegt hij terwijl hij het lege glas aan me geeft.

Met trillende stem geef ik zijn bestelling door. Vader merkt niks, hij gaat gewoon verder met praten en ondertussen pakt hij achter zich een kruik jenever van de plank. 'De allereerste zwaluw van het seizoen. Hij is vroeg dit jaar. Daar zat hij, op het dak van het schuurtje, en hij vloog pas weg toen ik dichterbij kwam.'

Ik versta het antwoord niet, mijn oren suizen, ik voel een druk op mijn maag. De warmte van de lampen, het café dat steeds drukker wordt, het duizelt me. Ik moet me even aan de toog vastgrijpen.

'Voel je je wel goed?' vraagt Martha die vanuit de keuken binnenkomt.

'Nee.' Ik schud mijn hoofd. 'Voor Casper,' zeg ik en ik duw haar het glas in haar handen. Ze kijkt me bevreemd aan.

Ik zwiep de deur open, schiet langs mijn opkijkende moeder en rem pas af bij het wc-hok. Dubbelgevouwen boven de poepdoos, komt alles eruit wat ik die dag met moeite naar binnen gekregen heb.

'Iets verkeerds gegeten, denk ik,' zeg ik terwijl ik mijn mond uitspoel bij de gootsteen. De scherpe ogen van mijn moeder veroorzaken een felle steek in mijn hoofd. 'Ik ga maar even liggen voor het eten.' Moeizaam beklim ik de trap. Mijn benen zijn slap, en de bittere smaak van gal maakt me weer misselijk. Als ik me op het bed neer laat vallen, komt er een verschrikkelijke gedachte bij me op. Ik duw haar weg en doe mijn ogen dicht om alles buiten te sluiten.

# 21

## FEBRUARI 1953

De hal was tijdelijk een stuk leger. Alle evacués met familie en vrienden in de buurt waren weggestuurd, een nieuwe lading kwam eraan. Nu trokken de vele handen van de hulpverleners dekens recht, zetten hier en daar een veldbed op een andere plaats. Ik slenterde naar buiten met Ellie in mijn armen.

In de verte liep een tengere gestalte steeds maar weer heen en weer op hetzelfde kleine stukje weg. Ik had geen zin haar op te zoeken, maar toen ze me zag staan zwaaide ze naar me en stak de weg over om naar me toe te komen. Dit keer droeg ze geen jas en de witte hoofddoek bedekte haar koperkleurige haar helemaal.

Ze leek altijd te roken, hield bijna iedere keer dat ze voor me stond een nieuwe sigaret in haar hand. Om haar heen hing de geur van tabak, vermengd met een subtiele geur van parfum en alcohol. Het verbaasde me niet dat ze ook nu de halfgeopende tas bij zich had. Daaruit stak de dop van de flacon. Ze kietelde Ellie even onder haar kin.

'Weet je al wanneer je hier weggaat?' vroeg ze terwijl ze de fles terugduwde en de beugel dichtknipte. 'Jij bent toch Sara Groeneveld?'

Ik knikte en vroeg me af hoe ze mijn achternaam wist. 'Ik heb nog niet gehoord waar ik naartoe moet.'

'Naar een familie in Dordrecht.'

De rook van haar sigaret waaide in mijn gezicht. Toen ze dat merkte, drukte ze hem uit. 'Je hebt geluk,' zei ze. 'Er zijn ook mensen die helemaal naar Utrecht of zo gestuurd worden.'

'Ik wil eigenlijk gewoon naar huis. Opa heb ik ook nog niet gezien.'

‘O ja. Dat vergat ik bijna. Je man heeft een briefje geschreven. Of ik hem aan jou wilde doorgeven, vroeg hij.’

Lucas’ handschrift, met de grote, beetje klungelige scheefstaande letters, ontroerde me. Hij had me wel eens verteld dat het hem op school grote inspanning had gekost om te leren schrijven. ‘Omdat ik links was bond de meester mijn hand op mijn rug. Het is met letters eigenlijk nooit iets geworden en ik keek het liefst uit het raam. Bovendien hield mijn vader me meestal thuis om te helpen op het land.’

Het briefje was dan ook kort: *Ik heb je opa gezien, hij is ook in het dorp. Kus, Lucas.*

‘Goed nieuws?’

‘Heel goed nieuws.’ Door de wolken brak een waterig zonnetje door, net toen ik het papier opvouwde en bij de andere dingen in mijn zak opborg. Ik besefte ineens dat dit alles was wat ik op dit moment bezat: de kleren die ik aanhad, een handschoen en een tekening. En het handschrift van mijn verloofde.

Tegen vijf uur gingen we naar Dordrecht. In de auto van Catharina rook het ook naar tabaksrook. Haar handen, waarvan twee vingers gele toppen hadden van de nicotine, hanteerden even nauwkeurig het stuur als zij nog geen halfuur daarvoor mijn verbanden hadden verschoond. Haar dienst was afgelopen, vertelde ze. Ze had de auto geleend en vroeg of ze Ellie en mij naar het adres in Dordrecht kon brengen, want ze moest toch naar huis.

Ik accepteerde de lift vooral vanwege Ellie. Sinds vannacht was ze begonnen met hoesten; korte blafjes, die ervoor zorgden dat haar gehuil zacht en schor klonk.

Het was vreemd om een vrouw te zien rijden – ik had nog niet vaak in een auto gezeten en ze werden in ieder geval bestuurd door mannen.

Catharina zweeg en de sonore, zware motor was een welkom achtergrondgeluid, zodat het niet lang duurde voor mijn oogleden zwaarder werden. Ik gleed weg in een vreemde droomtoestand. Als vanzelf voerden mijn gedachten me naar het dak waarop ik vastgezeten had, alleen sloop er steeds een andere versie van de gebeurtenissen doorheen. Er was een moment waarop we hadden kunnen besluiten om Ellie het eerst naar beneden te takelen, zodat we met zijn drieën hadden kunnen blijven. Net voor ik de film afdraaide – mama keek naar boven en stapte mis – deed ik mijn ogen open. We reden al door de straten van Dordrecht. Ik ging rechtop zitten. Water spatte op tegen de autoportieren en de raampjes, overal waren vrouwen met bezems de modder uit hun huizen aan het vegen, er wapperde wasgoed aan de lijnen. Ik voelde een steek van jaloezie: hier waren ze al begonnen met opruimen. In Dordrecht konden ze de scherven oppakken en een begin maken om verder te gaan. Bij ons moesten er eerst polders drooggemalen worden en al het dode vee opgevist en afgevoerd. Ik wist niet eens of ik nog wel een huis hád.

De auto hield stil in een straat die niet ver van het zwembad lag waar ik zo vaak gezwommen had. In de deuropening ontdekte ik een lange man met kort rechtopstaand haar. Zijn handdruk was krachtiger dan de eerste indruk van zijn verschijning deed vermoeden. 'Leendert Haasdonk.' Ik schatte hem een jaar of dertig.

Zijn vrouw, die iets jonger leek, hield zich half schuil achter hem, achterdochtig tuurden haar fletsblauwe ogen naar ons. 'Er is een baby bij,' zei ze half in paniek tegen haar echtgenoot. Hij legde zijn hand op haar schouder en ik hoorde hem mompelen: 'Het is onze christenplicht, Hanna.'

Ze snoof, wierp nog een blik op Ellie en mijn verfomfaaide verschijning en ging ons voor naar een klein achterkamertje waar een groot bed met ijzeren spijlen stond. 'U zult hier samen met het kind moeten slapen, meer plaats hebben we niet. Huiltie veel?'

'Zíj is heel rustig,' antwoordde ik. Paniek greep me naar de keel, ik slikte een paar keer. Eigenlijk wilde ik weer naar de kamer rennen om Catharina te smeken me mee terug te nemen naar de Ahoy-hal, die me vertrouwder aandeden dan het benauwde hokje en de vrouw die me zo vijandig bekeek. Maar ik zei niets meer en volgde mevrouw Haasdonk naar de keuken die naar boenwas en zeep rook.

Als vanzelf zochten mijn voeten de weg naar buiten zodra het officiële voorstellen voorbij was. In de verte was het gebouw van het Sportfondsenbad vaag zichtbaar tussen de huizen. Aarzelend bleef ik staan. De aandrang om door te lopen, in een van de kleedruimtes de gekregen jurk uit te trekken en het blauwe water in te duiken, was groot. Ik kon de chloorlucht al bijna ruiken.

Tegen de donkere auto stond Catharina geleund, de rook van een verse sigaret kringelde omhoog, nauwelijks zichtbaar tegen de grijze lucht.

'Het is daar...' Ik zweeg verward. Wat verwachtte ik van haar? Moest ik een verpleegster die haar taak had uitgeoefend lastigvallen met mijn heimwee? Toch leek ze een deel van mijn stemming aan te voelen, want ze legde haar hand op mijn arm. Die vluchtige streling over mijn mouw maakte me nog veel kwetsbaarder, ik voelde tranen achter mijn ogen prikken.

'Het is niet voor lang.'

'Nee.' Ik zuchtte. Haar ogen hadden vandaag de kleur van de zee. 'U zou me nog vertellen hoe uw man is gestorven.'

Haar blik, die even daarvoor zacht was geweest, keerde zich weer naar binnen. 'Het is al jaren geleden. In 1932, om precies te zijn.'

'Toen ben ik geboren,' zei ik.

'O ja? Ben je pas eenentwintig dan?' Ze keek verward om zich heen. 'Mijn dochter...' begon ze aarzelend.

Ik wachtte af, maar ze ging niet verder.

'Het stinkt naar boenwas binnen,' zei ik wanhopig. 'Mevrouw Haasdonk zal me dwingen mijn laarzen uit te trekken in huis en me inpeperen dat haar naastenliefde een gunst is.'

'Dan moet je zorgen dat je je er niks van aantrekt,' zei Catharina. De opmerking leek haar te ontglippen voor ze erover nagedacht had.

'Reken maar dat ik dat zal doen!'

Plotseling begonnen we allebei te lachen zonder het tegen te kunnen houden. Als twee giechelende tienermeisjes hingen we scheef tegen elkaar aan. Zo grappig was het niet, maar de spanning van drie dagen kwam eruit, baande zich een weg naar buiten door al mijn poriën en maakte mijn schouders en nekspieren losser.

Even snel als de lachbui was opgekomen, ebde hij weer weg.

'Ik vertel je wel een andere keer over hoe mijn man is doodgegaan,' zei Catharina. Ze deed een stap van mij vandaan en hield met haar handen haar bovenarmen stevig vast. 'Het is geen leuk verhaal.'

'Zien we elkaar dan nog eens?'

'Ik woon toch in Dordrecht. Misschien kom ik je wel eens opzoeken zolang je hier bent.'

'Dat zou ik leuk vinden,' zei ik. Ik meende het. Verlegen keek Catharina opzij. Ook ik richtte mijn ogen weer op het zwembad in de verte. 'Ik denk dat ik naar binnen moet.'

'Dag, Sara.' De druk van haar vingers was licht, maar nog een hele tijd nadat ze was ingestapt en weggereden, voelde ik de warmte van haar huid als een afdruk op die van mij.

Die avond ging ik onwennig aan tafel zitten bij de familie Haasdonk. De geur van reinheid was verdrongen door een spruitjeslucht waar ik bijna onpasselijk van werd. Met een half oor luisterde ik of ik Ellie kon horen huilen. Ze was moeilijk in slaap te krijgen in de vreemde omgeving of misschien voelde ze mijn innerlijke spanning aan.

Leenderts zus Ada woonde bij hen in. Ook zij had geen enkele ervaring met kinderen, want ze fluisterde tegen Hanna dat ook zij hoopte dat Ellie 's nachts niet te veel lawaai zou maken. 'Dat is niet goed voor mijn zenuwen.'

Met mijn zenuwen was het die eerste dag in het gastgezin ook niet best gesteld. Onder het eten werd er niet gesproken, het getik van het bestek op het steen van de borden leek oorverdovend en de stilte beklemde me. Ik hoorde mijn eigen kaken het taaie vlees wegmalen en met moeite slikte ik de bittere en tot moes gekookte spruitjes door. Toen de gastvrouw niet keek, moffelde ik de helft van de lap leer in mijn zakdoek en liet de inhoud ervan op de grond onder de tafel vallen zodat hun broodmagere hond meteen vriendschap met mij sloot. Er ging iets troostends uit van de harige kop op mijn voeten. Na de maaltijd maakte Hanna er een punt van dat ik bleef zitten. 'Het is je eerste avond,' zei ze met een blik op haar man die haar geruststellend toeknikte. 'Dan hoef je nog niet af te wassen.'

Het 'nog' klonk onheilspellend, ik durfde er niet aan te denken wat het inhield. Misschien zag ze een gratis schoonmaakhulp in mij, in ieder geval kreeg liefdadigheid zo een heel andere klank. Ik nam me voor om zo veel mogelijk naar buiten te gaan.

'Hoe heet je man?' vroeg Ada.

Ik probeerde niet naar de ontsierende wijnvlek te staren die haar halve wang bedekte. 'Lucas Reedijk.' Ik had ze nog niet verteld dat we niet getrouwd waren, maar ik had daarbij helemaal niet gerekend op Hanna's voorliefde voor kleine details.

Met een ruk draaide ze zich om, haar mond was een smalle streep. 'Ik dacht dat je Groeneveld heette.'

Te laat, dacht ik. Idioot, let nou een beetje op. Tegelijkertijd ging ik nog rechter op mijn stoel zitten en stak mijn kin naar voren. 'Hij is mijn verloofde, we gaan binnenkort trouwen.'

Aan de gezichten van mijn gastheer en gastvrouwen zag ik dat het in hun ogen niet genoeg was. 'Dat hopen we dan maar,' zei Hanna. 'Als ze eronderuit kunnen komen, doen ze dat.'

'Nou, nou,' zei Leendert sussend.

'Het is toch zeker zo.' De bleke vissenogen keken uitdrukkingsloos naar haar man. 'Ada kan erover meepraten.'

'Dank je, Hanna,' zei haar schoonzus. Ze staarde naar haar handen terwijl mevrouw Haasdonk haar schouders ophaalde.

In de oorverdovende stilte die volgde dwaalden mijn ogen af naar een bordje aan de muur met de spreuk VRIENDEN EN VIS, BLIJVEN DRIE DAGEN FRIS. Bijna schoot ik in de lach en tegelijkertijd vroeg ik me af hoe lang het tussen ons 'fris' zou blijven. Niet zo lang, vermoedde ik.

'Is er misschien iemand in de buurt van wie ik een kinderwagen lenen kan?' vroeg ik uiteindelijk om de drukkende stilte te doorbreken. 'Ik zou morgen graag een wandeling willen maken met mijn dochter.'

Beleefd haastte Leendert zich om een antwoord te geven. 'Wij hebben nog een oude in de schuur staan. Hij was –'

'Leendert!' onderbrak mevrouw Haasdonk hem. 'Toch niet die van onze...'

Ook zij zweeg en ineens begreep ik waar de paniek in haar ogen vandaan kwam als Ellie in haar buurt was. Bijna had ik medelijden.

Maar het volgende moment beet ze me toe: 'Hopelijk spuugt ze de lakentjes niet onder.'

Abrupt schoof ik mijn stoel naar achter en stond op. 'Ik geloof dat ik mijn dochter hoor.'

Ellies warme lijfje was zacht en ik drukte mijn neus tegen haar wang. Ik strekte me naast haar uit op de harde matras en zuchtte. 'Dit wordt nog wat.'

Algauw probeerde ik het huis zo veel mogelijk te ontvluchten. Hanna had me uiteindelijk, haast met weerzin in haar ogen, haar kinderwagen geleend. 'Je kijkt er wel mee uit, hè?' had ze gevraagd. Zonder haar een blik waardig te keuren had ik Ellie erin gelegd en was weggegaan.

De veren van de wagen kraakten en de wielen piepten toen ik

Ellie erin voortduwde, maar het gaf me de vrijheid waarnaar ik verlangde. Op het onderlaken zat een gelige vlek waarvan de herkomst onduidelijk was. Ik legde er een luier overheen om hem niet meer te zien.

De kamer en de keuken in het huis van de Haasdonks leken altijd naar gekookte melk te ruiken, een weeïge lucht die me misselijk maakte. Hier heerste een ander weekritme dan ik gewend was: op maandag werden de was en de strijk gedaan, op dinsdag de ramen, op zondag werd er uit de Bijbel voorgelezen. Ondanks de dreigende opmerking over de afwas, werd ik uit de huishouding geweerd. Dat vond ik wel best, want ik wist dat ik hier niet thuishoorde, dat er ergens anders een man zat te wachten die wanhopig wilde dat wij weer bij elkaar waren. Achter mijn gesloten oogleden voelde ik zijn handen die me liefkozend streelden.

Mijn voeten zochten blindelings hun weg, ik bleef lopen tot ik niet meer kon. Ik staarde naar het gekrioel van de duiven in het park, koerend en heen en weer hippend pikten ze met hun snavels de kruimels op van iedereen die iets voor ze uitstrooide. Moe geslenterd zakte ik neer op een van de harde bankjes aan het brede kiezelpad. Ik klikte de kinderwagen op de rem. Verderop waren twee jongens aan het spelen met een bal, en toen de duiven merkten dat ik niets bij me had, waggelden ze een andere kant uit.

'Hé, dat ik jou hier nu zie!' Catharina kwam voor me staan. Vandaag droeg ze een zwart, rond hoedje waardoor haar rossige haar nog meer geaccentueerd werd. 'Gaat het een beetje?'

'Nee. Een slechtere opvang is er niet.' Ik besloot meteen maar eerlijk te zijn, ik had geen zin in beleefdheden. Vandaag kon ik het niet opbrengen, vandaag hing er een onbestemd gevoel van onvrede in de lucht, het besef zo nog weken door te moeten gaan. 'Die vrouw is vreselijk.'

'Schuif eens op.' Catharina ging naast me zitten en sloeg haar benen met de glanzende nylons over elkaar heen. Haar rok kroop een stukje op en een van de jarretels werd zichtbaar. Ik keek even opzij naar haar profiel. Haar vage glimlach verwarde me zoals elke keer als ik haar zag. Ik wist nooit in welke stemming ze zou zijn.

'Ben je al terug geweest?'

Terug. Ik zag het afgekalfde stukje erf naast het huis voor me, de ingestorte woning aan de overkant, het kruispunt dat volledig verwoest was. 'Ik dacht dat we er niet heen mochten.'

'Nee.' Catharina haalde haar schouders op. 'Maar wat kan jou het schelen? Als je even nadenkt, kun je altijd wel een oplossing vinden.'

We zwegen. De duiven die dachten in de vrouw naast mij een nieuwe potentiële bron van eten te hebben gevonden, scharrelden weer om ons heen met hun kraaloogjes gespannen op onze handen gericht.

'Moet ik er gewoon naartoe gaan?' Ineens leek het idee niet eens vreemd. De pont voer weer heen en weer, ik kon vast een smoes verzinnen.

Catharina draaide haar gezicht naar de zon, ze sloot haar ogen en zei: 'Natuurlijk.'

Daarna deed ze ze weer open en zei glimlachend: 'Dan zal ik je nu vertellen over mijn gestorven man.'

# 22

AUGUSTUS 1931

'Martha, luister eens...' We zitten op een bankje voor het café – zij met een vergiet en een pan boontjes om af te halen, ik met mijn handen in mijn schoot gevouwen om de harde ronde bult die met de dag groter begint te worden. Door het open raam achter ons drijven de klanken van een liedje op de radio naar buiten. Moeder begint keihard mee te zingen. Martha mikt de geknakte sperziebonen in de pan en kijkt lachend naar me op. 'Zeg het maar.' Een hommel scheert luid zoemend langs mijn oor voor hij besluit op de viooltjes in de bloembak van de vensterbank te landen.

Ik kan het niet meer uithouden: mijn hoofdhuid prikt niet alleen van de hete zomerzon. Om niets te hoeven zeggen til ik eenvoudigweg mijn bloes een eindje op. Martha's ogen worden groot. 'Wat?' Ze zwijgt even. 'Van wie is het?'

Als ik zonder te antwoorden voor me uit blijf kijken, zegt ze giftig: 'Wie het ook is, hij is ongetwijfeld een hufter. Anders had hij wel beter opgepast. En hoe kon jij zo dom zijn?'

Ik haal mijn schouders op. Inderdaad, hoe kon ik zo dom zijn. Na die eerste keer in het pakhuis bij de werkhaven, nu alweer een paar maanden geleden, ben ik nog een paar keer stiekem van huis weggegaan. Soms lukte het om Luigi te zien, maar vaak werden we gestoord door andere mensen zoals voorbijgangers of rondzwervende dijkwerkers op zoek naar een beetje plezier. Nu is hij overgeplaatst naar een andere keet, veel verder van het dorp, en ik heb hem al een paar weken niet gezien. Er is iets van opluchting in de plaats gekomen van het overweldigende gevoel van de eerste ontmoetingen. We hebben niets om over te praten en bovendien zijn de paar woorden Nederlands die hij kent niet veel meer dan clichés. Zijn taal spreek ik helemaal niet en ik heb geen moeite gedaan om hem te leren.

Maar toen het meer regel dan uitzondering was dat ik 's morgens de wc in de achtertuin niet meer haalde, kon ik niet langer negeren wat er met me aan de hand is. Natuurlijk hoopte ik dat het vanzelf weg zou gaan, het gebeurt immers heel vaak dat er iets misgaat in de eerste weken. Maar dit kindje heeft besloten dat het blijft zitten. Toen ik daar eenmaal achter was, leek het net of mijn keel werd dichtgeknepen en voelde ik me de hele dag ziek. Lamgeslagen door mijn eigen stommiteit, probeerde ik er niet aan te denken. Maar mijn lichaam begint in snel tempo te veranderen: mijn borsten zijn gespannen en voller, ik krijg mijn rok bijna niet meer dicht. Eerst wilde ik bij tante Dina langsgaan, maar zij heeft het zo druk. Bovendien probeert ze al jaren om een baby te krijgen, en om nu met mijn eigen ongeluk aan te komen zetten, is te pijnlijk. Nee, Martha is de juiste om het geheim aan toe te vertrouwen.

'Zul je je mond houden?' vraag ik fluisterend.

'Ts.' Ze klakt met haar tong, haar vingers hangen stil boven de boontjes. 'Wie heeft je dan zwanger gemaakt?'

Schichtig kijk ik om me heen, alsof de muren alles kunnen verstaan en de woorden over zullen brieven aan bijvoorbeeld mijn vader. Ik moet er niet aan denken: die zal me halfdood slaan als hij iets hoort. 'Kom mee.'

Martha gooit de laatste bonen in de pan, veegt haar handen af aan haar rok en volgt me naar het einde van de tuin, waar naast de schuur een afgehakte boomstronk staat waarop wij dicht tegen elkaar aan gedrukt al heel wat vertrouwelijkheden hebben uitgewisseld.

Haar brede lichaam neemt net als vroeger nog steeds de meeste plaats in. Als vanzelfsprekend legt ze haar arm om mijn schouders. Ik zou zo wel eeuwig willen blijven zitten, zonder iets te hoeven.

'Wie de vader is houd ik liever voor me,' zeg ik.

‘Kom op, Kitty.’ Mijn zus trekt haar wenkbrauwen op, alsof ze daarmee aangeeft dat ik niet moet vergeten met wie ik te maken heb. Zij is mijn beste vriendin, zij heeft alle geheimen die haar zijn toevertrouwd altijd keurig bewaard. Zelfs de dingen waar ze het niet mee eens was, zoals toen ik van huis weggelopen was op mijn twaalfde. Nee, verraden heeft Martha me nooit. Of ze begreep dat het voor mij bittere ernst was, vraag ik me af.

‘Het is beter dat je zijn naam niet kent,’ houd ik vol. ‘Dan hoef je niet te liegen.’

‘Wie bescherm je?’ Haar ogen verkillen, haar gezicht wordt minder lief. ‘Je kunt het me maar beter zeggen, voor vader erachter komt.’

Vader. Ik krimp een beetje ineen. Meteen spreidt Martha haar handen in een machteloos gebaar, streelt me even over mijn haar. Waarom is dit ongeluk míj eigenlijk overkomen, vraag ik mij af. Ik, die nog nooit naar jongens gekeken heb en gewoon verliefd geworden ben?

‘Wat moet ik nou, Martha?’ zeg ik.

Ze haalt licht haar schouders op, kijkt me peinzend aan. ‘Je kunt het weg laten halen...’

Die gedachte is ook bij mij opgekomen. Na de eerste weken van ontkenning en daarna de hoop dat het gewoon over zou gaan, werd het een steeds aanlokkelijker idee. In de encyclopedie van oom Frans heb ik gelezen dat gewone huis-tuin-en-keukenmiddeltjes, zoals paardrijden of het tillen van zware dingen, worden afgeraden. Er stond ook in dat een zwangere vrouw beter niet heel hard heen en weer kan springen. Of zouden dat allemaal fabeltjes zijn? Manden met flessen sjouwen, op mijn knieën de vloeren dweilen, is dat zwaar genoeg? Een paard hebben we niet en touwtjespringen is iets voor kleine meisjes. De paar klappen van mijn vader, zelfs af en toe een stomp in mijn maag, hielpen in ieder geval niets.

‘Of we kunnen het zelf proberen. Dan moeten we aan een spuit proberen te komen. Misschien via oom Frans?' onderbreekt Martha mijn gedachten.

'O, nee hoor, dat durf ik niet. Wat als hij erachter komt dat ik iets van hem gestolen heb? Wat wil je trouwens met een spuit?'

'Zeepsop injecteren werkt heel goed. Maar als je het zelf niet wilt doen, weet ik anders wel iemand.' Martha klinkt bijna opgewonden. Heimelijk geniet ze van de situatie – zo vaak is het de laatste tijd niet voorgekomen dat ik haar nodig heb. In feite zijn we een beetje uit elkaar gegroeid, lang niet zo hecht meer als vroeger toen we nog kinderen waren.

'Hoe dan?' vraag ik.

Ze haalt haar schouders op. 'Gewoon, een keer gehoord.'

'Is het hier in het dorp?' Op de een of andere manier lijkt me dat geen goed idee. Het is veel te dicht bij mijn vader, wiens boosheid als een storm over me heen zal razen. Want als ik één ding geleerd heb in mijn leven, is het dat mensen roddelen. Niets is zo interessant als het leed van een ander.

'Het is in Hippo. We moeten ervoor met de bus.'

'Goed,' zeg ik na een korte stilte. Het is beter dat ik er niet te lang over nadenk, dan krabbel ik misschien terug. 'Maar we moeten een goede uitvlucht verzinnen.'

'We zeggen gewoon dat we een keer willen winkelen. Als we dat ook echt doen, is er niks aan de hand.' Martha lacht.

En ik ben weer op bekend terrein: dat van de leugenaar.

Door de hitte van de middagzon zie je in de lucht de uitlaatgassen van de bus trillen. De geur van diesel maakt me heel erg misselijk. Ik druk mijn hand tegen mijn maag en probeer door mijn mond te ademen terwijl ik mijn neus dichtknijp.

We hebben een hele tijd gewacht tot de bus eraan kwam, maar nu het zover is wil ik me het liefst omdraaien en terug naar huis gaan. De hele weg zit ik demonstratief met mijn lippen stijf op elkaar gedrukt uit het raam te staren. Het geeft niet, Martha praat voor twee. Het dringt niet tot me door waar ze het over heeft, laat staan dat ik er een woord van onthoud.

We stoppen midden in het centrum, dat op het vroege middaguur een slaperige indruk maakt. De meeste mensen zitten nu aan het warme eten. We lopen langs de gesloten deuren en neergelaten rolgordijnen van de winkels.

'Verdorie, hier had ik niet aan gedacht,' zegt Martha binnensmonds. We staan voor de kapperszaak, waarvan de ramen wel eens gewassen mogen worden. Door de zon zijn de vuile strepen extra goed zichtbaar.

'Het is beter dat er mensen zijn die ons gezien hebben,' zeg ik. 'Dan gelooft moeder ons tenminste.' Ik voel mijn hart bonken in mijn keel.

We kloppen aan op de donkergroene deur, maar er wordt niet meteen opengedaan. Martha loopt om het gebouw heen terwijl ik mijn voorhoofd tegen de ruit druk. Daarbinnen is het halfdonker en er beweegt niets.

'Laten we maar weggaan,' zegt mijn zus. 'Er is niemand.'

Als we ons omdraaien, gaat de deur toch nog krakend open. De kapper steekt zijn verbaasde gezicht om de hoek. Achter hem wordt een smalle gang zichtbaar, met een rood verschoten tapijt op de grond. De deur naar de kamer is witgeschilderd, maar de verf bladdert hier en daar een beetje af. Het behang is verkleurd, sommige stukken hangen er in flarden bij. Ik ben geschokt over hoe armoedig het huis er op het eerste gezicht uitziet. 'Hallo,' zegt de man. Hij maakt een vermoeide indruk. 'Wat kan ik voor jullie doen?'

Martha en ik wisselen een blik. 'Hebt u een glas water voor ons? Het is zo warm en alles is gesloten.' Mijn zus probeert de kapper met een glimlach te charmeren.

'Tja,' antwoordt hij. 'Eigenlijk heb ik geen tijd voor jullie. De middagpauze is al bijna voorbij. Tenzij jullie zo je haren willen laten knippen?'

Martha schudt haar paardenstaart heen en weer. 'Nee, dat was ik niet van plan. Jij, Kitty?'

'Nee.' Ik kom even in de verleiding om mijn dikke, golvende haardos te laten kortwieken, zoals al heel lang een wens van me is. Maar ik durf het niet als ik aan het gezicht van mijn vader denk.

Er valt een ongemakkelijke stilte waarin we alle drie naar elkaar kijken, afwachtend of iemand nog iets zal zeggen. Met de woorden 'Nou, dan ga ik maar weer eens naar de zaak', maakt de kapper ten slotte een einde aan de impasse. Daarna zit er niets anders op dan dat we hem de deur laten sluiten en weglopen.

'Zo, missie geslaagd.' Martha steekt haar arm door die van mij. 'Die vergeet heus niet dat er twee mooie jonge meiden voor zijn neus hebben gestaan. Jammer trouwens dat hij ons geen water wilde geven. Ik had wel een glas gewild.' Ze veegt met haar hand het zweet van haar voorhoofd.

Ik knik. Ook mijn haren zijn nat van de transpiratie. 'We kunnen iemand anders vragen.'

'Laat maar. Zullen we die vrouw maar meteen opzoeken? Dan kunnen we hier zo snel mogelijk weg. Moeders limonade lokt ineens wel heel erg.'

Net buiten het centrum loopt een soort zandpad dat we volgen. Achter elkaar vanwege het struikgewas aan weerskanten, komen we moeizaam vooruit in de brandende zon. Om ons heen zoemen insecten, vlinders fladderen voorbij. Uitbundig en luid kwetterend scheren vogels langs en ik besef nu pas dat het een prachtige dag is. Ineens schrijnt het diep vanbinnen: mijn kindje zal nooit genieten van warm zomerweer, geen citroentjes of mussen kunnen zien. Het zal niet leren lopen, nooit mama tegen me zeggen. Voordat hij of zij geboren wordt, heb ik het al dood gewenst. Straks zal een vrouw met een scherp voorwerp een zak vruchtwater doorprikken alsof het een ballon is.

Op het stoffige pad blijf ik plotseling stokstijf stilstaan. Het is nog niet te laat: op een besluit kun je terugkomen.

'Martha,' zeg ik. Ik hoor zelf de paniek in mijn stem. 'Wacht even.'

Ze draait zich om, haar gezicht is pafferig en rood van de warmte en ze lijkt mijn spanning helemaal niet op te merken. 'We zijn er al,' zegt ze.

Achter haar zie ik een soort hut, of eigenlijk meer een houten woonwagen zonder wielen. Het pad houdt hier op en gaat over in een zandvlakte waarop het huisje scheef is gezakt. Voor de ramen hangen beige vitrages die bij onze nadering bruusk opzij worden geschoven. Als de deur openzwaait, durf ik bijna niet naar het gezicht te kijken dat vanuit het halfdonker tevoorschijn komt. 'Komt u binnen. Wie van u is de ongelukkige?'

De kamer ruikt naar kaas en oud angstzweet. De vrouw die voor ons staat geeft me ook niet veel vertrouwen: ze heeft een gezicht vol rimpels en koude lichte ogen. Haar stem klinkt zakelijk als ze vertelt wat de procedure inhoudt. Martha doet het woord, ik kan niet veel meer dan hulpeloos om me heen kijken en een beetje stotteren als me gevraagd wordt hoe lang ik denk dat ik heen ben.

'Mooi op tijd,' zegt de vrouw met haar donkere, lage stem. 'Als het later is, wordt het moeilijker. Dan kun je net zo goed een bevalling doen.' Haar lach is droog en kwaadaardig en ik wil meteen omkeren. Maar Martha staat voor de deur.

Met een gebiedende blik op haar gezicht strekt de vrouw haar hand uit. Ik knip mijn tas open en haal met pijn in mijn hart een paar bankbiljetten en munten uit de portemonnee. Het weinige zakgeld dat mijn vader me gunt, het resultaat van al die avonden dijkwerkers aanhoren en vloeren boenen ligt op mijn handpalm. De vrouw grist het eraf, telt langzaam de dubbeltjes en kwartjes na en stopt ze in een koekblik dat op een plank boven het aanrecht staat. Ze steekt een sigaret op terwijl ik me uitkleed, en haalt ongeduldig haar schouders op bij de vraag waar ik alles neer kan leggen. Uiteindelijk hang ik mijn jurk maar over een stoel.

Om de eventuele bloedspatten op te vangen legt ze een vlekkerig zeil op de tafel. Mijn billen blijven eraan vastplakken als ik ga liggen. 'Benen wijd,' zegt de vrouw op ferme toon.

Gehoorzaam spreid ik mijn dijen. Haar ijskoude hand beroert de binnenkant van mijn huid en van schrik knijp ik mijn benen samen.

'Ontspan je maar,' zegt ze geroutineerd. De hand gaat verder naar binnen en ik verstijf weer. Het ergste is dat ik blootgesteld word aan haar blik. Die zegt: 'Dom meisje, je hebt niet goed opgepast. Nu zul je de gevolgen dragen. Hier ben je en je bent van mij.' Ik draai mijn hoofd af en staar naar de enige versiering aan de muur die in het verder kale vertrek hangt: een plaatje van een treurige engel met lang blond haar en goudkleurige vleugels. 'Goed zo,' zegt de vrouw. 'Je leert het al. Ik kan beter voelen als je rustig blijft.'

Maar als ze harder duwt kan ik het toch niet laten om scherp in te ademen. Ze houdt haar vingers stil tot ik me niet meer verzet.

Na het onderzoek wast ze haar handen in een blauw emaillen emmer die in de hoek van de kamer staat en droogt ze langzaam af aan een handdoek. Uit een zwarte tas haalt ze een metalen voorwerp tevoorschijn dat me nog het meest doet denken aan een breinaald. Ik verstijf meteen weer.

Dat is het moment waarop ik een beslissing neem die de rest van mijn leven zal beïnvloeden.

In de bus terug naar Den Oever zwijgt Martha. Terwijl we over de polderweg naar Oosterland rijden en op de grote verkeersweg richting Den Oever uitkomen, betasten mijn handen de al bijna vertrouwde bobbel onder mijn kleren. Hij of zij zit er nog. De bus zwenkt heen en weer, de chauffeur trekt hortend en stotend op. Ik vouw mijn vingers om het kindje heen. Precies op dat moment lijkt het of er een vlinder in mijn buik heen en weer fladdert. Heel zachtjes, nauwelijks waarneembaar. Mijn zoon of dochter heeft dit moment uitgekozen om aan mij kenbaar te maken dat hij of zij leeft. Dat hij iemand is om rekening mee te houden. Nu moet ik alleen nog maar de rest van mijn omgeving overtuigen van het recht op zijn bestaan. De tranen lopen over mijn wangen.

Martha knijpt in mijn arm. 'Het geeft niet, je komt er wel uit.'

'Nee,' zeg ik. 'Je begrijpt het niet. 'Ik ben blij dat het er nog zit.'

Ongedurig schuift ze heen en weer op haar zitplaats. 'Je bent gek. Waarom zou je het willen laten komen?'

'Dat weet ik zelf ook niet,' zeg ik. Ik veeg mijn tranen weg. 'Maar ik kon het gewoon niet laten weghalen.'

De sceptische blik die Martha op me werpt is genoeg om me weer aan het twijfelen te brengen. Maar als ik terugdenk aan de donkere ruimte waar de vrouw met de kille ogen zich voorover-buigt om haar instrument uit de tas te halen, weet ik gewoon dat ik er goed aan gedaan heb, hoe moeilijk het ook zal zijn om het oordeel van de hele wereld over me heen te laten komen.

# 23

## FEBRUARI 1953

'In de tijd waarin mijn man stierf, werd er aan de Afsluitdijk gewerkt. Weet je waar die is?' vroeg Catharina.

Ik knikte. 'Tussen Noord-Holland en Friesland. Die grote dam die de vroegere Zuiderzee afgesloten heeft, de dijk die ons allemaal beschermen moest.'

Catharina knikte en haalde diep adem. Haar ogen gleden weg van de duiven, de kinderwagen met mijn dochter erin, langs het pad met de witte kiezelstenen naar het verleden. 'Hij heeft het gehouden. Ze wilden hem zo graag bouwen en hij is bij deze grote watersnood niet doorgebroken. De laatste grote overstroming was van 1916. Ik kan me hem goed herinneren, ook al was ik nog klein.'

Ellie bewoog zich, ik boog me over haar heen en dekte haar beter toe. Ze lag op haar rug, met haar vuistjes gebald naast haar hoofd. In de afgelopen dagen was de hoest tot mijn grote opluchting afgenomen. Catharina volgde mijn verrichtingen, haar gezicht verzachtte toen Ellie met een zucht verder sliep.

'In 1931 trouwde ik en kort daarna bleek ik zwanger. Een beetje zoals jij.'

Catharina pakte de draad van haar verhaal weer op. Haar man werkte aan de dijk, hij was een van de mannen die rijshout vlochten voor de zinkstukken die als versterking op de bodem van de grillige zee gelegd werden. 'Het was een echt gevecht. Maar ze hebben hem binnen vijf jaar afgemaakt, al begrijp ik soms niet hoe. Zoveel mannen, die overal vandaan kwamen, hebben met hun blote handen staan zwoegen. Het is een wonder, die dijk van hen.'

Ik vroeg me af waarom de klank van haar stem bitter klonk,

nu ze over de mannen begon te praten. Ik probeerde van onderwerp te veranderen. 'Dus u woonde er dichtbij?'

'Zeg maar je, hoor. Anders voel ik me zo oud.' Ze glimlachte naar me. 'Ja, vanuit mijn slaapkamerraam kon ik hem zien liggen.'

'Waar?'

'In Noord-Holland. Maar ik ben er al jaren niet geweest. Te veel herinneringen, te veel pijn.' Catharina zocht met haar handen in haar zakken. De eeuwige sigaret kwam weer tevoorschijn, al hield ze hem alleen tussen haar vingers zonder hem aan te steken. 'Toen ik met Koen trouwde, had ik geen idee van wat me te wachten stond. Ik was nog niet zo oud, jonger dan jij nu bent.'

'Hij was niet aardig.'

'Och, dat viel wel mee. Dat zei ik alleen maar omdat ik het zo erg vind dat hij er niet meer is.'

Verward keek ik naar de kale struiken aan weerszijden van het pad – in de zomer groeiden er hele trossen rode rozen aan en rook het hier zoet en aangenaam. Wanneer ik op mijn wandeling van de bus naar het zwembad geen zin had om direct op mijn bestemming aan te komen, maakte ik wel eens een omweg door het park. Ik vroeg me af hoe laat het was; vast bijna etenstijd. Klokslag vijf uur gingen we aan tafel. Toch stond ik niet op, al voelde ik steeds meer de winterkou die door mijn jas heen probeerde te dringen. Ik trok Ellies mutsje een beetje beter over haar oren. 'Hoe is Koen doodgegaan?' vroeg ik.

'Er was een ongeluk. Bij de beschoeiing van de dijk werden basaltzuilen gebruikt. Als een stuk te groot was, gebruikten ze een kraan om hem te verplaatsen en dan moest je uit de buurt blijven.'

Koen was een van de vele arbeidskrachten die alles hadden achtergelaten en werk zochten in het hele land. De Zuiderzeewerken waren een goede kans voor mannen die alles wilden aanpakken. Als je eenmaal aan de dijk werkte, was je voor een hele tijd verzekerd van inkomsten.

'Het was geen onaardige baan, als je tenminste bereid was maar eens in de drie weken naar huis te gaan. Hoewel veel mannen hun geld uitgaven aan drank in plaats van het naar hun vrouw of moeder te sturen.' Catharina glimlachte nog een keer bij de herinnering. Daarna werd haar gezicht weer ernstig.

'Een van die grote stukken steen heeft Koen verpletterd. Zijn collega's waren op tijd opzij gesprongen, hij niet. Als weduwe kreeg ik niet veel en daarna ben ik weggegaan. Ik verwachtte een kind en was in de war. Een tijd lang heb ik rondgezworven, tot ik in Dordrecht werk vond bij een echtpaar dat twee kleine kinderen had. Ze zochten een meisje voor hele dagen.'

Ik probeerde me haar voor te stellen als jonge vrouw, minder zelfbewust, meer timide en bang. Het lukte niet. Ze had iets hards over zich en af en toe schemerde daar tegelijkertijd iets kwetsbaars doorheen. Hoewel haar gezicht glad en rimpelloos was, vertelden haar ogen een ander verhaal. Daardoor kwam een sprankje van haar ziel naar buiten, dat haar gelijkmatige en vriendelijke voorkomen barstjes gaf.

'Het werk was te zwaar voor een vrouw die al op alle dagen liep. Het was een moeilijke tijd. Ik...' Catharina zweeg weer en ik vroeg me af waarom ze zo vaak haar zinnen niet afmaakte.

'Hoe dan ook, ik heb het gered.' Ze stopte de nog steeds niet aangestoken sigaret terug in haar tas. Haar vingers dwaalden bij de fles die er nog steeds in zat.

Ellie maakte een verstikt geluidje en ik boog me over de kinderwagen. Het viel me nu pas op hoe bleek ze zag, met blauwachtige schaduwen onder haar ogen. Zweetdruppeltjes vormden zich net onder de rand van haar mutsje. Ik voelde kort aan haar voorhoofd. Haar temperatuur leek normaal, wel sliep ze veel meer dan gewoonlijk. Een vaag gevoel van onrust sloop door mijn gedachten. Was ze vanmorgen ook zo lusteloos geweest?

Catharina stond op en liep een paar keer heen en weer voor het bankje. Ik bestudeerde haar gezichtsuitdrukking die nu een emotie liet zien die anders was dan daarnet toen ze over de dood van Koen vertelde. Ze leek nu nog rustelozer. Ik probeerde me in haar te verplaatsen, me voor te stellen dat Lucas gestorven was. Zou ik meer verdriet hebben als hij er niet meer was dan nu ik mama moest missen? Waren zulke dingen te vergelijken? Ik wist het niet. De dood had hoe dan ook iets onwerkelijks: je bleef de hele tijd het gevoel hebben dat iemand zomaar ineens weer voor je kon staan. Het was bijvoorbeeld net alsof mama een reis aan het maken was of een paar dagen uit logeren. Er waren nog een heleboel dingen die ik haar moest zeggen en ook nog zoveel dat ik haar wilde vragen. Ik had er spijt van dat ik niet meer details wist over mijzelf als baby. Nu Ellie er was kwamen er soms vage herinneringen, half vergeten flarden van mijn eigen kindertijd naar boven. Ik wilde weten of ik ook zo fel uit mijn ogen had gekeken als ik een knuffel in mijn handjes gedrukt kreeg. Wat was mijn eerste woordje geweest, wie was er bij me toen ik mijn eerste stap zette? Al die dingen leken heel belangrijk, niet alleen om ze te kunnen vergelijken met de ontwikkeling van mijn eigen dochter, maar ook om ze samen met haar te delen.

Al bleek ze nu niet mijn biologische moeder te zijn, ze was toch de vrouw die meer van mijzelf afwist dan wie dan ook.

Aan mijn andere moeder kon ik hooguit vragen naar de omstandigheden van mijn geboorte. En ik wist niet eens wie ze was, laat staan dat ik wist waar ik haar kon vinden, mocht ik ooit de behoefte hebben om haar iets te vragen.

Catharina stond nog steeds in de verte te staren, naar de plek waar voor de oorlog de grote fontein had gestaan die in 1944 verwoest was bij een bombardement. Ze leek zo in gedachten verzonken, zo ver weg dat ik naar een manier zocht om haar weer naar het heden terug te halen. 'Bent u, eh, ben je... daarna verpleegster geworden?'

De klank van mijn stem deed haar inderdaad weer opkijken, al bleef ze een norse blik op haar gezicht houden. 'Ja, dat was na de geboorte van... mijn dochter.'

Ze streek met de toppen van haar gehandschoende vingers over een vlekje op haar jas. 'Ik wilde nooit meer afhankelijk zijn van een man. Toen Koen doodging, raakte ik in één klap alles kwijt: mijn huis, mijn inkomen, mijn geliefde.'

Een paar dagen geleden zou ik fel op haar woorden gereageerd hebben. Het was of ik een van mama's stokpaardjes hoorde: 'Zorg dat je iets van jezelf hebt in het leven, Sara. Wees voorbereid, leun niet achterover. Als je alleen komt te staan, heb je altijd nog je beroep.'

Je beroep. Voordat ik gekomen was en de crisis nog niet had toegeslagen, had mama concerten opgenomen voor de radio. Haar trots was later in scherven uiteengevallen en ik dacht dat ze er nooit meer overheen was gekomen. Misschien probeerde ze het met mij te compenseren.

De piano en ik waren nooit nader tot elkaar gekomen, al had mama meerdere malen geprobeerd me les te geven. 'Jij kunt beter worden dan ik was. Als je maar wilde oefenen!'

Ik herinner me dat ik er op een keer genoeg van had. Mijn voeten konden nog niet bij de grond, ik moest een jaar of acht geweest zijn. Die avond moest ik twee uur lang vingeroefeningen doen.

Ik had een afkeer van toonladders, verafschuwde de stugge bekleding van de pianobank die door mijn jurk heen prikte, ik haatte de kaarsrechte gestalte van mijn moeder die voor het raam stond en ineenkromp bij iedere foute noot.

'Leren spelen is een kwestie van volhouden,' zei mama toen ik haar vroeg of ik eindelijk mocht stoppen.

'Ik wil niet pianospelen,' protesteerde ik. Het instrument stond voor mij gelijk aan eindeloze loopjes en aan een hele stoet brave meisjes met keurig gesteven kanten kraagjes die les kwamen nemen en de aandacht van mijn moeder opeisten zodat ze me naar buiten stuurde. Uit verveling roerde ik met stokjes door de modder tot ik weer naar binnen mocht.

Na twee uur loopjes zonder pauze, stopte ik. 'Nog een keer,' sprak mama streng.

'Nee.' Ik liet me op de grond glijden en keek haar aan. 'Nooit meer.'

Haar ogen werden groot van verbazing. 'Maar...' zei ze, 'waarom dan niet?'

'Omdat... het stom is.' Ik struikelde haast over mijn eigen woorden.

'Stom?' herhaalde ze. 'Muziek is niet stom.'

'Maar die piano wel,' schreeuwde ik. 'Ik ga er nooit meer achter zitten!'

'Ik wilde altijd kinderen krijgen en trouwen, net als de andere meisjes om me heen,' zei ik nu tegen Catharina terwijl ik de herinnering aan de mislukte pianolessen van me af probeerde te schudden. 'Mijn moeder was teleurgesteld dat ik niet wat meer initiatief toonde.'

'Die van mij was boos omdat ik mijn roeping wilde volgen.' Ze kwam weer naast me zitten en kamde met haar vingers door haar haren. 'Dochters doen nooit wat moeders van hen verwachten, hè?'

'Ik zal Ellie nooit dwingen iets te doen wat ze niet wil.'

'Och.' Catharina knoopte haar sjaal beter om haar hals. 'Ik neem aan dat ze het goed bedoelde, die moeder van jou.'

'Vast wel.' Ik keek naar de bevroren vijver met een wak aan de rand waarop de eenden kleumend tegen elkaar aan kropen. 'Ze is alleen mijn biologische moeder niet.'

Catharina's ogen waren groot en ondoorgrondelijk toen ze me aankeek, maar ze zei niets.

'Ik ben er sinds een paar dagen achter dat mijn echte moeder, als ze die naam al verdient, me te vondeling heeft gelegd voor de deur van het huis van de familie Groeneveld.'

'O.' Ze trok aan een van de toppen van haar leren handschoenen, waar een draadje loshing.

‘Dus misschien begrijp je nu waarom ik een beetje in de war ben. Mama is voor mijn ogen weggesleurd door het water, ze is weg. Weg! En ik kan haar niet eens meer vragen wat ze nog meer weet. Want ze wist meer, dat kan niet anders... dat móét. Ik heb er recht op te weten waar ik vandaan kom, vind je niet?’

# 24

## SEPTEMBER 1931

Oom Frans en ik rijden met de auto naar Kornwerderzand. 'Het wordt weer een lange dag, meisje. Ik hoop dat je het volhoudt.'

'Natuurlijk.' Ik ben al een paar keer mee geweest, ik weet precies wat hij van me verwacht, maar dit is de eerste keer dat ik naar een werkeiland ga.

Na de mislukte poging tot abortus heb ik uit alle macht geprobeerd niet meer aan de baby te denken. Het vage gefladder is nu meer een soort stoten, maar ik zeg tegen mezelf dat het net zo goed mijn darmen kunnen zijn. Bij alles wat aan kinderen herinnert – de dikke buik van Marie Versteeg die vorig jaar getrouwd is, een kinderwagen met een teruggeslagen dekentje dat voor de slager staat, wend ik me af. Wat je niet ziet is er niet, toch?

Ook de groeiende onrust en de druk op mijn maag die nooit meer weggaat, negeer ik zo veel mogelijk. Daarom komt het me ook goed uit dat ik vandaag bezig kan zijn met patiënten. En het is fijn om weg te zijn uit het café, waar Martha's waakzame ogen me de hele tijd achtervolgen sinds ik het haar verteld heb.

Ik draai het portierraampje helemaal naar beneden en snuif de frisse zeelucht op. Na een halfuurtje komen we aan in een klein dorp dat ontstaan is op de opgespoten zandplaat, puur en alleen opgeworpen voor de arbeiders die aan het stuk dijk werken dat niet dicht genoeg bij het land ligt om ze elke dag heen en weer te brengen. We parkeren de auto bij de dokterspost.

Er staan een paar houten gebouwen die me nog het meest doen denken aan een soort loodsen. Twee jongetjes doen een spel met stenen dat ik niet ken. Hun hoge, heldere stemmen komen zelfs boven het lawaai en de uitlaatgassen van de machines uit. Ik keer mijn gezicht naar de langsvarende sleepboten en de zuigers die vloeibaar zand door buizen spuiten. Als nijvere werkbijen haasten de dijkwerkers zich langs elkaar heen zonder elkaar in de weg te lopen.

Onze eerste patiënt is een man met een grote zweer aan zijn duim. Hij werkt aan de laag die boven op het keileem van de dijk wordt gelegd: de krammat van stro. Daaroverheen komt een vlijlaag van puin en daarna maken de steenzetters de steenbeschoeiing af.

'Deze kun jij wel nemen, Kitty,' zegt oom. 'Volgens mij heeft hij een splinter.'

Met het pincet dat ik in de dokterstas gevonden heb, pulk ik voorzichtig aan de rode randen van de wond en maak de huid eromheen losser. Meteen komt er gele pus uit. Met een doekje veeg ik steeds de vuiligheid weg en duw ik de huid net zo lang tegen elkaar tot er een dikke bruine doorn aan de oppervlakte komt te liggen. De man zwijgt, af en toe zucht hij, maar de rest van de tijd klemt hij zijn kiezen op elkaar. 'Waar komt u vandaan?' vraag ik. Het is natuurlijk een verwonding van niks, maar ook die kunnen flink pijn doen. Door tegen hem te praten, hoop ik hem af te leiden.

'Den Haag,' antwoordt hij. Er gebeurt iets in zijn gezicht – het ontspant, maar een paar seconden later trekt er een schaduw overheen. Diezelfde versombering heb ik bij Casper gezien toen ik naar zijn tekeningen van Sliedrecht keek. Nooit eerder heb ik me gerealiseerd dat alle arbeiders hun huis en soms hun gezin echt hebben verlaten. Niet vrijwillig, maar uit noodzaak.

'Bent u getrouwd?' De punt van het pincet ligt nu onder de doorn.

'Rosa is drie weken geleden bevallen,' antwoordt de man. Wanneer ik tegen de splinter aandruk, houdt hij van pijn zijn adem in.

'Gewoon door blijven ademen,' zeg ik. 'Is alles goed gegaan?'

'Ja, een gezonde zoon van acht pond. Au!'

'Daar is hij al.' Triomfantelijk houd ik de doorn omhoog. 'Dat viel mee, hè? En nog gefeliciteerd met uw zoon.'

Opgelucht drukt hij me de hand. 'Dank u, zuster.'

Glimlachend ga ik door naar de volgende. Oom Frans laat me de mensen behandelen die kleine verwondingen hebben die niet per se de expertise van een arts noodzakelijk maken.

Ik werk gestaag door zonder op te kijken. Halverwege de middag krijg ik een gezette man bij mijn tafel met een dikke enkel die ingezwachteld moet worden. Bij iedere aanraking laat hij zijn adem sissend ontsnappen van de pijn. Ik wil net een gesprek met hem beginnen als er een moeder binnenkomt met één jongen aan de hand en een jonger kind op de arm. Ik word afgeleid door het jongetje dat op de kale vloer met een autootje gaat zitten spelen. De vrouw zet zijn zusje naast hem neer en onder luide aanmoediging van de andere wachtenden zet ze een paar wankele stapjes. Het ronde gezichtje met de twee piekerige staartjes is heel schattig, maar tegelijkertijd vliegt het me ineens aan. Over een jaar zou ik met de moeder informatie kunnen uitwisselen over doorgekomen tandjes, het wassen van luiers en hoe je een baby sust als hij darmkrampen heeft. Nee! Dat wil ik helemaal niet, kinderen hebben me nooit iets geïnteresseerd!

Ik smijt het verband neer. 'Ik moet even naar buiten!'

De frisse lucht doet me goed. Er staat een straffe wind vandaag, de vlaggen van de Zuiderzeewerken wapperen heen en weer op de gebouwen, een touw slaat met de regelmaat van een trommel tegen de vlaggenstok. Tussen de keten zijn lijnen gespannen waaraan wasgoed wild heen en weer slingert.

Ik haal heel diep adem. Hoewel de misselijkheid van een paar maanden geleden verdwenen is en ik nu de hele dag gewoon weer alles kan eten zonder dat het er meteen weer uit wil komen, blijf ik gevoelig voor geuren. Alsof mijn reukzin volledig van de kaart is. De typische zeelucht die van het water afkomt en waar ik mee opgegroeid ben vind ik bijvoorbeeld minder stinken dan in mijn jeugd, terwijl de geur van de koffie die mijn ouders drinken me soms nog steeds naar de poepdoos doet sprinten. Met grote teugen laat ik de frisse lucht mijn longen binnenstromen.

Rondom de zandplaat golft de zee tegen de kant aan, en ik zie een slaperige hond die één oog opent, maar niet de moeite neemt om zelfs maar zijn kop op te heffen als ik langs hem loop. Ik sla de hoek om en probeer achter een van de gebouwen een plekje uit de wind te vinden.

De metalige klanken van een mondharmonica waaien naar me toe. Ik herken de muziek niet, meestal worden er bekende liedjes gespeeld, zoals 'Ouwe taaie jippie jippie jee', of straatliederen als 'Eikenhout is eikenhout, eikenhout is hout'. Dit is een andere melodie, vol gevoel en melancholie. Tegen de houten wand van een van de keten zit de muzikant met zijn arm om de magere schouders van een meisje heen geslagen dat niet veel ouder is dan ikzelf. Vrouwen zijn er bij de dijk bijna niet te vinden, een enkele dienstmeid of echtgenote van een opzichter daargelaten. Misschien is deze jonge vrouw de dochter van een keetbaas. Ze heeft prachtig witblond haar en lichte, heldere ogen. De man naast haar zit zo dicht tegen haar aan dat zijn mond bijna haar wang raakt. Ik herken hem uit duizenden. Het is mijn vent… mijn minnaar… mijn geliefde…

Op het moment dat dit tot me doordringt, ontsnapt er een zucht uit mijn mond. Hij klinkt niet hard genoeg om de aandacht van het paar te trekken, maar omdat ik er een onwillekeurige beweging in hun richting bij maak, registreert Luigi mijn gebaar en heft hij zijn hoofd.

Hij haalt het instrument van zijn lippen. Het meisje is iets trager, ze lijkt maar half te beseffen waar ze is. Alleen de wind maakt nu geluid, zachtjes fluitend cirkelt hij om de woningen heen en laat het zand opstuiven. Ik veeg het met een nijdig gebaar uit mijn ogen. Bewegingloos kijken we naar elkaar, en plotseling buigt Luigi zich naar het oor van het meisje en fluistert haar iets toe. Ze lacht, hij staat op en trekt haar mee omhoog.

Voor ik me heb kunnen verroeren, zijn ze verdwenen.

Ik blijf hulpeloos staan op de lege plek die ze achter hebben gelaten, met mijn hand tegen mijn licht opbollende buik gedrukt. Mijn hart bonst tegen mijn ribben, ik kan mijzelf er niet toe brengen weg te gaan.

Het duurt een hele tijd voor ik weer normaal adem kan halen.

Het is maar goed dat het bezoek aan de keten al afgelopen is als ik mezelf uiteindelijk terugsleep naar de dokterspost. We pakken de verbanden en instrumenten in, en als oom Frans me een paar keer vraagt of er iets is, schud ik zwijgend mijn hoofd. In de auto naar Den Oever sluit ik mijn ogen en doe alsof ik slaap. Vanbinnen is het één warboel, mijn gedachten vliegen alle kanten op. De scheldwoorden die bij me opkomen zou ik wel willen uitschreeuwen. Klootzak. Hufter. Gore...

Maar voor mijzelf zijn er ook een hoop te bedenken: naïeve domme gans is er bijvoorbeeld een van.

Ook als ik mijn ogen gesloten houd, dringt het beeld zich aan me op. Luigi die zijn vingers tegen de wang van het meisje laat rusten, zijn lichaam dat zich probeert te voegen naar dat van haar. Voor het eerst baant de pijn van een hopeloze verliefdheid zich een weg naar de oppervlakte, met hevige steken in mijn hart. Het liefst zou ik me op willen rollen als een kleine, harde bal, en vergeten. Maar het brein verdooft niet: harteloos herhaalt het de afbeelding die het op mijn netvlies heeft gezet, zonder mededogen verdringt het andere projecties uit gelukkiger tijden. Het doet niet eens een poging om zich leuke dingen te herinneren, het is gewoon waar dat wat het meest zeer doet, je het langst en hevigst bijblijft.

Ik had het kunnen weten, hij heeft niet eens moeite gedaan om afscheid te nemen toen hij werd overgeplaatst. Hij had allang genoeg van me.

Ik bijt hard in de muis van mijn hand om niet te laten merken hoe ik eraan toe ben.

Hoe heb ik zo stom kunnen zijn.

Hij keerde zich gewoon om. Ik ben niets voor hem, nee minder dan niets.

'Je deed het goed vandaag.'

Ik draai mijn hoofd naar links, ik was volkomen vergeten dat ik naast mijn oom zat. En waar zijn woorden normaal gesproken, in het leven waarin ik niet in de steek gelaten ben, als een warm bad zouden hebben aangevoeld, is het nu meer alsof ik een koude plens water in mijn gezicht krijg.

Oom Frans heeft niets in de gaten. 'De volgende keer neem ik je graag weer mee,' zegt hij nog. Hij glimlacht erbij, de huid om zijn ogen rimpelt vriendelijk mee.

Niet in staat om te antwoorden, knik ik maar.

# 25

## FEBRUARI 1953

'Sst, stil maar.' Catharina duwde me zachtjes terug op het bankje waarvan ik opgesprongen was. Ik sloeg mijn handen voor mijn gezicht en er drupten tranen tussen mijn vingers door die op de bevroren grond voor onze voeten vielen. Ik had verwacht dat Catharina zou beginnen tegen me aan te praten, zoals de meeste mensen doen als ze je troosten. Maar ze had haar hand alleen op mijn knie gelegd en liet hem daar stilletjes terwijl ze wachtte tot ik uitgehuild was. Ik haalde mijn neus op, beschaamd over mijn uitbarsting. Heel kalm haalde ze haar vingers weg, knipte haar tas open en bood me de fles aan. Ik nam een grote slok en voelde hoe de drank een gat in mijn slokdarm brandde.

'Gaat het weer?' Catharina's stem klonk gewoon, niet geïrriteerd of overdreven aardig zoals sommige mensen klonken als ze geen raad wisten met je verdriet. Ze gaf me de gelegenheid om helemaal in mijn eigen tempo tot mezelf te komen en toen ik de moed had om haar weer aan te kijken, had haar gezicht zijn normale, beheerste uitdrukking.

'Vertel nou eens wat je wél weet.'

Ik haalde diep adem en begon te praten over de tekening die ik gevonden had, over de vragen die ik mama gesteld had. 'Ik weet dus bijna niks.'

'Hm.' Catharina legde de toppen van haar gehandschoende vingers tegen elkaar aan en kneep haar ogen samen. 'Je weet geen naam en je... laten we haar maar even pleegmoeder noemen, is door het water meegesleurd. Ik denk dat ze inderdaad geen kans had dat te overleven. Dus laat ik je eerst condoleren.'

'Dank je.' Somber staarde ik naar het troosteloze grasveld dat er in de zomer altijd prachtig bij lag, maar nu een bruinachtige kleur had, bedekt met een dunne laag ijs.

'Je vergeet dat er nog iemand is die misschien meer weet. Vertelde je niet dat je een opa hebt?'

'Opa!' Ik ging rechterop zitten. 'Natuurlijk. Ik moet hem vinden...'

Voor ze opstond drukte Catharina een snelle kus op mijn wang. 'Nog een reden voor je om snel naar 's-Gravendeel terug te gaan. Hier...' Ze rommelde in haar tas en pakte er een vulpen en een opschrijfboekje uit. Snel scheurde ze een velletje af en schroefde de dop van de pen. Ze krabbelde een paar cijfers neer. 'Mijn telefoonnummer. Als je iets te weten komt, bel je me dan?'

Kort nadat ze verdwenen was, duwde ik de kinderwagen over de aangeharkte paden.

Het was intussen schemerig geworden en ik liep langs de vijver en het plantsoen met de kale struiken. Zodra ik het park verlaten had, gleden de wielen soepel over de stoeptegels. De hakken van mijn gekregen laarzen lieten afdrukken achter in het laagje sneeuw, zodat er een spoor liep vanaf het bankje waar ik met Catharina gezeten had. Het was een kwartier lopen naar het huis van de Haasdonks. Ik haastte me niet, ook al wist ik dat ik inmiddels veel te laat was voor het eten.

Aan de keukentafel zaten de twee vrouwen met hun hoofden dicht bij elkaar, waarschijnlijk oninteressante roddels en geheimpjes uit te wisselen. Hanna hief haar hoofd met een ruk. 'Er zijn regels in dit huis!'

'Het spijt me,' zei ik. Verwachtingsvol pleitte ik voor hun begrip. Een jonge vrouw met een baby moest er toch af en toe op uit kunnen.

'Vijf uur is vijf uur.' Hanna leek verstijfd; in mijn gezelschap verkrampte haar lichaam dat gewoon soepel functioneerde in het gezelschap van haar schoonzus, keer op keer.

Ik tilde Ellie uit de wagen, trok het mutsje van haar hoofd. Haar voorhoofd voelde klammer en warmer aan dan daarnet in het park.

'Als je maar niet denkt dat je nog te eten krijgt!' Hanna's stem klonk nog een tikje schriller dan daarnet. Het leek wel of ik terug was in mijn schoolperiode en te lang was blijven spelen op het schoolplein. 'Reken maar dat dit een staartje krijgt,' was een geliefde uitspraak van mama. 'Zonder eten naar bed, het is hier geen hotel.' En dit keer zou opa er niet zijn die geruststellend zijn ogen even dichtkneep en een uurtje nadat de storm was gaan liggen de deur van mijn kamer op een kiertje opende om er een kliekje doorheen te schuiven.

Ik luisterde maar met een half oor, door mijn ongerustheid klonken Hanna's woorden niet goed tot me door – opnieuw viel het me op hoe bleek Ellie was.

Terwijl ze steeds harder ging schreeuwen en Ada nerveus lachte, begon Ellie te braken. Haar ruggetje kromde zich, golven melk baanden zich een weg naar buiten op de schoongeboende keukenvloer. Ik ademde door mijn neus en voelde maagzuur omhoogkomen. Als ze wel eens spuugde ruimde Lucas het meestal op, hij wist hoe slecht ik ertegen kon.

De peristaltische bewegingen van het kinderlijfje deden Hanna een ogenblik stilvallen. Ze hapte naar adem als een vis op het droge. 'Dat is... walgelijk.'

'Jij houdt niet zo van kinderen, hè?' Ik legde mijn dochter over mijn schouder en keek haar aan. Ze staarde met een kille blik terug. Met Ellie in mijn armen draaide ik haar mijn rug toe en liep naar het achterkamertje waar ik haar voorzichtig op het bed legde.

In de Ahoy-hal hadden ze me gelukkig nog een stel kleertjes gegeven. Ik verwisselde het ondergekotste pakje met mijn ogen gefixeerd op de hoogrode blosjes op haar wangen en het snot dat uit haar neus liep. Ellie lag nu stil en haalde kort en oppervlakkig adem. Ik strekte me naast haar uit op het bed.

'Ze moet wel blijven drinken,' klonk Ada's stem vanuit de deuropening.

Ik knikte. Ze bewoog zich in de richting van het bed. Voorzichtig liet ze zich op de rand zakken. 'Anders droogt ze uit. Leg haar maar zo vaak mogelijk aan, dan komt het goed. Dat deed ik ook een keer toen... Misschien heeft ze een griepje opgelopen, daarbuiten in de kou.'

Ik knikte weer, vurig hopend dat ze wegging. Maar ze bleef zitten, terwijl haar rechterhand haar hoofd ondersteunde.

In de kamer was het donker, ik had het gordijn half dichtgetrokken en geen licht aangedaan. Het verhulde in ieder geval hoe klein het hier was – de ruimte tussen het bed en de deur was zo smal dat twee personen elkaar niet konden passeren zonder elkaar te raken.

'Ik weet dat je graag naar huis wilt,' zei Ada in het halfdonker. 'Ik kan het je niet kwalijk nemen. Hanna meent het niet zo.'

'Wat maakt het u uit wat ik wil?' Ik had geen zin om op eieren te lopen, ieder woord af te wegen zoals ik de afgelopen dagen geprobeerd had te doen. Ik had ook geen zin om begrip te tonen voor dat vreselijke mens dat zich niet verplaatsen kon in mensen die alles kwijtgeraakt waren. Daarom sloot ik mijn ogen en probeerde de roerloze gestalte op de bedrand buiten te sluiten, zoals zij mij iedere dag weerde uit haar bestaan.

Na een tijdje stond ze op. 'Je hebt het zo vreselijk mis, Sara.' Ze bleef nog even staan, maar toen ik geen antwoord gaf, deed ze de deur open. Haar gebogen hoofd had iets treurigs. 'Ik hoop dat het gauw beter gaat met Ellie.'

Met een zachte klik sloot ze de deur achter zich. Even probeerde ik de geluiden in de gang nog op te vangen, maar het bleef muisstil aan de andere kant van de muur.

Met mijn arm om mijn baby heen ontspande ik een beetje.

De volgende morgen glipte ik weg zonder de familie Haasdonk tegen te komen. Het was zo vroeg dat het nu pas licht begon te worden, maar ik stopte Ellie toch in de kinderwagen. Gelukkig had ze al een paar uur niet gespuugd. De avond daarvoor was ik nog even teruggegaan en had in de kamer beleefdheidshalve naar de radio zitten luisteren met de rest van de familie. Ik probeerde moeite te doen over koetjes en kalfjes mee te praten en zelfs Hanna had me niet compleet genegeerd maar geprobeerd enige belangstelling voor mijn leven op te brengen. Onder deze omstandigheden moesten we er het beste van maken, allebei.

Zonder ontbijt en met een rammelende maag liep ik in het centrum van Dordrecht. Bij een bakker kocht ik een broodje, mijn dorst leste ik door bij een café een kop koffie te bestellen. Ik bleef heel lang zitten, tot de serveerster me vuil aankeek omdat ik niks anders kocht. Toen verzamelde ik genoeg moed om op te staan en de sneeuw in te gaan.

De straten waren koud en leeg, de grijze lucht liet geen sprankje zon door. Mijn voeten droegen me als vanzelf naar de bushalte, en toen de bus aankwam hielp een vriendelijke man me de wagen naar binnen te tillen. Voor ik het wist was ik op weg naar Wieldrecht. De avond daarvoor had ik nog lang liggen nadenken over Catharina's woorden. Tot op dit moment had ik niet geweten dat ik het gewoon zou proberen om naar huis te gaan en de hele lange nacht waarin ik rusteloos op bed gelegen had was slechts een opmaat geweest voor dit besluit.

'Ik moet een paar spullen ophalen,' zei ik tegen de veerman en hij liet me gewoon door.

Mijn handen grepen de reling heel stevig vast. Mijn ogen bleven gericht op de rivier. Er stond een matige wind, niets vergeleken met de week daarvoor. De golven spatten schuimend tegen de wand van de boot, een meeuw schoot luid krijsend langs. Aan de overkant kon ik de huizen al onderscheiden.

De overtocht, die ik al duizend keer gemaakt had, was dit keer niet anders. Toch moest ik een paar keer slikken toen de bootsman de tros naar de kade gooide. Alles leek normaal, maar dat was maar schijn.

Niets was meer gewoon en zou dat ook ooit meer zijn.

Bij 'De Kaai' stond een militair me op te wachten. Hij had lange zwarte wimpers en vanonder zijn hoofddeksel kwamen donkere krullen tevoorschijn. Zijn ogen probeerden hun strenge blik te bewaren, maar erdoorheen zag ik het medelijden schemeren. Hij vroeg me waar ik naartoe wilde en waarom. Ik had mijn verhaal al klaar: Ellie had meer kleertjes nodig en ik wilde mijn eigen kinderwagen hebben. Het was niet eens gelogen, door haar gespuug rook alles zurig en de geur benam me de adem.

'Ik kan misschien voor u een uitzondering maken, mevrouw.' Hij aarzelde, zijn jonge gezicht stond ernstig onder zijn pet. 'Alleen als uw huis er nog is of niet op instorten staat.'

Ik noemde het adres, bang dat daar niets meer was. Maar hoewel het water nog steeds heel hoog in de straten stond, bleken de huizen in het lagergelegen deel van het dorp juist gespaard te zijn. De soldaat moest alleen iemand zoeken die me erheen kon roeien.

'Kan mijn verloofde me niet brengen? Lucas Reedijk?'

'Ik zal kijken of ik hem kan vinden.'

Ongedurig wipte ik de kinderwagen heen en weer. Een eind verderop pompte een slang drinkwater uit een tankwagen voor de vrijwilligers. Het winkeltje was open, er liepen een paar mannen in en uit. Het was bijna twaalf uur en bij slagerij Verwijs draaide de gaarkeuken op volle kracht. De eerste gamellen werden al gevuld.

Ik huiverde. Nu ik stilstond vond de kou weer alle mogelijke kieren en gaten in mijn jas. Tot overmaat van ramp begon het ook nog te hagelen.

Pas toen hij vlak naast me stond, drong het langzaam tot me door wie hij was. Zijn huid rook anders, naar modder en viezigheid, maar mijn handen reikten onmiddellijk naar zijn gezicht.

'Wat doe jij hier?' vroeg Lucas. Zijn mond zocht naar het kuiltje bij mijn sleutelbeen, en hij liet zijn lippen liefkozend langs mijn hals glijden.

Ik wilde hem niet lastigvallen met mijn heimwee, met de ongewone smaak van het avondeten, het verlangen naar alles wat vertrouwd was, of mijn behoefte om met hem te slapen. 'Vannacht heeft Ellie een paar keer alles onder gespuugd.'

Lucas schoot op de kinderwagen af, zijn lippen werden een smalle streep. Ik legde mijn hand in zijn nek en gaf er een kneepje in. 'Hé, maak je geen zorgen, volgens mij gaat het nu wel goed...'

Hij keek me aan. De angst in zijn ogen nam wat af.

'Hoe is het hier?' vroeg ik, maar hij schudde zijn hoofd.

We draaiden ons om naar de kade, waar zich een rij bij de slagerij vormde. 'Moet jij niet eten?'

Lucas streek even over zijn gesloten oogleden. 'Geen honger.'

Ik keek hem vragend aan, maar hij draaide zijn gezicht van me af. 'Er is een hulppost van het Rode Kruis ingericht in de garage van het doktershuis. Er ligt brood opgeslagen in de wachtkamer dat van daaruit wordt verdeeld. Ze ontsmetten kleine wonden die we oplopen bij het opruimen en het is een soort centrum geworden van iedereen die betrokken is bij het schoonmaken en ruimen van vee. We moeten eerst onze handschoenen en laarzen met lysol desinfecteren voor we naar binnen gaan.' Hij zuchtte, ik vond dat hij er slecht uitzag. 'Maak je geen zorgen, ik houd het wel vol.'

Zacht kuste ik zijn wang. 'En opa?'

'Ik zal hem voor je halen.'

Opa sloeg zijn armen om me heen en drukte zijn voorhoofd tegen dat van mij. We spraken er niet over dat wij elkaar nu pas voor het eerst zagen nadat ze me hadden achtergelaten op het dak, noch over het feit dat we niet wisten waar mama was.

'Gaat het?' vroeg ik, maar opa haalde zijn schouders op. Ik kon alleen raden naar wat Lucas en hij in de afgelopen dagen hadden meegemaakt. Zijn ogen dwaalden heel even af naar een gebouw dat verderop stond.

'Wat is er?'

'De doden worden daar neergelegd en weer toonbaar gemaakt.'

Opa en Lucas wisselden een blik die me absoluut niet beviel. 'Kom op, vertel.'

'Niks, Saar. Er is nog genoeg tijd. Ga nou maar naar huis en haal wat kleren op voor de kleine.'

'Nee! Jullie verbergen iets.'

Opa haalde een rode zakdoek tevoorschijn en veegde zijn neus af. In plaats van hem in zijn broekzak terug te stoppen, verfrommelden zijn vingers de stof. Ik begon in de richting van het gebouw te lopen en liet de kinderwagen bij opa achter.

'Sara, nee.' Lucas hield me bij mijn arm tegen. 'Het is verschrikkelijk.'

'Dus? Denk je niet dat ik behoorlijk verschrikkelijke dingen heb gezien?'

'Geloof me. Je wilt daar niet naar binnen.'

Geconcentreerd schudde ik zijn arm af. Als klein meisje al werd ik alleen maar koppiger wanneer iets in de ogen van volwassenen te eng of te moeilijk voor mij was, en zij probeerden mij tegen te houden, zelfs door met straf te dreigen. Mijn nieuwsgierigheid moest koste wat kost bevredigd worden. De kat die overreden was en van mij weggehouden werd, de dood van mijn grootmoeder – ik wilde alles onder ogen zien.

Binnen stonden een paar houten lijkkisten op een rij. Ik liep erlangs, maar ze waren allemaal dichtgetimmerd. Lucas drentelde achter me aan zonder me nog langer tegen te houden. Ik begreep niet wat hij me wilde besparen.

Naast de doodskisten stonden een paar zinken teilen en een emmer. Mijn ogen werden naar de inhoud getrokken, maar mijn brein dacht alleen: een stel kleren. Vrijwel tegelijkertijd herkende ik de stof en hoorde ik mezelf schreeuwen. Bovenin dreef de tweede handschoen, helderrood tegen de bruinachtige modder. Daaronder was een stuk van de kraag van mama's donkergrijze jas te zien. Ik voelde dat mijn knieën het begaven.

Even werd het zwart voor mijn ogen.

Lucas' nagels groeven zich in mijn schouders. 'We gaan hier weg.'

Ik liet me omhoogtrekken, maar bleef achteromkijken naar dat zielige hoopje kleding in het drabbige water. Plotseling wilde ik het aanraken, met mijn hand de jas vasthouden, de kleren misschien zelfs meenemen. Ik zette een stap naar voren.

'Kom nou, Saartje. Alsjeblieft. Je maakt het alleen maar moeilijker voor jezelf.'

'Wat weet jij er nou van!' Ik kon mijn stem niet onder controle houden, hij klonk hoog en schel door de ruimte. 'Laat me los.'

Lucas schudde zijn hoofd, hij sloeg van achteren zijn armen om me heen en klemde mijn lichaam stevig tegen zich aan. Woest trapte ik hem tegen zijn schenen.

Met een kreet van pijn gaf hij op. Zweetdruppels parelden op zijn voorhoofd dat rimpelde als dat van een oude man. Ik lette er niet op, maar stortte me op de emmer, half uitglijdend over de stenen vloer.

Ik reikte er al naar, viste de rode handschoen eruit en omklemde hem met mijn hand. Het water droop tussen mijn vingers door op de grond. Lucas was opgestaan en greep mijn pols. 'Kunnen we hier nu alsjeblieft weggaan?'

Ik haalde diep adem. 'Ja, nu wel.'

Toen we buitenkwamen, zag ik dat opa over de kade uit stond te kijken. Met een hand hield hij de stang van de wandelwagen vast, met de andere wreef hij over zijn kin. Ik ging naast hem staan.

Van opzij keek hij me aan. 'Wij hadden haar al geïdentificeerd.'

Mijn vingers kropen over het handvat heen naar die van hem.

'Soms is het beter om het wel te weten.'

Er kwamen tranen in zijn ogen. 'Soms ook niet.'

Ik stak de handschoen bij de andere in mijn zak. Twee handschoenen en een jas, dat was alles wat er nog van haar over was. Ik beet op mijn lip tot ik bloed proefde.

Met moeite draaide ik mijn hoofd opzij. 'Haar lichaam?'

Opa's hand omklemde de stang nog steviger. 'Niet gevonden.'

# 26

## OKTOBER 1931

Op een vreemd stille avond zit Van Dijk helemaal in zijn eentje aan een tafel achterin. De rest van het café is leeg. Vader en moeder zijn achter, Martha is naar de tweewekelijkse repetitie van de toneelvereniging. Ik breng hem zijn aardappels, stukje vlees en bietjes samen met een glas whisky. Als ik weg wil gaan, houdt hij me plotseling bij mijn pols tegen. 'Wat word jij ineens dik, meisje. Ieder pondje komt door het mondje!'

Zijn lach doet me de rillingen over de rug lopen. Hij is niet de eerste die opmerkingen over mijn postuur maakt. Van de week nog noemde een van de klanten me 'Hollands welvaren' toen hij een biertje bestelde. Hoe kan het ook anders? Ik moet wanhopig aanzien hoe hard mijn buik plotseling groeit. Maar niet alleen mijn buik – ik draag het kind rond en mijn gezicht is blozend en roze geworden...

Ik ben als verlamd. De tijd glipt door mijn vingers zonder dat ik er iets aan doen kan. 's Nachts probeer ik uit te rekenen hoe lang het nog ongeveer duurt tot de bevalling. En ondertussen draag ik over mijn jurken de te grote vesten van Martha, hopend dat ze een en ander verdoezelen. Ze kibbelt er niet meer met me over; ik denk dat ze wel begrijpt waarom ik ze van haar leen.

Luigi is weg. Het blonde meisje dat ik samen met hem gezien heb, was inderdaad de dochter van een keetbaas. Hij is ontslagen en teruggestuurd naar zijn eigen land. 'Naar zijn vrouw, met hangende pootjes,' vertelde een van de steenzetters vorige week in het café.

Toen ik dat hoorde, moest ik huilen. Ik ben niet alleen in de steek gelaten, ik ben gewoon een van velen.

Maar de angst overheerst het verdriet. Het is een kwestie van tijd voor ze er allemaal achter komen. De bakker en de slager, mevrouw Van Veen van de kruidenier, ze zullen me aanstaren of achter mijn rug om over me fluisteren. Mijn vroegere schoolvriendinnen zullen me mijden, de rijswerkers en steenzetters zullen me uitlachen. En Casper? Soms probeer ik me voor te stellen dat ik het hem vertel, maar dan voel ik mijn keel dik worden. Ik wil niet dat hij me veracht.

Vader komt vanuit de keuken binnen en kijkt me aan. 'Wat is er met jou? Je ziet eruit of je een spook hebt gezien. Ga maar, ik moet nog even met Van Dijk praten.'

Terwijl ik me in mijn jas wurm, staat hij al naast de tafel van de opzichter. Hij dempt zijn stem en kijkt een paar keer dwingend in mijn richting, alsof hij niet kan wachten tot ik verdwijn.

'Ik ga nu,' roep ik. Zonder te vragen waar ik heen ga, wuift hij me weg.

Ik ben een sjaal vergeten en heb daar spijt van, want de avonden zijn kil. Overdag schijnt er een prachtig herfstzonnetje en is het helder, maar 's avonds onttrekt de nevel de werkhaven aan het zicht. Mijn voeten lopen door een hoopje ritselende bladeren. Er blijven een paar plakken aan mijn hak – ik pluk ze eraf. Ze ruiken naar de vochtige aarde.

Door een kier in de gordijnen van de tram schijnt een beetje licht naar buiten. Het is zo stil dat alleen de wind in de boomtoppen te horen is. Aarzelend leg ik mijn hand op de deurklink. Maar ik heb behoefte aan gezelschap, aan een gesprek. Zelf heb ik de wagon gemeden en Casper is al een tijd niet in het café geweest. Ik was er blij om, zijn scherpe blik had vast opgemerkt dat ik me niet goed voelde. En nadat ik op zo'n vernederende manier door Luigi in de steek gelaten ben, had ik hoe dan ook geen behoefte aan een man.

Ik duw de deur open en Casper kijkt naar me op met zijn heldere ogen.

'Hé,' zeg ik. 'Mag ik binnenkomen?'

'Dat hoef je niet te vragen.' Wanneer ik dichterbij kom, schuift hij een eindje op zodat ik naast hem kan zitten op de houten bank. De kist, die doorgaans in het midden staat, is verplaatst en fungeert als tafel. Zijn schetsblok ligt erbovenop, hij is bezig met een tekening van een schaars gemeubileerde ruimte. Aan het plafond schommelt een petroleumlamp, de muur heeft als enige versiering een spiegeltje. 'Daar moet ik me in scheren,' zegt hij. 'En dit is mijn kledingkist.' Hij wijst op het voorwerp in het midden. 'We hebben geen stoelen, we zitten erop.'

'Wat kaal,' zeg ik.

'Ja.' Casper fronst zijn wenkbrauwen. 'Ik mis thuis zo, weet je,' barst hij ineens uit. De te lange lok valt over zijn voorhoofd, hij veegt het haar uit zijn ogen. Ze glinsteren. 'Ik heb genoeg van die klotedijk, de eeuwige modder en de opzichters met hun gezeik.'

Ik kijk naar zijn vingers die het potlood omklemmen. 'Zou je dan wel ander werk vinden?'

Hij haalt zijn schouders op. 'Al zou ik dagloner moeten worden. Het is tenminste weer eens wat ánders.'

Na een paar minuten pakt hij een andere kleur. Met mijn ogen volg ik zijn hand die over het papier heen en weer gaat.

'Ik wil juist weg.' Ik wist niet dat ik dat zou gaan zeggen. Maar nu het eruit is, weet ik dat het waar is. 'Ik wil iets van de wereld zien. Thuis verklaren ze me voor gek.'

Zijn gezichtsuitdrukking verandert, zijn blik versombert. 'De wereld is niet zo leuk als je denkt. Hij maakt je hard.'

Ik voel me opgelaten. 'Laat maar zitten,' mompel ik. 'Vergeet wat ik gezegd heb.' Ik wil opstaan, maar hij legt zijn hand op die van mij.

'Gaat alles wel goed met je?'

Hij is de tweede die me dat vraagt vanavond. Zijn belangstelling, die echt is en me altijd de indruk geeft dat ik bijzonder ben, maakt me verdrietig. 'Hoezo?' Mijn stem schiet uit en hij kijkt me bevreemd aan. Als ik weer ga zitten, voel ik tot mijn ergernis tranen prikken. 'Jawel, het is alleen...' Ik zwijg. 'Niks.'

Casper vraagt niet verder en ik ben hem er dankbaar voor. Het potlood krast zacht over het papier, ik laat mijn hoofd tegen het raamkozijn leunen en ontspan een beetje. Buiten wiegen de takken van de bomen heen en weer in de wind, er staan sterren aan de hemel. In mezelf tel ik ze.

'En toch,' zegt hij na een tijdje, 'heb ik het gevoel dat er iets is.' Uit een soort etui dat op de tafel ligt, vist hij een gum. 'Je ziet er niet goed uit... een beetje opgeblazen. Weet je zeker dat je niet ziek bent? Ga anders eens een keer bij je oom langs.'

Ik weet niet of ik in lachen of in janken uit moet barsten en kies er uiteindelijk voor om geen van beide te doen. 'Ja,' probeer ik weer. 'Misschien ben ik wel ziek... of eigenlijk...'

Er loopt een schaduw langs het raam en een paar seconden later nog één. Met een tegenwoordigheid van geest die ik niet heb, blaast Casper de lamp uit. 'Verdorie, we mogen hier helemaal niet zijn. Ik hoop niet dat ze ons gezien hebben!'

Op een bepaalde manier ben ik opgelucht dat we onderbroken zijn door de geluiden van buiten. Hoe meer mensen het weten, hoe gevaarlijker het is. Martha houdt haar mond wel, maar van Casper ben ik niet zeker. Of eigenlijk wel, maar misschien schaam ik me gewoon te veel.

Hij kijkt langs de zijkant van het gordijn. We staan heel dicht bij elkaar, ik kan het zweet in zijn overhemd ruiken. Gek genoeg ruikt de scherpe geur vertrouwd.

'O, het is je vader maar,' fluistert Casper.

'Mijn vader maar,' herhaal ik hardop. Het volgende moment word ik duizelig, waardoor ik bijna mijn evenwicht verlies en me aan zijn arm moet vastgrijpen.

Hij lijkt het niet te merken. 'Sst, die rotzak is er ook bij. Ze gaan weer naar hun opslagplaats.'

'Wie?'

'Van Dijk.'

'Ik moet hier weg,' mompel ik. 'Ik moet naar buiten voor hij me vindt.'

'Je kunt nu niet weg.' De spieren van Caspers bovenarmen spannen zich als hij mijn polsen omklemt.

'Je begrijpt het niet!' Ik kijk in het wilde weg om me heen. 'Als hij me ziet met een jongen, slaat hij me halfdood!'

'Als je niet stil bent, komt hij zeker binnen!'

Ik pers me langs Casper heen om uit de buurt van het raam te blijven. Terwijl hij met één hand het gordijn een beetje optilt, ijsbeer ik door de kamer. Het lukt me om mijn mond te houden, maar ik kan mijn angst niet helemaal onderdrukken. Ieder moment verwacht ik dat de deur opengesmeten wordt, dat mijn vader naar binnen stormt en me aan mijn haren de wagon uit sleurt.

'Ze zijn weg.' Casper draait zich naar me om. Ik dring me naast hem om er zeker van te zijn. 'Gelukkig.'

Hij kijkt me even van opzij aan terwijl hij een sigaret aansteekt. 'Je was echt bang.'

'Ja. Je kent mijn vader niet.'

'O,' zegt hij. Hij inhaleert diep. 'Ik denk dat ik hem heel goed ken. In ieder geval zijn type.'

Met een vage glimlach biedt hij me zijn sigaret aan. Ik schud mijn hoofd.

'Wat deden ze daar eigenlijk nog zo laat?'

Langzaam laat Casper de rook uit zijn mond ontsnappen. Nu is er een blauw gordijn tussen zijn gezicht en mij en ik moet hoesten. 'Ze tellen de drank en stoppen de flessen in kisten.'

Ik denk erover na, maar geloof niet dat ik begrijp wat hij bedoelt.

'Je weet het echt niet, hè?' Hij glimlacht.

'Nee.' Nu voel ik me dom.

'Ze smokkelen, Kitty. Je vader en die zak van een opzichter hebben een handeltje opgezet. Je kent Karels toch, de parlevinker?'

Ik knik stom. 'Met zijn bootje gaat hij alle vletten en sleepboten langs om zijn spullen af te leveren,' gaat Casper verder. 'Hij brengt de mannen brood, koffie, je weet wel. Maar alcohol is verboden aan boord...'

'Dus?' Ik leg het verband nog steeds niet.

'Karels zit ook in het complot. Jouw vader en Van Dijk leveren, hij deelt onderhands uit. Reken maar dat iedereen er goed aan verdient.'

'Nee,' zeg ik. 'Dat kan niet. Mijn vader zou nooit een boete riskeren.'

'Van Dijk heeft hem vast in de tang. Hij weet iets, heeft hem bedreigd of zo.'

'Vader laat zich niet bedreigen.'

Casper haalt zijn schouders op, hij buigt zich over de kist heen, bladert door het schetsboek tot hij gevonden heeft wat hij zoekt. 'Kijk zelf maar.' Hij schuift de tekeningen naar me toe.

En dan kan ik het niet langer ontkennen, omdat ik met eigen ogen zie wat mijn vader en die afzichtelijke opzichter met elkaar beraamd hebben.

Casper heeft alles vastgelegd, zoals gerechtstekenaars criminelen tekenen.

'Waarom heb je dat gedaan?'

Hij haalt nog een keer zijn schouders op. 'Misschien komt het nog eens van pas.'

# 27

## FEBRUARI 1953

Een militair roeide me naar huis. Lucas was bij Ellie gebleven en ik voelde me vreemd licht zonder de baby. Pas toen ik achteromkeek naar de kade waar opa en Lucas me na stonden te kijken, viel het me in dat ik nog zoveel aan opa wilde vragen. Maar dat kwam later wel, dit was het moment niet. We hadden net ontdekt dat mama het echt niet overleefd had.

Ik veegde met mijn hand over mijn ogen. De soldaat knikte me vriendelijk toe en bood me een sigaret aan die ik weigerde.

We voeren langs zandzakken en de verloren oogst van aangespoelde vlasbalen, langs half ingestorte woningen en opgezwollen kadavers. Snel wendde ik mijn gezicht af, ik voelde de resten van het broodje naar boven komen. De rest van de tocht hield ik mijn hoofd gebogen terwijl ik rustig adem probeerde te blijven halen.

Toen ik de man bedankte en uit de boot stapte, brak er een bleek zonnetje door. Ik bleef even staan op de resten van wat ons erf geweest was. Het water was zover gezakt dat het nog maar tot halverwege mijn laarzen stond.

Ons huis leek wel gebombardeerd – de half ingestorte zijgevel lag tegen de verwoeste schuur aan en er lagen bergen kapotte dakpannen op het erf. De zee had zich een weg gebaand door de ramen en deuren, de luiken afgerukt en al het glas gebroken. Het kippenhok was weggespoeld en er dreven overal hout en puin rond. De vlierstruik waaraan mama zich had vastgegrepen, was ook verdwenen en waar hij gestaan had gaapte alleen nog een gat. Ik stapte voorzichtig over de grillig gevormde gaten in de muur, terwijl ik probeerde me niet open te halen. Daarna waadde ik door een laag naar wat de keuken was geweest. De zoom van mijn jurk werd kletsnat, mijn laarzen zogen zich vast aan de blubber, maar het hield me niet tegen.

De modder zat tot in de kleinste hoekjes. Het water stond ook een halve meter hoog in de gang, het tapijt was volkomen bedorven. De aan flarden gereten gordijnen wapperden in de wind.

In de keuken probeerde ik de kraan; er kwam geen druppel uit. Een verdieping hoger, in onze slaapkamer, was het bed wonder boven wonder nog heel. De dekens waren teruggeslagen zoals we er uitgestapt waren, Ellies wieg was op drift geraakt. Gelukkig was het ladekastje niet uit elkaar geslagen en de inhoud nog enigszins droog. Snel pakte ik wat dingen voor Ellie, ondergoed en een badpak voor mezelf. Al dagen droeg ik geen beha omdat ik die 's nachts in de haast vergeten was. Mijn borsten waren zo vol en zwaar van de melk dat ze wel wat ondersteuning gebruiken konden.

In de kamer hadden de meubels ook rondgedreven – een paar stoelen hadden geen rugleuning meer en het zeil was kromgetrokken. De kinderwagen lag op zijn zij en was zo vies dat ik hem voor gebruik eerst schoon zou moeten spuiten. Ik veegde er de modder en troep zo goed mogelijk vanaf en zette hem overeind. Mama's beeldjes waren van de planken gevallen. De kop van het hondje met de grote ogen, waarvan ik vroeger op ieder moment verwachtte dat hij zou gaan kwispelen als hij me zag, was afgebroken en het stenen lijfje zag er zielig uit. Het kussende paartje lag uit elkaar, één oog was nog net zichtbaar tussen de brokstukken. Van de andere miniatuurtjes kon ik niet goed meer zien welke het geweest waren. En terwijl ik net bij de emmer met haar jas en handschoen niet had hoeven huilen, liepen nu bij de aanblik van haar trots de tranen over mijn wangen. Ik keek om me heen, vond een kleedje dat zwart van het vuil zag en zwaar was van het vocht. Ik spreidde het uit op de scheefgezakte tafel waarvan een poot was afgebroken. Mijn handen trilden toen ik een voor een de scherven op de doek neerlegde. Toen ik alles had opgeraapt wat ik vinden kon, knoopte ik de punten bij elkaar en legde het pakket in een van de vensterbanken.

De klep van de piano stond open, het zeil dat hem had moeten beschermen was er afgegleden en lag een heel eind verderop. Ik streek met de rug van mijn hand langs de toetsen. Uit het instrument kwamen alleen nog valse tonen. Waarschijnlijk was de klankkast gebarsten en het vocht had de rest gedaan. Ik zocht de pianobank, zette hem weer voor het instrument neer en ging zitten.

Mijn vingers gleden over de toetsen, ze kenden alle toonladders nog. Ze waren stijf, maar het was alsof ik de stem van mijn moeder in mijn hoofd hoorde: 'Oefenen, oefenen, oefenen. Ze worden vanzelf soepeler.'

Ik sloot mijn ogen en liet mijn handen hun weg vinden. Ondanks de haperingen en de valse klanken voelde het vertrouwd. Alsof ik door te spelen haar terug kon halen, de tijd terug kon draaien. Als je bij me blijft, zal ik mijn best doen. Ik zal er alles voor doen om ervoor te zorgen dat je weer voor me staat, dacht ik. Mijn voeten zochten de pedalen, mijn rug rechtte zich.

Toen de laatste noten waren weggestorven, hoorde ik een gesmoord geluid en draaide me om.

'Die soldaat zei al dat je hier nog even wilde blijven.' Opa stond in de deuropening naar me te kijken. Hij hield zijn pet in zijn hand, zijn ogen waren vochtig. Ik had er geen idee van hoe lang hij er al was. Als hij het al vreemd vond wat ik deed, liet hij daar niets van merken. 'De hele boel kan instorten, weet je.'

Ik haalde mijn schouders op, sloot de klep en stond op. 'Toen ik boven op het dak zat en de wind om mijn oren loeide, was het nog gevaarlijker. Ik moest wel terug.'

Hij zette een stap naar voren. 'Saar...' Zijn handen omklemden de rugleuning van een stoel. 'Ik weet niet wat ik zeggen moet.'

Zonder antwoord te geven ploeterde ik naar de gang en ging het kleine kamertje binnen waar mijn moeder geslapen had. Uit de lade van een kastje dat tegen de muur stond trok ik een paar kousen. Ze waren nat en ik maakte er gefrustreerd een prop van. 'Verdorie! Bijna niks is droog gebleven.' Zittend op de rand van haar bed stroopte ik mijn vuile kousen af en controleerde of het verband om mijn benen nog goed zat. De wonden die het prikkeldraad veroorzaakt hadden, genazen al.

Langzaam trok ik de kousen weer naar boven en keek voorzichtig om me heen. Het water had ook hier huisgehouden: het behang was gescheurd en hele lappen waren van de muur losgekomen. De mooie blauwe sprei, die oma nog gehaakt had en die mama voor het slapengaan altijd over de stoel hing, vond ik beschimmeld in een prop terug in een hoek. Ik wilde hem opvouwen, maar er was niks mee te beginnen. Ik zakte weer neer op het bed, doodmoe ineens.

'Toen ik hier voor het eerst terugkwam, heb ik naar de koeien gezocht.' Opa plonsde door de kamer en kwam naast me op de rand van het bed zitten. 'Ik vond er een paar een eindje verderop. Ik hoop maar dat het snel gegaan is, net als met de kippen.'

Ik knikte. Terwijl ik in het huis van de Haasdonks was, had ik me geprobeerd voor te stellen hoe het met het huis gegaan was. Het ergste scenario was natuurlijk dat het ingestort zou zijn en dat er niets meer over was om naar terug te gaan. Toen ik daarnet uit de boot stapte en op de natte grond stond leek het alsof het zich nog trots verhief, ondanks de ingestorte muur aan de zijkant. Ik had verwacht dat er schoongemaakt zou moeten worden, ik had me er zelfs op verheugd daarmee aan de slag te kunnen gaan. Maar nu werd ik overvallen door de troosteloze smerigheid die ik binnen aantrof. Ik wist niet waar ik beginnen moest, ik kon het einde van het karwei dat geklaard moest worden niet zien. 'Was alles maar weer gewoon,' zei ik. 'Zaten we nu allemaal maar een kop koffie te drinken, lachend en pratend terwijl mama...'

Opa sloeg een arm om me heen. Hij drukte mijn voorhoofd tegen de revers van zijn jasje. Hij rook naar onbekende zeep, transpiratie en tabak. Maar zijn hand in mijn nek was warm en groot als altijd. 'Ik weet niet meer waar ik veilig ben,' zei ik.

'Jawel meisje, dat weet je wel. Bij Lucas.' Opa hield me een eindje van zich af. 'En bij mij. Je voelt je nu verloren, maar dat gaat wel weer voorbij.'

Hij zuchtte en haalde zijn sigarettenkoker uit zijn zak. 'We moeten toch door.'

We zaten een tijdje bij elkaar zonder iets te zeggen. Buiten was het enige geluid het zacht klotsende water dat nu uitgeraasd was.

Opa bewoog zich en ging rechtop zitten. 'Je bent op zoek naar informatie, hè?' Verbaasd hief ik mijn hoofd. 'Je wilt weten wie die vrouw op de tekening is. Op de een of andere manier is je nu niet alleen je huidige leven ontnomen, maar ook je verleden.'

Ik knikte en bedacht hoe ik het uit kon leggen. 'Het is net als met het erf: alles is weggespoeld en ik kan niet meer vinden waar alles hoort. Alsof... mijn hele leven één grote leugen geweest is.'

Opa drukte een kus op mijn haar. 'Neeltje wilde nooit dat je je zo voelde. Je moet het haar vergeven. Ze heeft het alleen verborgen gehouden omdat ze bang was. Ze zou het je verteld hebben als ze had geweten hoe. Ik heb haar vaak gewaarschuwd dat je er op een dag achter zou komen en dat je het beter van ons kon horen. Als iemand een opmerking zou maken of als je biologische ouders je waren gaan zoeken, kwam het toch allemaal uit.'

Ik nestelde me tegen hem aan, net als vroeger. Van opzij keek hij me met zijn wakkere blauwe ogen aan. 'Ik zei tegen haar dat de schok minder groot voor je zou zijn als ze het niet verborgen hield en eerlijk tegen je was.'

Mijn ogen werden groot en ik dacht weer aan de hoofddoeken die ik tot mijn vijftiende had moeten dragen tot ik simpelweg geweigerd had. 'Ze was niet bang voor de Duitsers! Ze heeft nooit geloofd dat ik Joods was!'

'Nee.' Met een zucht liet opa zich van het bed glijden. Hij zette een paar stappen naar de linnenkast in de hoek van de kamer en wrikte moeizaam de kromgetrokken deur open. Mama's jurken hingen nog kaarsrecht aan hun haakjes en haar nette schoenen stonden op de bodem naast elkaar, zo gewoon alsof er nooit een watersnood geweest was. Op de bovenste plank stond een blikken trommel. Opa tilde hem eraf en gaf hem aan mij.

Ik hief vragend mijn hoofd. 'Doe maar open.' Toen ik geen aanstalten maakte, gaf hij me een klein duwtje tegen mijn schouder. 'Toe maar.' Geruststellend kneep hij zijn ogen een beetje dicht. 'Neeltje was bang dat ze je weer kwamen halen, daarom wilde ze altijd dat je haren bedekt waren. Als iemand van de weg af naar de moestuin of het erf keek en je zag staan, zouden ze in ieder geval niet die donkere haren van je zien.'

Hij richtte zijn ogen op het kapotte raam waardoor koude lucht naar binnen dreef. De lucht was donker, over een paar minuten zou het waarschijnlijk gaan sneeuwen. 'Ze wilde niets liever dan dat je voor haar eigen dochter kon doorgaan.'

# 28

## DECEMBER 1931

In de eerste week van december slaat het weer om. Felle rukwinden laten de allerlaatste bladeren door de lucht tollen, de regen en hagel roffelen geregeld op het dak van ons huis.

Onder de dekens is het zo warm als in een holletje. Martha kruipt dicht tegen me aan.

Ik lig het grootste gedeelte van de nacht wakker. Steeds vraag ik me af wat ik moet doen nu mijn buik bijna niet meer te verbergen valt, zelfs niet met de wijde truien van mijn zus. Mijn navel begint langzaam uit te puilen, de bewegingen van het kind worden steeds harder. Soms, als ik plat op mijn rug lig, gaat mijn buik heen en weer als een golvende boot.

Gelukkig letten vader en moeder niet echt op me en oom Frans en tante Dina ga ik bewust uit de weg. Ik ben al weken niet langs geweest. Afgelopen donderdag kwam oom een glaasje halen en vroeg of ik nog een keer mee wilde naar de keten, maar ik heb nee gezegd.

Nu ik het weet, kijk ik naar vader en Van Dijk met andere ogen. Het valt me op dat ze elkaar, op een drukke avond en zelfs in een vol café, tekens geven. Soms haalt mijn vader geld uit de kassalade en geeft het stiekem aan Van Dijk, als hij denkt dat niemand het ziet. Maar ze zijn helemaal niet zo voorzichtig als ze denken. Voor wie het weet, is hun handel geen geheim. En nu ik erop let, merk ik dat er ook anderen bij betrokken zijn.

Vanavond rinkelt het belletje van de cafédeur maar één enkele keer. Er vraagt een man die nooit eerder bij ons geweest is, naar Wouter Lont. Martha staat achter de bar en ze roept vader zonder enige argwaan te hebben.

Ik ben op een ladder geklommen om een lamp schoon te maken die achter in de zaal aan het plafond hangt. Het is een van de klusjes die ik normaal zonder enig probleem doe, maar dit keer heb ik er meer moeite mee. Vanwege de groeiende buik ben ik topzwaar. Maar toen moeder me het opdroeg kon ik natuurlijk niet weigeren of tegen haar zeggen dat ik bang was om naar beneden te lazeren.

Vader stuurt Martha weg met een smoes en hij denkt er helemaal niet aan dat ik alles kan verstaan, zelfs al praat hij zachter dan normaal.

'Drie,' zegt de man. 'Morgenochtend, want er is een jarige.'

Ik denk aan Casper, die me verteld heeft dat drank vaak besteld wordt als er iets te vieren valt.

Vader steekt zijn hand uit en de man stopt een biljet tussen zijn vingers. Hij slaat de man op zijn schouders en schenkt een jenever voor hem in.

Ik wil de trap af klimmen, maar bevries in mijn bewegingen. Van Dijk zit op zijn vaste plaats achter in de hoek met de grijns op zijn gezicht die ik zo haat. 'Nou, meisje.' Hij knijpt zijn ogen een beetje dicht. 'Wie heeft jou met jong geschopt?'

Ik kijk snel naar mijn vader; hij is even naar achter, denk ik. De man met wie hij stond te praten, is weggegaan of misschien met hem meegelopen. Mijn armen reiken nog naar boven, mijn vest is omhooggekropen. Met mijn zij naar Van Dijk toegekeerd, moet mijn silhouet me hebben verraden. Ik laat de stofdoek naar beneden vallen, hij dwarrelt op de grond en blijft daar stilliggen in een prop. Van Dijk wenkt me en ik gehoorzaam met frisse tegenzin.

Al die tijd heb ik geweten dat er een moment komt waarop je je niet meer verbergen kunt, hoe hard je het ook probeert. Dat is ook het tijdstip waarop de vele leugens je niet meer helpen, of dat het feit dat je je kop in het zand gestoken hebt, geen enkel verschil meer maakt. Ik had alleen graag gewild dat iemand anders het als eerste ontdekt had. Zelfs als mijn vader diegene was geweest en hij me alle hoeken van de kamer had laten zien.

Als ik voor hem sta, grijpt Van Dijk me bij mijn bovenarm en trekt me mee naar het raam. 'Is het van die steenzetter, die brutale?'

'Ik begrijp niet waar u het over hebt.'

Hij knijpt zijn ogen nog meer samen en verstevigt zijn grip op mij. 'Heb je zin in een spelletje?'

Ik haal mijn schouders op. 'Laat me los,' zeg ik terwijl ik mijn kin naar voren steek.

Van Dijk tuit zijn lippen. 'Hou je bek, kreng. Ik wed dat je vader van niks weet. Wat heb je ervoor over dat ik mijn mond houd?'

Ik trek me los en deins achteruit. Ik wil ten minste anderhalve meter tussen ons in houden. 'Wat wilt u van me?'

Op zijn gemak bekijkt hij me van top tot teen. Mijn ogen flitsen alle kanten uit, maar er is niemand in de buurt die me helpen kan. Van Dijk blijft staan met zijn armen over elkaar. Zijn witte overhemd spant om zijn buik, er ontbreken twee knopen, waardoor de bleke huid en het donkere borsthaar, waarvan ik griezel, zichtbaar zijn.

'Rot op.' Mijn hart gaat als een razende tekeer achter mijn ribben, maar mijn stem klinkt beheerst.

Hij is niet onder de indruk. 'Waar en wanneer spreken we af?'

Ik voel me alsof ik zweef. Het is angst begrijp ik, maar ik wil het niet laten merken. Ik walg van zijn aandacht, van de eeuwige, te doorzichtige toespelingen die hij al maanden naar mijn hoofd slingert. 'En dan vertelt u zeker niks tegen vader?'

Hij schudt langzaam zijn hoofd. Op zijn gezicht verschijnt een gretige blik.

Ik denk na. Ik moet uitstel hebben. Ik ben absoluut niet van plan om de hoer te spelen met hem. 'Morgen,' beloof ik. 'Maar niet hier, in de achterste loods bij de werkhaven. Kent u die?'

Weer een klein knikje en op zijn gezicht verschijnt een triomfantelijke blik. Daarna grinnikt hij even en verdwijnt door de deur naar het woongedeelte.

Hijgend probeer ik mijn adem onder controle te krijgen terwijl mijn hersens op volle toeren draaien. Ga ik naar Casper en stel hem voor Van Dijk af te persen met wat we weten over de smokkel met mijn vader? Somber staar ik voor me uit. Dan moet ik hem een reden geven waarom ik dat wil. Vertel ik het zelf aan mijn ouders, voor Van Dijk me nog verder chanteert? Haal ik Martha erbij? Nee. Wat zou zij in vredesnaam voor me kunnen doen?

Met een misselijk gevoel in mijn maag raap ik de stofdoek op die nog steeds op de grond ligt en ik leg hem op de toog. Weglopen, denk ik. Er ligt een koffer in de inbouwkast op de overloop. Ik kan me verstoppen achter het wc-hok in de tuin en net zo lang wachten tot alle lichten uit zijn in het huis, terug sluipen zonder de tweede en de zevende tree van de trap te gebruiken omdat die kraken, en een paar spullen inpakken.

Ik moet hier in ieder geval vandaan voor vader terugkomt. Hij hoeft maar naar me te kijken en hij weet dat er iets aan de hand is. Ik voel zijn felle ogen al onderzoekend over mijn gezicht glijden. Mijn hartslag versnelt weer.

Binnen twee tellen heb ik het café door de voordeur verlaten en ren de Voorstraat in. Ik heb geen keuzes meer, of ik zie ze in ieder geval niet.

Er is eigenlijk maar één plek waar ik naartoe kan.

Hopelijk willen ze me helpen.

'Meisje toch!' Tante Dina slaat een arm om me heen, liefdevol strijkt ze een losgeraakte pluk haar achter mijn oor. 'Ga nou eerst even zitten, ik kan geen touw vastknopen aan je verhaal!'

Ik laat me op een stoel neerduwen, dezelfde waarin ik een paar maanden geleden het biologieboek heb zitten lezen. Oom Frans staat zwijgend naar me te kijken. Ik weet dat ik onsamenhangend praat en over mijn eigen woorden struikel. Tot mijn eigen ergernis ben ik meteen in huilen uitgebarsten zodra ze de deur voor me opendeden. Tante geeft me een zakdoek waarmee ik mijn ogen afveeg. De tranen blijven maar komen, maar ik probeer diep en regelmatig adem te halen en mijn gedachten te verzamelen. 'Ik zit in de problemen.'

'Wat voor problemen, schatje?' vraagt ze.

Oom Frans zegt niks.

'Ik ben...' Hoofdschuddend slik ik de rest in. Ik kan het niet zeggen, ik ben vooral bang dat ze me zullen veroordelen, net als de rest van de wereld zal doen als het uitkomt.

Tante kijkt naar me, haar ogen staan bezorgd en warm. Ik moet er prompt weer van huilen, verfrommel de zakdoek tot een prop en houd die tegen mijn neus gedrukt tot ik het gevoel heb dat ik weer praten kan. 'Ik ben... zwanger...' fluister ik.

'Zwanger?' De blik op het gezicht van mijn tante is zo ongelovig dat ik er door mijn tranen heen om lachen moet. Haar mond zakt open, haar ogen gaan wijd open.

'Ja, tante.'

'Nee,' schudt ze ongelovig haar hoofd heen en weer. 'Dat kan toch niet?'

Hulpeloos kijk ik op en zie de roerloze gestalte van oom Frans in de deur staan. Hij knippert niet eens met zijn ogen. Hij lijkt nu zo erg op mijn vader voor die in woede uitbarst, dat ik me af moet wenden.

'En die vent, die kostganger van vader en moeder, heeft me bedreigd. Hij zegt dat hij alles aan vader zal vertellen als ik niet...' Ik stop even, krijg het niet over mijn lippen wat hij waarschijnlijk met me wil doen. Bovendien weet ik zelf ook wel dat het allemaal nogal verward klinkt.

Met gefronste wenkbrauwen staart tante Dina voor zich uit. 'Maar van wie is het dan?' Ze heeft me losgelaten en haar nogal zware boezem gaat zwoegend op en neer.

Ik slik. Haar reactie is precies zoals ik me voorgesteld heb.

'Hou je van hem? Of nog belangrijker, houdt hij van jou?' dringt ze aan.

Ik geef weer geen antwoord, en laat mijn hoofd hangen. Ze

streelt afwezig mijn haar, maar vanuit mijn ooghoek zie ik haar een blik wisselen met oom Frans.

'Wat moet ik nou, tante?'

In stille verwondering schudt ze nog een keer haar hoofd en slaat haar armen stevig om me heen. Ik leun tegen haar aan, zoals ik vroeger deed toen ik nog een kind was. Haar jurk ruikt naar het zoete parfum dat voor mij veiligheid vertegenwoordigt. Misschien komt het nu allemaal goed. Maar meteen als oom Frans van zijn plaats komt en met grote stappen op ons afkomt, weet ik dat dit een naïeve gedachte is.

'Je tante vroeg je van wie het was.' Zijn vuisten zijn gebald, zijn ogen staan koel. Onwillekeurig trek ik mijn schouders in. Hij torent boven me uit.

'Ik kan niet zeggen wie het is.'

'Dat kun je wel! Hij moet zijn verantwoordelijkheid nemen. De man moet altijd de gevolgen op zich nemen.'

'Deze zal geen verantwoordelijkheid nemen.'

Oom Frans doet zijn ogen dicht, worstelend met zijn zelfbeheersing. Ik geloof niet dat ik hem ooit zo kwaad gezien heb. Hij concentreert zich op de vent die mij dit heeft aangedaan, maar ik kan zien dat hij ook teleurgesteld is in mij. Ik kan het niet over mijn hart verkrijgen hem te vertellen dat dit niet iets is wat zonder mijn eigen toestemming en uit vrije wil gebeurd is. Uit pure lust.

'Kom op, Kitty. Een naam, graag!'

'Nee,' zeg ik.

Ongemerkt is hij dichter bij me komen staan en hij pakt mijn handen vast. 'Is het van een jongen die we kennen? Heeft die opzichter je zwanger gemaakt?'

'Getver, nee!' Ik probeer mijn handen los te rukken, maar hij houdt me te stevig vast.

'U doet me pijn, oom, alstublieft,' zeg ik. De tranen beginnen alweer over mijn wangen te stromen. Ik voel een hysterische gil in me opborrelen.

'Verdorie, Kitty!'

'Frans!' zegt tante Dina scherp.

Even onverwachts als hij me vastgegrepen heeft, laat hij me weer los. We hijgen beiden, kijken elkaar aan zoals een kat een muis aanstaart. Wie zal het eerst bewegen?

'Ik wil nu weten wie het is.' Hij heeft zachter gesproken dan daarvoor, maar dat maakt het op de een of andere manier dreigender. Mijn lichaam reageert erop, mijn hersenen weigeren na te denken. Ik flap het eruit: 'Een steenzetter, het was een steenzetter die me zwanger heeft gemaakt!'

Te laat realiseer ik me dat Martha in de deuropening verschenen is, een seconde lang begrijp ik niet hoe ze daar gekomen is, en voordat ik reageren kan, is ze er alweer vandoor.

'Martha!' De hakken van mijn schoenen maken een tikkend geluid over de houten planken. 'Wacht!'

Ik ruk de deur open die ze achter zich dichtgesmeten heeft, maar als ik buiten aangekomen ben, is de straat al leeg. Er glinstert alleen een laagje ijs op de pasgeschrobde stoep.

# 29

## FEBRUARI 1953

Om het deksel van de doos te krijgen moest ik hard wrikken. Uiteindelijk schoot het eraf en een deel van de inhoud rolde over de dekens waarmee mama's bed was opgemaakt. Ik zag dubbeltjes en kwartjes en zelfs guldens. 'Geld?' vroeg ik verward.

'Ja. Een paar maanden nadat we je gevonden hadden, kwam de eerste. Daarna kwamen ze ieder jaar rond je verjaardag, vanuit het hele land. Een paar keer zelfs uit Nederlands-Indië,' zei opa.

Ik keek nog eens in de trommel en zag toen pas het stapeltje enveloppen op de bodem, keurig bij elkaar gehouden door een zwartfluwelen lint. Ik maakte de strik los en spreidde ze allemaal uit. Op de voorkant stond geen naam, alleen maar ons adres, en op de achterkant niks. Ik bestudeerde de poststempels die inderdaad deels buitenlands waren. Langzaam telde ik ze; het waren er vijftien.

'Waarom zijn er geen eenentwintig?'

Opa streek met zijn hand over zijn kin. 'Toen je vijftien was hield het ineens op.'

'Van wie zijn ze? Van mijn moeder?' vroeg ik.

'Dat weet ik niet,' antwoordde hij. 'Het is niet duidelijk door wie ze geschreven zijn.'

'O.' Met die ene klinker liep alle spanning uit me die was opgebouwd door het bekijken van de brieven. Ik had klakkeloos aangenomen dat er een afzender onder stond. Zonder naar de datum te kijken haalde ik een van de velletjes uit een willekeurige envelop en begon te lezen. In een kriebelig handschrift waren een paar regels geschreven, vergezeld van een prachtige tekening. Snel trok ik de andere uit hun enveloppen en overal was de boodschap kort, maar de tekening zeer uitgebreid en gedetailleerd. Uit mijn jaszak haalde ik het portret en legde het op de dekens. Ook al was dat de enige in houtskool, het had toch dezelfde stijl.

'Alleen mijn moeder kan ze gestuurd hebben,' dacht ik hardop. 'Al snap ik niet goed hoe ze ons getekend heeft. Misschien zat ze voor een spiegel?'

Opa moest lachen. 'Nou... daar kunnen we alleen maar naar raden, hè. Maar het is waarschijnlijker dat iemand anders dat gedaan heeft.'

Talloze vragen drongen zich aan me op, zoals waarom iemand die ogenschijnlijk niets met mij te maken had een tekening van me zou hebben gemaakt voordat ik achtergelaten was in de winterkou, waarom hij of zij trouw ieder jaar geld gestuurd had naar het adres waar ik woonde, en waarom hij of zij daar plotseling mee opgehouden was. Maar ik stelde er maar eentje: 'Hebben jullie ooit geprobeerd te weten te komen wie de schrijver was?'

'Nee.' Opa vond het moeilijk om er met me over te praten, dat merkte ik aan de lange stilte die hij liet vallen. 'Dat wilde ze niet.'

'Wie, mama?'

Hij knikte, en zijn gezicht stond strak.

'En jullie hebben ook nooit iemand gezien die jullie niet kenden, die bijvoorbeeld naar me stond te staren vanaf de weg?'

Opa schudde zijn hoofd, een beetje geamuseerd. Misschien vanwege de opwinding in mijn stem of omdat ik hardnekkig naar snippertjes informatie bleef zoeken. En ik zocht ook mijn eigen geheugen af en vond een heel vage herinnering aan een middag in december aan het einde van de oorlog, nog in de hoofddoekentijd.

Het was een koude dag geweest, veel kouder dan nu, en ik wist nog dat ik van Nel Peters terug naar huis liep langs de rivier. Witte slierten nevel stegen op vanuit het water en ik huiverde omdat ik aan de 'witte wieven' moest denken. Na school was ik met mijn vriendinnetje meegegaan en haar moeder had chocolademelk voor ons gemaakt en ons laten opwarmen in de kamer bij de kachel. Nel had voor haar verjaardag een boek gekregen met mooie kleurplaten en we zaten er samen in te bladeren in de grote stoel met een plaid over onze knieën. 'Lang geleden woonde er een rijke boer die geen zonen had, alleen een dochter. Ze heette Johanna,' las ik hardop. Het verhaal werd steeds enger, met witte wieven die uit een kuil tevoorschijn kwamen en de jongen met wie Johanna wilde trouwen achternazaten. De afbeelding die erbij zat toonde langgerekte wezens met lang wit haar, zonder armen of benen. Hun lijf leek uit te lopen in één ijle sliert.

Toen ik later in de schemering naar huis liep, keek ik de hele tijd om me heen. Het mistte zo dat ik de volgende boom en struik niet zien kon; ik had het gevoel dat ik door een dikke, natte deken liep. Alles klonk gedempt en mijn hoofddoek werd nat van het vocht.

Ik zag hem pas toen hij vlak voor me opdoemde: een lange blonde man, zijn hoed diep over zijn ogen getrokken zodat ik zijn gezicht niet goed kon onderscheiden. Heel even dacht ik dat een van de witte wieven uit het water opgestegen was en mijn hart bonkte in mijn keel. Als aan de grond genageld bleef ik staan, en de man stond ook stil en staarde me aan.

'Hallo,' zei hij ten slotte. 'Woon je hier in de buurt?'

Ik knikte, al hoorde ik de aanmaningen van mijn moeder duidelijk in mijn hoofd. 'Als een vreemde je aanspreekt, ren je weg. Je geeft geen antwoord en je vertelt zeker niet waar je woont.'

'Waar?'

Ik wees vaag naar een punt achter hem. Met een bruusk gebaar schoof hij de hoed naar achteren op zijn hoofd. Hij had vriendelijke, blauwe ogen. 'Ben jij Saartje?'

Heftig schudde ik mijn hoofd, bang dat hij misschien een van de mannen was over wie mijn moeder eens verteld had dat ze samenwerkten met de Duitsers. Ik voelde of er geen haren onder de sjaal vandaan kwamen.

Nog heel even bleven we zo in die vreemde, vochtige wereld, waarin alles anders leek te zijn dan normaal, tegenover elkaar staan. De eerste die in beweging kwam, was hij. Beleefd tikte hij tegen de bruine, gedeukte hoed. 'Pas goed op jezelf.'

Ik holde weg, struikelend over mijn eigen voeten en zonder nog een keer om te kijken. Zodra ik binnen was vergat ik hem weer en tot aan vandaag had ik nooit meer aan hem gedacht.

'Ik heb hem gezien, denk ik,' zei ik nu tegen opa. Ik klemde de brieven tegen mijn borst. 'De schrijver van de brieven. Misschien heb ik jaren geleden mijn vader ontmoet!'

Zijn blik vol ongeloof maakte me aan het lachen. 'Echt, opa, ik denk echt dat ik hem gezien heb.'

Daarna werd ik ineens weer treurig toen ik besefte dat ik aan die informatie nauwelijks iets had. Zijn naam had de man die uit het niets vanuit de mist was opgedoken, immers niet genoemd.

Nadat we de tekeningen en het geld weer in het blik hadden opgeborgen, waren opa en ik naar De Kaai teruggevaren, waar Lucas al op ons wachtte. Ik was zo opgewonden dat ik het hem meteen wilde vertellen, maar hij moest nog iets afmaken.

'Ik wil niet terug naar die vreselijke mensen.'

Hij streelde mijn gezicht dat nat van de tranen werd. 'Nog even en we zijn weer thuis.'

'Hoe kun je dat nou zeggen? Er is een muur uit ons huis gevallen, en binnen is het één grote puinhoop.'

Hij haalde zijn schouders op. 'Niets wat we niet kunnen repareren of opbouwen. Er zijn ook mensen van wie de huizen weggespoeld zijn. En we hebben al elf doden geborgen. Misschien vinden we er nog meer, er zijn nog steeds mensen vermist. Het maakt me helemaal niet uit waar we wonen, als we maar weer bij elkaar zijn.'

'Wanneer dat ook moge zijn...' zei ik somber. Met mijn neus wreef ik verlangend langs zijn hals.

'Thuis is waar jij bent. Al zou het op een half lekke boot zijn, of in een oude schuur, het interesseert me niet.'

Zijn woorden beurden me wel een beetje op, maar niet genoeg om niet op te zien tegen de avond die ik weer zonder hem moest doorbrengen. Ik begreep wel dat hij niet anders kon, dat hij er samen met de andere mannen juist voor probeerde te zorgen dat we allemaal zo snel mogelijk terug konden. Maar het was nog steeds opruimen, niets opbouwen. Er kwamen nu ook meer berichten in de krant en op de radio: de storm had honderden slachtoffers geëist. Allemaal dakloos, velen gewond, anderen verdronken. De vollemaan en het getij hadden een grote rol gespeeld. Was de storm op een ander moment ontstaan, dan waren de dijken misschien helemaal niet doorgebroken. Dan was mama... Dan had ik haar zelf kunnen vragen of ze zich toch niet meer herinnerde. Dan hadden we nu bij de kachel gezeten en gelachen om onze eigen angst voor het water.

Het had geen zin om na te denken over 'als' en 'maar'. Als ik één ding van Lucas had geleerd, dan was het dat je nooit in het verleden moest blijven hangen, en over de toekomst kon je maar beter niet te veel nadenken.

'Kom vanavond anders naar de familie Haasdonk...'

'Vinden ze dat goed?' Lucas streelde zacht over de mouw van mijn jas.

'Ze hebben het maar goed te vinden!' Ik nam afscheid van hem en duwde de kinderwagen met Ellie de boot op. Zo lang mogelijk bleef ik achteromkijken naar de kade, tot hij slechts een stip in de verte was.

Een sympathieke man hielp me de kinderwagen in de bus te tillen. Al veel te snel was ik weer terug bij het huis van de familie bij wie ik me zo slecht thuis voelde.

De deur ging open zonder dat ik er zelf tegenaan geduwd had en de brede gestalte van Leendert kwam naar buiten. 'Zo kan dat niet, jongedame. We wisten niet waar je was, Hanna is in alle staten.'

'Hanna is nogal gauw in alle staten,' mompelde ik.

'Wat zei je?'

'Niks.' Zuchtend tilde ik Ellie uit de kinderwagen, hield haar op mijn arm terwijl ik met mijn andere hand de wagen naar binnen trok. 'Mijn verloofde komt vanavond langs, kan hij hier vannacht dan blijven?'

Leendert had een gepijnigde uitdrukking op zijn gezicht. 'Mijn vrouw...' begon hij.

'Luister,' zei ik, doodmoe ineens om van alles een punt te moeten maken. 'De bruiloft zou al gehouden zijn als niet...'

Ik hield op met praten en streek met mijn hand over mijn vermoeide ogen. 'Ik ben vandaag terug geweest,' vervolgde ik zacht. 'Er is bijna niks meer over. We moeten opnieuw beginnen... en ik mis hem.'

Hij knikte en liet zijn hand even op mijn mouw rusten voor hij de gang door ging. 'Ik praat wel met haar.'

'Wist ik maar hoe hij heette.' Lucas en ik zaten op het bed waar ik eerder die week met Ellie op geslapen had. Lucas droeg alleen een mouwloos hemd en hij had net de rits van mijn jurk naar beneden gedaan. Ik ging rechtop zitten, trok het kledingstuk uit en liet het naast het bed op de grond vallen. Met alleen mijn onderjurk aan begon ik langzaam mijn kousen af te rollen. 'Je begrijpt toch wel dat het belangrijk voor me is?'

'Niet echt.' Lucas liet zijn hand langs mijn ruggengraat glijden en ik huiverde even.

'Hoezo niet?'

'Voor het eerst in dagen hebben we de kans om samen te zijn en jij wilt raadsels oplossen.'

Gefrustreerd beet ik op mijn lip. 'Het spijt me. Maar...'

'Nee, Saar. Alsjeblieft. Ophouden nu. Ik snap helemaal niet waarom je je bezighoudt met mensen die je niet kent. Je moeder is net voor je ogen verdronken...'

Een koude hand sloot zich om mijn hart. 'Alleen was ze mijn moeder niet.'

'Nee?' Lucas kuste mijn schouder. 'Ze heeft toch altijd voor je gezorgd? Je te eten gegeven en je een dak boven je hoofd geboden? Je getroost als je verdriet had? Je knie verbonden als je je geschaafd had, je verhaaltjes verteld voor je ging slapen?'

'Als je het zo stelt...'

'Dat doe ik, ja.'

Ik schudde mijn hoofd en vond even geen woorden voor een antwoord. Hij had natuurlijk wel gelijk, maar ik probeerde alle pijn en het verdriet om mama's dood weg te duwen, dat was zoveel gemakkelijker dan het onder ogen te moeten zien.

We kropen onder de dekens. Lucas ging op zijn rug liggen met zijn handen onder zijn hoofd. 'Een vrouw van wie je zielsveel hield, is er niet meer. En jij stapt over dat feit heen alsof het niks is.'

'Dat is niet waar!' Verontwaardigd schoot ik overeind. 'Alleen... ik kan het niet veranderen. Janken, schreeuwen, ik krijg haar er niet mee terug. Begrijp je dan niet dat ik me op iets anders moet concentreren?'

Lucas fronste. 'Nee, dat begrijp ik niet. Tenminste, het is nu niet de juiste tijd. Misschien later. Ik zeg niet dat je nooit naar je echte moeder moet gaan zoeken... Ik zeg alleen: ga zwemmen, naai kleertjes voor Ellie. Ga eens een keer wandelen!'

'Wandelen? Ik wandel me helemaal suf...' Ik haalde mijn hand door mijn haar en probeerde diep adem te halen. Dit ging de foute kant op. 'Jij bent de hele dag bezig,' probeerde ik uit te leggen. 'Maar ik zit de hele dag hier, bij die verschrikkelijke vrouw.'

'Sara...' Lucas draaide zich zuchtend op zijn zij met zijn rug naar me toe. 'Waarom doe je toch altijd zo fel?'

'Het is zo! Geloof je me soms niet?'

'Ik weet alleen dat een verhaal twee kanten heeft.'

'Ach, rot toch op.'

Even later was mijn boosheid weer even snel gezakt als hij was opgekomen, maar ik durfde niet meer dan een aarzelende hand op Lucas' schouder te leggen. Zo had ik me ons weerzien niet voorgesteld. Aan zijn ademhaling kon ik merken dat hij net deed alsof hij sliep. Uiteindelijk slikte ik mijn trots in en schoof over het matras dichter naar hem toe. Hij draaide zich nog steeds niet om, maar zijn lichaam ontspande zich. Ik legde een arm om zijn middel.

De volgende morgen nam ik zijn raad aan, kroop door het stof en vroeg Ada en Hanna of ze een uurtje op Ellie wilden letten. Daarna ging ik naar het Sportfondsenbad.

Mijn haar was nog nat toen ik het zwembad verliet. Van tevoren was ik bang geweest dat ik zwemmen te veel zou associëren met de springvloed en de storm, maar dat was niet zo. Terwijl ik me vooroverboog om te duiken, kwam er voor het eerst in dagen een rust over me. De oefeningen die ik deed, brachten me vanzelf terug in een kalmere, minder hyperactieve stemming.

Helaas was dat meteen weer over toen ik buiten was. Mijn ronde, donkerblauwe hoedje bedekte niet mijn hele hoofd – de ijskoude lucht deed mijn voorhoofd tintelen. Ook vandaag liet de zon zich niet zien. Er stond een matig harde wind en er dreven dreigende wolken voorbij.

Misschien had Lucas gelijk, misschien moest ik me meer bezighouden met wat ons was overkomen en me erin verdiepen welke gevolgen dit had voor het dagelijks leven. Maar zodra ik aan de storm en het dak dacht, aan mama die naar boven keek voordat ze misstapte en aan het dunne stemmetje van Ellie die na uren in de kou niet eens meer echt huilen kon, werd ik misselijk. Wat hij niet wist, was dat ik al een paar keer zwetend wakker was geworden. Dat me vastbijten in de informatie die ik had over mijn vader, de enige manier was om de verschrikkingen van de watersnood op afstand te houden. Dat ik de gedachte aan mama weg moest duwen om overeind te blijven.

De emmer, de jas, de handschoenen. De beelden golfden op me af en ik moest me aan het hek van een school vastgrijpen waar ik langsliep.

Net op dat moment ging de bel, en een stroom kinderen rende joelend naar buiten terwijl ik hijgend en transpirerend probeerde mezelf bij elkaar te rapen.

De wereld ging gewoon door.

# 30

## DECEMBER 1931

De baby schopt en ik leg mijn hand op de bult. Overal en nergens heb ik naar Martha gezocht. Ik ben de straten door gerend tot ik kramp in mijn buik kreeg. Nu hij dikker is, merk ik dat ik niet zo snel meer vooruitkom – het is alsof er een stuk basalt in mijn maag zit dat niet meegeeft.

Daarna heb ik zonder resultaat het terrein van de Zuiderzee-maatschappij afgestroopt. Alleen bij de werkhaven ben ik niet geweest, want daar is op dit tijdstip toch niemand meer. Toen mijn voeten pijn begonnen te doen ben ik naar de tram gelopen.

Vanavond is het donker achter het raam en daar ben ik blij om. Ik wil Casper eigenlijk niet onder ogen komen, niet na wat er allemaal gebeurd is.

Zonder de lamp aan te steken, laat ik me op de strozak neervallen. Beestjes of geen beestjes, ik ben doodmoe.

Er klinkt gestommel en ik doe mijn ogen open. Heel even weet ik niet waar ik ben en pas als ik de petroleumlamp zie die een plas licht verspreidt en ik recht in Caspers gezicht staar, herinner ik het me.

'Ik dacht al dat ik je hier zou vinden.' Hij draait de vlam lager zodat het geelachtige licht zachter wordt. 'Toen ik je niet in het café zag, wist ik waar ik moest zoeken.' Het is alsof een koude hand zich om mijn hart sluit. Zijn stem klinkt anders, zakelijker dan normaal en er trilt een spier in zijn keel.

Ik ga rechtop zitten en trek mijn omhooggekropen jurk naar beneden. 'Was je in De Haven?'

Hij komt recht voor me staan en kijkt me aan. Er verschijnt kippenvel op mijn armen. 'Ja,' zegt hij. 'Maar ik ben niet naar binnen gegaan.'

'Ze zullen wel kwaad op me zijn omdat ik er niet ben,' merk ik op. 'Was het druk?'

Hij schudt zijn hoofd, doet een paar stappen achteruit en fronst. 'Genoeg gekletst. Laten we het over echt belangrijke dingen hebben.'

Weer registreer ik de zakelijke toon en ik sta op. 'Wat is er?'

'Martha kwam naar onze keet. Ze was flink overstuur. Ze zei...' Hij maakt de zin niet af, draait weer zijn gezicht van me af. Ik zie hoeveel inspanning het hem kost om zichzelf te beheersen. Ik wacht stil af tot hij zichzelf onder controle heeft.

'Is het waar?' barst hij dan toch nog plotseling uit.

'Wat is waar?' Het is mijn beurt om weg te kijken.

'Dat je een kind verwacht?'

Op het dak van de wagon begint het zachtjes te roffelen, langs het enige raam glijden waterdruppels. 'Casper... luister...' begin ik.

'Het is dus zo.' Zijn rechtervuist balt zich langzaam, hij doet zijn ogen dicht en meteen daarna weer open. 'Martha schreeuwde naar me dat ik je geruïneerd heb. Alle mannen zaten erbij. Je zus denkt dat ik de vader ben.'

Met een ruk hef ik mijn hoofd. 'Dat heb ik nooit gezegd!'

Hij lijkt erdoor uit het veld geslagen, zijn hand ontspant zich en hij brengt hem heel langzaam naar mijn gezicht. Geschrokken deins ik achteruit.

Hoofdschuddend lacht hij. Ik krimp ineen van het bittere geluid. 'Ach, Kitty. Dacht je dat ik je zou slaan?'

'Nee,' zeg ik. 'Nee. Maar je hebt alle reden om kwaad op me te zijn.'

'Inderdaad.'

Mijn ogen dwalen over de strozak in de hoek, de oude deken waaronder ik geslapen heb. Het dringt tot me door dat Martha het voor me verpest heeft. Er waren andere steenzetters bij, dus nu is het echt een kwestie van tijd voor het hele dorp het weet.

'Ze denken allemaal dat het mijn kind is,' zegt Casper. Hij

komt nog dichter bij me staan, zodat onze buik en borst elkaar bijna raken. Aan zijn adem ruik ik dat hij gedronken heeft. 'Maar wij weten wel beter, hè?'

Ik geef geen antwoord, mijn knieën knikken en ik probeer verder van hem vandaan te komen. Hij grijpt mijn pols. Zijn vingers zijn sterk als een bankschroef. 'Je bent dus een kleine slet.'

Verward schud ik mijn hoofd en ik probeer mijn hand los te wringen, probeer dwars door de wagon in de richting van de deur te schieten, maar hij is me voor en gaat er met zijn rug tegenaan staan.

'Van wie is het?'

Ik sluit mijn ogen – tegen hem wil ik niet liegen. Al die maanden heb ik het verborgen gehouden, maar hij heeft recht op de waarheid. 'Van Luigi. Degene wiens been we dit voorjaar gespalkt hebben.'

Hij vloekt binnensmonds en draait zijn hoofd af. Geschrokken buig ik mijn hoofd. Ik heb Casper nooit horen vloeken. Op de een of andere manier is dat erger dan wanneer hij me een klap had gegeven.

Hij laat mijn arm los, zijn ogen glinsteren. 'Betekende ik eigenlijk wel iets voor je, Kitty? Al die keren dat ik je ontmoet heb... Ik dacht dat je me leuk vond... misschien wel van me hield...' Casper schuift met zijn voet heen en weer over de vloerplanken. Ik moet me inhouden om niet met mijn hand zijn wang te strelen – hij ziet er ineens zo verloren uit.

'Ik vond je ook leuk,' begin ik wanhopig. 'Maar...'

'Niet leuk genoeg. Ik begrijp het. Je vond die spaghettivreter, die charmeur die achter alles aanloopt wat een rok draagt, veel interessanter. Ik had hem op zijn bek moeten rammen toen het nog kon.' Casper valt stil en ik bijt op mijn lip. Hoe kan ik hem uitleggen dat ik me veilig bij hem voel, dat hij de enige vriend is die ik heb, terwijl Luigi de vlinders in mijn buik liet fladderen?

Vanuit zijn ooghoeken slaat Casper me weer gade. Zijn handen trillen een beetje, maar zijn stem klinkt vast als hij verdergaat. 'Was het fijn? Me een beetje voeren... een beetje aanleiding geven? Me laten geloven dat... O, zeg maar niks.' Hij laat zijn handen weer langs zijn zij vallen, balt ze daarna zo hard dat zijn knokkels wit worden. Zonder me aan te willen kijken, schuift hij langs me heen en probeert de afstand te vergroten.

'Weet je wat?' Ook zijn wangen kleuren nu. 'Ik voel me gebruikt. Je speelde met me, je liet me al die maanden bungelen.' Hij zwijgt weer, veegt geagiteerd haar uit zijn ogen.

'Zo was het niet.' Ik zie aan zijn gezicht dat hij me niet gelooft. 'Ik wilde dat ik het je uit kon leggen.'

'Laat maar.' Bruusk slaat hij een beker van de kist. Hij valt in scherven op de grond. 'Doe geen moeite.'

Alle lucht lijkt ineens uit hem te lopen – zijn gezicht wordt bleek, zijn blik dof. Ik zet een stap in zijn richting, maar hij weert me met één hand af.

'Trouw met me,' zegt hij gejaagd. 'Trouw met me en ik zal je goed behandelen, dat weet je.'

Mijn mond valt open, ik staar hem aan. 'Je bent me niks verschuldigd.'

'Dat weet ik.' Zijn borende blik doet bijna pijn. 'Toch doe ik je een voorstel.'

'Waarom?'

Schokschouderend draait hij zijn rug naar me toe. Nog één keer kijkt hij om voor hij de deur uitgaat. De kletterende regen doorweekt zijn haren en zijn jasje. Het lijkt hem niks te schelen, hij staat daar maar. Zonder dat hij iets uitspreekt, raad ik het antwoord op mijn vraag. Zijn ogen weerspiegelen al zijn emoties. Voor ik mijn mond opendoe, legt hij een vinger tegen zijn lippen. 'Denk erover na, maar niet te lang.'

Ik wil zijn hand pakken, ik wil iets doen zodat hij weer tegen me lacht. Zodat hij weer de Casper wordt die ik ken: sterk en vol met plannen. Maar het zit er niet in, vandaag.

Als hij nog zacht iets zegt, moet ik moeite doen om het te verstaan. 'Trouwens, ik heb wel één voorwaarde.'

# 31

## FEBRUARI 1953

Zodra ik het huis binnenstapte, begon Hanna over de modderige wielen van de kinderwagen. 'Toen ik hem aan je uitleende was hij nog schoon.'

Ik slikte mijn woorden in dat zij de wagen dan ook nooit gebruikt had. Maar Hanna wist van geen ophouden. 'Je hele houding deugt niet, je paradeert maar rond met dat kind terwijl je niet eens getrouwd bent!'

Er knapte iets vanbinnen, en ik zei: 'Beter niet getrouwd dan getrouwd met een feeks!'

Ze schreeuwde tegen me, ze werd zo rood in haar gezicht dat ik een ogenblik dacht dat ze erin zou stikken. Op dat moment wenste ik ook werkelijk dat ze erin blijven zou. Ik graaide Ellie zo ruw tussen de lakentjes vandaan dat ze het op een brullen zette.

'Ik wil hier geen minuut langer blijven!'

'Dat komt dan goed uit. Je zoekt het maar uit.' Met een grimas van pijn drukte Hanna haar hand tegen haar borst. Misschien had ze het wel echt aan haar hart. Ze draaide haar gezicht naar haar man die zwijgend naar de woordenwisseling had staan kijken zonder in te grijpen. 'Naastenliefde houdt een keer op.'

'Om een paar modderige wielen?' probeerde ik de zaak nog te sussen. In een flits besefte ik dat ik nergens heen kon: het dorp was nog altijd verboden terrein voor wie er niks te zoeken had en verder kende ik niemand bij wie ik terechtkon. 'Echt, als u mijn kinderwagen thuis gezien had, dan had u niets van deze spatjes gezegd. Daar zit álles onder de modder... het water...'

'Ja, ik weet wel wat er gebeurd is,' onderbrak ze me. 'Maar het maakt me niks meer uit. Ik kan er niet meer tegen: je komt en gaat zoals het je uitkomt, je zit met een grafgezicht aan tafel... Ik ben het zat.'

'Een grafgezicht?' Van verontwaardiging schoot mijn stem uit. 'Ik heb anders nogal veel meegemaakt.'

'En je speelt ook graag het slachtoffer, nietwaar?'

Ik had zin om haar aan te vliegen, maar Ada ging tussen ons in staan. Misschien had ik echt Hanna's ogen uitgekrabd als ik de kans had gekregen, maar nu draaide ik me op mijn hielen om en beende met grote stappen het huis uit. Van de kapstok griste ik nog gauw Ellies jasje mee.

Ze woog zwaar op mijn arm en onder het lopen sloeg ik het jasje snel om haar heen. Met enige moeite kreeg ik haar armen door de mouwen en knoopte het dicht. Haar hoofd bedekte ik met mijn handen – haar mutsje was ik vergeten. Het lag nog op het bed in het deprimerende achterkamertje dat ik de afgelopen week als mijn thuis had moeten beschouwen. In geen geval ging ik terug, ook al zouden ze me kruipend hun excuses aanbieden.

Mijn laarzen lieten lichte afdrukken achter in de sneeuw toen ik haastig het centrum van Dordrecht in liep.

'Hallo?' De stem aan de andere kant van de lijn klonk slaperig. In een opwelling was ik naar het café gegaan waar ik eerder een kop koffie gedronken had en daar had ik gevraagd of ik mocht bellen.

'Catharina?' Toen ik het koud had gekregen en Ellies gezicht zo rood was dat ik serieus dacht dat ik haar ziek zou maken als ik nog langer buiten zou blijven, had ik me het papiertje in mijn tas herinnerd met het telefoonnummer dat Catharina me eerder gegeven had.

'Sara? Ben jij dat? Wacht even.' Er klonk een vaag gerommel en toen ze weer iets zei, klonk ze een stuk duidelijker. 'Het spijt me, ik heb nachtdienst gehad.'

'O. Ik wil je niet storen.'

'Het geeft niet, ik ben nou toch wakker.' Het was even stil en toen hoorde ik duidelijk dat ze de rook van een sigaret uitblies. 'Is er iets? Heb je je opa gesproken?'

'Dat ook,' zei ik. 'Maar daar bel ik niet voor.' Vol schaamte vermeldde ik de ruzie. 'Ik kan daar niet meer blijven.'

Er klonk een lichte zucht en daarna was er in de stilte alleen geruis op de lijn. 'Dat is niet handig van je, meisje. Gastgezinnen zijn niet zo makkelijk te vinden.'

Gegeneerd zweeg ik – woorden konden niet uitdrukken hoeveel berouw ik had dat ik me zo had laten gaan. En waar ging de onenigheid nou eigenlijk over, een beetje modder op een kinderwagen. Ellies wang lag tegen mijn schouder aan en ik voelde haar gewicht op me drukken. We waren nauwelijks een uur verder en ik kon haar al haast niet meer tillen.

'Ik weet dat het stom was, maar ze willen me echt niet meer terug.'

Paniekerig bedacht ik wat ik doen zou als het café aan het einde van de dag zou sluiten. Er waren maar zoveel koppen koffie die ik kon drinken; ik had het geld in mijn portemonnee geteld en was tot de conclusie gekomen dat het er ongeveer vijf zouden zijn. Hoe lang zou het duren voordat de serveerster me wantrouwig aan zou kijken, hoeveel tijd kon ik tussen de bestellingen laten zitten zonder argwaan te wekken?

'Waar ben je?'

Ik noemde de naam van het café.

'Wacht nog even, ik kom eraan.'

Toen ze binnenkwam had ik Ellie op mijn schoot laten zakken zodat ze met haar rug naar de mensen tegen me aan kon slapen en had ik mijn derde kop koffie besteld. Achter me zat een groep militairen luidkeels te bespreken wie de dijken ging helpen versterken en wie de ingestorte huizen moest inspecteren. Hun stemmen klonken opgewekt luid en ik kromp ineen. Ook al hadden onze levens elkaar geraakt, zij waren in het zalige besef dat ze straks terug naar huis konden, waar ze de eventuele verschrikkingen die ze tegen waren gekomen, konden vergeten. Hun bestaan was onaangetast, hun huis stond ongeschonden overeind. Hun toekomst was niet onzeker zoals die van mij en dat was te merken aan hun vrolijkheid.

Catharina droeg een zwarte rok die aan de onderkant iets uitliep en haar fraai gevormde kuiten vrijliet. De hakken van haar pumps klikten over de houten vloer. Op haar rode haar droeg zij een rond, grijs hoedje met een veer in de rand gedrukt. De soldaten lachten naar haar en floten op hun vingers, maar ze draaide haar hoofd niet om en haar gezicht stond strak.

'Is er nog plaats voor mij?' vroeg ze en ik schoof een eindje verder op de houten bank in de hoek.

'Het is ijskoud buiten,' zei ze. De kou was nog voelbaar in de jas die ze uittrok en naast zich neerlegde. 'Geen weer om met een baby in rond te lopen.'

Ik gaf geen antwoord – ik wist niet zeker of ze de woorden bedoeld had als een verwijt aan mij of dat het gewoon een opmerking was waarachter ik niets zoeken moest.

'Waar is je kinderwagen?'

Op opgewonden toon vertelde ik haar dat de wagen nu juist de aanleiding van de ruzie was geweest. De soldaten keken om en ik probeerde mijn stem te dempen. 'Waarom was ze nou zo kwaad over een beetje modder?'

'Tja.' Catharina wenkte de serveerster. 'Soms kibbelen mensen over kleine dingen, maar dan zit er heel iets anders achter.'

Ik dacht daarover na terwijl de serveerster naar de tafel toe kwam. 'Nog een kop koffie?' vroeg ze.

'Nee, liever thee,' zei ik.

'Wil je een stuk taart?' vroeg Catharina.

Ik schudde mijn hoofd en dacht aan mijn bijna lege portemonnee.

'Een stuk appeltaart voor haar,' zei ze met een blik op mijn ongelukkige gezicht. 'En voor mij een kop koffie.'

'Dank je wel,' zei ik glimlachend, en ik vervolgde aarzelend: 'Ik denk dat Hanna moeite had met Ellie. Misschien heeft ze haar eigen kind verloren?'

Catharina stak een sigaret aan en blies de rook naar boven. 'Nou, daar heb je je antwoord dan. De kinderwagen was misschien gewoon de aanleiding voor haar uitbarsting.'

'Intussen heb ik het flink verpest,' zei ik somber. 'Ik kan nergens naartoe en ik moet Ellie de hele tijd op mijn arm dragen. Geen idee hoe lang ik dat volhoud.'

'Och, dat hoeft ook niet. Laat me even nadenken, dan vinden we wel een oplossing.'

Met een nieuwsgierig gezicht zette de serveerster de appeltaart en twee kopjes voor ons neer. We bleven voor ons uit kijken tot ze verdwenen was. Ik schoof een stukje taart op het bordje heen en weer.

Catharina nam een slok van haar koffie, en haar mond vertrok even. 'Te sterk. Ik moet nog steeds wennen na al die surrogaat uit de oorlog.' Uit haar tas haalde ze een spiegeltje en ze werkte haar rode lippenstift bij. Pas daarna keek ze me weer aan.

'Weet je wat beter voor je zou zijn?'

'Nee.'

'Dat je iets gaat dóén. Al dat rondhangen is niet goed voor een mens.'

'Ik zou niet weten wat,' zei ik. Eigenlijk had ik behalve het huishouden, dat ik lang geleden al van mama had overgenomen, nooit veel gedaan.

'Het zou je afleiden van wat je verloren hebt.' Catharina drukte de sigaret uit in de asbak.

'Ik begrijp heus wel dat ik door moet,' zei ik scherp. 'Dat ik me op de toekomst moet richten en niet in het verleden blijven hangen.'

'O ja,' onderbrak ze me. 'Dat doet me ergens aan denken. Ben je nog iets te weten gekomen van je opa? Ben je inderdaad teruggegaan naar 's-Gravendeel?'

Ik knikte en vertelde haar over de trommel, de tekeningen en de herinnering aan de man in de mist. 'Nu weet ik niet meer waar ik verder zoeken moet.'

Nadenkend blies Catharina de rook van alweer een nieuwe sigaret uit. 'Staan er geen initialen onder aan de brieven, of op de tekeningen?'

'Volgens mij niet.' Terwijl ik Ellie iets verschoof op mijn schoot, voelde ik met mijn hand in mijn jaszak. Het portret van mijn moeder zat er nog steeds in, ik had het aan niemand anders laten zien dan aan Lucas en mijn moeder. Er stonden geen initialen onder, dat wist ik ineens zeker. 'Was het beter voor me geweest als ik het al als klein meisje geweten had? Als mijn moeder het niet jarenlang verzwegen had, me had laten denken dat ik bang moest zijn voor de Duitsers vanwege mijn donkere haar, terwijl ze alleen maar haar eigen angst verborg omdat mijn echte ouders me konden weghalen?'

Catharina antwoordde niet, ze nam nog een slok, haar sigaret bungelde vergeten in haar hand. 'Jij hebt de behoefte om te weten waar je vandaan komt, maar voor je moeder was dat een bedreiging.'

'Dat zei opa ook al,' zei ik. 'En Lucas vindt dat ik het moet laten rusten.'

Ze schudde haar hoofd, de volmaakte boogjes van haar wenkbrauwen waren iets opgetrokken. 'Alleen jij kunt dat beslissen.'

'Dat vind ik ook. Lucas zegt dat ik met verder graven de dood van mama verloochen.' Ik ging verzitten en Ellie schrok wakker en protesteerde. 'Hij zegt dat mijn echte moeder niets anders heeft gedaan dan me in de steek laten.'

'Nogmaals, hij kan zeggen wat hij wil. Iedereen rouwt op zijn eigen manier. Je drang om te weten waar je vandaan komt, doet niets af aan je verdriet.'

Ik zuchtte. Had zij gelijk of Lucas? 'Ik herinner me haar niet.'

'Nee,' zei Catharina. 'Maar dat is ook niet erg. Jij wilt het ontbrekende puzzelstukje, dát is voor jou het allerbelangrijkste.'

'Ja,' zei ik haastig. 'Op de een of andere manier heb ik het gevoel dat ik mijn vader al ken.' De herinnering aan de blonde man die mijn naam had geweten, drong zich zo sterk aan me op, dat als hij hier voor me had gestaan ik zo op hem afgevlogen was. Hij kon niemand anders zijn geweest – hij was de briefschrijver, de tekenaar, mijn vader.

'Maar van haar weet ik niks.' Hoe kon het toch dat mijn hart samenkromp voor twee mensen die ik nooit had gekend en dat ik zo naar hen verlangde dat het alles leek te overheersen, zelfs het verdriet om mama?

Plotseling stond Catharina op, ze trok haar handschoenen en haar jas aan. Uit haar tas haalde ze een sleutelbos waar ze er een van afhaalde. 'Het spijt me, Sara, maar ik moet naar het ziekenhuis.' Ze legde even haar hand op die van mij en gaf er een kneepje in. 'Weet je wat, ik geef je mijn adres, dan kun je naar mijn huis met Ellie.'

Met open mond staarde ik haar aan.

Ze glimlachte. 'Het loopt niet weg, weet je. We komen er wel achter wie de schrijver is en waarom hij je moeder en jou getekend heeft. Samen.' Ze drukte nog een keer mijn hand. 'Je hebt al eenentwintig jaar moeten wachten, één middag langer maakt ook niet uit.'

Ze noemde nog snel waar ze woonde en verliet het café voor ik haar tegen kon houden. 'Ik reken wel af,' riep ze nog achterom. 'Tot vanavond!'

Verbluft bleef ik nog even zitten.

Eenentwintig jaar was inderdaad een hele tijd, maar ik voelde dat ik eraan toe was om de waarheid over mijn afkomst te ontdekken. Mijn blik gleed over de lege plek waar Catharina zoeven nog gezeten had, alsof het mijn moeder was die naast me had gezeten. De afwezige moeder, de moeder tegen wie ik nooit had kunnen razen en tieren zoals tegen mama toen ik een jaar of vijftien was. Toen ik de hoofddoeken afrukte en haar bezwoer dat ik er nooit, nóóit meer een zou dragen, al kwamen er honderden Duitsers langs om me weg te halen. De moeder op wie ik woedend was omdat ze me neergelegd had in de winterkou, zonder te weten wie me op zou pakken. Die me misschien wel verlaten had om me gewoon dood te laten gaan.

Ik keek van de bank naar Ellie en mijn ogen werden vochtig. Haar achterlaten op de zolder om ons allebei te redden, was het allermoeilijkste wat ik ooit had moeten doen en ik kon me nu, met haar in mijn armen, niet voorstellen dat ik het nog een keer zou kunnen.

Maar zij, de onbekende op het portret, was me nooit komen halen.

Waarom was ik dan toch zo nieuwsgierig naar haar?

# 32

## DECEMBER 1931

Ik hoef niet na te denken. Iedereen met een beetje verstand kan zien dat ik vastzit. Muurvast. Casper biedt me een uitweg en al ben ik dan niet verliefd op hem, er zijn zat huwelijken waar man en vrouw elkaar alleen maar aardig vinden. En het werkt, ik zie het dagelijks bij mijn eigen ouders. 'Wat is je voorwaarde?'

Hij draait zich weer om, met een verbaasde blik op zijn gezicht, alsof hij het zelf niet kan geloven dat ik erop inga. Aarzelend doet hij twee stappen terug naar de deur, waar ik nog in de opening sta. 'Dat je tegen niemand, maar dan ook echt tegen niemand zegt wie de echte vader is. Als ik dit op me neem, wil ik niet dat de waarheid bekend wordt.'

Kauwend op mijn lip overweeg ik zijn antwoord. Het is edelmoedig, het speelt me in de kaart. Het maakt het nog gemakkelijker om te liegen.

Ik doe een stap naar Casper toe en ga voor hem staan. Onmiddellijk doorweekt de regen mijn haar en mijn kousen. De druppels lopen langs mijn gezicht en maken de kraag van mijn jas zeiknat. Ik voel de kou bijna niet, mijn opwinding groeit over de route naar veiligheid die mijn leven onverwacht genomen heeft. 'Als ik het doe, als ik met je trouw, beloof je me dan dat je me niet tegenhoudt als ik de verpleegstersopleiding ga doen?'

Met opeengeklemde lippen knikt hij kort. De wind licht zijn kletsnatte haren een eindje op; hij veegt een lok uit zijn ogen.

Ik haal diep adem. 'We zijn geen van beiden meerderjarig. We zullen toestemming moeten vragen aan onze vaders.'

Casper laat mijn blik niet los. 'Mijn vader zal zeggen dat ik moet doen wat juist is.'

'Mijn ouders staan waarschijnlijk niet te juichen. Ze hebben het niet zo op...' De rest van de woorden slik ik in. Het is niet nodig om hem te kwetsen.

Casper recht zijn rug. 'We kunnen hem altijd chanteren met de illegale drankhandel.'

'En hoe moet het dan verder? Met de baby, geld, een woning?'

Hij haalt zijn schouders op. 'We zien wel hoe het loopt. Eerst maar eens je ouders ompraten. Dat lijkt me al genoeg.' Er verschijnt een voorzichtige glimlach op zijn gezicht. 'Mag ik nu een kus?'

Ik aarzel en zijn blik versombert onmiddellijk. Toch zeg ik 'ja' tegen deze jonge man die, als alles volgens plan verloopt, het risico wil nemen om zijn leven met mij te delen. De angst dat mijn ouders zullen weigeren me te laten trouwen met een polderjongen beheerst mijn gedachten. Is het onder deze omstandigheid eerlijk om Casper hoop te geven en hem te kussen?

Maar de verwachting op zijn gezicht zorgt ervoor dat ik mijn hand in zijn nek leg en zijn hoofd naar me toetrek.

Zijn lippen zijn warm en smaken naar de zee.

Iedereen zit er al wanneer we achter elkaar aan De Haven binnenkomen. Het lijkt wel een vergadering van de directie van de Zuiderzeewerken als ze de sluizen komen inspecteren en zich met zorgelijke gezichten buigen over de tekeningen van de dijk.

Aan de ene kant zitten oom Frans en tante Dina, die ik niet vaak zo ernstig heb zien kijken. Moeder steunt met haar ellebogen op het tafelblad, haar hoofd gebogen. Voor haar staat een half opgedronken kop thee.

'Het spijt me,' mimet Martha naar me.

Vader staat achter de toog zonder op te kijken een paar glazen om te spoelen.

Casper grijpt mijn hand en knikt me geruststellend toe. Glimlachend probeer ik te verdoezelen dat ik het bijna in mijn broek doe.

We schuiven aan, en moeder heft haar hoofd. Haar ogen zijn gezwollen, haar wangen rood. 'Kitty,' zegt ze. 'Weet je wel wat je ons aangedaan hebt?'

Als ik geen antwoord geef, legt tante Dina een hand op haar arm en moeder haalt haar neus op. Ik draai mijn hoofd opzij, maar vader wrijft met een doek de bar glanzend schoon en doet net of het hem allemaal niets aangaat. Reken maar dat hij niks mist – voor we hier klaar zijn, zal zijn woede-uitbarsting over ons heen komen.

'Dus jij hebt mijn dochter zwanger gemaakt,' hoor ik moeder zeggen.

'Ja, mevrouw,' antwoordt Casper helder terwijl hij nog rechterop gaat zitten. 'Maar ik wil met haar trouwen.'

'Trouwen?' Mijn moeders blik glijdt koeltjes over zijn verschoten broek en jasje met ingezette elleboogstukken. 'Ik dacht het niet.'

'Ik wil het ook, moeder,' zeg ik. Het komt er veel zachter uit dan ik gehoopt had en ik schraap mijn keel.

'Ik wist niet dat jij iets te willen had.' Ze kijkt naar me met een blik die ik maar al te goed ken. Haar harde grijze ogen die me van kinds af aan al stram in de houding doen springen als een soldaat, hebben hun uitwerking niet. Mijn kleine beetje zelfvertrouwen brokkelt steeds verder af. Ik krimp, krimp tot ik zo klein ben dat ze me onder de hak van haar schoen kan vermorzelen als een insect. En als dat niet helpt, haalt ze vader er wel bij, zoals ze altijd doet.

Casper laat mijn hand los om zijn woorden kracht bij te zetten. 'Gaat het om geld?' vraagt hij. 'Want dat heb ik nog niet. Maar ik verdien wel goed als steenzetter, meer dan andere arbeiders. Ik kan sparen… en Kitty kan bij mijn zus in Sliedrecht wonen tot de baby geboren is.'

Het koude zweet loopt over mijn rug, mijn adem stokt. Mijn ogen dwalen af naar de donkergroen geschilderde deur achter de toog, naar Martha's ogen die gespannen de afloop van deze krachtmeting volgen, naar de grote ramen aan de voorkant waar in witte, sierlijke letters en vanaf hier in spiegelbeeld DE HAVEN op staat geschreven. Ik kijk naar de barkrukken en de stoelen die ik al honderden keren omgekeerd op de tafels heb gezet om de vloer te dweilen. Naar het gezicht van mijn moeder, dat strak staat. Naar haar dunne haren, waardoor bij de scheiding haar bleke hoofdhuid schemert. Naar oom Frans die zich duidelijk geen raad weet en naar tante Dina met haar goed verzorgde uiterlijk dat bijna misplaatst aandoet bij de rest van ons. Uiteindelijk kijk ik ook naar mijn vader, die met zijn armen over elkaar naar ons staart. Weg uit het café, wat een oplossing. Ik had zelf nog niet eens nagedacht over het bijkomende voordeel dat een huwelijk me op zou kunnen leveren. Natuurlijk, we gaan helemaal niet hier wonen, zoals ik automatisch aangenomen had. Nu is het mijn hand die in die van Casper kruipt en ik geef er een zacht kneepje in.

'Ik pieker er niet over mijn dochter te laten gaan.' De ingehouden woede in vaders stem zorgt ervoor dat ik onwillekeurig een rilling langs mijn ruggengraat voel lopen. Maar ik wil niet onderdoen in dapperheid en probeer mijn stem krachtig te laten klinken.

'Ik krijg een kind. Is het niet beter als ik dan –'

'Hou je bek, Kitty!' onderbreekt hij me.

Het is zover, daar komt de storm. Moedeloos haal ik mijn schouders op terwijl iedereen plotseling door elkaar begint te praten.

Mijn moeder roept dat ik nog veel te jong ben en dat we wel een oplossing voor het kind zoeken binnen de familie. 'Wij nemen het wel,' zegt tante Dina. 'We kunnen het alles bieden wat het nodig heeft om op te groeien, tot Kitty oud genoeg is om er zelf voor te zorgen.' Vader roept dat zijn dochter nooit met schorem zal trouwen. 'Geen polderjongens in mijn familie!'

Martha zegt niets – haar ogen zijn groot en angstig.

Oom Frans probeert moeder te sussen die dwars door alles

heen blijft schreeuwen dat Casper een maandelijks bedrag van zijn loon moet opsturen. Hij blijft natuurlijk verantwoordelijk.

'Ze zijn er alleen op uit om je een poot uit te draaien,' fluister ik tegen Casper. 'Dat moet je niet pikken!' Zacht drukt hij een kus op mijn haar en hij knijpt zijn ogen geruststellend samen. De volwassenen zien het niet, zo druk zijn ze aan het ruziën.

Oom Frans probeert aan vader uit te leggen dat het toch positief is dat Casper voor zijn eigen kind wil zorgen, maar vader gaat daar weer overheen door te schreeuwen dat kinderen, ja kinderen – en we hoeven heus niet te denken dat we volwassen zijn nu we ons zo onverantwoordelijk hebben gedragen – helemaal niks te zeggen hebben; tenminste niet in zijn gezin. Daardoorheen klinkt de schelle stem van mijn moeder: 'Als je met hém trouwt, hebben we je niks meer te zeggen, Kitty! Dan ben je onze dochter niet meer.'

Tussen de kijvende stemmen om ons heen zitten Casper en ik nog altijd hand in hand en we draaien onze gezichten van de ene naar de andere kant. Casper laat me los en knipoogt.

Hij staat op en loopt naar de bar. Met een harde klap van een borstel die hij onder de toonbank heeft gevonden, doet iedereen er ineens het zwijgen toe.

'Kan ik u even onder vier ogen spreken?' vraagt Casper aan mijn vader. Zijn gezicht staat akelig kalm en ik weet ineens wat hij gaat doen.

Als vader heel snel op hem afkomt, zich over het glanzende hout heen buigt en hem aan zijn das half over de toog heen trekt, knippert Casper zelfs niet met zijn ogen. Hij brengt zijn gezicht zo dicht bij Caspers oor en spreekt zo zacht dat ik nauwelijks kan verstaan wat hij zegt. 'Ik heb niks te verbergen.'

'Is dat zo?' Caspers mondhoeken krullen omhoog tot een klein, gemeen lachje. Ik zie dat het mijn vader niet aanstaat, want hij knijpt zijn ogen samen. Hij laat Casper weer los, die zijn overhemd naar beneden trekt en hem aan blijft kijken zonder zijn ogen neer te slaan. Om zich schrap te zetten voor de confrontatie, waarvan hij van tevoren dacht dat deze niks voor zou stellen, maar die nu een andere wending neemt, richt vader zich nog rechter op en snauwt: 'Wat je ook te zeggen heb, iedereen mag het horen.'

'O, ja?' Caspers lach wordt breder. Hij is niet geïntimideerd door vaders dreigende houding – die lijkt hem juist te prikkelen zich nog meer te verzetten. Deze krachtmeting begint de vorm aan te nemen van een echte titanenstrijd.

Ik heb nog niet besloten wie het onderspit zal delven. Ik neig naar Casper, maar ik hoop op het tegenovergestelde. Hij houdt zich verrassend staande tegenover de roodharige tiran die altijd iedereen afblaft. 'Zal ik dan maar gewoon vertellen over uw handeltje met opzichter Van Dijk?'

'Ik weet niet waar je het over hebt.' De griezelig beheerste stem laat alarmbellen rinkelen in mijn hoofd. Ik wil opstaan, maar moeder houdt me tegen en trekt me terug aan mijn mouw.

'De loods? Uw onderonsjes met de parlevinker? Hoeveel flessen drank heeft u al via via doorverkocht op de motorboten? Ik weet zeker dat de directie van de Zuiderzeewerken er heel wat voor overheeft om de naam van de handelaar te kennen die hun antialcoholbeleid naar de knoppen helpt.'

Heel even heerst er absolute stilte in het café. We staren allemaal naar vader, die met afgewend hoofd zijn volgende stap afweegt. Beurtelings wisselen woede en ongeloof zich af op zijn gezicht. Die snotneus is slimmer dan hij dacht, hij heeft iets om mee te dreigen. Wil die jongen dan zo graag met zijn dochter trouwen?

'Ik heb bewijzen.'

Met een ruk heft vader zijn hoofd. 'Wat stel je voor?'

'Kitty en ik willen uw zegen en een redelijke planning wanneer de bruiloft plaatsvindt. We kunnen natuurlijk niet te lang wachten.' Casper wijst op mijn buik. 'Ik wil uw antwoord zo snel mogelijk weten.'

Achter mij maakt mijn moeder een beweging, maar vader steekt zijn hand op. 'Ik heb dus bedenktijd?'

'U hebt inderdaad bedenktijd tot morgenochtend.'

# 33

## FEBRUARI 1953

De voordeur klemde een beetje toen ik ertegenaan duwde nadat ik de sleutel in het slot had gestoken. Ik veegde mijn modderige voetzolen af aan de mat voor ik verder liep. Het appartement was niet zo groot; het had twee kamers waarvan een de bijna lege zitkamer was. De muren waren kaal – geen enkel schilderij of foto sierde de wand. Alleen in de hoek hing een telefoon. Voor het raam stond een ovale tafel met vier stoelen eromheen, naast de kachel stond een fauteuil. Daarvoor lag een rood vloerkleed op de grond dat nogal versleten was. Het was de enige kleur in de kamer – voor de ramen hingen een paar beige gordijnen, de muren waren in dezelfde kleur. Ik kon niets van Catharina's persoonlijkheid terugvinden in het interieur, iedere willekeurige vrouw had hier kunnen wonen. Het was zelfs zo minimalistisch dat het leek of ze hier tijdelijk verbleef of nog maar net verhuisd was. Maar de woningnood was nog steeds zo groot dat het me verbaasde dat Catharina hier alleen woonde. Als Lucas en ik toch zoiets konden krijgen, dat zou een wonder zijn. Al was het natuurlijk niet erg praktisch als hij iedere dag voor het licht werd op moest staan om zich met het veer naar de koeien te laten brengen en ik de kippen pas 's middags kon voeren omdat we zo ver van het dorp woonden. Ik grinnikte hardop, tot ik ineens bedacht dat zowel de koeien als de kippen bij de watersnood verdronken waren.

Met mijn voet duwde ik de deur van de slaapkamer open en met een zucht liet ik Ellie uit mijn armen op het bed glijden. Wat was ze zwaar als je haar de hele tijd moest dragen.

Ook deze ruimte was schaars gemeubileerd: naast het bed stond een wankel nachtkastje met een leeslamp, in de hoek een houten linnenkast. Nieuwsgierig deed ik hem open. Naast een duur uitziend mantelpakje hing de rok die Catharina had gedragen op de dag dat ik haar in het park tegen was gekomen. Al haar kleren straalden een elegantie uit die je eerder bij een actrice zou verwachten dan bij een verpleegster.

Ik voelde me net een voyeur en daarom deed ik haastig de kast dicht en keek de kamer rond. Op de vensterbank stond een vaas met een bosje gedroogde rozen, maar verder was ook hier niks persoonlijks te ontdekken.

Ellie was weer in slaap gevallen en ik liet haar op het bed liggen terwijl ik zelf naar de kamer terugging. Terwijl ik wachtte, vermaakte ik me door uit het raam te kijken naar de voorbijgangers beneden op straat.

Het was al bijna donker toen ik opschrok van gerommel in de gang. Met moeite probeerde ik me te herinneren waar ik was. Mijn nek deed pijn, ik was onderuitgegleden in de fauteuil en moest in slaap zijn gevallen.

'Sara!' Het gestommel werd luider. 'Ben je daar? Kun je me even helpen?'

Zodra ik de deur naar de gang opentrok, begreep ik waar het lawaai vandaan kwam: Catharina trok met één hand een kinderwagen naar binnen en duwde met haar andere hand de voordeur achter zich dicht. 'Waarom zit je hier in het donker?' Ze knipte het licht aan. Zonder mijn antwoord af te wachten, zei ze vrolijk: 'Hè, hè, wat een gesjouw.'

Ik stond versteld; de bak lag vol met babyspullen. Kleertjes en lakentjes, luiers, een kruik.

'Jeetje, waar heb je dat allemaal vandaan?' vroeg ik onthutst. Ik werd bijna verlegen onder haar blik. Zoveel kleertjes had ik voor de ramp niet eens gehad. Opgetogen raakte ik de witte binnenbekleding van de kinderwagen aan.

'Mooi hè? Soms kan het handig zijn als je contacten hebt,' zei Catharina. 'Hou de deur even open, dan duw ik hem de kamer in. Dan kun je Ellie vannacht tenminste ergens inleggen.'

Toen we alles binnen hadden gebracht en ik de kleertjes bekeek, zuchtte ze. 'Zo, nu lust ik wel wat. Heb jij al iets gegeten?'

Ik schudde mijn hoofd. Het idee dat ik in haar kasten zou gaan rondsnuffelen naar iets eetbaars leek me erg onbeleefd. Kijken in haar linnenkast was al op het randje geweest en ik voelde mezelf blozen bij de herinnering. Ze deed alsof ik haar huisgenote was, wat me misschien op mijn gemak had moeten stellen na mijn ervaring bij de Haasdonks, maar het tegendeel was waar. Zelf had ik het gevoel dat onze aanwezigheid een inbreuk was op haar leven en dat ik volgens de normen en waarden van de 'naastenliefde' waar Hanna het over had gehad, dankbaar moest zijn. Maar ook dat dat tegelijk kwam met een soort plichtsgevoel, dat je niet van iemands gezelschap mocht genieten.

Catharina leek niet uit het veld geslagen om deze kleine woning te moeten delen met een bijna vreemde. 'Ik ben geen goede kokkin,' verontschuldigde ze zich. 'Ik weet zelfs niet of ik wel iets in huis heb.'

Ze liep door naar de kleine keuken die ik nog niet gezien had. Boven het aanrecht was een plank met daarop een vergiet en twee pannen, in de hoek stond een ouderwets petroleumstel met een ketel erop. Ze opende een kast die in de muur was ingebouwd en bleef even staan kijken. 'Hm, een paar aardappels, een kliekje rodekool en wat wortels. En o ja, ik heb nog wat kip meegenomen van de slager.'

'Laat mij maar,' zei ik, blij dat ik iets kon doen waar ik goed in was. Ik pakte de spullen van haar aan. 'Heb je boter?'

Uit de slaapkamer klonk het huilen van Ellie.

'Daar ben ik beter in dan koken,' zei Catharina. 'Moet ze gevoed worden?'

'Waarschijnlijk wel.'

'Doe dat dan eerst en daarna neem ik haar van je over.'

Nadat we gegeten hadden, haalde Catharina een fles jenever tevoorschijn en schonk twee glazen in. 'Kom Sara, daar slaapt Ellie lekker op door,' zei ze plagend toen ik aarzelde.

Na het eten en de afwas hadden we de kleine uitgekleed en in een teil gebaad. Nu lag ze als een prinsesje in de wagen te slapen, nadat ze eerst een tijdje tevreden met haar handen naar de speeltjes had gegraaid die aan een draad boven haar hoofd hingen.

'Ik ben vanmiddag nog in 's-Gravendeel geweest.' Catharina draaide het glas om en om, haar koperkleurige haren glansden zacht in het licht dat van de kolenkachel afkwam. We hadden de lamp uitgedaan om Ellie niet te storen. 'Niet alleen voor de kinderwagen en de kleertjes, maar ook om je verloofde te vertellen dat je nu bij mij bent.'

'Lucas!' In al de consternatie had ik niet eens aan hem gedacht. 'Wat zei hij?'

'Dat het hem niets verbaasde dat je weggelopen was en dat ik niet wist waar ik aan begon. Hoe noemde hij je ook alweer? O, ja.' Ze lachte naar me. 'Een katje dat je beter niet zonder handschoenen kunt aanpakken.'

'Zo erg ben ik toch niet!' Ik moest er zelf ook om lachen, ik hoorde het hem zeggen.

'Leendert Haasdonk komt morgen je spullen brengen. Hij vindt het vervelend hoe het gelopen is, maar hij begrijpt het wel.'

'Je hebt wel aardig je best gedaan om mijn kastanjes uit het vuur te halen,' zei ik. Berouwvol keek ik naar mijn handen. 'Ik heb er een puinhoop van gemaakt.'

'Ach.' Starend naar de opgloeiende sintels achter de ruit van de kachel, nam ze een slok uit haar glas. 'We doen allemaal wel eens stomme dingen.'

'Waarom help je me?'

Ze keek me aan en haar ogen waren groot en bijna uitdrukkingsloos in haar gezicht. 'Je doet me aan mezelf denken toen ik jong was.'

'Zo oud ben je toch niet?'

'Volgend jaar word ik veertig.'

Veertig, allemachtig. Ik kon me mezelf nog niet zo oud voorstellen, laat staan dat ik kon overzien wat ik dan allemaal in mijn leven gedaan had.

'Ben je tevreden?'

'Waarover?' Haar eerdere stuursheid, zoals ze die in de eerste dagen getoond had toen ik haar had leren kennen, was terug. Alsof mijn opmerking over haar leeftijd iets in haar had losgemaakt waaraan ze niet herinnerd wilde worden. 'Over je leven zoals het nu is?'

'Ja,' antwoordde ze half onwillig. Het glas dat ze vasthield werd in één keer geleegd en ze schonk nog een keer in. Zelf nam ik voorzichtig een slok, het brandende gevoel van de alcohol zorgde ervoor dat ik me bijna verslikte.

'Ik ben tevreden over wat ik in mijn werk bereikt heb.'

'Wist je altijd al dat je verpleegster wilde worden?'

Ze hield haar hoofd een beetje scheef terwijl ze nadacht. 'Nee, maar het is gewoon zo gelopen.'

Er brandde een vraag op mijn lippen. Ik durfde hem bijna niet te stellen, omdat haar blik zich nog meer naar binnen richtte. 'Vond Koen het goed dat je werkte? De meeste mannen vinden dat niet leuk...'

Meteen daarna had ik spijt van mijn opmerking. Zo leek het net of ik Lucas met die mannen bedoelde. Los van het feit dat ik niet eens wist of ik wel iets anders wilde dan voor Ellie zorgen, zou ik ook niet weten wat ik dan eigenlijk wilde doen. Was het aan de drank te wijten dat mijn gedachten zo raar door elkaar liepen? Was ik moe en overstuur door wat er vandaag gebeurd was?

Catharina antwoordde niet meteen.

'Ik bedoel, mijn leven... Ik weet het niet... het lijkt de laatste tijd zo leeg.'

'Toen ik aan de opleiding begon, was Koen al gestorven.' Ze zei het zacht, ik kon haar woorden nauwelijks verstaan. 'Als weduwe... nou ja, je moet toch zelf in je inkomen voorzien?'

'Ben je dan nooit meer iemand tegengekomen met wie je wilde trouwen?'

'Nee.' Haar ogen dwaalden af naar de kinderwagen. 'Het is al laat. Misschien moeten we gaan slapen.'

Ik knikte. Die vervloekte nieuwsgierigheid van mij ook. De deur was dichtgeslagen en ik wist dat ze nu niets meer over zichzelf vertellen zou.

'Misschien moeten we morgen maar eens kijken of we iets voor je kunnen vinden dat je een beetje afleidt,' ging Catharina verder. 'Als je je zo verveelt...'

'Ja,' zei ik zuchtend. 'Misschien wel.'

Opnieuw leegde ze het glas in één grote teug. 'En dan moet je ook die tekeningen maar eens ophalen – dan kunnen we samen kijken of we verder komen met die mysterieuze blonde man uit je jeugd.'

Ik moest lachen. Maar plotseling herinnerde ik me iets.

'Wacht even,' zei ik. 'Ik heb er één in mijn jaszak!'

# 34

## DECEMBER 1931

'Het lijkt me het beste als wij de meisjes vannacht bij ons laten logeren,' zegt tante Dina nadat Casper weg is gegaan. 'Dan kunnen jullie even met elkaar praten.'

Vader knikt stug, moeder staart alleen voor zich uit. Tante Dina slaat haar armen om de schouders van Martha en mij terwijl ze ons meetrekt naar buiten. Oom Frans doet de deur achter ons dicht.

Als we bij hun huis aankomen, staat oom Frans erop mijn bloeddruk te meten en me verder na te kijken, terwijl tante Dina Martha alvast meeneemt naar het woongedeelte.

Hij zegt dat ik op zijn tafel moet gaan liggen en ik denk weer aan die hete zomerdag, waarop de vrouw met de zakelijke ogen aan mijn buik voelde. Wat als ik toen beslist had om het kind weg te laten halen?

Nu gaat het er heel anders aan toe: de handen van mijn oom zijn koel maar zachtaardig en ze doen me geen pijn. Hij waarschuwt me dat het inwendig onderzoek misschien ongemakkelijk zal zijn. Ongemakkelijk is het zeker, maar dat is meer omdat ik me tegenover hem zo verlegen voel.

'Bent u nog boos?' vraag ik als hij me duidelijk maakt dat ik van de tafel af mag komen.

'Boos? Nee, meisje.' Hij wast zijn handen in een wasbak achter in de spreekkamer en gaat achter zijn bureau zitten. Hij schroeft de dop van zijn vulpen en schrijft iets op mijn kaart.

'Teleurgesteld dan?'

Over de rand van zijn leesbril kijkt hij me ernstig aan. 'Ik wilde dat je eerder naar ons toe gekomen was, Kitty. Dan hadden we je kunnen helpen. Maar de baby groeit goed en Casper Slagboom lijkt me een zorgzame jongeman.'

Ik sla mijn armen om zijn hals en begraaf mijn neus in de kraag van zijn jasje. Na een minuut of vijf maakt hij zich los en geeft me een klopje op mijn hand. 'Ga nou maar slapen, je zult wel moe zijn.'

Voor ik door de gang de keuken binnenga, draai ik me nog een keer om. Met zijn bril in zijn hand kijkt hij me na en hij geeft me een bemoedigend knikje.

Boven ligt Martha al in bed. Tante geeft me een kus op mijn wang en laat het licht aan voor ze de kamer verlaat.

Ik begin me uit te kleden.

'Je hebt het al die maanden goed verborgen gehouden,' zegt Martha terwijl ze mijn bewegingen gadeslaat. Ze heeft de dekens opgetrokken tot aan haar kin. 'Ik had er geen idee van dat het Casper was.'

Ik zwijg en pak het witte nachthemd met een kanten randje aan de hals en mouwen dat voor me is klaargelegd.

De lakens ritselen als ze zich op haar zij draait. 'Ik vond hem echt leuk, weet je.'

'Het spijt me.' Ik steek mijn armen in de mouwen en kijk haar aan. Er staan tranen in haar ogen.

'Hij moest me niet, dat had ik al heel gauw door. Hij was verkikkerd op jou.' Ze slikt moeizaam, veegt haar tranen bruusk weg met haar hand. 'En jij wist dat ik hem leuk vond.'

Ik trek de nachtjapon glad en spreid mijn handen in een verontschuldigend gebaar. Ik hou van mijn zus. In de loop van de jaren hebben we gewone zusterlijke ruzies gehad, jaloezieën die altijd met een gevoel van solidariteit werden bedekt. Als vader me wilde slaan, sprong ze ervoor. Als moeder haar te zware karweitjes in de maag splitste, deed ik ze samen met haar. Als we snoepgoed hadden, deelden we het. Straf voor de een was ook straf voor de ander. Het doet me pijn om tegen haar te liegen. Maar ik heb het Casper beloofd.

Ik strek mijn hand naar haar uit om haar over haar wang te

aaien. Ze keert haar gezicht naar de muur. De baby geeft een harde schop in mijn ribben die me naar adem doet snakken. Mijn keel is dik, ik voel zelf ook tranen dringen.

'Je hebt me verraden,' zegt Martha heel zacht. 'We hebben nog nooit achter dezelfde jongen aan gezeten. Omdat we dat gewoon niet deden.'

'Hij houdt van me, Martha.'

'Het is een ongeschreven regel tussen zusjes.'

'Het spijt me echt dat je je verraden voelt.' Ik sla de dekens terug, Martha schuift een eindje op. Ik kruip dicht tegen haar aan en sla mijn arm om haar middel.

'Ik wilde hem zo graag hebben, Kitty...'

'Dat weet ik,' sus ik. 'Maar hij houdt écht van me.'

'Houd jij ook van hem?'

'Ja,' wil ik zeggen, maar ik doe het niet. In de stilte zucht Martha even en ontspant zich.

'Vergeef je me?' vraag ik.

Het is heel lang stil. 'Je bent mijn zusje... Natuurlijk.'

Ik kus haar haar en ben zo dankbaar dat ze over haar trots heen gestapt is. Ik zou het niet kunnen verdragen als we ruzie hadden. Bovendien heb ik haar nodig, ik heb alle bondgenoten nodig in deze strijd met mijn ouders.

Ik lig nog lange tijd te woelen terwijl ik mezelf steeds dezelfde vraag stel: houd ik van hem?

Na een korte nacht sta ik doodmoe op. In de spiegel die aan de muur van de logeerkamer hangt, staart een bleek gezicht met donkere kringen onder de ogen me aan. Het is nog vroeg, nauwelijks licht, maar toch kleed ik me aan en ga naar beneden. In de gang met de portretten sta ik een tijdje te luisteren naar het slapende huis. In de keuken drink ik een glas water.

Dan ga ik naar buiten waar de nevel boven zee maar langzaam optrekt. Er drijven grijze wolken voorbij waarachter de zon zich schuilhoudt zonder de kans te krijgen even tevoorschijn te komen. Ik heb geen zin verder het dorp in te gaan en mijn voeten dragen me als vanzelf naar de tramwagon.

Casper zit op de bank onder het raam met een kruik jenever in zijn hand. Hij heeft niet eens de moeite genomen om een glas in te schenken. Zijn gezicht is nat van het zweet en op zijn kaken glinsteren opkomende baardstoppels.

'Is het niet een beetje vroeg om te drinken?' vraag ik. Ik laat me naast hem neerzakken. Op de kist voor hem ligt een pakketje boterhammen dat hij waarschijnlijk in zijn middagpauze eet. Ik pak er een. 'Mag ik?'

'Ga je gang.' Zijn woorden komen er een beetje onduidelijk uit – wie weet hoe lang hij hier al zit.

'Moet je niet aan het werk?'

'Nee.' Hij neemt nog een grote slok uit de kruik en houdt hem mij voor. Ik schud mijn hoofd.

'Het is niet helemaal gegaan zoals ik gisteren bedacht had,' zegt hij.

Ik kauw langzaam. Het brood is klef en er zit iets van reuzel op. Hoewel ik het niet lekker vind, eet ik de snee helemaal op en pak een tweede.

Zonder enige aansporing gaat Casper verder. 'Ik ben ontslagen.'

De hap blijft in mijn keel steken, ik laat mijn hand met de rest van de boterham zakken en kijk hem aan. Met een stem die geen enkele emotie vertoont, vertelt hij verder.

Vanmorgen was hij naar de werkhaven gelopen zoals hij iedere morgen deed. Met zijn hoofd was hij bij mij geweest. Toen hij zijn harkje pakte en de puinlaag onder de basaltstenen begon te egaliseren, kwam Van Dijk naar hem toe. Zijn gezicht was rood, het bolle voorhoofd nat van de transpiratie. Vervolgens had hij hem gevraagd mee te lopen, zogezegd omdat hij een klacht over hem had ontvangen.

Casper had zijn gereedschap laten liggen en was de opzichter naar zijn kantoor gevolgd. Van Dijk liet hem staan, maar nam zelf plaats achter het grote houten bureau met de bolpoten, dat bezaaid was met stapels papier en rapporten. De opzichter vouwde zijn handen samen en boog naar voren met een glimlachje om zijn lippen. 'Op je werk is in principe niks aan te merken. Maar wel op je gedrag.'

'Mijn vader,' onderbreek ik Casper. 'Hij is meteen na je eisen naar Van Dijk gegaan.'

'Daar lijkt het op.' Casper wil de kruik weer aan zijn mond zetten, maar ik houd zijn hand tegen. 'Juist nu moeten we helder blijven.'

Gehoorzaam zet hij de drank voor zich neer. 'Omdat ik de dochter van de cafébaas bezwangerd heb, word ik ontslagen. Van Dijk heeft me het loon gegeven dat hij me nog schuldig was en mijn vader heeft me wat extra's beloofd. Dat is alles wat we nu hebben.'

We kijken elkaar aan. In zijn ogen zoek ik naar verwijten, maar ik vind er niets anders dan liefde. Het verbaast me, ik ben niet zoveel gewend. 'Wat doen we nu?'

Hij haalt zijn schouders op. 'We gaan gewoon door met het plan. Mijn vader staat, ondanks alles, achter me. We kunnen een tijdje bij mijn zus blijven, ik zoek ander werk. We trouwen zonder je vaders toestemming en we krijgen een kind.'

'Hoe kan ik trouwen zonder zijn toestemming?'

'Dat zoeken we later wel uit. Laten we eerst weggaan.'

Mijn nekharen gaan overeind staan bij zijn woorden. Casper pakt mijn hand vast en ik weet dat niets ooit meer hetzelfde zal zijn.

# 35

## FEBRUARI 1953

Tegen de tijd dat ik het houtskoolportret uit mijn jaszak gehaald had, was Catharina al naar de slaapkamer gegaan en begonnen de knoopjes van haar uniform los te maken.

Verlegen klopte ik op de half openstaande deur. Ze had me niet gezegd waar ik kon slapen en voor zover ik gezien had was er maar één bed in het appartement.

'Ja, we zullen het moeten delen,' zei ze toen ze mijn blik volgde. 'Is dat een probleem?'

'Nee,' antwoordde ik. 'Nee, hoor.'

Terwijl ze zich verder uitkleedde probeerde ik niet naar haar lichaam te kijken, dat er voor een vrouw van achter in de dertig ongelooflijk goed uitzag. Met enige schroom begon ik mijn eigen jurk los te knopen: de kilo's waren er na de bevalling door het zwemmen wel afgegaan, maar mijn lijf was veranderd en over mijn buik liepen een paar zwangerschapsstriemen. Na een korte aarzeling trok ik mijn onderjurk weer aan – mijn nachthemd was thuis, waarschijnlijk even erg bedorven als de andere spullen die nat geworden waren. Mijn ondergoed had ik steeds onder de kraan in de keuken bij de Haasdonks gewassen en toch zag het er vuil en armoedig uit en ik schaamde me. Toen ze dat zag, liep Catharina naar de kast in de hoek en leende me wat van haar. 'Morgen moet je maar naar 's-Gravendeel gaan,' zei ze. 'Bij het verzamelpunt kunnen ze je wat kleren geven. Vanuit het hele land hebben ze spullen gestuurd.'

Ik had de tekening van mij en mijn moeder opengevouwen op het nachtkastje neergelegd en nu bukte ze zich over de afbeelding, waarbij haar rug plotseling verstrakte.

'Waar heb je dit vandaan?' zei ze terwijl ze zich omdraaide.

Haar gezicht was heel bleek geworden en haar ogen bleven naar het papier kijken in plaats van naar mij.

'Ik heb het ongeveer anderhalve week geleden in een la gevonden,' antwoordde ik. 'De dag voor de watersnood. Zo ben ik erachter gekomen...'

Ze onderbrak me. 'Ik ken die stijl, ik heb eerder zo'n tekening gezien. Ik heb zelfs...'

Met grote stappen verliet ze de slaapkamer, mij in verbijstering achterlatend. Ik bleef maar in de deuropening staan dralen, niet wetend of ik alvast in bed moest stappen of haar achternalopen. Uiteindelijk zakte ik op de rand neer en staarde naar mijn handen. Mijn hart ging tekeer in mijn keel, een onheilspellend gevoel overviel me. Fronsend probeerde ik de weinige puzzelstukjes die ik bezat aan elkaar te passen, maar ik kwam er niet uit. Catharina hoorde niet in de puzzel thuis, ik begreep niet waarom ze ineens zo gereageerd had.

'Kijk.' Ze kwam naast me zitten op de rand van het bed en duwde me een stuk papier in mijn hand.

Net als bij de tekening die ik bezat, waren hierop met identieke snelle streken een wieg en een baby geschetst. Ook met houtskool, in onmiskenbaar dezelfde stijl. Ik hief mijn hoofd: 'Hoe...' begon ik.

Catharina slaakte een zucht. 'Het verleden haalt je altijd in,' zei ze zo zacht dat ik het bijna niet verstond. 'Het komt naar je teruggekropen, ook als je er niet op zit te wachten.'

Uit het laatje van haar nachtkastje haalde ze een koker en een doosje lucifers. Met de brandende sigaret in haar hand ging ze voor het raam staan. Ze trok de gordijnen een stukje open en staarde naar de lucht. 'Ik heb je toch verteld dat ik in Noord-Holland gewoond heb?'

'Ja,' fluisterde ik. Op mijn armen verscheen kippenvel, mijn nekharen gingen overeind staan. Ik voelde me helemaal niet moe meer, maar juist alert en klaar om te luisteren.

Het puntje van de sigaret lichtte op toen Catharina eraan trok.

'De Afsluitdijk is in 1932 afgekomen. Kort daarvoor kreeg ik een dochter.'

'Je hebt me verteld dat je een dochter hebt,' zei ik.

'Niet hebt,' verbeterde ze me. Ik schrok van de treurigheid in haar stem. 'Had.'

Langzaam stond ik op van het bed. 'Hoe bedoel je?' Ik begon naar haar toe te lopen, bedacht me en bleef midden in de kamer staan. De klank van haar stem liet rillingen over mijn rug gaan, ik probeerde de puzzelstukjes weer aan elkaar te passen, realiseerde me ineens iets wat me nog niet eerder ingevallen was.

'Ik woonde in Den Oever, een dorp dat door de komst van al die Zuiderzeewerkers nogal veranderd was. Toen er alleen nog maar vissers woonden en de halve bevolking de kost verdiende met wiermaaien, was het er rustig. Maar door de plannen van ingenieur Lely om de Zuiderzee af te sluiten, werd Wieringen overspoeld met vreemdelingen. In tien jaar tijd verdubbelde de bevolking van het eiland.'

Ik vermaande mezelf om Catharina niet te vragen sneller ter zake te komen.

'Koen was een van die mannen die vanwege de enorme werkloosheid werd aangetrokken door de dijk. Hij had niets toen hij zich meldde: geen beddengoed of gereedschap, alleen de kleren die hij aanhad. Nu, met de watersnood, komen de mensen even ontredderd bij me aan – ook zij bezitten niets meer.'

'Met het verschil dat wij alles in één nacht verloren zijn, en niet per se doodarm waren voor de storm ons overviel.'

Bij het geluid van mijn stem leek Catharina pas te beseffen dat ze mij haar herinneringen aan het vertellen was en ze streek met haar hand door haar korte haar voor ze verderging. 'De vergelijking gaat niet helemaal op, maar al die troosteloze gezichten doen me denken aan die tijd. Mensen die geen raad meer weten zien er allemaal hetzelfde uit.'

Mijn trots weerhield me haar te vragen of ze over mij net zo dacht. Had ik er ook vertwijfeld uitgezien op de dag dat ik gered was? Ik concentreerde me op haar verhaal en vroeg: 'Waar moesten al die arbeiders wonen als het zo'n klein dorp was?'

'In speciale behuizing die tijdelijk neergezet was, dicht bij de werkhavens. Een soort schuren, keten. Aan het hoofd van die huishoudens stonden de putbazen die kostgeld vroegen en de mannen dingen verkochten zoals bier en sigaretten, vaak tegen te hoge prijzen zodat er niet veel van hun loon overbleef.'

'En dat vonden ze goed?'

'Wat hadden ze te kiezen? In die tijd mocht je al blij zijn als je werk had en een dak boven je hoofd. Mijn ouders vonden het, net als zoveel andere vaders en moeders, verschrikkelijk toen ik met Koen wilde trouwen. Ik was een meisje uit Den Oever, hij een schooier.'

Ik stond nog altijd in het midden van de kamer, maar wipte nu van de ene op de andere voet. 'Wat heeft die tekening van die baby ermee te maken?'

'Ik heb er behoefte aan om je over mijn achtergrond te vertellen. Dit kindje,' zei Catharina terwijl ze zacht met haar vinger het papier aanraakte, 'is mijn dochter.'

En zomaar, vanuit het niets, vielen er een paar dingen op zijn plek. Ik legde de twee tekeningen naast elkaar op het bed en meende dat de baby's allebei dezelfde spitse kin hadden; mijn kin! De identieke tekenstijl suggereerde één tekenaar: de blonde man. Hij had natuurlijk meerdere keren hetzelfde model gebruikt: mij!

Ik keerde me om naar Catharina, die bewegingloos voor het raam stond. Haar gezicht had ik nooit vergeleken met de jonge vrouw op het portret, maar nu ik beter keek had ik het idee dat beiden op elkaar leken. Ik kon mezelf wel voor mijn hoofd slaan dat ik het niet eerder gezien had – sinds ik het papier uit de la getrokken had, kon ik het gezicht van mijn biologische moeder wel dromen.

'Jij,' zei ik, terwijl ik een paar stappen naar voren zette. 'Natuurlijk!'

Verwonderd keek Catharina me recht aan en ik zag het besef in haar ogen opkomen.

'Nee,' zei ze. 'Nee.'

'Jij bent mijn moeder!'

# 36

## DECEMBER 1931

Ik neem van niemand afscheid. Op de een of andere manier kan ik het niet aan om terug te gaan naar het huis van oom en tante, waar ik altijd zo hartelijk ontvangen ben. Hoewel ik er heel mijn leven van gedroomd heb om uit dit gat weg te gaan, had ik er niet op gerekend om als een dief in de nacht te moeten vertrekken.

Casper gaat zijn spullen uit de keet halen, terwijl ik een stuk van een van de vellen uit zijn tekenblok afscheur en een briefje schrijf aan Martha. Het kost me heel veel moeite om aan mijn zus te denken en daarom krabbel ik slechts haastig een paar woorden neer.

Daarna komt het allermoeilijkste. Het dorp begint te ontwaken. Vanachter het raam slaat de bakker me met een nors gezicht gade – hij beantwoordt mijn groet niet. Mevrouw Rozendaal, die net uit de winkel stapt, doet dit met nadrukkelijk gebogen hoofd. Ik kom de familie Rotgans tegen: mevrouw houdt aan iedere hand een kind vast, twee dochters lopen met een kleintje op de arm. Zij begroeten me wel, maar het is alsof ze een vreemde tegenkomen, zo afgemeten zijn hun hoofdknikjes. Ah, zo zou het leven hier zijn geworden, bedenk ik.

Het is alsof ik al niet meer thuishoor in het dorp, als ik dat al ooit gedaan heb. Rillend verschuil ik me achter de kraag van mijn jas – de kou wint met de dag terrein. De wind is gedraaid naar het oosten en brengt een venijnige kilte met zich mee, ondanks de zon die aan een blauwe hemel staat. De grote kastanjeboom voor het huis is helemaal kaal. Een laagje ijs knispert onder mijn voeten als ik om het café heen loop naar de achtertuin. De moestuin ligt er verlaten bij, op een enkele kool na die moeder nog niet heeft geoogst. Als ik mijn gezicht ophef naar het raam, zie ik dat de gordijnen nog dicht zijn. Wat een geluk dat caféhouders lange avonden maken en 's morgens niet voor dag en dauw hun bed uit stappen.

Voorzichtig, bang dat de krakende traptreden me zullen verraden, sluip ik omhoog. Uit de slaapkamerkast trek ik willekeurig wat kleren, maar niet veel – bijna niks past me meer. Uit een van mijn zakdoeken stijgt de geur op van het takje rozemarijn dat Luigi aan me gegeven heeft. Het overvalt me. Is dit het allemaal waard geweest? Een paar uur zijn handen op mijn huid, de warmte van hartstochtelijke omhelzingen. Misschien is de prijs die ik nu betaal voor die blinde verliefdheid wel erg hoog. Uit een soort sentimenteel gevoel stop ik de zakdoek in een zak van mijn jurk.

Een van Martha's vestjes trek ik aan, een andere rol ik op. Ze ruiken nog naar haar, en tegen beter weten in hoop ik dat ik haar geur voor eeuwig vast zal kunnen houden. Voor ik het briefje op haar hoofdkussen leg, druk ik een kus op het papier.

Uit de kast op de overloop trek ik een koffer. Hij is zwaar en ik houd hem niet, zodat hij op de grond valt met meer lawaai dan me lief is. Met een hart dat in mijn keel klopt blijf ik staan luisteren. Er beweegt niets achter de dichte deur en ik haal opgelucht adem.

Beneden in het café kijk ik voor de laatste keer rond. Hier ben ik opgegroeid, hier heb ik de meeste uren van mijn leven gesleten. De barst in de spiegel achter de toog is veroorzaakt door een dronken kerel die bij een gevecht een fles naar het hoofd van een andere man gooide. De kringen van de vele glazen die neergezet zijn zullen nooit meer weggaan op de tafels. Ik ken elke knoest in het hout, de moeilijk schoon te houden hoekjes van de zaal, de eindeloze stroom aan tafelkleden die gestreken moeten worden.

Met een gevoel van opluchting keer ik me om. Uit de kassalade graai ik nog snel een paar bankbiljetten en munten mee en dan trek ik echt de deur achter me dicht. Een eindje buiten het dorp staat Casper op me te wachten. 'Heb je alles?' vraagt hij.

Met zijn rechterhand houdt hij zijn brommer vast en over zijn schouder hangt de plunjezak die ik wel eens in de wagon heb zien staan.

'Ja. Is hij weer gemaakt?'

Hij knikt. 'Ik dacht dat dit beter was. Als we de beurt nemen, weet iedereen meteen waar we naartoe zijn.' Hij heeft gelijk: als we het schip nemen waarmee alle arbeiders eens in de drie weken naar huis gaan, is onze volgende verblijfplaats zo bekend. Misschien komt vader me achterna en sleurt me aan mijn haren terug!

Hij trapt tegen het pedaal en meteen begint de motor te ronken. Met de koffer tegen me aan gedrukt is er eigenlijk niet genoeg plaats meer voor mijn buik als ik achter hem ga zitten. Ik moet de koffer een beetje schuin op een van mijn bovenbenen houden en ik sla mijn arm om Caspers middel. Hij heeft zijn bagage op het stuur gelegd en ik hoop in godsnaam maar dat we niet om zullen slaan.

We schieten ineens vooruit, en doodsbang dat ik eraf val, klem ik me met alle macht aan hem vast.

We rijden door de smalle straatjes in het centrum, langs de werkhaven, en ik zie nog net een motorboot waar op het achterdek een ingenieur en een opzichter samen staan te praten. Dan zijn we er voorbij, we scheuren langs het water, rijden in de richting van de grote weg.

'Kitty!' Martha's stem gaat bijna in het lawaai verloren. Ze holt achter ons aan, maar we gaan te hard voor haar.

'Wacht,' roep ik.

Maar Casper hoort het niet of hij wil niet luisteren. Mijn haar raakt los en wappert voor mijn gezicht. Ik veeg de slierten geïrriteerd opzij en blijf achteromkijken, tot mijn zus een klein stipje geworden is. Bomen en huizen flitsen voorbij.

Met tranen in mijn ogen draai ik me weer om en ik kijk naar de weg die voor ons ligt.

Ik haal diep adem. Want daar, in de verte, ligt uiteindelijk mijn toekomst.

# 37

## FEBRUARI 1953

'Saar,' zei Catharina. 'Het spijt me, ik ben je moeder niet.'

'Je lijkt op haar, kijk maar!' Verdwaasd hield ik beide papieren omhoog, wilde de tekeningen in haar handen drukken, maar ze pakte ze niet aan en de vellen dwarrelden op de grond en bleven daar liggen met de beeltenis naar boven.

'Het brein haalt trucs met ons uit.' Ze kwam bij het raam vandaan en greep mijn pols. 'We zien wat we graag wíllen zien.'

Woedend rukte ik mijn arm weg en ik sloeg mijn handen voor mijn ogen.

Catharina liet me los. Haar armen vielen slap langs haar zij. 'Mijn dochter is dood, Sara.'

'Dood?' herhaalde ik. Een paar minuten lang drongen haar woorden niet tot mij door, zo overtuigd was ik geweest van de overeenkomsten bij de twee vrouwen die de tekening had opgeroepen.

'Maar je hebt wel gelijk, ik denk dat jouw portret door dezelfde man gemaakt is.'

We zwegen allebei, de spanning hing tussen ons in. Ik wilde het nog niet accepteren – het leek zo gemakkelijk als Catharina de vrouw van het portret was geweest. Ik mocht haar, ze was een vrouw met wie ik op kon schieten. Ik wilde dolgraag dat zij mijn moeder was, ondanks de stugge antwoorden die ze af en toe gaf. En ja, misschien dronk ze iets te veel, maar als ik dan een vreemde omarmen moest dan zou zij, als ik kiezen mocht, de eerste zijn die ik toe zou laten in mijn leven. Verslagen raapte ik de schetsen van de grond en ging weer op het bed zitten.

'Luister, Sara. Volgens mij heeft Casper Slagboom allebei de tekeningen gemaakt. Hij was een steenzetter die aan de Afsluitdijk werkte en dicht bij Den Oever woonde. Het kan niet anders. Op zaterdagavond ging hij meestal met zijn broers en vader de cafés af in het dorp. We wisten allemaal dat hij graag en goed tekende. Kort voor Mieke stierf, heeft hij dit voor mij gemaakt. Mijn dochter was toen al ziek.'

Toen ik geen antwoord gaf, kwam ze naast me zitten en ze sloeg haar arm om me heen. 'Mieke zou ongeveer van jouw leeftijd zijn geweest als ze nog geleefd had. Het is waar wat ik eerder vanavond zei, dat je me aan mezelf doet denken. Maar het is ook om haar. Zij heeft nooit de kans gekregen te ontdekken waar ze van hield, wat ze met haar leven wilde. Ik zal nooit oma worden...'

'Wat is er gebeurd?' Het kostte me moeite om de vraag over mijn lippen te krijgen, me te concentreren op iets anders dan de gedachte die in mijn hoofd bleef hangen: ze is het niet. Waarom had ik het gevoel dat ik iets verloren had? Ik had het immers nooit bezeten...

Daar is het ontbrekende puzzelstukje alweer, dacht ik. Je wilt gewoon dat het voorbij is, dat je je weer compleet kunt voelen, zoals voordat het water kwam dat een stuk van je vroegere leven heeft weggespoeld. Dat je om mama kunt rouwen, dat je weer kunt voelen.

'Met Mieke, bedoel je?'

Ik knikte. Ook Catharina had een verhaal, net zoals wij allemaal.

'Ze is maar een paar maanden oud geworden en in het ziekenhuis overleden omdat een van haar hartkleppen niet goed werkte,' zei ze toonloos. Haar ogen staarden voor zich uit naar een punt op de grond. 'Daarna hoefde het leven een tijdje niet meer voor mij.'

Ze liet haar arm van me afglijden en stond weer op. Met grote, bedachtzame passen liep ze door de kamer, bleef even voor de linnenkast staan en keek naar haar spiegelbeeld. Het duurde zo lang voor ze weer bewoog, dat ik mijn keel schraapte.

'En die Casper Slagboom, is hij mijn vader?'

Ze verschikte iets aan haar haar, trok de nachtjapon recht. 'Dat weet ik niet. Alles wat ik me herinner is dat hij zomaar verdwenen was, ervandoor ging met de dochter van een cafébaas.' Ze draaide zich naar me om. 'Ik zou me toch moeten herinneren hoe ze heette, nietwaar?'

Ze zuchtte even, kwam naar het bed toe en sloeg de dekens terug. 'Ik kom er wel weer op.'

Midden in de nacht werd ik zwetend wakker. Ik had weer van het water gedroomd, ik was terug in die vreemde, groene wereld waar de contouren van gewone spullen zoals tafels, afgebroken stoelpoten, ronddrijvende kasten en stukken glas eruitzagen als geheimzinnige, onherkenbare voorwerpen waar je je gemakkelijk aan verwonden kon. Ik zwom erin rond, met maaiende armen terwijl mijn tenen bleven haken aan rommel en hout, beseffend dat ik nooit op tijd naar boven zou komen en zou stikken. Dwars door deze nachtmerrie heen drong de gedachte dat ik mijn moeder niet kon vinden en het was alsof ik puur en alleen daarvoor ondergedoken was. Op de een of andere manier was de beeltenis van de onbekende jonge vrouw die op mijn netvlies gebrand stond, samengevloeid met die van mama die zich vastgreep aan de vlierbessenstruik en misstapte. Alsof ik in de schemer op zoek was naar een vrouw bij wie ik me veilig voelde, een soort oermoeder, bij wie elk kind troost en warmte vindt. Alleen was er niets dan kou daarbeneden geweest en de paniek die me bij de keel greep toen ik dacht dat ik aan het verdrinken was.

Ik spitste mijn oren, maar buiten klonk geen gebeier van de noodklok en er was ook geen fluitende wind, terwijl ik die beide indringende geluiden wel in mijn droom had gehoord.

Naast me klonk alleen de zachte ademhaling van Catharina, die met haar rug naar me toe lag zodat ik haar gezicht niet kon zien, slechts het dikke, warrige haar op het kussen. Een vreemde, wier leven, zonder dat ik precies begreep waarom, mijn leven raakte met een tekening die op de mijne leek en die in het dorp gewoond had waar de man had gewerkt die hoogstwaarschijnlijk mijn vader was. Maar alles kwam op mij over als een onontwarbare kluwen en aan welk draadje ik ook trok, iedere keer raakte alles weer in de knoop.

Het donker maakte me onrustig – overdag konden de demonen van de watersnood afgeweerd worden, maar nu was het zoveel moeilijker om stil te blijven liggen. Een gevoel van verlies overviel me, al zou ik nooit onder woorden kunnen brengen wat ik dan precies miste en waarom iets wat je nooit had gehad zo belangrijk was. Mijn hoofd kon de juiste positie op het kussen niet vinden, de lakens roken naar een onbekend wasmiddel en de deken prikte tegen mijn wang.

Ik dacht aan Lucas die nu ergens op een harde strozak op een zolder lag en wenste dat ik op had kunnen springen, vleugels had gehad en over de daken naar hem toe had kunnen zweven om neer te strijken in zijn armen.

Voor we in bed gekropen waren, had Catharina kort haar hand op mijn schouder gelegd en gezegd: 'Het ligt op het puntje van mijn tong, maar hoe harder ik erover nadenk, hoe meer de naam van het meisje me ontglipt. Ik doe mijn best me alle details te herinneren van de roddel uit het dorp, want nadat de steenzetter verdwenen was, bleven de mensen nog een tijd over de twee weglopers praten, zoals dat meestal gaat in een klein dorp waar niet veel gebeurt.'

'Maar als jij uit Den Oever komt, waarom woon je dan nu in Dordrecht?' vroeg ik. Het had me verbaasd dat het toeval me in de schoot geworpen was zonder dat ik er moeite voor had hoeven doen – een comfortabele positie om vanuit te opereren. Hoewel ik gisteren nog geen enkel aanknopingspunt had gehad, was daar nu plotseling een connectie, een beginnetje van de bol wol die ik af moest wikkelen om bij het ontbrekende deel van mijzelf te belanden.

'Toen Koen gestorven was, kon ik gewoon niet meer blijven.

Dat bekrompen dorp, met die mengelmoes van sociale controle en nieuwsgierigheid benauwde me. Op een dag heb ik een koffer ingepakt en ben in een willekeurige bus gestapt.'

'Zomaar?' vroeg ik vol ontzag, omdat ik wist dat ik zoiets zelf nooit gedurfd had.

'Ik had een tante in Rotterdam, de zus van mijn moeder, en zo ben ik in Zuid-Holland terechtgekomen. Na mijn opleiding ben ik hier in het ziekenhuis gaan werken. Het maakte me niet uit waar ik kwam te wonen. Zoveel ben je niet thuis als je allerlei diensten draait.'

In Catharina's stem had een kleine trilling geklonken, een hapering die verraadde dat ze het misschien minder fijn vond dan ze nu liet voorkomen, maar ik had niets gezegd en alleen medelijden gevoeld met haar kale appartement waar ik niets huiselijks had aangetroffen. Ik begreep dat ze me niet alles vertellen kon. Zo was het ook met mij: wanneer ik dacht aan mijn zwemtocht en de tijd op het dak met Ellie in mijn armen, werd mijn keel dichtgesnoerd en vervaagden alle woorden die ik uit had willen spreken. Zelfs Lucas had er niet naar gevraagd, zoals ik hem niet had durven vragen wat hij allemaal had gezien tijdens zijn opruimwerkzaamheden. Daarom had ik het laten rusten en waren we in bed gaan liggen en hadden net gedaan alsof het heel normaal was dat ik bij haar logeerde.

Het was vooral uit verveling dat ik de volgende dag in de bus stapte om nog een bezoek te brengen aan 's-Gravendeel en ook omdat Catharina me had verteld dat er op de bovenverdieping van de school kleren en schoenen werden uitgedeeld voor wie dat nodig had. Omdat er zoveel nat geworden was en bedorven, wilde ik kijken of ik een paar hoognodige dingen kon vinden voor mijzelf.

Catharina leende mij haar fiets en bood aan om op te passen. 'Het is maar een klein eindje naar de pont en zonder de ballast van een kinderwagen ben je sneller klaar,' zei ze.

'Vind je het echt niet erg?'

'Nee, hoor.' Ze streek met haar vinger over Ellies wang en zag er plotseling uit als een moeder, of misschien een heel jonge oma. 'Ik ga me ondertussen vermaken met het telefoonboek.' Ze keek me recht aan. 'Kijken of ik die Slagboom voor je kan vinden.'

'Waar dan?'

'De steenzetters die Slagboom heetten, kwamen allemaal uit Sliedrecht.'

'En je weet nog steeds de naam van mijn moeder niet?'

Fronsend schudde ze haar hoofd heen en weer, zodat de koperkleurige haren om haar gezicht zwierden. 'Nee, en toch heeft ze zo'n bekend gezicht.'

Het was fris buiten en er stond een behoorlijke tegenwind toen ik de straat uit reed en me haastte om de volgende pont te halen. De wind deed me nu eens niet aan de storm van twee weken geleden denken, maar verfriste mijn gedachten. Te lang had ik al niet meer bewogen en ik hoopte dat ik gauw weer iedere dag zou kunnen zwemmen, want dat miste ik.

Toen ik langs de klaslokalen in de school liep, zag ik dat de banken en tafels tegen de muur geschoven waren, en een vrouw fluisterde me in het voorbijgaan toe dat de onderwijzeres alle inktpotjes uit de tafels had gehaald omdat ze bang was dat de kinderen er grappen mee uit zouden halen. 'Alsof ze daaraan dachten toen ze hier, gevlucht voor het water, naartoe waren gekomen en op stro moesten slapen met alleen een Rode Kruis-deken over zich heen.' Van verontwaardiging trilde de veer op haar hoedje mee. Ik vroeg haar waar ik kleren kon krijgen en ze wees naar de trap achter zich.

Boven stond één enkele dame met een rood hoofd bij een enorme berg onuitgezochte kleding en schoenen. Ze hield een jas in haar handen, vouwde hem onhandig op en liet hem weer uit haar handen vallen toen ik binnenkwam. 'Komt u uit het dorp?' vroeg ze.

Ik knikte tegen haar en keek naar haar geteisterde gezicht. Haar donkerblonde haren hingen slap en steil naar beneden, de donkerbruine rok was gekreukt en er zat een ladder in haar kous. 'Gaat het?'

'Het is gewoon heel druk geweest.'

Er was een poging gedaan om orde te scheppen in de stapels textiel achter haar, maar die was jammerlijk mislukt. Algauw begreep ik waarom: terwijl ik een blauwe blouse tussen de andere kleren uit probeerde te trekken, viel de rest om. Alles lag door elkaar: kousen, hemdjes, babykleertjes. De schoenen waren niet gesorteerd, dus als je er een zag die je aanstond, moest je je een ongeluk zoeken naar de bijbehorende.

Met een doodvermoeide uitdrukking in haar ogen was de dame gaan zitten achter een tafel, waarop in kennelijke haast allerlei briefjes waren neergelegd.

'Groeit het u boven het hoofd?' Ik wees naar de slordig in elkaar gepropte kleding, terwijl het zoveel handiger zou zijn als de stapels waren uitgezocht, zodat iedereen die iets nodig had naar de juiste kon worden verwezen.

'Och kind, ze brengen iedere dag meer.' De vrouw deed me denken aan mama die met een verslagen blik in het rond kon staan kijken, niet wetend met welk huishoudelijk klusje als eerste te beginnen.

Resoluut knoopte ik mijn jas los en hing hem aan een spijker van een van de balken. Daarna rolde ik de mouwen van mijn jurk op. 'Nou, zeg maar wat ik voor u kan doen.'

# 38

## BEGIN JANUARI 1932

Na een lange reis van bijna een week op de brommer, stoppen we voor de deur van Caspers zus. Hoewel ik zo verstijfd en koud ben geworden dat het me moeite kost om af te stappen, kijk ik vol verwachting naar wie er opendoet.

Mies laat ons zonder vragen binnen en zorgt voor een hete kop thee en een paar boterhammen. 'Wat is dit nou, Casper?' vraagt ze, terwijl ze kijkt naar hoe ik erop aanval. Ze is heel knap, met dezelfde kleur ogen als haar broer en jaloersmakende krullen. Veel mooier dan mijn eigen haar, dat gladder is en waar alle spelden altijd uit glijden. Op de een of andere manier doet ze me aan Martha denken. Haar stem klinkt een beetje plagend, ik kan zien dat ze erg veel van haar jongere broer houdt. 'Je brief is vandaag pas aangekomen, Casper. Heb je dat arme kind het hele stuk achterop laten zitten? Met die buik?'

'We konden niet anders.' Casper staart stuurs naar zijn handen.

'Waar hebben jullie dan geslapen?'

We zwijgen allebei. De brommer ging kapot en we moesten hele stukken lopen. Soms vonden we een hooiberg, als we geluk hadden een schuur. We moesten dicht tegen elkaar aan kruipen om het nog een beetje warm te krijgen. Eén avond werden we weggejaagd door een hond en liepen we de hele nacht door.

Mies schudt haar hoofd en spoort me aan om nog een boterham te nemen. Ik schrok hem naar binnen, ook al weet ik dat het niet erg beleefd overkomt.

Vanachter zijn moeders benen gluurt een jongen van een jaar of vier naar mij, Anton. Ik zwaai naar hem en hij steekt zijn tong naar me uit. Later komt hij schoorvoetend dichterbij en kruipt op mijn schoot zonder iets te zeggen. Er gaat iets opbeurends uit van het warme lijfje dat zich tegen me aandrukt.

Mies heeft niet veel tijd nodig om de situatie te accepteren – ze is een praktische jonge vrouw. Ze wijst ons een bed op zolder toe. 'Ik kan jullie wel verbieden samen te slapen, maar dat zou niet veel meer uithalen,' zegt ze, wijzend op mijn dikke buik. Ik bloos tot in mijn haarwortels en durf Casper niet aan te kijken. Meer dan die ene, snelle kus hebben we niet gewisseld.

We klimmen naar de zolder, waar onder de balken, tegen de muur een klein tweepersoonsbed staat met een roodgeblokte sprei. Mies slaat hem terug en daaronder komen lakens tevoorschijn die er op het eerste gezicht schoon uitzien en een blauwe, wollen deken. 'Welterusten,' zegt ze nadat ze Casper op zijn wang gekust heeft.

Verlegen staan we tegenover elkaar – er borrelt een meisjesachtige lach in me op, waar ik me voor schaam.

'Je bent zeker wel erg moe nu,' zegt hij.

Ik knik en vraag me af of ik ooit aan zijn zorgzaamheid zal kunnen wennen. Rusteloos schuif ik met mijn voet heen en weer, masseer met mijn hand de stijve spieren in mijn onderrug.

Casper trekt zijn hemd en broek uit. Pas nu valt me op dat zijn hals en nek een stuk bruiner zijn dan de rest van zijn bovenlichaam. Zijn buik is plat, de spieren goed zichtbaar. Ik begin mijn jurk uit te trekken, maar laat mijn onderjurk aan.

'Kom eens bij me,' zegt Casper. Zijn stem brengt me terug naar de vreemde situatie die we gecreëerd hebben. Ik besef ineens dat we twee bange kinderen zijn die niemand anders hebben dan elkaar. Onzeker ga ik naast hem liggen op de smalle matras. Ik heb nog nooit samen met een man in één bed geslapen, hoewel ik wel met een man samen ben geweest, natuurlijk. Dit lijkt in niets op de passionele nachten met Luigi of de hongerige hitte die ik afgelopen zomer heb gevoeld.

Ik durf niet aan mezelf toe te geven dat ik verlegen ben. Eigenlijk weet ik bijna niets van hem.

Alsof hij mijn gedachten raadt, kruipt zijn hand over de deken naar mijn gezicht en hij streelt voorzichtig mijn wangen, hals en kin. Ik doe mijn ogen dicht om me eraan over te geven. Als ik ze weer opendoe, heeft hij het licht uitgedaan en valt het maanlicht op zijn blonde haren, zodat het lijkt of hij een zilveren helm draagt.

'Kan het wel... ik weet het niet. Is het wel goed voor de baby?' fluistert hij.

'Mijn oom zegt dat er niks op tegen is.'

Nu ben ik afgeleid: beelden die ik in mij opgeslagen heb, flitsen voorbij: de gestalte van tante Dina, gezien op de rug, kaarsrecht en statig, oom Frans die over zijn brillenglazen naar me kijkt. Martha die bloemen heeft geplukt en ze in een vaas schikt. Ik zal er voortaan aan moeten wennen dat het pijn doet om aan ze te denken: mijn leven is nu hier. Zelfs mijn vader en moeder, het café dat ik altijd zo verafschuwd heb, alles doet vertrouwder aan dan de omgeving waarin ik nu terechtgekomen ben. Er glijdt een traan langs mijn neus en Casper vangt hem op, likt zijn vinger af en kust me.

Ik verman me. Hij heeft recht op mijn onverdeelde aandacht en als ik eerlijk ben, geniet ik ook van zijn tederheid.

Wanneer hij even later zijn arm om mijn middel slaat en zijn hand op het kind in mijn buik laat rusten, voelt het geborgen en word ik zelfs rustig genoeg om mijn ogen dicht te doen.

Sliedrecht valt nogal tegen. De woning van Mies staat op een dijk waarover een onverharde doorgaande weg loopt. Het stof veroorzaakt hevige hoestbuien bij mij en het zand dringt door alle kieren heen. Ik vind het in mijn kleren en tussen mijn tenen zoals bij ons aan het strand. De ruimte tussen het huis en de weg is erg krap en er rijden voortdurend paarden met wagens en auto's dicht langs de iets overhangende gevel.

Het is een dorp zonder mannen. Caspers zwager Adriaan heb ik nog altijd niet ontmoet; hij werkt in de bagger aan de Afsluitdijk en net als de rijswerkers, de steenzetters en iedereen die iets met de Zuiderzeewerken te maken heeft, is hij weken van huis.

Het uitzicht op de rivier vind ik wel erg mooi. Samen met Mies doe ik er de was en ze vertelt me dat de kinderen in de zomer leren zwemmen bij de drooggevallen zandplaten. 'Misschien,' zegt ze lachend, 'leer jij je zoon of dochter over een paar jaar hier ook de eerste slagen.'

Ik mag haar. Tijdens het uitslaan van de kleren zingt ze liedjes die ik niet ken, maar de melodieën en de woorden zijn zo gemakkelijk te volgen dat ik na een tijdje aarzelend meedoe.

'Wat heb je een mooie stem,' zegt Mies. 'Je had wel zangeres kunnen worden.'

'Dat zou mijn vader leuk hebben gevonden,' antwoord ik. Met een ernstig gezicht kijkt ze opzij.

'Casper heeft me alles verteld.'

Ik knik. Alleen vraag ik me af of het de waarheid is, of het verhaal dat we samen verzonnen hebben.

'Je vader lijkt me geen makkelijke man.'

'Dat is hij ook niet,' zeg ik voorzichtig.

'Ik bedoel, Casper wil doen wat goed is.'

'Ja,' zucht ik. De verzonnen versie dus, zoals we hebben afgesproken. Heel even bekruipt me het gevoel dat dit voortaan mijn leven zal zijn, gebaseerd op een leugen. En later? Zal ik het dan eerlijk vertellen aan mijn zoon of dochter? Kun je het een kind aandoen dat hij na jaren pas hoort hoe de vork echt in de steel zit? Zou dat eerlijk zijn tegenover Casper die iets op zich genomen heeft waar hij totaal niet voor verantwoordelijk is? En wat als het kind lijkt op zijn rivaal, zal hij dan nog steeds zo edelmoedig zijn?

Ik strek mijn pijnlijke rug en Mies merkt het meteen. 'Je zit al veel te lang gebukt, ga anders even naar binnen, dan kom ik zo met de was.'

'Ik wil je graag helpen,' zeg ik. 'We hebben je overvallen, we wonen zonder iets te betalen bij je in.'

Nadenkend wringt ze een rok uit. 'Dat is toch maar tijdelijk, Casper vindt zo wel werk. Hij zou hetzelfde voor mij hebben gedaan.' Ze kijkt naar me op en glimlacht. 'Als jullie getrouwd zijn zul jij er net als ik aan moeten wennen dat Casper veel van huis zal zijn.'

'Dat begrijp ik,' antwoord ik. Als ik blijf zwijgen kijkt Mies me onderzoekend aan. Met haar duim veegt ze een vuile veeg van mijn wang.

Iedere morgen staat Casper voor het licht wordt op en kust me op mijn voorhoofd. De hele dag blijft hij weg. 's Avonds heffen Mies en ik alle twee vol verwachting onze gezichten naar hem op. We zien het al: aan de licht gebogen rug, de afhangende schouders. De steeds dieper wordende groeven langs zijn mond.

Nog geen werk gevonden.

Vanavond ben ik alleen, Mies is naar de bioscoop met een vriendin. Haar zoontje Anton heeft ze bij haar schoonmoeder achtergelaten. Ik zie op tegen de avond – ik weet nu al dat ik me geen raad zal weten met Caspers sombere gezicht, het zwijgen en drinken. Er is niet veel over van de optimistische jongen die ik bijna een jaar geleden leerde kennen: hij tekent ook niet meer, maar zit de hele avond met een broedende blik in zijn glas te staren.

Op het aanrecht in de keuken staat een halfvolle kan melk. Het sneeuwt buiten en in het laatste vale licht van de dag kan ik nog net zien dat Casper een sigaret uit zijn zak pakt en tussen zijn handpalmen heen en weer rolt. In plaats van hem op te steken legt hij hem neer op de tafelrand. Als hij zich in een stoel laat vallen doe ik de lamp aan.

'Ga je nog boodschappen doen?' vraagt Casper. 'Of heeft Mies dat al gedaan?'

Ik schud mijn hoofd – eerder heb ik al in de voorraadkast gekeken en schrok van de lege planken. Het voelt alsof ik meteen op moet springen en de deur uit rennen. Ik kan mijn blik niet afwenden van zijn handen: de vereelte duimen en de rouwranden onder zijn nagels, diezelfde handen die verrassend zacht kunnen zijn als hij me aanraakt wanneer het donker is en we, zonder elkaar aan te willen kijken, in ons bed liggen.

'Mag ik geld dan?' vraag ik zachtjes.

'Zeg maar dat hij het op moet schrijven.' Zijn ogen, die meestal helderblauw zijn maar in dit licht eerder grijs lijken, dwalen door de ruimte. Ze glijden over de kale, witgepleisterde muren waaraan alleen een klein houten kruis hangt, over de vaalgele gordijntjes voor het raam. Ze blijven hangen boven het wormstekige tafelblad en mijn afgedragen jurk met de rafels aan de mouwen. Maar ze vermijden het me recht aan te kijken.

'Casper, ik weet dat je je best doet...' Ik heb zacht gesproken en in de minuten stilte die volgen vraag ik me af of hij me wel gehoord heeft. Ik ben me er zo vreselijk van bewust dat ik het ben die hem in deze benarde positie heeft gebracht, dat hij vanwege mij nu zo ongelukkig is. 'Hoe lang kunnen we zo doorgaan?'

'Ga nou maar,' zegt hij half onwillig. 'Als je maar opschiet, want ik heb geen zin om uren op eten te moeten wachten.'

Ik aarzel, ik wil hem zo graag bereiken, maar hij heeft zich al van me afgewend en grijpt de kruik jenever.

'Je drinkt te veel,' zeg ik onwillekeurig. 'En het lost niks op.'

Hij haalt zijn schouders op, drinkt in één teug het glas leeg en schenkt nog een keer in terwijl hij mij met strakke blik blijft aankijken.

'Wat wil je eten?' vraag ik snel. Ik voel een koude hand om mijn hart sluiten, het mag vooral niet uit de hand lopen. Zijn ogen doen me een ogenblik aan mijn vader denken.

Casper haalt zijn schouders op. 'Wat jij wilt.'

En ik weet dat ik hooguit een paar dingen mee zal nemen: eieren, melk, een brood en hopelijk kaas. Misschien een beetje boter, of aardappels. In mijn hoofd ben ik al aan het berekenen hoeveel het kost.

'Ik kom zo snel mogelijk terug.'

Daarna zet ik mijn hoedje schuin op mijn hoofd, trek handschoenen en een jas aan en maak de deur open zonder om te kijken.

Het is zo koud dat de meeste mensen zich niet eens op straat wagen. Er heeft zich een dun laagje ijs gevormd op de stoep, iemand heeft de moeite genomen om de sneeuw weg te vegen, maar er dwarrelen alweer verse vlokken op het schoongemaakte stuk. Ik duik diep weg in de kraag van mijn jas.

Buiten voel ik me verloren. Al na een paar dagen was ik eraan gewend om niet veel anders te zien dan de vier muren van het huis. De prikkelende lucht en het gedempte geluid van mijn schoenen op de weg doen me denken aan mijn kindertijd – aan sleetje rijden en aan schaatswedstrijdjes met Martha. Ik mis haar, maar ik wist al dat dat zo zou zijn vanaf het moment dat ik 'ja' zei tegen de overeenkomst tussen Casper en mij.

Mijn keel voelt ineens heel dik aan als ik terugdenk aan de hoop die we toen hadden. Ik blijf midden op de stoep stilstaan met de boodschappenmand aan mijn arm. Vandaag heb ik een brief van Martha teruggekregen. Ik haal hem tevoorschijn en lees nog een keer de dichtbeschreven velletjes. Aan het eind schrijft ze: *Lieve Kitty. Kom toch naar huis. Vader zegt dat hij geen toestemming geeft, sterker nog, dat hij nooit toestemming zal geven.*

Ik denk aan het bleke gezicht van Casper. *Kom alsjeblieft terug, zusje, ik smeek het je. Ik mis je.*

Langzaam vouw ik de brief weer op en stop hem in mijn zak terwijl ik uit alle macht mijn tranen probeer terug te dringen.

# 39

FEBRUARI 1953

'Wat een verandering,' zei de vrouw die zich aan mij voorgesteld had als Ali van Santen, terwijl ze om zich heen keek naar de stapeltjes opgevouwen kleren en gesorteerde schoenen. 'Kun je morgen terugkomen?'

Lachend zei ik dat ik het zou proberen. 'Wanneer ik mijn dochter mee mag nemen.'

Het had me goed gedaan om op een systematische manier bezig te zijn, gewoon mijn handen te steken in zoiets banaals als lappen stof, nergens anders over te hoeven beslissen dan of het handiger was om de kleding te rangschikken naar kleur en grootte of naar maat en soort.

Nu het werk gedaan was, werd ik me ervan bewust dat het licht in de kamer veranderd was – toen ik binnenkwam viel het direct op de vloer voor de tafel van Ali, maar nu stond die in de schaduw en dansten er alleen stofdeeltjes in een smalle streep zonlicht onder het raam. Terwijl ik bezig was had ik niet één keer gedacht aan Ellie of Catharina, maar nu was de dag al bijna voorbij zonder dat ik er erg in had gehad. Ik had nog steeds niet gedaan waar ik voor gekomen was: een paar dingen uitgezocht voor mijzelf, zodat ik de enige jurk die ik droeg sinds mijn aankomst in de Ahoy-hal kon verruilen voor één die me misschien beter paste.

In de loop van de morgen waren er een paar kennissen langsgekomen om tussen de spullen te rommelen. Hun steelse blikken op mij waren vol medelijden en ik verdroeg ze nauwelijks, maar boog mijn gezicht over een paar op te vouwen broeken, of knoopte de veters van een paar schoenen aan elkaar om hen maar niet aan te hoeven kijken. Ik was al een paar dagen niet in het dorp geweest, dus ik wist niet eens hoeveel mensen er uiteindelijk nog vermist of verdronken waren. 'Niet meer dan veertig,' zei de vrouw van een boer van wie opa wel eens een hooiwagen had geleend. 'Er zijn nu elf mensen gevonden,' zei ze. Jouw moeder is er niet bij, hoorde ik tussen de regels door. Ik deed alsof ik haar niet hoorde, maar draaide me om met een stapel handdoeken in mijn armen en probeerde het trillen van mijn handen onder controle te krijgen.

Beneden was er speciaal voor de distributie van de goederen en de bestellingen een hulptelefoon aangelegd. Toen Ali de man die ermee belast was vertelde wat ik de laatste paar uur voor haar had gedaan, mocht ik hem gebruiken. Ik viste het papier met Catharina's nummer uit mijn tas.

'Hallo?' Op de achtergrond hoorde ik Ellie huilen en meteen voelde ik hoe mijn melk toeschoot. 'Ik ben de tijd vergeten,' riep ik. 'Red je het nog even?'

'Ik heb wat melkpoeder uit het ziekenhuis meegenomen,' antwoordde Catharina. 'Doe jij nou maar wat je moet doen en maak je geen zorgen over ons: ik geef Ellie de fles en de rest van de tijd is ze een engeltje. Kom je wel thuis eten?'

Bijna schoot ik in de lach bij het woordje 'thuis': mijn huis was een puinhoop maar zij deed alsof het zo hoorde, en dwars door alle pijnlijke en eenzame momenten heen overviel me plotseling een warm gevoel. Hoewel ze dan mijn moeder niet was, kon ze in ieder geval een goede vriendin zijn.

Ali en ik spraken af dat ik de volgende dag zou komen helpen met de volgende lading spullen en nadat ik een trui en een rok in mijn maat gevonden had, plus extra ondergoed, noteerde zij wat ik had meegenomen.

De koude wind deed het water rimpelen dat nog steeds behoorlijk hoog stond, zodat ik een haastig in elkaar getimmerde loopbrug moest gebruiken om aan de andere kant van de weg te komen. Desondanks voelde ik me tevreden en rustiger dan ik me in de afgelopen tijd had gevoeld. Ik ging op zoek naar Lucas, maar helaas vond ik hem niet. Met de fiets aan de hand ploegde ik door de modder en waadde verder, blij dat ik nog steeds laarzen droeg in plaats van pumps. Algauw liet ik de kerktoren en het centrum achter me en kwam steeds dichter bij de plek waar ik in het prikkeldraad was geraakt op die vreselijke zwemtocht die ik me liever niet wilde herinneren.

Toch nog onverwachts stond ik voor ons huis en keek verbaasd naar de troep die op het erf lag. Hier stond het water nog maar tot mijn knieën en een dikke laag grijsachtig slib bedekte ramen en deuren. De struiken die niet ontworteld waren door de storm wiegden zachtjes heen en weer en alle kapotte spullen die iemand blijkbaar in onze tuin had opgestapeld, zagen er troosteloos uit. Ik moest bijna huilen toen ik zag dat er van het vloerkleed en de meubels zo weinig overgebleven was: wit uitgeslagen of afgebroken, volkomen bedorven – niks meer mee te beginnen.

De moestuin, mama's trots, stond ook nog steeds onder en ik bedacht met spijt dat haar wintergroente nu wel helemaal verrot zou zijn als hij tenminste niet weggespoeld was.

Ik liep om het huis heen, ineens bang dat de lappen waarin ik bij mijn vorige bezoek de scherven van mama's beeldjes gerold had, verdwenen zouden zijn tussen alle andere rommel. Daar waar de muur eruit geslagen was, zag ik de twee bekende gestalten van Lucas en opa. Ze waren naast elkaar aan het werk, even rustig als wanneer ze de koeien aan het melken waren of het hooi bij elkaar hadden staan harken. Opa stond zelfs met zijn pijp tussen zijn lippen af en toe kalmpjes naar de lucht te kijken alsof dit karwei de gewoonste zaak van de wereld was.

Lucas draaide zich om bij het naderende plonzen van mijn voeten en zijn gezicht klaarde op. Hij liet zijn troffel in de emmer vallen en kwam met grote stappen naar mij toe, tilde me op en zwaaide me in het rond. 'Saar, wat heb ik je gemist.' Blozend kuste ik hem op het puntje van zijn neus en daarna op zijn mond, waarop opa zich discreet afwendde om ons enige privacy te geven.

'Kunnen jullie die muur nog repareren?' vroeg ik terwijl ik met mijn arm om Lucas' schouder samen met hem naar het huis terugliep.

'Het was eigenlijk een verrassing,' zei hij. 'Maar zo is het ook goed. Ik ben zo blij dat ik je zie.' Hij kneep me liefkozend in mijn arm en keek zoekend in het rond. 'Waar heb je Ellie gelaten?'

'Bij Catharina.'

Zijn gezicht kreeg een half teleurgestelde, half verontruste uitdrukking, maar hij zei er verder niets over.

'Het doet me goed om bezig te zijn,' zei ik. Ik vertelde hem over de stapel kleding in de school, het plezier dat ik gehad had door alles te ordenen en te bedenken hoe ik het Ali van Santen gemakkelijker kon maken. Met zijn heldere ogen bleef hij me aankijken, al kreeg ik het gevoel dat hij niet helemaal begreep waarom het zo belangrijk voor me was om te ontsnappen aan verveling en nutteloos ronddolen. 'Catharina leende me zelfs haar fiets,' zei ik, wijzend naar het ding dat ik geprobeerd had rechtop te zetten tegen een dikke boom die niet ontworteld en omgevallen was.

Opa was alweer verdergegaan, maar toen we dichterbij kwamen, haalde hij zijn pijp uit zijn mond om me een kus op mijn wang te geven. 'Zo wijffie,' zei hij. 'Kom je de schade nog een keer opnemen?'

'Het is nog steeds zo nat in huis,' zei Lucas en ik volgde hem naar binnen, stappend over een van de gaten die ze nog niet dichtgemetseld hadden. 'We hebben ons best gedaan om alvast met opruimen te beginnen, maar...'

Bij het betreden van de kamer ontsnapte me haast een schreeuw van frustratie en afschuw. Ik wist mij nog net in te houden omdat Lucas naast me straalde bij de veronderstelling dat hij en opa me wat werk uit handen hadden genomen. Op de een of andere manier hadden ze veel van het water weg gekregen – misschien door het met emmers op te scheppen of met een bezem naar buiten te vegen. Overal lagen handdoeken, en de twee dweilen die ik normaliter gebruikte om de woning mee schoon te houden waren volkomen geruïneerd. Ze waren grijs van de modder en vol vlekken die ik nooit meer weg zou kunnen krijgen, al zou ik nog zo hard spoelen en boenen. De kamer was nagenoeg leeg – het vloerkleed had ik buiten al zien liggen, maar ook de gordijnen voor de ramen waren er afgehaald, in een knoedel in de hoek gelegd en er stonden nog maar twee stoelen bij de eettafel waarvan het blad kromgetrokken was van het vocht. Mijn blik werd getrokken naar de vensterbank. Tot mijn grote opluchting waren de doeken waarin ik mama's beeldjes gerold had, ongemoeid gelaten. Maar tegelijkertijd maakte het me bedroefd dat er niets over was van de huiselijkheid die onze kamer altijd zo gekenmerkt had, en dat het vele dagen werk zou kosten om de vernietigende kracht van al dat zoute zeewater uit te bannen. Bovendien kon ik absoluut niet overzien of het allemaal weer zou worden als vroeger.

Zuchtend stond ik in het rond te kijken. 'Jullie hebben inderdaad al veel gedaan,' begon ik en ik probeerde mijn tranen terug te dringen. Lucas kende me voldoende om te raden wat er in me omging en daarom zei hij niets, hij sloeg alleen zijn armen om me heen en kuste me op mijn haren.

Een paar minuten later maakte ik me van hem los, nam de doek met de overblijfselen van de beeldjes mee naar de tafel en trok met trillende vingers de knoop los. Ik ging zitten op de enige stoel waarvan de zitting niet los was en boog me over de scherven.

Zwijgend bleef Lucas naar me staan kijken. 'Die vrouw bij wie je nu logeert, is die te vertrouwen?'

'Ja,' zei ik. 'Je hebt haar zelf ook een keer gezien, ze is een van de verpleegsters die ons opgevangen heeft in de Ahoy-hal.'

Ik probeerde het puntje van de staart van een van de hondjes te vinden tussen de andere brokstukken. Geconcentreerd zoekend naar de juiste kleur en grootte, merkte ik de veranderde klank van zijn stem pas op toen hij zei: 'Je hebt onze dochter zomaar bij haar achtergelaten.'

'Inderdaad,' antwoordde ik, nog steeds zonder op te kijken. 'Bezwaren?'

'Je kent haar nauwelijks en je gaat toch de hele dag weg?'

Het was bijna geen vraag en bij de verwijtende klank van zijn stem kromp ik een beetje in elkaar. 'Ze is een vriendin.'

'Hoe kun je dat nou zeggen na... wat zou het zijn... die twee weken dat je haar kent?'

Ik had een stuk van het oog van de bruine hond gevonden en liet mijn hand zakken. 'Alles beter dan die familie waar ik eerst opgevangen werd. Voor jou is het anders, jij kunt gewoon hier blijven.'

Onmiddellijk had ik spijt van de woorden die ik zo haastig had uitgesproken zonder eerst na te denken. Ik was beledigd dat hij niet vertrouwde op mijn oordeel en voegde eraan toe: 'Ze is echt heel aardig, ze heeft het zelfs op zich genomen om naar de man te zoeken die de tekening van mijn moeder gemaakt heeft, hij is waarschijnlijk –'

'O, niet weer hè!' onderbrak Lucas me, terwijl hij zijn handen in de lucht wierp. 'Krijgen we nu opnieuw een of andere theorie? Laat het nou toch los!'

'Loslaten?' Ik liet de scherven die ik vasthield op het kleedje vallen. 'Waarom zou ik? Ik wil weten waar ik vandaan kom, willen we dat niet allemaal?'

'Nee,' zei Lucas. 'Niet allemaal. Ik weet ook niet wie mijn vader is, en het kan me helemaal geen reet schelen. Als hij niet het fatsoen had om met mijn moeder te trouwen en zijn zoon te onderhouden, wil ik hem ook niet in mijn leven.'

We spraken nooit over Lucas' achtergrond. Een keer slechts was het ter sprake gekomen, jaren geleden. Toen al had ik me verbaasd dat hij er zo luchtig overheen stapte dat hij een onwettig kind was. 'Mijn moeder is dood, God hebbe haar ziel. Ze heeft altijd geploeterd om mij de jeugd te geven waarvan ze vond dat ik er recht op had. Als ik die vent ooit tegenkom die haar zwanger heeft gemaakt en haar liet zitten, dan loop ik een straatje om, want anders is de kans groot dat ik hem op zijn bek sla.'

'Nou, maar ik wil wel weten wie mijn ouders zijn,' antwoordde ik. 'En jij kunt me niet tegenhouden.'

'Wel als jij daarvoor ons kind achterlaat bij een vreemde!'

Het was niets voor Lucas om zo'n hoge, felle toon aan te slaan en ik vroeg me af of de nieuwsgierigheid naar mijn achtergrond misschien een paar oude wonden bij hem had opengereten waarvan ik het bestaan niet wist. Het bloed steeg naar mijn wangen, want de insinuatie dat ik niet goed voor Ellie zou zorgen, griefde me en beschouwde ik als een gemene steek onder water. 'Je hebt nooit eerder getwijfeld aan mijn oordeel!'

Lucas zweeg en ik zag hoe hij in elkaar kromp bij mijn scherpe repliek. Zijn handen trilden toen ze uiteindelijk over mijn wang streken met het bekende tedere gebaar dat ik in de afgelopen dagen had moeten missen. 'Het spijt me...'

'Heb jij dan nooit de neiging gehad aan je moeder te vragen wie je vader was?'

'Nooit,' antwoordde Lucas met klem. 'De man bestond niet voor ons en mijn moeder was beter af zonder hem.'

Ik schudde mijn hoofd, boog me weer over de kapotte hond en zei niks meer. Hij kon protesteren wat hij wilde, maar ik zou gewoon verdergaan met de stukjes aan elkaar passen van mijn eigen levensverhaal. Ik deed een greep tussen de brokken van de beeldjes en begon ze op kleur en grootte te sorteren.

'Waarom doe je dit eigenlijk?' vroeg Lucas terwijl hij een deel van het kussende paartje oppakte.

'Weet ik niet,' antwoordde ik. Ik voelde hoe mijn gezicht betrok en de tranen in mijn ogen sprongen. 'Ik wil gewoon dat alles weer goed is.'

'De scherven aan elkaar passen helpt daarbij?'

'Ja,' zei ik en ik voelde dat het waar was. 'Ik kan het niet laten rusten, Lucas.'

Zijn ogen verzachtten en hij vergeleek het stukje dat hij gevonden had met een ander. Het paste precies. 'Je moet doen wat jou het beste lijkt.'

Snel zei ik: 'Dat betekent niet dat ik mama vergeet.'

'Mij hoef je niet te overtuigen.'

Onze handen werkten nu samen verder, net zoals we zo vaak zij aan zij wiedden, hooiden, kippenvoer strooiden.

'En met Ellie gaat alles prima, ik heb vanuit de school nog gebeld en Catharina heeft haar een fles gegeven. Als ik straks terugkom, slaapt ze vast als een roos.'

Nu was het zijn beurt om vochtige ogen te krijgen. 'Ik mis haar gewoon, Saar. Ik zou er wat voor geven om allemaal weer terug te zijn in dit huis en net te kunnen doen alsof die storm nooit gebeurd was.'

Ik glimlachte naar hem, maar besefte dat ondanks zijn wens ons leven voorgoed veranderd was. Nooit zouden we meer terug kunnen naar het onbekommerde geluk van voor 1 februari.

# 40

## EIND JANUARI 1932

Een zeurende pijn in mijn onderrug wekt me. Om het kind te begroeten druk ik mijn hand tegen mijn buik, maar het reageert niet zoals anders. Misschien ligt het te slapen en ik wilde maar dat ik dat ook nog kon. Maar in de tijd dat ik wakker door een kier in het gordijn naar de donkere lucht lig te staren, wordt de pijn eerder erger dan dat hij afneemt. Zelfs als ik me van de ene op de andere zij draai en mijn nagels in mijn rug zet om tegendruk te geven.

Het is nog te vroeg om op te staan, Casper ligt met zijn rug naar me toe, opgekruld in de foetushouding. Zijn zachte ademhaling is het enige geluid dat te horen is. Zelfs de boer komt nog niet langsrijden met zijn rammelende melkbussen.

Ik geef het op en zwaai mijn voeten over de bedrand heen en zet ze op de vloer. Die is zo koud dat ik ze haastig weer optrek. Ik doe Caspers sokken aan die over de spijlen hangen. Terwijl ik voor het raam sta, adem ik zachtjes op de ruit om de ijsbloemen te laten smelten. In de verte is een smalle streep licht zichtbaar die in snel tempo groter wordt.

Ik weet niet hoe lang ik blijf staan, me vastgrijpend aan het kozijn. De felle, stekende pijnscheuten lijken me te verlammen. Ze zwellen af en aan, als het getij van de zee.

Als ik het niet meer uit kan houden, ga ik weer in bed liggen.

'Wat is er?' vraagt Casper zacht wanneer ik steeds ineenduik.

'Ik weet het niet.'

Hij legt bezorgd een hand op mijn voorhoofd, dat nat is van het zweet. 'Kan het zijn dat de baby komt?'

Hijgend pers ik tussen mijn lippen uit: 'Nee... te vroeg! Ik ben pas in februari uitgerekend.'

Ik heb het gevoel dat ik moet plassen en meteen sijpelt er vocht tussen mijn benen door. Haastig probeer ik overeind te komen, maar het lukt niet.

'Ik ga mijn zus halen!'

Zodra Casper weg is krimpt de wereld ineen omdat de scheuten sneller achter elkaar komen. Ik begin te wiegen en te wiegen tegen de pijn. Beschermend houd ik mijn handen om mijn buik en verlies alle besef van tijd.

Iemand legt nog een kussen onder mijn hoofd. Ik doe mijn ogen even open en zie het gezicht van Mies boven me zweven. 'Kitty,' zegt ze. 'Luister naar me... weet je zeker dat het te vroeg is?'

'Ja,' antwoord ik.

Ze knikt, legt een natte lap op mijn voorhoofd en strijkt mijn haar weg. 'Casper haalt de dokter.'

Ik probeer te knikken, maar een nieuwe pijngolf overvalt me en ik geef het op.

'Ga eens op je rug liggen,' zegt Mies. 'En trek je benen op. Dan kan ik even kijken.' Als ik niet reageer sjort ze aan mijn schouder tot ik goed lig en duwt mijn knieën uit elkaar. 'O, nee! Het gaat wel heel snel.'

'Pijn,' zeg ik.

'Ja, ja, ik weet het, het doet pijn. Volhouden, lieverd.'

Er gaat een deur open en ik hoor Caspers stem. 'Hij komt eraan.'

Wie komt eraan? denk ik, maar de gedachte wordt alweer onderbroken door een nieuwe golf en ik krimp in elkaar. Het doet er niet toe. Als dit maar ophoudt, als dit in vredesnaam maar gewoon ophoudt!

Ze fluisteren met elkaar, ik hoor het en het irriteert me. Alles irriteert me: het licht van de plafondlamp die in mijn ogen schijnt, het plotselinge getik van hagel tegen het raam. Ga ik dood? denk ik. Ik wil niet dood.

'Kitty,' zegt Casper. 'Ik moet even...'

'Niet weggaan!'

'Maar...'

'Ik wil dat je blijft,' zeg ik hijgend tussen de weeën door, want intussen kan ik niet langer ontkennen dat de pijn daarvandaan komt. Ik krijg een kind en ik ben er absoluut niet klaar voor. 'Ik kan het niet alleen, hou alsjeblieft mijn hand vast!'

Wanhopig kijkt hij zijn zus aan. 'Tja,' zegt ze. 'Als je hier geen zin in had, had je haar maar niet zwanger moeten maken.'

Casper klemt zijn kiezen op elkaar. Ik zie zijn ogen, ze houden die van mij een tijdje vast. 'Ik ga nergens heen.' Zijn hand pakt mijn vingers en ik voel me iets rustiger worden.

'De dokter komt niet op tijd,' hoor ik Mies tegen hem zeggen. 'We moeten het zelf doen.'

'Zelf doen,' herhaalt hij op verbijsterde toon. 'Dat kan ik helemaal niet.'

'Jij blijft bij haar, dan zet ik warm water op,' zegt Mies zonder verder naar hem te luisteren. Tussen twee pijnscheuten door die me laten dubbelklappen, besef ik dat er om mij heen van alles gebeurt. Er worden dingen klaargezet, Casper krijgt instructies die ik niet versta en waar ik ook geen moeite voor doe om ze te begrijpen. Want ineens verandert de pijn in een gevoel alsof ik heel erg naar de poepdoos moet en voel ik het hoofdje van de baby hard drukken. 'Ik voel hem!' gil ik. 'Help me dan toch, hij komt er nu aan!'

Casper draait zijn gezicht naar Mies. 'Kan dat zo snel? Ik heb altijd gehoord dat de bevalling van een eerste kind heel lang duurt.'

Ze haalt haar schouders op en veegt met een woest gebaar het haar uit haar gezicht. 'Bij iedereen is het anders.' Ze kijkt tussen mijn benen. 'Ik zie het hoofdje al.'

Een paar seconden later hangt het gezicht van Mies hinderlijk boven me. 'Je moet heel goed naar me luisteren, Kitty. De dokter is er niet, maar ik heb zelf een kind gekregen, dus ik weet een beetje wat ik doen moet.'

Vermoeidheid overvalt me, ik kan haar woorden niet volgen, ik ben te veel overweldigd door wat er allemaal in mijn lichaam gebeurt. Ik sluit mijn ogen.

'Geef haar gewoon een paar bevelen,' zegt Casper. 'Zie je niet dat ze wegzakt?'

'Goed,' zegt Mies. 'Kijk me aan, Kitty.'

Geïrriteerd doe ik mijn ogen weer open.

'Als je voelt dat het hoofdje weer hard drukt, moet je persen. Alsof je op de wc zit.'

Ik doe wat ze zegt. Ik pers, pers, pers uit alle macht.

'Nu even stoppen,' zegt Mies. 'Het schoudertje moet eruit.'

Even later huilt de baby. Het is een geluid dat maakt dat ik hoofdpijn krijg. Ik ben zo moe dat het me allemaal weinig kan schelen.

'Je hebt een dochter,' zegt Mies. 'Een prachtige dochter.'

Een dochter, denk ik. Maar ik voel niets.

'Nu even wachten op de dokter, dan knipt hij de navelstreng wel door.'

'Goed,' zeg ik. 'Dat is best.' Het liefst zou ik mijn ogen dichtdoen en gaan slapen.

En als de arts dan eindelijk komt en de allerlaatste dingen doet die het kind van mij scheiden nadat ik het bijna negen maanden gedragen heb, voel ik nog steeds helemaal niets.

Ze geven het in mijn armen en ik staar naar de kleine krans van donker haar. Ik vind dat ze eruitziet als een gerimpelde appel, zeker als haar gezichtje in elkaar frommelt en ze weer begint met huilen.

'Je moet proberen haar aan te leggen,' zegt de arts vriendelijk. Hij heeft koele handen en dun grijs haar dat over zijn schedel gekamd is. Ik weet niet wat hij bedoelt, maar gelukkig weet Mies dat wel en ze helpt me.

'De eerste keer sabbelt ze misschien alleen,' zegt ze. 'Dat geeft niet, dan kunnen jullie allebei wennen. Heb je al een naam voor haar bedacht?'

Ik kijk naar Casper die verlegen naar zijn handen staart. 'Nee. Zeg jij het maar.'

Verbaasd kijkt hij naar me op. Ik heb wel nagedacht over namen, meisjesnamen zoals Dina, Martha en de naam van mijn grootmoeder. Jongensnamen, zoals Frans. Ineens wil ik ze niet meer aan dit wezentje geven. Het zou te pijnlijk zijn om iedere dag een naam te moeten uitspreken van mensen die me na staan en die ik verloren heb.

'Weet je het zeker?' Casper legt zijn hand op mijn haar. Met zijn duim streelt hij mijn voorhoofd. Uitgeput zeg ik: 'Toe maar.'

'Dan noem ik haar naar mijn overleden zusje,' zegt hij. 'Is dat goed?'

'Ja, prima.' De baby is uitgesabbeld en in slaap gevallen en ik geef haar aan hem. 'Hier is je dochter dan,' zeg ik, maar ik durf hem niet aan te kijken, bang dat onze ogen ons zullen verraden.

'Kijk toch eens naar dat lieve roze gezichtje, net als van een biggetje. En alles zit erop en eraan: vijf minuscule vingertjes met piepkleine nageltjes aan elke hand. Twee voetjes, een neus, een mond met zachte roze lippen.' Verbijsterd kijk ik naar Caspers vertederde gezicht. 'Saar,' zegt hij. 'Laten we haar Sara noemen.'

Ik knik weer.

Na een tijdje leggen ze de baby in de oude wieg van Anton naast het bed en gaan de kamer uit. Ze denken dat ik slaap omdat ik mijn ogen heb dichtgedaan en geen antwoord meer geef op al hun vragen.

Als ze de kamer uit zijn staar ik naar de kale toppen van de bomen buiten het zolderraam. Er drijven wolken voorbij, het is gestopt met hagelen maar nu sneeuwt het.

Mijn dochter maakt een geluidje en ik til mijn hoofd op om naar haar te kijken.

Koude rillingen lopen over mijn rug, en tegelijkertijd voel ik het zweet langs mijn slapen lopen.

Er is iets mis met me, denk ik. Moeders houden onmiddellijk van hun kinderen. Plotseling vliegt het me aan: voortaan ben ik voor altijd verantwoordelijk voor haar.

Ik weet werkelijk niet of ik hier wel tegen opgewassen ben.

# 41

## MAART 1953

Op de dag dat de verdronkenen uit 's-Gravendeel begraven werden in Dubbeldam, in plaats van in ons eigen dorp omdat ons kerkhof nog steeds onder water stond, bleef ik alleen achter. Voor opa en Lucas had ik tussen de kleding in de school twee zondagse pakken gevonden en ik had bij beiden hun stropdas gestrikt, maar ik had me zelf niet verkleed. 'Ik geloof niet dat ik het aankan,' had ik tegen hen gezegd voor ze vertrokken om de laatste eer te bewijzen aan de mannen, vrouwen en kinderen van wie de lichamen wél gevonden waren. 'Ik moet de hele tijd aan de emmer denken met mama's jas.'

Toen ze weg waren pakte ik, met een hoofd dat zwaar was van verdriet, de bus. Er was een idee bij me opgekomen dat ik nog met niemand wilde delen voor ik wist of het ergens toe zou leiden.

Toen ik die avond in februari naar het huis van Catharina was teruggegaan, waar ik Ellie in diepe slaap had teruggevonden, met rozige wangetjes vanwege haar volle buik net zoals ik Lucas voorspeld had, ontdekte ik meteen dat we helaas vastgelopen waren omdat er geen Casper Slagboom in het telefoonboek stond.

Twee weken lang had ik nauwelijks de tijd gehad om de volgende stap te overdenken, druk als ik was met het iedere dag helpen ordenen van nieuwe ladingen spullen voor Ali van Santen, het registreren van wie wat had meegenomen en het inventariseren van wat nog meer nodig was. Algauw liet ze de meeste dingen aan mij over, terwijl ze zelf naar beneden verdween om koffie te drinken en ik haar vrolijke stem door het trappenhuis kon horen schallen.

Later op de dag ging ik dan naar ons huis, waar de gaten in de muur steeds kleiner werden, het water iedere keer een beetje meer gezakt was en de stapel rommel in de tuin hoger en hoger werd. Maar er was een vooruitgang te bespeuren die ons allemaal hoopvol stemde en ik had weinig tijd om na te denken over het ontbrekende stukje in mijn familiegeschiedenis. Wel haalde ik iedere dag voor het slapengaan het houtskoolportret tevoorschijn. Dan keek ik naar de beeltenis van die jonge vrouw, hield het naast mijn eigen gezicht als ik in de spiegel keek en probeerde gelijkenissen te ontdekken.

Soms zag ik ze, maar soms zag ik er helemaal geen.

Vandaag paste Catharina op Ellie en kon ik het plan uitvoeren dat iedere dag een beetje meer in mij gerijpt was.

De bus volgde de slingerachtige weg en bij Wantij in Dordrecht stapte ik over op de trein. Voor mijn gevoel had ik nog maar nauwelijks de tijd gehad om te bedenken hoe ik het precies aan zou pakken, toen ik al op station Baanhoek in Sliedrecht uit moest stappen. Catharina had gezegd dat mijn vermoedelijke vader een steenzetter uit dit dorp was en ik klampte me vast aan dit enige stukje informatie. Als ik vandaag niet verder kwam, dan moest ik het maar opgeven.

Sliedrecht was geen groot dorp, er woonden ongeveer zestienduizend mensen en ik was van plan naar Casper Slagboom te vragen, al zou ik er de hele dag over doen en al zouden de dorpelingen misschien denken dat ik gek was. Met gebogen hoofd liep ik door de straten, want het was gaan regenen en geïrriteerd veegde ik kletsnatte slierten haar uit mijn gezicht. Voor de etalage van een kapper bleef ik stilstaan; mijn gestalte werd erin weerspiegeld en zelden was ik me zo bewust van mijn eigen beeld. Ik zag een jonge vrouw – ze had geen onaardig gezicht, met donkere ogen die schitterden en een wrong in haar nek die haar ouder maakte dan ze was en ze droeg een gedateerde jas die haar de uitstraling van een matrone gaf. Naast mijn spiegelbeeld hing een foto van een model van mijn leeftijd en ik zuchtte diep toen ik haar modieuze kapsel bewonderde. In een opwelling duwde ik de deur open. De ruimte was niet heel groot; er konden net drie stoelen naast elkaar staan, aan het plafond hingen bolvormige lampen en in een hoek stond een wasbak op wieltjes. De kapper draaide zich naar me om en zijn sympathieke gezicht verhelderde toen hij zag dat ik niet een van zijn vaste klanten was. 'Ik kom zo bij u, juffrouw.' Vaardig zeepten zijn handen de kin in van een meneer met een bloempotkapsel en een baard van drie dagen. Beiden knikten me vriendelijk toe.

Zorgvuldig veegde ik de zolen van mijn laarzen af aan de deurmat voor ik het waagde over het zwart-wit geblokte zeil te lopen, bang dat moddersporen de duidelijk pasgedweilde vloer zouden bevuilen. Verlegen hing ik mijn jas aan een haak en ik ging in een stoel zitten. Ik probeerde niet te luisteren naar het gesprek naast mij, wat bijna onmogelijk was, omdat de klant nogal luid sprak. 'En nu moeten we maar zien of we die spullen kunnen vervangen. Man, wat waren we bang toen het water maar tegen de kistplanken aan bleef klotsen en het onder de drempel door naar binnen liep!'

'Ja,' antwoordde de kapper. 'Wat een angst, die nacht. Maar ik had laatst, aan het begin van de winter, nog tegen Marie gezegd: als er een fikse storm komt, dan houden ze het niet, die verwaarloosde dijken. In de oorlog hadden we er geen geld voor, na de oorlog waren er andere dingen te doen en nu...' Hij zweeg en knipte zijn scheermes open. 'Even stilhouden. Ja, zo. We willen niet in uw lip snijden, natuurlijk.'

Via de spiegel volgde ik zijn bewegingen. Met rustige, lange halen gleed het mes langs de kwetsbare keel. Zonder met zijn ogen te knipperen liet de man de kapper zijn gang gaan; in een mum van tijd was het klusje geklaard.

'Waar komt u vandaan?' De kapper greep een handdoek en veegde de kin van zijn klant af. Via de spiegel keek hij me aan. Er bleef een vlokje schuim zitten bij het oor van de meneer en ik onderdrukte de neiging op te staan om hem met mijn zakdoek weg te vegen, zoals ik altijd bij Lucas deed als hij een stukje miste.

'Uit 's-Gravendeel.'

'O, dat is nogal getroffen, hè?'

Ik knikte, maar vond geen woorden voor een goed antwoord. De kapper, die zijn lichte ogen op me richtte met een blik waaruit veel wijsheid en empathie straalde, vroeg niet verder maar knoopte de kappersmantel los bij de man die hij geschoren had.

'Wat een geluk dat het Rampenfonds is opgericht,' zei de klant. Hij haalde een portefeuille uit de achterzak van zijn broek en begon omslachtig naar zijn geld te zoeken. 'Als je de formulieren invult kun je compensatie krijgen voor alles wat je verloren hebt.'

'Inderdaad. En vergeet de radioactie niet: "Beurzen open, dijken dicht!" Ik heb gehoord dat er zoveel gegeven wordt dat ze bijna niet weten wat ze met al die giften moeten.'

'Reken maar dat het nog een hele tijd duurt voor de mensen die het meegemaakt hebben weer normaal kunnen leven. Al die doden... bijna achttienhonderd...'

Mijn hart bonkte in mijn keel – ik had wel gehoord van die papieren waar je in kon vullen wat er vervangen moest worden en ik wist dat Lucas ze al in huis gehaald had. De doden echter... Juist om aan hen te ontsnappen had ik vandaag naar Sliedrecht gewild.

De kapper gaf de man zijn wisselgeld, hielp hem in zijn jas en hield de deur voor hem open. Terwijl het geluid van het belletje wegstierf, pakte hij een bezem uit de hoek en veegde rond de stoel van zijn verdwenen bezoeker. Pas daarna sloeg hij de mantel uit en hing hem om mijn hals met de woorden: 'Wat kan ik voor u doen, juffrouw? Even bijknippen?'

'Eigenlijk...' begon ik. Ik maakte voorzichtig de speld los waarmee mijn haar was vastgezet en het tuimelde omlaag tot ver over mijn schouders. 'Ik heb er zo'n genoeg van. Eigenlijk wil ik er wel eens een heel stuk af laten halen.'

Hij haalde zijn handen door mijn haren, een gebaar dat me

onzeker maakte omdat Lucas de enige was die dat mocht. Hij keek wel bewonderend naar de donkere bos die zo dik was dat ik het iedere morgen met moeite tussen een pin kon krijgen. Hij keek echter met een professionele blik, zonder bijbedoelingen, en de ongemakkelijkheid die ik gevoeld had, verdween.

'Weet u het zeker?'

Voor ik antwoord gaf, zag ik mezelf weer voor de etalage staan, ziek van alle veranderingen en tegelijkertijd juist verlangend naar veranderingen. Mijn haar, waar mama in de loop van twintig jaar alleen de dode puntjes van had afgeknipt, was een afspiegeling van mijn leven: saai en voorspelbaar, kalm als de zee op een windstille dag. Vandaag wilde ik bij mijn vader aankomen met een andere identiteit – een vrouw die het verhaal van haar verleden aan kon horen met een nieuw gezicht, met een volwassen blik. Al die jaren had ik over me laten bedisselen, eerst door mama, later door Lucas. Nu was het tijd voor iets anders. 'Ik weet het zeker.'

Toen hij de eerste knip zette, voelde ik heel even spijt, maar ik vermande me. 'Ik ga bij mijn vader op bezoek,' zei ik. 'Ik heb hem in eenentwintig jaar maar één keer gezien en ik weet dat hij uit Sliedrecht komt.'

De kapper liet zijn schaar zakken en keek me ernstig aan. 'Zo, verwacht hij u?'

'Nee,' zei ik hoofdschuddend. 'Verrassing is de beste tactiek, toch?'

'Misschien wel.' Hij lachte naar me en liet de kam weer door de volgende pluk glijden. 'Hoe heet uw vader? Er komen hier zoveel mensen, misschien ken ik hem.'

'Hij is steenzetter,' antwoordde ik. 'Tenminste, dat was hij ongeveer twintig jaar geleden.'

'Steenzetters genoeg in Sliedrecht.' Hij ontwarde een klit en pakte zijn schaar weer op.

'Ik ben op zoek naar Casper Slagboom.'

Fronsend keek hij op. 'Ik ken geen Casper. Wel een Joost, maar die is ergens anders aan het werk. Met de watersnood is er zoveel te herstellen. En ik ken een Anton Slagboom, een Hannes en een Marinus. Allemaal uit dezelfde steenzettersfamilie.'

Wat was ik dankbaar dat ik bij de dorpskapper terecht was gekomen die zoveel mensen kende, ook al zat de juiste naam er niet bij.

'En ik ken een Mies, maar die is al jaren geleden getrouwd.'

'Zou u me alle adressen willen geven? Dan vraag ik verder,' zei ik.

'Ik zal ze straks voor u opschrijven.' Hij knipte verder. In de aangename stilte zag ik pluk voor pluk vallen. Toen hij klaar was, zag ik mijn gezicht in de spiegel met een nieuw kapsel dat goed bij mij paste. Ik moest het met mijn handen aanraken. 'Wat mooi!'

Glimlachend ging hij naar de kassa, wilde van geen betaling weten en schreef voor mij de straten op waar ik leden van de familie Slagboom kon vinden. 'Beschouw het maar als een cadeautje, een soort talisman voor uw bezoek aan uw vader. Als ik zo'n dochter had...'

Ik bedankte hem en stapte met een licht gemoed naar buiten.

Het was opgehouden met regenen, maar er blies een koude wind en ik knoopte mijn sjaal extra goed om mijn hals die nogal bloot aanvoelde zonder al het zware haar.

Met het papiertje in mijn hand geklemd ging ik in een snel tempo door de straten. Het dorp was groter dan ik van tevoren had verwacht en ik zocht zonder resultaat naar de juiste straten. Twee kletsende dames met ieder een mand aan hun arm draaiden hun gezicht naar me om toen ik langs ze heen liep. 'Weet u misschien waar dit is?' vroeg ik.

De ene vrouw met een bruine verschoten jas had een lang gezicht en kleine ronde, zwarte ogen als een kraai. Ze zei niks, maar nam het adres van me aan terwijl de andere, die een donkere mannenhoed op haar knot gedrukt had, over haar schouder meelas.

'Eerste links, tweede rechts,' zei ze. 'En die andere twee adressen zijn er vlak achter. Het laatste is aan de overkant van het water.' Ze wees naar de rivier en ik bedankte haar. Ik voelde hoe ze me nakeken – nieuwsgierig naar wat een vreemdeling op een gewone werkdag in hun dorp kwam doen, maar net te beleefd om ernaar te vragen.

Veel geluk had ik niet: bij de eerste twee huizen deed er niemand open en bij het derde riep een stem door de brievenbus dat hij geen Casper kende en dat ik gauw op moest hoepelen. Ik had nu alleen nog de hoop dat de vrouw met de meisjesnaam Slagboom me zou kunnen helpen.

In de straat waar ze woonde, waren alle tuintjes keurig aangeharkt. Het liep tegen vieren, ik was koud en hongerig en behalve dat mijn speurtocht niks had opgeleverd, was ik ineens ook bang voor de reactie van Lucas op mijn afgeknipte haren. Achter het raam werd een vitrage opzijgeschoven toen ik aanbelde en ik zag het gezicht van een vrouw van een jaar of vijfenveertig met lange, blonde pijpenkrullen achterdochtig naar me kijken. Ze deed het raam een klein stukje open en vroeg op niet al te vriendelijke toon: 'Wat moet u?'

'Woont Casper Slagboom hier?' vroeg ik gehaast. Ze maakte een verraste beweging. 'Wacht even, dan kom ik naar de deur.'

# 42

## BEGIN FEBRUARI 1932

Ze zeggen dat als je een kind krijgt, je op een roze wolk zit en dat je meteen verliefd wordt op het wezentje dat je zelf, geheel op eigen kracht, op de wereld hebt gezet.

Maar het is niet waar. Van haar gehuil krijg ik alleen hoofdpijn en het lukt me niet om mijn dochter langer dan een paar minuten te laten drinken, waarna ze haar mond openspert en alweer een keel opzet. 'Begrijp je dan niet dat je eraan moet zuigen, domoor,' zeg ik wanhopig. Het gevolg is dat mijn borsten vol blijven met melk en zo'n pijn doen dat ik het wel uit kan schreeuwen. En natuurlijk begint ze van de honger opnieuw te janken. Hoe vaak ik het ook probeer, ik kan de cirkel niet doorbreken.

'Ze groeit niet genoeg,' zegt de dokter een paar dagen later. 'In het begin vallen ze altijd een beetje af,' legt hij uit. 'Maar zij zou nu boven haar eigen geboortegewicht moeten zitten.'

'Ik ben zo moe,' antwoord ik.

'Je moet opstaan en zelf voor haar zorgen,' zegt hij streng. 'Slaap je 's nachts een beetje?'

Ik knik, ook al is het niet waar. Het begint al vroeg in de avond, wanneer we ons klaarmaken om naar bed te gaan. Casper buigt zich over de wieg en streelt haar wang of hij loopt met het kind rond tot het tegen zijn schouder in slaap valt. Slechts een paar uur is ons gegund: daarna begint het geschreeuw opnieuw en zit ik de halve nacht rechtop om te proberen haar te laten drinken.

'Misschien is het beter als ze de fles krijgt.' De dokter strijkt met zijn hand door zijn haar, waardoor een van de zorgvuldig gekamde plukken losraakt en over zijn voorhoofd valt. 'Denk daar maar eens over na.'

Wanneer hij weggegaan is, lig ik heel stil naar buiten te kijken door het zolderraam, waar de grijze lucht nog net zichtbaar is. De stem van mijn vader zeurt binnen in mijn hoofd: 'Je bent een mislukkeling, ik heb het altijd al gezegd.'

Ik druk mijn handen tegen mijn oren, mijn hoofd lijkt uit elkaar te barsten. 'Je kunt je kind niet eens de borst geven, wat voor een moeder ben je nou eigenlijk...'

Het kost me moeite om mijn dochter als iemand te zien met een naam. Sara. Saartje. Saar. Ik proef de klanken op mijn tong, spreek ze een paar keer hardop uit, maar alles blijft onwerkelijk, alsof niet ik een kind gekregen heb maar iemand anders en alsof ik van een afstandje naar mezelf sta te kijken. Ik herken niets van mij in haar en volgens mij heeft ze ook niets van haar vader, of het moet die donkere kleur ogen zijn: heel donkerblauw. Verbaasd heeft Mies al gezegd dat ze verwacht dat ze bruin zullen worden. 'Zit er bruin in jouw familie?' vraagt ze. Ik knik maar weer gauw, zonder dat ik mijn ogen naar Casper durf op te slaan. Het is een voorproefje van hoe ons leven eruit zal komen te zien. Leugens, niets dan leugens en voor het eerst in mijn leven zie ik ze niet als een uitkomst, maar vermoeien ze me alleen.

Die avond sta ik in de keuken te kijken naar hoe Casper de kleine baadt in een zinken teil die hij op de tafel heeft gezet. Voor hij haar erin laat zakken, test hij eerst de temperatuur met zijn elleboog.

'Hoe komt het dat jij al die dingen weet?' vraag ik.

Hij lacht verlegen. 'Vroeger hielp ik met mijn jongere broertjes.'

Zo handig als hij met haar is, zo onhandig ben ik. Het geeft me nog sterker het gevoel dat ik tekortschiet, dat er altijd iemand anders is die beter voor haar zorgen kan.

'Kom eens hier, Saartje,' praat hij tegen haar. 'Dat vind je fijn hè?'

De baby ligt rustig in zijn armen. Als hij klaar is warmt Casper een flesje voor haar op. 'Wil jij hem geven?' vraagt hij.

Ik schud mijn hoofd. Daarna laat ik hem achter in de kamer terwijl ik zelf, zonder mijn jas aan te trekken, buiten het huis de frisse lucht opsnuif.

'Wordt het je allemaal te veel?' vraagt Mies als ze naast me komt staan. 'Moeder worden is niet makkelijk.'

Aarzelend kijk ik haar van opzij aan. 'Ik ben gewoon bang om het fout te doen.'

'Volg je instinct, Kitty. Bij mij duurde het ook even voor ik precies wist wat ik moest doen. En je hebt geluk: mijn broer is een natuurtalent.'

Ja, denk ik. Een natuurtalent, daarom juist. Gedeprimeerd kijk ik naar boven, naar de bleke maansikkel die aan een donkerblauwe hemel staat.

Mies geeft me een duwtje tegen mijn elleboog. 'Kom nou maar mee naar binnen, het is koud.'

Gehoorzaam sjok ik achter haar aan.

Twee weken na Sara's geboorte gaat Casper weer in de rij staan. Samen met de andere werklozen staat hij uren bij de deuren van bedrijven te wachten of er misschien iemand is die hem aan wil nemen. Maar het hele dorp is steenzetter, baggeraar of iets anders wat daarmee te maken heeft. En áls er al werk is, dan zitten de mensen toch niet te wachten op een man die ontslagen is.

Melk is duur als je die kopen moet, borstvoeding zou gratis zijn geweest. Nu Sara minder zuigt, droogt mijn eigen melk langzaam op en zelfs al zou ik het willen, er is nu niet meer genoeg om haar te voeden.

Ook onze portemonnee raakt steeds leger, het geld dat Casper gespaard heeft en de biljetten die ik uit de kassa heb gegraaid, raken stukje bij beetje op.

Het lijkt wel of andere dingen ook verdorren: Caspers toenaderingspogingen in bed worden minder, hij spaart zijn tederheid op voor onze dochter of misschien is hij gewoon moe, net als ik. Onder geen enkele omstandigheid durf ik hem zelf te benaderen. Wat hij me gegeven heeft is wat hij kwijt wilde, en vragen kan ik niet.

Vanavond komt Casper met zo'n wanhopige blik in zijn ogen terug, dat ik ervan schrik. Hij laat zich in een stoel vallen en ik schenk hem haastig een kop thee in.

'Geen geluk?' vraagt Mies terwijl ze haar hand op zijn schouder legt.

'Nee.' Wat klinkt zijn stem moe. Als zijn toekomstige vrouw zou ik hem eigenlijk de vragen moeten stellen die zijn zus doet en ik zie aan haar ogen dat zij dat ook vindt. Maar het is net alsof mijn keel zo dik is dat ik helemaal niet praten kan, mijn stem weigert dienst, ik probeer de prop weg te slikken.

Casper is zo uitgeput dat hij Sara niet eens van me overneemt, zoals normaal, maar alleen zijn hand op de zachte haartjes laat rusten.

Het contact met mijn dochters warme, compacte lijfje geeft me vandaag voor het eerst het gevoel dat ik aan haar wen. Vanmiddag heb ik met haar op schoot voor het raam gezeten en haar zachtjes heen en weer gewiegd tot ze in slaap viel. Ik zong liedjes voor haar die tante Dina vroeger voor mij en Martha zong. De gedachte aan mijn tante zorgde ervoor dat ik vanzelf tegen haar begon te praten. In gedachten riep ik het witte doktershuis op met de strenge portretten in de gang en beschreef het tot in de kleinste details. Met mijn mond tegen haar kleine oor gedrukt praatte ik over alles wat me inviel. 'Zal ik je vertellen over oom Frans? Hij heeft rood haar, net als ik. Op een dag moest hij een man behandelen met een gebroken been...' Als door een wesp gestoken zweeg ik en ik keek snel over mijn schouder of Mies niet per ongeluk de kamer binnengekomen was. Bijna had ik het geheim dat in me verankerd ligt, hardop uitgesproken. En ik heb het Casper nog wel zo beloofd – ik heb hem recht aangekeken en tegen hem gezegd dat ik met hem meeging in de leugen. Waarom knaagt en vreet het dan aan me, denk ik als ik nu naar zijn vermoeide gezicht kijk. Ik heb toch zo vaak gelogen in mijn leven, meer keren dan ik tellen kan.

Omdat het niet klopt, denk ik weer. Omdat hij eronder lijdt en geen gevangene meer van mijn lot mag zijn.

Ik leg mijn handen naast die van hem op het ronde babyhoofdje en denk aan Martha en zelfs ook even aan mijn ouders. Nu pas besef ik ten volle wat het betekent om niet meer terug te kunnen, hoe het voelt om alles achter je te moeten laten.

Afgeleid door de typische geluiden die een kind nu eenmaal altijd maakt, moet ik glimlachen. Het is de eerste keer dat mijn eigen dochter me vertedert.

Mies zet een kop soep voor ons neer. Hij is waterig, iedere dag zit er minder groente in en alleen op zondag nog een stukje vlees. Het brood dat rondgaat is ook kleiner geworden. We eten in stilte, ik probeer zo langzaam mogelijk te kauwen zodat het meer lijkt. Mies voert Anton kleine hapjes.

Na de trieste maaltijd staat Mies op en spoelt de kommen om.

'We hebben een probleem,' zegt ze zachtjes. Ze gaat niet meer aan tafel zitten zoals ze altijd doet na het afwassen, maar ze blijft bij het aanrecht staan, met haar koffiekop in haar handen. 'Adriaan komt bijna naar huis en toen ik jullie hier liet logeren, heb ik hem beloofd dat het maar voor een paar weken zou zijn.'

Mijn blik blijft op het gebogen hoofd van Casper rusten. Onrustig schuift hij op de stoel heen en weer, zijn handen omklemmen de rand van de tafel. Als hij zijn hoofd heft, kijkt hij alleen naar zijn zus. 'Het heeft al veel langer geduurd dan ik wilde,' zegt hij. 'Maar... ik kan niks vinden.'

Het is de eerste keer dat hij hardop uitspreekt dat het niet lukt. Ik weet wat dat betekent: dat hij de consequenties aanvaardt. Eerder konden we allemaal nog doen alsof dit een tijdelijke situatie was, of we alleen maar met onze vingers zouden hoeven te knippen en alles zou als bij toverslag weer goed zijn.

'Ze willen me zelfs niet als sjouwer in de haven van Rotterdam.'

Van schrik maak ik een beweging; ik wist niet eens dat hij zo ver van zijn woonplaats heeft gezocht.

'Is er geen enkele manier dat jullie het bijleggen met Kitty's vader? Dat jullie terug kunnen naar Den Oever en dat je weer in je eigen vak aan de slag kunt?'

Nu kijken ze allebei naar mij: hoopvolle blikken die me pijnlijk doen beseffen dat ik Martha's boodschap niet langer voor me mag houden.

'Nee,' schud ik mijn hoofd. 'Hij wil niet buigen. Mijn zus zegt dat hij bij zijn standpunt blijft.'

'Dan weet ik het ook niet meer,' zegt Casper.

Wanneer we nu alleen geweest zouden zijn, had ik waarschijnlijk meteen tegen hem gezegd dat er nog een oplossing is, een die hem misschien niet erg bevallen zal, maar die zou ons kunnen helpen en daar gaat het tenslotte om.

Langer op de zak van Mies teren is niet wenselijk, het tast de relatie aan tussen Casper en zijn zwager, tussen Mies en haar man, maar ook tussen broer en zus. Alleen ik heb de sleutel tot de oplossing in handen, omdat de situatie door mij ontstaan is. Alleen ik kan de dingen nu nog veranderen. Maar daar heb ik veel moed voor nodig en bovendien zal het moeilijk zijn om te aanvaarden wat ik dan verliezen zal.

Het zal lastig zijn dit alles op te geven: zijn blonde haar dat zo zacht aanvoelt onder mijn handen, zijn lijf dat 's nachts net een kacheltje is waaraan ik me warmen kan. Het prettige geluid van zijn stem die me geruststelt. De manier waarop hij naar me kijkt als we wakker worden, hoe hij Sara vasthoudt in de kromming van zijn arm.

Ik moet hem loslaten.

Ongemerkt, terwijl de tijd voorbijgegleden is als zand dat door een zandloper stroomt, zijn mijn gevoelens voor hem veranderd.

# 43

## MAART 1953

'Waarom vraag je naar mijn broer?' De toon van de vrouw was nog steeds argwanend. Nu ze voor me stond vielen me de grijze, zilverachtige plukken op in haar krullen. Haar ogen waren blauw en ze herinnerden me aan die van de man die ik jaren geleden een keer in de mist had gezien. 'Woont hij inderdaad hier?' vroeg ik.

Peinzend zocht ze mijn gezicht af, haar handen ineengeslagen. Ik begreep niet waarom ze me aan bleef staren en keek vlug naar de grond.

'Je hebt niet gezegd wat je van hem wilt.' De stem was krachtiger dan ik van zo'n broze, bijna magere vrouw zou hebben verwacht.

'Ik wil Casper graag zien.'

Koeltjes nam ze me van top tot teen op – haar blik bleef extra lang hangen bij mijn korte haren. 'En ik vraag me af wat een wildvreemde jonge vrouw van hem wil.'

O, jee, dacht ik. Wat een figuur. Als dit mijn tante is, wordt het nog wat. 'Dus u kent hem?'

'Wat een vraag! Wie kent zijn eigen broer niet?'

Ik bloosde, het was natuurlijk ook een van de stomste vragen die ik had kunnen stellen, maar ik was zenuwachtig en ze bracht me van mijn stuk. Uit mijn jaszak diepte ik de houtskooltekening op en stak hem naar voren. Half onwillig pakte ze hem van me aan. 'Heeft Casper dit getekend?' vroeg ik.

De vrouw werd eerst bleek en daarna knalrood. 'Hoe kom je daaraan?'

'Ik heb het in een la gevonden,' begon ik.

Ze klemde het papier tegen haar borst en keek me met grote

ogen aan. 'Wie ben je?'

Mijn mond zakte een beetje open door haar reactie. Maar ik begreep dat de kans dat de vrouw iets zou vertellen groter zou zijn als ik zelf iets prijsgaf. 'Ik heet Sara.'

'Sara?' Heel even dacht ik dat ze flauw zou vallen. Ze trok het vest dat ze droeg dichter om haar schouders en keek achter mijn rug om naar de straat. 'Je kunt beter even binnenkomen.'

We raakten elkaar bijna toen ik in de smalle gang langs haar heen schoof om mijn jas aan de kapstok te hangen. Met mijn vingers probeerde ik mijn haren achter mijn oren glad te strijken en daarna trok ik de enigszins afgedragen jurk recht; een van de weinige dingen die ik gisteren in de stapel kleren gevonden had die het nog waard waren om aan te trekken. Ik was me bewust van de vreemde sensatie die ik door me heen voelde gaan nu ik in het huis was. Waarom zou ze me binnen hebben gevraagd als ze niets te melden had? Ze had een deur geopend naar een kleine, kale keuken met een ruwhouten tafel en een paar stoelen. Ik bleef nog even staan tot ze zachtjes op een van de zittingen klopte. 'Ga zitten.'

Mijn ogen gleden over de muren zonder versiersels, de planken met een paar potten en een pan, de vensterbank met een grote koperen bloembak met daarin een plant die ik niet herkende. Het was heel stil, er tikte geen klok en het verkeer van de weg die tamelijk dicht langs het huis liep, was hier niet te horen.

Heimelijk nam ik de vrouw op, van wie ik alleen via de kapper gehoord had dat zij Mies heette, vroeger Slagboom. In wat voor bui was zij? Was ze nog van plan om me iets bruikbaars te vertellen of zou ik net als bij de andere twee adressen erachter komen dat ik er niets aan had? Ik kreeg de indruk dat ze het portret herkend had; ze had het papier op het tafelblad neergelegd terwijl ze een ketel water vulde. Bijna had ik de neiging de tekening naar me toe te trekken. 'En waarom niet?' mompelde ik tegen mezelf. 'Hij is van mij, ik heb hem toch zeker niet gestolen?'

Op dat moment draaide Mies zich naar mij om met twee kopjes in haar handen. 'Ik dacht dat we eerst maar eens een kop thee moesten drinken. Suiker?'

Ik schudde mijn hoofd en bedankte ook voor de melk. Ze leek zich hersteld te hebben en toch was er iets in de nadrukkelijk langzame manier waarop ze het servies op de tafel neerzette, het water opschonk en de kast opende en sloot, dat me anders deed denken. Voor één keer in mijn leven was ik eens niet ongeduldig maar bleef rustig zitten kijken naar haar bewegingen, terwijl ik me afvroeg of ze alleen dezelfde ogen had als Casper, of dat ze verder ook op hem leek. Kijkend naar haar kwam het bij me op dat ik nog nooit zo dicht bij mijn echte familie geweest was, behalve dan natuurlijk die ene keer dat ik zonder het te weten tegenover mijn vader had gestaan. Ik had gedacht dat ik van blijdschap zou kunnen dansen, maar het gekke was dat ik er eerder stil van werd.

'Je heet Sara,' zei Mies toen ze alles uitgestald had en me een schoteltje aanbood waarop een koekje lag.

'Ja,' zei ik. Het koekje was hard en oudbakken, maar ik at het met een stalen gezicht op en reikte naar mijn kopje.

'Je zult wel begrepen hebben,' ging Mies verder, 'dat dit inderdaad door mijn broer gemaakt is.' Ze glimlachte en duwde een pakje sigaretten over de tafel naar me toe. Toen ik geen aanstalten maakte, schudde ze er zelf een uit en stak hem op. Ze blies de rook uit en staarde naar haar thee. 'Het is zijn stijl en ik heb meer van zulke tekeningen. Bovendien ken ik de vrouw die erop staat goed.'

'Ja?' Gespannen leunde ik naar voren en probeerde niet al te gretig te lijken.

Mies drukte de peuk uit in de groene asbak. 'De vraag is alleen, hoe pas jij in het plaatje?'

Ik haalde mijn schouders op, nam een slok en liet de stilte voor wat hij was. Van de ene kant omdat ik nog minder dan zij wist hoe het in elkaar zat en van de andere kant omdat ik niet wist wat ik zeggen moest.

'Ik denk dat jij zijn dochter bent.'

Ik wilde haar vragen hoe ze daar zo zeker van kon zijn, maar voor ik kon spreken ging ze alweer verder.

'Casper nam Kitty begin 1932 mee naar Sliedrecht en ze logeerden een paar weken in mijn huis. Ze was zwanger en de dochter die ze hierboven op de zolder gebaard heeft, werd door mijn broer Sara genoemd, naar ons overleden zusje.' Mies glimlachte weer bij de herinnering. 'Dit portret ken ik niet van hem, maar het feit dat jij het bezit betekent dat je het van je moeder gekregen hebt.'

Ik haalde diep adem. 'Niet helemaal.' En toen ik met mijn eigen verhaal begon, werden haar ogen groter en groter.

'Ik begrijp niet hoe je in 's-Gravendeel terechtgekomen bent,' onderbrak ze me. 'Kitty is je moeder. Niet... hoe heette ze ook alweer?'

'Neeltje Groeneveld,' antwoordde ik toonloos. Ik zag kippenvel op mijn armen verschijnen en huiverde. 'Ik ben gevonden voor haar deur, in de winterkou. Mijn moeder heeft vast niet veel van me gehouden als ze me op de bevroren grond heeft achtergelaten met niks anders aan dan de kleertjes die ik droeg en een dekentje om me heen gewikkeld. Deze tekening had iemand daartussen gestopt.'

Mies liet alles op haar inwerken en toen ze uiteindelijk een vraag stelde, was het helemaal niet degene die ik verwacht had. 'Hoe was je jeugd?'

'Wat bedoelt u?'

Ze zuchtte, deed nog een greep naar het pakje sigaretten en nam er een nieuwe uit. 'Was ze goed voor je, die Neeltje?'

'Ik geloof van wel,' stamelde ik. Onverbiddelijke herinneringen drongen zich in vogelvlucht aan me op. De vingeroefeningen aan de piano, het kliekje eten dat ik op moest eten. Maar ook alle ontelbare keren dat ze met engelengeduld mijn haren borstelde, honderd slagen precies, om het mooi en glanzend te krijgen.

Ik dacht aan een prachtige dag. Op die dag had ze me – ik was een jaar of tien – mee naar Rotterdam genomen naar een filmvoorstelling in het Luxor Theater. Veel gebouwen waren bij het bombardement in 1940 verwoest, maar dit stond nog ongeschonden overeind.

'Het is wel oorlog,' zei mama, 'maar daarom hoeven we ons nog niet als cultuurbarbaren te gedragen. Ik neem je mee naar de film en we doen net of we de Duitsers niet zien.'

En zodra ik aangekomen was in de stad, die zo groot was dat ik mijn ogen uitkeek, zag ik ook geen soldaten. Al helemaal niet in het halfdonker, bij het geflikker op het grote scherm. Mama hield mijn hand vast en hoewel ik niets onthouden heb van de film zelf, laat staan dat ik na zoveel jaren nog een titel zou kunnen noemen, koesterde ik tot op de dag van vandaag het gevoel van geborgenheid die de druk van haar vingers op die van mij opriep. Wat miste ik haar!

Ik haalde een hand door mijn korte kapsel. 'Ik weet dit pas een paar weken. Ik ben vandaag naar Sliedrecht gekomen om naar Casper Slagboom te zoeken omdat ik hoop dat hij ook echt mijn vader is. En omdat ik helemaal geen idee heb wie mijn moeder is. Kijk maar, er staat geen naam onder het portret.'

Langzaam stond Mies op uit haar stoel. Haar bewegingen, die eerder vloeiend en soepel waren geweest, deden nu een beetje houterig aan. Ze ging voor het keukenraam staan, plukte een paar uitgebloeide bloemen uit de plant en liet ze achteloos op de vensterbank vallen. De naar mij toegekeerde rug schokte zachtjes en toen ze zich weer omdraaide, stonden er tranen in haar ogen.

'De Kitty Lont die ik gekend heb zou je nooit zomaar achtergelaten hebben. Er moet een reden voor zijn!'

Uit beleefdheid knikte ik, maar ik dacht bij mezelf dat ook al was er een goede reden voor geweest, niet iedereen hetzelfde gedaan zou hebben. Als ik aan Ellie dacht... Ik slikte en schudde de gedachte van me af – het was beter om niet al mijn emoties door elkaar heen te laten lopen. 'Waar is mijn vader?' vroeg ik.

Het was volkomen onverwacht dat ze om de tafel heen liep om naar me toe te komen en haar hand op mijn schouder legde.

'Het spijt me zo, Sara. Casper is in 1947 in Nederlands-Indië gesneuveld. En wat Kitty betreft... ik begrijp niet waar ze naartoe gegaan is, maar ik dacht dat ze jou meegenomen had. Casper heeft er nooit een woord over willen zeggen toen ik hem ernaar vroeg.' Ze schudde haar hoofd. 'Ik zou je zo graag iets anders verteld hebben.'

Ik hield mezelf voor dat het er niet toe deed, maar binnen in mijn hart leek iets te verschuiven. Er ontstond een leegte in me nu ik onder ogen moest zien dat ik mijn vader, de blonde man die me een keer opgezocht had, de man wiens heldere ogen me achtervolgden in mijn dromen, nooit zou leren kennen. De tijd kent geen genade.

Ik probeerde al mijn weemoed in te slikken. Mies zag hoe ik worstelde en worstelde om mijn zelfbeheersing terug te krijgen en ze deed het enige juiste wat ze had kunnen doen: ze sloeg haar armen om me heen en huilde met me mee.

# 44

## BEGIN FEBRUARI 1932

Het is vanavond heel koud op de zolder en daarom dek ik Sara in de wieg extra goed toe met een deken. Nu ze haar buik vol heeft, slaapt ze dieper en huilt niet meer zoveel. Casper zet de lamp naast zich neer op de grond en wacht tot ik in bed stap. Geen van beiden spreken we een woord. Praten, dat tussen ons eens zo vloeiend ging dat we er beiden geen genoeg van konden krijgen, gaat tegenwoordig stroef. Waarom is alles zo moeilijk geworden? Toen we ons plan bedachten, zo blij als twee kinderen die zich verkneukelen bij de gedachte aan een sinterklaascadeautje dat ze uit mogen pakken, bruisten we van energie. We gingen de wereld met zijn tweeën veroveren, we waren iedereen te slim af. Maar ik stemde er alleen half mee in; ik zag het als een spel en niet als de toekomst. Hij wilde gewoon voor mij en het kind zorgen.

De vlam sputtert en Casper draait de oude petroleumlamp lager en lager tot hij bijna dooft. 'Niet doen,' doorbreek ik de stilte. 'Laat hem alsjeblieft nog even aan!'

Verbaasd haalt hij zijn schouders op. Tot nu toe heb ik hem iedere keer het licht uit laten doen als ik me uitkleed, maar vanavond laat ik mijn jurk langzaam over mijn schouders zakken terwijl ik hem recht aan blijf kijken. Zijn ogen glijden over mijn lichaam; ik zie dat het hem opwindt.

Traag trek ik ook mijn onderjurk uit en blijf voor hem staan. Ja, ik verleid hem; ik verleid hem zodat hij in ieder geval één keer weet hoe graag ik bij hem ben. Terwijl ik naast hem ga liggen op de harde stromatras, sla ik mijn armen om zijn hals en kus hem stevig op zijn mond.

Wat was ik nog een kind afgelopen lente, toen Sara verwekt

werd bij die schuinsmarcheerder met zijn uitdagende blikken. Met open ogen ben ik erin getuind in plaats van te wachten en te herkennen wat Casper me aanbood. Hoe graag zou ik nu alles willen terugdraaien en in plaats van afscheid te moeten nemen me koesteren in zijn warmte. Spijt komt altijd achteraf, het verleden kun je niet overdoen.

Ik concentreer me op zijn handen – langzaam gaan ze over mijn naakte huid, blijven rusten op mijn heupen. Vlug help ik hem zijn hemd uit te trekken, onze ademhaling versnelt en in het gelige en zachte licht van de lamp ziet zijn lichaam er prachtig uit. Ik raak hem overal aan, zonder gêne, onze armoede en zorgen vergetend en genietend van wat hij met mij doet. Voor even leef ik in het moment.

Na afloop zorgt het besef dat het te laat voor ons is ervoor dat er tranen in mijn ogen opwellen. De zachte ademhaling van de baby, de kou die mijn tepels laat samentrekken en me doet huiveren, zijn sterke armen die zulke zware stenen op kunnen tillen en die zo warm om mijn schouders liggen dat ze diezelfde kou verdrijven, lijken al in het verleden te liggen. Er glijdt een traan over mijn wang en hij veegt hem weg met zijn hand. 'Wat is er?'

'Ik ben gelukkig,' zeg ik.

Casper ontspant en sluit zijn ogen. Ik vind het verschrikkelijk om nu te moeten beginnen over datgene wat me al sinds we met Mies gesproken hebben, als een steen op mijn borst ligt.

'Casper?'

Met moeite doet hij zijn ogen weer open, en glimlacht. 'Dat was fijn.'

'Ja,' geef ik toe. Zijn hand rust op mijn buik, ik leg mijn hoofd op zijn schouder. 'Je weet toch ook dat het zo niet verder kan.'

Hij drukt een kus op mijn slaap. 'Ik vind wel werk, al moeten we misschien naar de andere kant van het land verhuizen...'

'Niet alleen dat. Ik heb het steeds uitgesteld om Sara's geboorte aan te geven, hoewel dat verboden is. Wanneer ik morgen ga, moet ik ze zeggen wie de vader is...'

Ongerust draait hij zijn hoofd naar me toe om me aan te kunnen kijken. 'Je vertelt ze gewoon dat ik de vader ben. Zoals we hebben afgesproken.'

'Nee.' Mijn hand speelt met zijn haar, mijn lichaam wil heel andere dingen dan mijn geest. Maar ik moet mezelf nu dwingen alert te blijven, door te zetten en de moeilijke taak die ik me gesteld heb goed ten einde brengen.

'Hoe bedoel je?'

'Ik wil niet langer dat jij de dupe bent van mijn stomme fouten. Ik ken mijn vader: hij zal nooit toegeven. Jij bent nog jong.'

Ik zwijg even, probeer het opkomende verdriet weg te duwen, maar ik slaag er maar half in. 'Je kunt nog van me af – als vrijgezel kun je overal naartoe gaan waar je heen wilt. Ik breng Sara naar een gastgezin en zoek ook werk. Misschien... misschien kan ik haar over een tijdje weer ophalen en voor haar zorgen. Nu niet.' Ik heb snel gesproken, zodat hij me niet kan onderbreken. Zijn ogen worden donker en ik ga verder: 'Ik laat je vrij.'

'Je bent gek!' Hij gaat rechtop zitten, zijn blik is nu niet alleen somber, maar woedend. 'Wat is er gebeurd met ons plan? Je hebt me beloofd tegen niemand iets te zeggen! Ik hou je aan die belofte.'

'Je kunt...' begin ik.

'Nee!' Driftig slaat hij de dekens terug, springt vanuit het bed zo de kou in. Met niets aan staat hij voor me met een strijdlustige blik op zijn gezicht, zijn armen bedekt met kippenvel. Mijn hart zwelt – nooit eerder heeft iemand zo voor me gevochten. Maar ik weet dat mijn manier de beste is, de enige om hem grip te laten krijgen op de gebeurtenissen. 'Er is geen andere uitweg,' zeg ik met klem.

'Je laat me vrij?' bijt hij me toe. Zo hard klinken de woorden door de halfdonkere ruimte dat ik bang ben dat Sara wakker wordt. Ze ligt net buiten de kring van het licht, maar ik voel dat ze zich in haar slaap bewogen heeft.

'Hoe kun je denken dat dat vrijheid is? Ik hou van dat kleine meisje, misschien zelfs meer dan jij. Het idee haar niet meer te zien... jóú niet meer te zien...' Zijn stem sterft weg, zijn armen hangen slap langs zijn zij, hij buigt zijn hoofd en schudt het dan weer ongelovig. 'Als jij denkt dat ik ervandoor ga bij de eerste de beste keer dat het een beetje moeilijk wordt, je in de steek laat zoals die spaghettivreter, dan ken je me niet.'

'Ik wilde dat ik nooit op je voorstel ingegaan was, Casper,' zeg ik. Ik haal diep adem, nu ik begonnen ben moet ik maar echt met de billen bloot. Is het geen opluchting een einde te maken aan alle leugens? 'Ik hield niet van je,' zeg ik. Op zijn gezicht verschijnt een trek van pijn, maar ik zet door. 'Ik zag je voorstel alleen als een uitweg uit dat achterlijke dorp.'

Hij kijkt nadenkend naar zijn handen, fronst zijn wenkbrauwen. 'En nu?' vraagt hij. 'Hou je nog altijd niet van me?'

Ook ik laat me uit het bed glijden en kom voor hem staan. Mijn voeten veranderen bijna onmiddellijk in ijsklompen, maar ik let er niet op. 'Dat doet er niet meer toe,' zeg ik zacht terwijl ik de lok haar van zijn voorhoofd veeg die zoals altijd weer in zijn ogen valt. Graag zou ik het hem zeggen en tegelijkertijd zou dat zijn hart breken omdat ik wegga. 'Ik heb mijn besluit genomen.'

'Zomaar, zonder te overleggen?'

Ik knik, leg mijn hand tegen zijn wang waar de stoppels alweer opkomen.

'Je kind wegbrengen, alleen verdergaan. Waar moet je naartoe?'

'Dat weet ik niet,' zeg ik. 'Ik vind wel wat.'

'Het is voor mannen al moeilijk, voor vrouwen is het nog lastiger.'

'Sst.' Ik leg mijn vinger op zijn lippen. 'Laten we weer naar bed gaan. Het is nog geen morgen.'

Schoorvoetend gehoorzaamt hij, ik voel zijn weerstand als ik me tegen hem aan druk tot de vermoeidheid het overneemt en hij in slaap valt. Pas dan geef ik toe aan mijn eigen pijn, die zwaar en bitter in me opgesloten ligt en daar voor altijd zal moeten blijven.

Voortaan heb ik alleen nog mijn herinneringen.

Wanneer het eerste licht door het dakraam komt, sta ik op en voor ik mijn dochter uit de wieg haal en de deken om haar heen wikkel, kijk ik nog een keer naar hem. Hij ligt op zijn zij, zijn mond staat een beetje open en ik kan er niks aan doen: ik moet hem nog een keer kussen. Met spijt bedenk ik dat ik dat veel te weinig gedaan heb. Maar als ik me vooroverbuig doet hij plotseling zijn ogen open.

'Dacht je dat je er ongezien tussenuit kon knijpen, Kitty?'

'Nee.'

'Ga eens zitten,' zegt hij op gebiedende toon. 'Met Sara.'

Ik doe wat hij zegt, til mijn dochter op en ga op de rand van het bed zitten met haar op schoot. Pas als hij het schetsblok pakt dat hij al zo lang niet meer gebruikt heeft, begrijp ik wat hij wil.

Twee tekeningen maakt hij: een met zulke snelle halen van de houtskool dat zijn hand lijkt te vliegen over het papier, en een met potlood.

Het wordt langzaam lichter en ik zit bewegingloos te staren naar zijn vingers. Onder zijn blik word ik verlegen, het lijkt alsof hij me uitkleedt. Ik moet terugdenken aan die keer dat ik die tekening vond van mij in het café, waarbij hij mijn ziel gevangen had en ik nog niet – stomkop die ik was – begrepen had dat het maar zelden voorkomt dat iemand je helemaal doorgrondt.

Als de twee portretten klaar zijn, legt hij ze naast me op het bed en gaat voor het raam staan. Hij steekt een sigaret op terwijl ik kijk. SAARTJE, SAMEN MET HAAR MOEDER, 1932 staat onder de ene tekening. De andere heeft geen onderschrift.

Na een tijdje draait hij zich naar me om. 'Ik ga met je mee als je haar wegbrengt,' zegt hij. 'Ze is ook mijn dochter. Nee.' Hij steekt zijn hand omhoog wanneer ik wil protesteren. 'Ik wil het niet horen.'

Met een paar stappen ben ik bij hem en we houden elkaar vast. Het lijkt erop dat hij geaccepteerd heeft wat onvermijdelijk is. Maar wat is het ongelooflijk moeilijk om toe te moeten geven dat de werkelijkheid ons ingehaald heeft. Te weten dat we het niet gered hebben en dat we elkaar moeten laten gaan.

'Ik ga alleen naar binnen,' zeg ik even later tegen Casper als hij de deur van het raadhuis open wil duwen. Aan zijn ogen zie ik dat hij me tegen wil spreken maar ik houd vol. 'Het is beter zo.'

Uiteindelijk laat hij de deurknop los en ik kijk omhoog naar het gebouw dat twee verdiepingen heeft. Toen we er vorige week langsliepen op weg naar de markt, vertelde Mies me dat het nog niet zo oud is – het is pas in 1923 afgekomen en samen met haar vader heeft ze vijfentwintig cent betaald om het destijds te mogen bezichtigen.

Ik duw de deur van blank teakhout open. Casper legt zijn hand op mijn arm. 'Je houdt je toch wel aan onze afspraak?'

'Natuurlijk,' zeg ik. 'Jij bent haar vader.'

'Ja.' Hij trekt het mutsje recht dat Sara draagt. 'Als we getrouwd zijn en haar weer ophalen uit het pleeggezin, draagt ze in ieder geval alvast mijn naam.'

Wanneer ik de hal binnenkom met de brede stenen trap, voel ik me nog meer een bedriegster dan toen ik ze in Den Oever allemaal om de tuin leidde met mijn zwangerschap. 'Het is voor zijn eigen bestwil,' zeg ik hardop. 'Hij hoeft het nooit te weten te komen.'

Loodzwaar voelt het om mezelf met Sara in mijn armen omhoog te moeten slepen, tree voor tree, stap voor stap. Ik wil van de leugens af en tegelijkertijd gebruik ik er nog meer om mijn voornemen uit te voeren. Nog een geluk dat Casper er niet op stond om mee te komen, dan hadden we pas echt ruzie gekregen.

Boven kom ik bij een gang met verschillende deuren en ik klop bij een willekeurige aan.

'Binnen.' Een mager gezicht dat omlijst wordt door dik, blond haar dat aan een knot ontsnapt is, keert zich naar me toe vanachter een bureau waarop zulke grote stapels kartonnen mappen liggen dat ik nauwelijks zie wie erachter zit. 'Kan ik u helpen?'

'Ik kom mijn dochter aangeven.'

'Daar staan bepaalde tijden voor,' zegt de vrouw terwijl ze haar bril afzet. 'Mijn collega zal u vanmiddag verder helpen.'

Achter haar rug staan archiefkasten tegen de muur, waarvan sommige laden half openstaan. Nog meer papier en mappen, de vrouw lijkt in het werk om te komen.

'Nee.' Mijn handen zijn klam en ik weet zeker dat ik hier nooit meer durf terug te komen als ik niet doe wat ik van tevoren bedacht heb. 'Het moet nu.'

Zwijgend bekijkt ze me een tijdje en komt dan tot een besluit. Terwijl ze de bril weer op haar neus zet vraagt ze: 'Waarom kunt u vanmiddag niet terugkomen?'

'Omdat ik wegga.' Opgelucht dat ik hierover niet hoef te liegen, verplaats ik Sara van mijn ene schouder naar mijn andere. 'Ik kon haar niet eerder aangeven, weet u. Ik ben... ziek geweest.'

Nog altijd staart ze me aan en doet dat zo lang dat ik me af begin te vragen of er misschien een vieze veeg op mijn wang zit of dat ik per ongeluk de lippenstift die ik van Mies geleend heb naast mijn mond heb gesmeerd. Uiteindelijk bukt ze zich en haalt een formulier uit de la van het notenhouten bureau. 'Gaat u zitten.'

Rechts van mij staat tegen de witgepleisterde muur een stoel die ik bij haar tafel trek. Sara doet haar ogen open en ik ben meteen bang dat ze zal gaan huilen. Zachtjes wieg ik haar heen en weer.

'Een mooi kindje.' De vrouw met het blonde haar schroeft een dop van haar vulpen en kijkt me met haar grijze ogen verwachtingsvol aan. 'Pas bevallen?'

'Ik was op doorreis,' zeg ik. 'Ze is hier toevallig geboren.'

Nadenkend knikt ze. 'Drie dagen geleden?'

'Eigenlijk...' Ongemakkelijk probeer ik wat rechterop te gaan zitten. 'Iets meer dan twee weken geleden.'

'U had haar veel eerder aan moeten geven.' Ook de vrouw recht haar rug. Ze geeft me geen officiële berisping, maar haar blik spreekt boekdelen.

'Ik zei toch dat ik ziek was.'

'Dan had u iemand anders moeten sturen.' Ze laat nog steeds mijn ogen niet los en ik voel mijn wangen gloeien. 'De vader bijvoorbeeld, of de vroedvrouw.'

'Ah.' Ik kijk opzij, weg van de priemende blik die eist dat ik de waarheid vertel. 'Er was geen vroedvrouw bij.'

'Maar wel een vader?'

'Die ook niet.'

Ze begint te schrijven, steels probeer ik met haar mee te kijken, maar de mappen voor mijn neus verhinderen een goed zicht op haar woorden. Geen idee of wat ik vertel op het formulier terechtkomt, maar ik waag het er maar op.

'Ik kan niet voor mijn dochter zorgen.'

Het blijft stil, de pen krast zachtjes over het papier. Links van mij is een klein raam met witte vitrages die iemand een stukje opengeschoven heeft. De kale takken van een boom die voor het raadhuis staat wijzen naar de grijze lucht. We zijn hier aan de voorkant van het gebouw. Als de blonde vrouw het raam open zou doen en zich naar buiten zou buigen, kan ze waarschijnlijk Casper ongedurig heen en weer zien lopen. Onrustig schuif ik naar achteren op de stoel en sjor Sara omhoog die naar beneden gegleden is. Ze slaakt een diepe zucht en slaapt gewoon verder.

'Laten we eerst je dochter registreren, goed?' vraagt de vrouw opgewekt. Haar toon staat me niet aan, maar ik knik.

'Naam?'

'Kitty.'

Vragende blik van haar kant. 'Lont,' voeg ik er aarzelend aan toe.

'Naam van de vader?'

Het voelt alsof ik op een kruispunt sta. Gisteren en vanmorgen vroeg, toen ik stellig wist dat mijn besluit het enige juiste was, leek alles zo gemakkelijk. In feite is er niets moeilijkers dan de juiste keuze maken. Zeg ik zijn naam, dan zal het kind voor altijd een vader hebben. Haal ik mijn schouders op, dan hoort ze voortaan bij de groep vaderloze meisjes – de uitgestotenen, de kinderen die met de schande van de achternaam van hun moeder door het leven moeten. Kan ik dat mijn Sara, het wezen dat me geschonken is – in de schoot geworpen omdat ik een paar keer onvoorzichtig ben geweest – aandoen? Casper bood me een uitweg, ik heb toen in feite al gekozen. En nu... nu krabbel ik terug. Ik wijs Caspers geschenk af, ontneem het meisje een constante factor in haar leven waarop ze altijd kan terugvallen. Er gaat een rilling door me heen. Wanneer ik de woorden uitspreek die ik me zo vast voorgenomen heb en doe alsof ik het niet weet, is er geen weg terug meer. Komt hij erachter, dan voelt hij zich verraden. Is het mogelijk om op zo'n keuze terug te komen? denk ik verwonderd. Waarom dit getwijfel en uitstellen van wat onvermijdelijk is? Hoe heb ik ooit kunnen overwegen dat de oplossing die hij me aanbood goed was voor ons alle drie?

'Naam van de vader?' herhaalt de vrouw aan de overkant van het bureau een beetje wrevelig. Het is misschien bijna koffiepauze. De grijze ogen zeggen: 'Ik heb niet de hele dag. Jij komt hier onaangekondigd mijn werk verstoren, jij moet zo nodig een bijzondere behandeling, terwijl een collega aan het loket dit ook gewoon af had kunnen handelen.'

Ik haal mijn schouders op en ze blijft me zonder het te begrijpen aankijken. Zacht schraap ik mijn keel. 'Ik weet het niet.'

'U weet wat niet?'

'Wie de vader is.'

Als ze al verrast is door mijn mededeling, of wie weet door

mijn lange zwijgen verwachtte dat dit eraan zat te komen, haar gezicht verraadt niks. De pen schrijft verder, ik kan nu wel duidelijk zien wat er wordt ingevuld: vader onbekend.

Dat was het dan, ik heb gedaan waar ik voor gekomen ben. De andere vragen zijn simpel te beantwoorden: haar naam, de plaats waar ze geboren is, op welke datum. Nog twee keer verzin ik zomaar iets – ik vertel haar dat ik Sara gebaard heb in een schuur, nee, ik weet niet precies wat het adres is. En er was niemand bij, een dame heeft me gevonden en een onbekende dokter heeft de navelstreng afgebonden.

'En waar zijn uw vader en moeder dan? Hebt u geen familie bij wie u kon bevallen?'

Ik schud mijn hoofd, en tegen die tijd voel ik me alweer zo ziek van alle leugens dat de knoop in mijn maag groter en groter wordt, als een sneeuwbal die door verse sneeuw gerold wordt.

'Ik kan op dit moment niet voor mijn dochter zorgen,' zeg ik nog maar een keer. 'Ik heb geen inkomen, geen dak boven mijn hoofd.'

De dame fronst. 'Ongetwijfeld laten uw ouders u binnen als u voor de deur staat. Zelfs als ze boos zijn...'

Ik zwijg. Op dat moment begint Sara te bewegen, ze tilt haar hoofd van mijn schouder, haar gezicht verfrommelt en wordt knalrood. Ze heeft waarschijnlijk honger, maar Casper heeft de tas nog waarin het flesje zit, gerold in een luier om de melk warm te houden.

'Mijn melk is teruggelopen,' zeg ik snel. 'En ik heb eigenlijk geen geld voor poeder.'

Nadenkend leunt ze met haar ellebogen op het tafelblad. 'Probeert u me te zeggen dat u het kind af wilt staan?'

Omdat ik niet weet wat ze precies bedoelt met afstaan, antwoord ik niet direct. Mijn ogen glijden over de mappen die op dossiers lijken. 'Ik zoek een pleeggezin.'

'Maar dat gaat niet zomaar.' De stem van de vrouw die het ongeluk had dat ik vandaag bij haar ben binnengestapt, klinkt een beetje hoger. Ze had gedacht even snel een papier in te kunnen vullen, een routineklus te klaren, ook al had ze geen dienst vandaag. Nu zit daar ineens een meisje dat iets heel anders van haar wil. 'We moeten u registreren, een gezin zoeken... U kunt wel naar een tehuis voor... gevallen vrouwen.'

'Ik ben niet gevallen, ik was zwanger en nu heb ik een kind.'

Stomverbaasd over zoveel naïviteit draait ze ongelovig haar gezicht af. 'Zo noemen we ongehuwde vrouwen die, eh...'

'Ik weet wat u bedoelt,' onderbreek ik haar. 'En ja, misschien was ik een dom wicht dat zich heeft laten pakken.' Ik haal diep adem. 'Luister, ik heb alleen even een adres nodig van iemand die een tijdje voor Sara zorgt. Tot ik werk heb, tot ik haar weer ophaal.'

'Er zijn regels,' begint de vrouw.

'Die zijn er om gebroken te worden.'

Ze schudt haar hoofd, rommelt wat in de papieren op haar bureau. Duidelijk verlegen met mijn verzoek, weet ze even niet wat het voorgeschreven antwoord is.

'Laat maar.' Ik sta op van de stoel, Sara begint met lange, gierende uithalen te huilen, ze balt haar minuscule vuisten en probeert zich steeds weer op te richten. 'Ik zoek zelf wel iemand,' zeg ik. Ineens heb ik haast om weg te komen uit de benauwde kamer met de muffe geur van oud papier en verschaalde sigarettenrook.

'U kunt haar niet zomaar naar iemand toe brengen,' roept ze me achterna als ik de deur al uit ben en de gang door ren met mijn krijsende dochter in mijn armen. 'Daar zijn...'

'Ja, ik weet het, daar zijn regels voor!' roep ik terug.

Met twee treden tegelijk neem ik de trap, schiet door de hal en even later sta ik buiten in het licht van de flauwe winterzon.

# 45

## MAART 1953

'O, je haar!' Lucas liep om me heen, raakte met zijn handen mijn kale nek aan, liet de plukken ongelovig door zijn vingers glijden.

'Vind je het mooi?'

'Dat weet ik nog niet.'

Catharina had hem uitgenodigd om te komen eten. 'Jullie zien elkaar veel te weinig. Als je niet uitkijkt, weet je niet meer waar de ander mee bezig is.'

'Met de wederopbouw,' had ik somber geantwoord, maar ik was blij met haar suggestie en had met Lucas afgesproken dat we elkaar bij haar thuis zouden ontmoeten.

'Ik vind dat het Sara heel goed staat,' zei Catharina nu.

'Maar het is zo anders...'

'Anders is niet meteen slecht...'

'Dat zei ik niet.'

Ik keek van de een naar de ander en wist niet wat ik van hun gekibbel vinden moest. Lucas was Catharina dankbaar dat ze goed voor Ellie en mij zorgde en toch had ik het idee dat hij haar moeilijk plaatsen kon, dat hij haar onomwonden meningen ongepast vond en bang was dat ik erdoor aangestoken werd.

'Ik vond het zelf ook tijd voor iets anders,' zei ik. 'Kom, laten we naar de keuken gaan, anders brandt het eten nog aan.'

Lucas en Catharina gingen aan tafel zitten en ik prikte in het vlees en de aardappels om te zien of ze al gaar waren. Het was lastig mijn gedachten te houden bij zoiets banaals als de avondmaaltijd, terwijl mijn wereld voor de zoveelste keer in een paar weken tijd volledig op zijn kop stond.

Ik zette de borden neer, legde het bestek ernaast en nog hield ik mijn mond over wie ik vandaag bezocht had. Wanneer ik alleen geweest was met Catharina, dan waren de woorden als vanzelf over mijn lippen gekomen, maar nu, met Lucas aan de andere kant, eindelijk zo ontspannen dat hij met zijn hoofd scheef en met een ernstige blik luisterde naar wat Catharina te vertellen had, bleven ze in mijn keel steken.

'Kom je nog eens terug?' had Mies gevraagd toen ik haar eindelijk had losgelaten en gevraagd hoe laat het was.

Ik had ja geantwoord, dolblij dat ik vandaag verder gekomen was, ook al schrijnde er vanbinnen een open wond in de wetenschap dat ik te laat was geweest om mijn vader te ontmoeten.

Nadenkend schepte ik de borden vol. 'Vind je ook niet dat ze de dijken al voor de ramp beter hadden moeten onderhouden?' hoorde ik Catharina vragen. 'Er waren nooit zoveel mensen dakloos geworden als de regering daar gewoon geld voor had uitgetrokken. En nu moeten ze alsnog de schade herstellen en kost het nog meer.'

Ik verstond Lucas' antwoord niet, probeerde me te concentreren op het afgieten van de aardappels, maar omdat ik met mijn gedachten ergens anders was, hield ik het deksel niet goed genoeg tegen, zodat die kletterend in de gootsteen viel. 'Au!' gilde ik toen de stoom mijn vel raakte en het kokende water over mijn vingers stroomde.

Catharina stond al naast me voor Lucas me bereikt had en duwde hem ongeduldig opzij. 'Houd je hand onder de kraan,' beval ze. We stonden minstens tien minuten zo zonder dat een van ons een woord zei en mijn huid vuurrood zag en verdoofd was door het koude water.

'Ga zitten.' Beiden fladderden om me heen tot ik het er benauwd van kreeg, wedijverend om het me naar de zin te maken.

'Geef me een beetje lucht, alsjeblieft!'

Lucas ging op de stoel naast me zitten met mijn hand in die van hem, Catharina goot de rest van de aardappels af en schepte de borden vol. We aten in stilte. Door het raam, dat op een kier stond, klonken flarden van de drukte op straat: voorbijgangers die lachten en een melodietje floten, het geblaf van een hond, een startende motor van een auto die even later te hard wegstoof. De geluiden van alledag kalmeerden me, gaven me de moed om eindelijk te zeggen wat op mijn hart lag, zonder na te denken over eventuele gevolgen of berispingen die ik verwachtte van Lucas. 'Ik ben vandaag in Sliedrecht geweest.'

De vork die Lucas naar zijn mond bracht, bleef even steken in de lucht en ik hoorde hoe Catharina haar adem inhield.

'Ik ben een kapperszaak in gegaan,' ging ik verder terwijl ik met mijn vingers mijn haren gladstreek. 'Hij kon me verder helpen, hij kende mensen die net als mijn vader Slagboom heetten.'

Ik haalde diep adem, keek Catharina aan, maar eigenlijk had ik het tegen Lucas. 'Hij is dood, de Casper van mijn tekening is er niet meer. Ik zal hem nooit leren kennen.'

Huilen wilde ik nu niet, dus wachtte ik tot ik in staat was om verder te praten. Toen het zover was, keek Lucas naar me met ogen waarin een storm op kwam zetten. Nog beheerste hij zich – hij wilde zich niet laten kennen bij een vreemde, maar ik herkende de tekenen.

Ik herinnerde me een bepaalde ruzie heel goed, van een jaar voor we ons verloofd hadden. Het was een warme zomerdag en ik was uit mijn humeur geweest. Opa had de buren geholpen op het land, zoals al eeuwenlang het gebruik was, en natuurlijk had ook Lucas niet ontbroken. Toen ik hem zijn middageten bracht was Loes, het buurmeisje, een mager scharminkel met blauwe poppenogen en een huid die doorzichtig leek als porselein, me voor geweest. Ze stond zo dicht bij hem dat ik naar hem schreeuwde: 'Lucas! Kom hier.'

Loes giechelde, zodat ik een ogenblik helemaal niet kon ademen en uit pure noodzaak hoorbaar door mijn neus snoof. 'Wacht even,' zei Lucas en hij pakte de mand van het buurmeisje over zonder me aan te kijken.

'Nee, nu!' zei ik. Mijn stem klonk te hoog, te gejaagd. Blozend draaide ik me om, we hadden nog maar net ontdekt wat we voor elkaar voelden en mijn keel werd dichtgeknepen bij de gedachte dat die del hem inpalmde.

Geamuseerd en doodkalm pakte Lucas de mand uit. Hij maakte geen aanstalten om me te volgen en ik bleef niet bij hem zoals ik meestal deed in zijn middagpauze, maar probeerde verkoeling te vinden in de Kil. Als een pijl schoot ik naar voren, een ongekende kracht gaf me vleugels en hijgend zwom ik tot aan de bocht in de rivier. Moe en een stuk rustiger keerde ik even later om en peddelde terug naar de plaats waar ik mijn kleren had achtergelaten.

'Hier, meisje.' Zijn grijze ogen glimlachten naar me toen hij me een handdoek aanreikte, maar ik was nog niet bereid om de palmtak aan te nemen.

'Draai je om,' beet ik hem toe.

'Sara...'

'Nee,' riep ik. 'Als je niet eens kunt komen als ik het je vriendelijk vraag...'

'Vriendelijk? Het leek of je een hond commandeerde!'

'Ik hou er niet van als iemand die zegt dat hij verliefd op me is, aandacht geeft aan iemand anders.'

Hij pleitte, smeekte. 'Kom op, Saar, het stelde niks voor.'

Ik zweeg halsstarrig en staarde onverschillig naar het glinsterende water.

Ten slotte zag ik zijn ogen bliksemen. 'En ik hou er niet van op het matje te worden geroepen als er niks aan de hand is. Ik ben er klaar mee!' Hij wierp zijn handen omhoog en liep met grote stappen weg, mij verbijsterd en beschaamd achterlatend.

'Waarom heb je niet aan me gevraagd of ik met je meeging om die man op te zoeken?' vroeg Lucas.

'Die man? Je hebt het wel over mijn vader, hoor,' stoof ik op.

'Je vader,' verbeterde hij.

'Omdat je laatst geen enkel begrip toonde voor mijn verlangen naar mijn afkomst,' antwoordde ik.

Naast ons hield Catharina zich heel stil, ze had het bestek naast haar bord gelegd en draaide haar gezicht van de een naar de ander.

'Ik wilde je de teleurstelling besparen en zie waar het je gebracht heeft!' Lucas schoof het eten van zich af, uit zijn gespannen gezichtsuitdrukking kon ik opmaken dat hij er niet kalmer op werd.

'Wat zit je nou het meest dwars?' Ik stond op, trapte de stoel achteruit en pakte mijn bord om het in de gootsteen te zetten. Ik had geen trek meer – het goede nieuws, dat ik de naam van mijn moeder nu wist, had ik nog niet eens kunnen meedelen. 'Je doet iedere keer zo vijandig als ik erover begin.'

'Omdat je bent veranderd!' Lucas stond nu ook op, alsof hij zijn woorden kracht wilde bijzetten. Hij torende boven me uit. 'Sinds je die klotetekening gevonden hebt, herken ik mijn Sara niet meer.'

'Jij gunt me mijn familie niet!' Het werd een ogenblik zwart voor mijn ogen, ik stikte bijna in mijn woorden. 'Je hebt geen enkele belangstelling voor wat mij bezighoudt.'

'Ik vind gewoon dat je overdrijft.'

'Ha, wacht maar af.' Ik begon de kraan open te draaien en het water spatte alle kanten op toen het over het bord liep dat ik wilde afspoelen. 'Het wordt nog veel erger. Ik ga mijn moeder zoeken!'

Als twee kemphanen stonden we tegenover elkaar, neus aan neus, met onze buiken tegen elkaar gedrukt. Mijn woede zakte – de dag had zijn tol geëist, ik voelde me duizelig worden en hield me aan Lucas' armen vast. Hij kneep mijn polsen fijn. 'Ik verbied je te gaan!'

Nooit eerder had hij me iets verboden. Ik kon mijn oren niet geloven, ik dacht dat ik het verkeerd had verstaan. 'Denk je dat ik daarnaar luister?'

'Nee.' Hij liet me los, zijn armen hingen machteloos langs zijn zij. 'Maar dat zou wel moeten. Een vrouw...'

'Een vrouw is niet het bezit van een man!' Ik spuwde hem de woorden toe, ik stikte bijna in mijn eigen woede. 'Alles tussen ons is voorbij als je zo over me denkt!'

Zijn ogen glansden vochtig in het licht van de lamp, hij wreef met zijn hand over zijn kin. Voor mijn ogen zag ik hem veranderen. Hij had zichzelf nu weer in de hand en leek gewoon op Lucas: gelijkmatig en betrouwbaar, mijn maatje, mijn geliefde. 'Nee, het spijt me. Ik meen er ook niks van, Sara.'

Langzaam knikte ik, mijn ademhaling werd rustiger.

Lucas keek me recht aan. 'Het maakt me kapot. Eerst al dat water, de dood van Neeltje. Ik kan... ik weet niet meer waar ik het zoeken moet.'

Zonder vijandigheid nu, hoorde ik hem aan. Het was alsof er een dam doorbrak, zo snel sprak hij, hij stortte de woorden over me heen: zijn angst die nacht om Ellie en mij, de kadavers en de lijken die hij samen met de andere mannen had moeten opvissen, het huis dat één grote puinhoop was. 'Jij was altijd mijn anker, ik wist precies wat ik aan je had.'

Verbaasd begon ik te lachen. 'Ik voorspelbaar? Terwijl je me pasgeleden nog een katje genoemd hebt.'

'Ja, maar je was tevreden met wat je had. Ellie heeft je zachter gemaakt, minder opvliegend. Ik ben bang dat je bij me weg zult gaan, dat je nooit met me zult trouwen!'

'Hoe kom je daar nou bij?' Catharina had gelijk gehad: we hadden elkaar te weinig gezien, we wisten niet waar de ander mee bezig was. Ik legde mijn hand op die van hem. 'Ik heb helemaal geen zin om het af te blazen. Dat ik mijn moeder wil leren kennen heeft toch niks te maken met jou?'

'Alles.' Zijn stem klonk zo triest, ik voelde dat ik het koud kreeg. 'Niets zal meer hetzelfde zijn, de watersnood heeft alles verpest.'

'Mensen zijn toch heel flexibel? De oorlog heeft ons ook niet genekt, we hebben daarna het leven weer opgepakt.'

'Dit is erger, omdat het in één klap gebeurd is.'

Ik ging op zijn schoot zitten en sloeg mijn armen om zijn nek. Achter ons stond Catharina op, ze zette water op voor koffie en maalde alvast de bonen. Ik probeerde nergens aan te denken, streelde Lucas' warme nek, zijn arm gleed om mijn middel.

Een beetje beschaamd keek hij naar me op. 'Vergeef je het me?'

'Er valt absoluut niets te vergeven.'

Hij haalde diep adem en zijn ogen stonden weer kalm en bijna plagend toen hij zei: 'Heb je nog zin om te vertellen wat je ontdekt hebt?'

Zachtjes kneep ik in zijn wang. 'Jazeker. Wil je het echt weten?'

'Ja,' antwoordde hij lachend. 'Is het iets groots?'

'Dat zou ik denken.' Ik liet me van zijn schoot glijden. 'Kitty heet ze, Kitty...'

'Lont!' Catharina liet de koffiekan uit haar handen glippen, hij spatte in stukken uiteen op het zeil. 'Ik weet het weer. De dochter van de cafébaas, de roddel van het dorp toen ze zwanger was en wegliep met een steenzetter. Maar...'

Ze zweeg en haar gezicht werd bleek. 'Ze is alleen teruggekomen.'

# 46

## FEBRUARI 1932

'Ik ga met je mee,' zeg ik als Casper zich 's middags opmaakt om weer naar werk te zoeken.

Hij is net bezig met het strikken van zijn stropdas en zijn hand hangt even stil in de lucht. 'Ik ga redelijk ver.'

Goed zo, denk ik. Hoe verder hoe beter. Toen we terugkwamen van het raadhuis, drong hij er bij me op aan dat ik even zou gaan rusten, maar ik lag zo te draaien en te woelen dat ik bang was dat Sara er wakker van zou worden.

'Regels,' zei de stem van de vrouw steeds maar in mijn hoofd. 'U kunt niet zomaar...'

Die regels van ze bemoeilijken alles. Maar ik ben van plan om het heel anders aan te pakken.

Voor we vertrekken verschoon ik Sara's luier, ik doe haar een schoon hemdje en trappelpakje aan. Ze zijn van Anton geweest, maar Mies heeft ze aan me gegeven en ik vind dat ze bij mijn dochter passen, dat dit de kleren zijn waarin ze er het schattigst uitziet. 'Mama gaat ervoor zorgen dat je het beter krijgt, kindje,' fluister ik tegen haar. De donkerblauwe ogen staan wijd open en volgen mijn stem als ik tegen haar praat. Ik kam de zwarte haren, zo zacht als dons, trek een muts over het volmaakt ronde hoofdje en wikkel haar in een deken.

'Waarom neem je die koffer mee?' vraagt Casper als hij ziet dat ik de tekeningen die hij van haar en mij gemaakt heeft bij mijn andere spullen stop.

'Omdat ik een paar voedingen mee wil nemen. Binnenin blijven ze warmer.'

Nonsens natuurlijk, maar hij protesteert niet. Hoe kan hij niet doorhebben dat ik afscheid aan het nemen ben? Dat ik het doorzet zoals ik bedacht heb, al denkt hij dat na het fiasco van vanmorgen het gevaar geweken is.

'Ga je met dat kind die kou in?' vraagt ook Mies even later. 'Wil je haar niet liever bij mij laten als je een paar uur bij Casper wilt zijn?'

'Nee, ik neem haar zelf wel mee. Je hebt genoeg voor me gedaan,' antwoord ik. Ik sla mijn armen stevig om haar hals en ze kijkt me bevreemd aan. 'Dank je wel voor alles.'

'Casper, wacht even.' We zijn in een stad die Dordrecht heet, een mooie stad waar we een paar uur lang tevergeefs aangeklopt hebben bij winkels, huizen en een fabriek die sloten fabriceert. Het is bijna donker, de snijdende kou heeft Caspers wangen vuurrood gemaakt en de puntjes van zijn oren zijn bevroren ondanks de hoed die hij diep over zijn ogen getrokken heeft. Ik draag Sara in mijn armen, hij heeft mijn koffer overgenomen.

Ik was van plan geweest de mensen die we tegenkwamen om adressen van pleeggezinnen te vragen, maar er was niet één man of vrouw die me had aangestaan. De deur was vaker in ons gezicht dichtgesmeten dan ik tellen kon, iedereen deed of we bedelaars waren en ik begon bijna zelf te geloven dat we niet door het noodlot getroffen waren, maar dat we inderdaad een stel asocialen waren dat met de nek aangekeken moest worden. Sara achterlaten bij een van die bekrompen lieden komt al helemaal niet in mijn hoofd op.

Aan de overkant is een bushalte. Er komt net een bus aanrijden, drie mannen en een vrouw stappen uit, ze haasten zich langs ons heen zonder op ons te letten. Waarschijnlijk zijn ze op weg naar huis – naar hun lekker verwarmde kamer waar de kolenkachel al opgestookt is en hun eten klaarstaat. Ik trek de deken beter om Sara heen. Ik zwaai naar de buschauffeur en hij wenkt terug dat hij me gezien heeft. Hij stapt uit om een sigaret te roken. Ik haal diep adem en zeg: 'Ik stap nu in.'

Casper heeft zich van me afgewend, half ongeduldig door de

onderbreking, er zijn nog een paar adressen die we af kunnen lopen voor alles sluit. Nu slaat hij zijn ogen naar me op en het besef dat opkomt, wordt langzaam zichtbaar. 'Je stapt niet in.'

'Ik ga weg, Casper.'

'Waarom?'

'Ik heb je eerder gezegd dat ik je vrijlaat.' Ik steek mijn hand op om hem tegen te houden als hij iets wil zeggen. 'Ik ga nu een adres voor Sara zoeken en daarna terug naar huis.'

'Naar huis?' herhaalt hij suf.

'Naar Den Oever.'

Hij haalt zijn neus op en kijkt me ongelovig aan.

'Met het kind kan ik niet aankomen,' zeg ik. Ik schuifel wat met mijn voet door het laagje modderige sneeuw op de grond voor me. 'Ze zullen haar afpakken, of erger nog, haar opvoeden zoals ze met mij hebben gedaan. En dat wil ik niet. Sara mag nooit het idee hebben dat ze niks waard is, zoals ik al heel mijn leven.'

Hij zwijgt, ik zie dat de radertjes van zijn hersens langzaam ronddraaien in een poging om het te verwerken. Ik moet er bijna om glimlachen. Hij is goed in heel veel dingen, maar niet in vooruitdenken. 'Je hebt gelijk,' zegt hij. Er verschijnt een diepe rimpel op zijn voorhoofd. 'We kunnen niet voor Sara zorgen. Voorlopig,' voegt hij er op dreigende toon aan toe.

'Ik moet dus in die bus stappen,' antwoord ik.

'Niet zonder mij.'

Ik zucht. 'Doe niet zo vervelend, Casper. Er is niet zoveel tijd meer, straks gaat hij weg.'

De buschauffeur kijkt in onze richting en trapt zijn sigaret uit. Hij gaat de treden van het trapje op en verdwijnt de bus in. De deuren gaan achter hem dicht. Met een beslistheid waarvan ik zelf niet had gedacht dat ik die had, begin ik in de richting van de halte te lopen.

'Ik heb je koffer nog.'

'En je houdt hem als ik je niet mee laat gaan?'

'Precies.'

'Dan krijgt Sara honger.'

Intussen staan we op de stoep aan de overkant, voor de bus waarvan de deuren met een klik opengaan. Een uitnodigende warmte komt me tegemoet, ik voel nu pas dat ik tot op het bot verkleumd ben. De strijdlust heeft me alweer bijna verlaten, het liefst zou ik geen enkele beslissing nemen. Niet voor mijn dochter, niet voor mezelf en al helemaal niet voor hem. Zijn koppigheid maakt me razend en tegelijkertijd bewonder ik hem erom. 'Kom maar mee dan.'

'Goedenavond.' De chauffeur pakt het geld aan, start de motor en de bus begint te trillen en te ronken. We zijn de enige passagiers, we gaan helemaal achterin zitten, dicht tegen elkaar aan met Sara tussen ons in. 'Weet jij waar hij naartoe gaat?' fluistert Casper in mijn oor.

Ik haal mijn schouders op, ik heb er alleen aan gedacht dat ik weg moest, het interesseert me eigenlijk niet welke richting we opgaan.

'Een avontuur dus,' mompelt hij. 'Meer een boze droom, als je het mij vraagt.'

Even later stoppen we bij een kade waar de bus op een veerboot rijdt. 'O, nee,' zegt Casper. 'Ik ben hier wel eens geweest. We gaan nu naar 's-Gravendeel, een dorpje waar niks te doen is, waar ik niemand ken en waar we ook niks te zoeken hebben. Een fantastisch idee, Kitty.'

'Je had niet mee hoeven gaan.' Ongelukkig kijk ik naar buiten, maar het is zo donker geworden dat ik niets kan onderscheiden. De moed zinkt me in de schoenen. Wat als dit de laatste veerboot is van vandaag, als we nergens onderdak kunnen vinden, als Sara de hele boel bij elkaar begint te schreeuwen, als de voedingen op zijn en ik geen andere voor haar kan maken?

Wat een ondoordacht plan, denk ik boos. Als een kip zonder kop heb je je door je eigen emoties laten meesleuren. Dan had je haar nog beter mee naar huis kunnen nemen en ook al hadden ze haar afgepakt, ze had dan tenminste nog een kans gehad.

Het is etenstijd wanneer we door het dorp lopen. Overal zien we uitnodigend licht door de ramen schijnen wanneer we langs sluipen als dieven in de nacht en ik durf nergens aan te kloppen. Gezinnen zitten rond de tafel met dampende borden eten voor zich, ze praten en lachen en ik moet mijn ogen afwenden omdat de ideale taferelen pijn doen en ze mijn hart zwaar maken. Waarom is het ons niet gegund om zo met familie en vrienden en onze dochter te kunnen leven?

Sara wordt zwaarder en zwaarder in mijn armen en Casper neemt haar van me over zodra hij ziet dat het te veel voor me wordt. Aan de rand van 's-Gravendeel staan we stil voor een huis, of eigenlijk meer een kleine boerderij, met een stal en een kippenhok, een moestuin en een paar fruitbomen waaraan nu geen enkele appel of peer meer hangt. Door het keukenraam valt een reep licht op het erf en ik zie hoe een vrouw met blond, krullend haar zich over het aanrecht buigt. Ze tuurt het donker in en ik deins achteruit tot voorbij een grote vlierstruik die ons aan ongewenste ogen onttrekt.

'We moeten uit de kou.' Caspers stem klinkt schor en hij laat zijn schouders hangen. Ik strek mijn rug.

'Terug naar de veerboot dan maar?'

Sara begint te huilen en ik kijk om me heen of ik een beschutte plek kan vinden om haar een van de flesjes te geven die ik nog in de koffer heb. 'Sst,' sus ik. 'Straks worden we nog ontdekt!'

Wanneer ik de deur van de stal voorzichtig openduw, blij dat hij niet afgesloten is, draaien een paar koeien slaperig hun kop naar me om. Casper volgt me, zakt neer op de grond en trekt een van zijn schoenen uit. 'Een blaar,' zegt hij met een pijnlijk gezicht.

'Ik zal er zo naar kijken,' antwoord ik uit automatisme. Ik realiseer me dat er een pincet in de koffer zit en bedenk me hoe ik het best het wondje schoon kan maken. Het is al een hele tijd geleden sinds ik aan dat soort dingen gedacht heb.

Vanwege de dampende dierenlijven is het redelijk warm in de

stal, het stro is comfortabel genoeg en als Sara gedronken heeft kruipen we tegen elkaar aan. 'We kunnen hier niet blijven,' zegt Casper. 'Misschien even, maar als ze ons morgenochtend ontdekken bestaat de kans dat we gearresteerd worden voor inbraak.'

'Toe nou,' smeek ik. 'Laten we ons hier schuilhouden tot we weer wat warmer geworden zijn, uitgerust zijn en verder kunnen. Kijk, ik heb een kruik jenever meegenomen.'

Om beurten nemen we een slok en spoelen de smaak van een hap oudbakken brood weg dat Casper in de zak van zijn jas vindt. Door het smalle raam zie ik dat het weer is gaan sneeuwen. Ik vis de pincet uit mijn spullen en prik de blaar door.

Als de drank half op is, gaat Casper op zoek naar waar hij zijn sigaretten heeft opgeborgen. 'Niet hier roken, hoor,' waarschuw ik. 'Met al dat stro is het veel te gevaarlijk.'

Wanneer hij naar buiten gaat, loop ik hem achterna. Ik leg mijn hand op zijn rechterarm. 'Het spijt me.'

'Wat zou je moeten spijten?'

'Ik breng je steeds in moeilijkheden.'

'Ik zou niet liever willen.' Hij lacht naar me, de maan is net achter een wolk tevoorschijn gekomen, de grote vlokken verse sneeuw glinsteren een beetje en in het huis gaat in de keuken weer het licht aan. Dit keer staat er een oudere man voor het raam, hij spoelt borden en glazen af. In de verte klinkt muziek.

'Is dat een piano?' vraag ik.

'Ik geloof het wel.'

Wanneer Casper weer de stal opzoekt, blijf ik nog een tijd staan kijken naar de bewoners van de boerderij. Ze hebben vergeten de gordijnen te sluiten. Ik glip zelfs dichterbij, tot vlak onder het raam en luister naar het spel van de vrouw. Ik vermoed dat er niemand anders woont dan zij en de man, maar ik kan niet horen wat ze tegen elkaar zeggen. Pas als de deur opengaat, besef ik dat het gevaarlijk is wat ik doe – spioneren met het risico dat ze me misschien niet de kans zullen geven het uit te leggen als ik betrapt word. Ik verstop me achter de grote struik en wanneer een hond luid blaffend op me af stuift, houd ik mijn adem in. 'Stil maar,' zeg ik zacht tegen het kwispelende beest. 'Vort, naar je baasje.'

'Bruin, hier!' roept de lage stem van de man.

'Wat is er?' De vrouw is naast hem komen staan, ze heeft een doek om haar schouders geslagen en huivert. 'Wat is het koud. Ik benijd niemand die daarbuiten is.'

'Nee, ik ook niet. Bruin! Laat die egels met rust, ze zijn in winterslaap.'

De hond sjokt terug naar het huis, even later gaan de gordijnen dicht en het licht uit.

De volgende morgen, heel vroeg, ben ik stijf van het slapen op de grond. Het stro en onze lichamen hebben Sara redelijk warm gehouden. Ik maak de koffer open en geef haar de allerlaatste melk, ook al is die inmiddels koud.

Mijn oog valt op de twee tekeningen die met zoveel liefde gemaakt zijn. En ik denk: als ik dit moet doen, dan doe ik het ook meteen. 'Lieve kleine schat,' fluister ik in Sara's oor. 'Je kwam op een ongunstig moment. Je bent geboren uit de allerslechtste verbintenis die je je maar voor kunt stellen. Maar ik hou van je. Ik heb zo goed mogelijk voor je gezorgd en nu moet ik doen wat het beste voor je is.' Ik druk een kus op haar wang, op haar oogleden, op haar roze mond. Met tranen in mijn ogen wieg ik haar in mijn armen en stop de houtskooltekening tussen de deken waarin ik haar wikkel.

Casper ligt met zijn rug naar me toe in het nest dat we van stro gemaakt hebben. Zacht strijk ik het haar van zijn voorhoofd. 'Het is echt beter zo,' fluister ik. Hij beweegt even, maar wordt niet wakker.

Nog eenmaal werp ik een blik op hem en dan stap ik naar buiten de wereld in die in één nacht nog meer bevroren en witter geworden is. De stoep voor de deur is bedekt met een dikke laag ijs, over het grasveld en de moestuin ligt een witte deken van sneeuw. 'Ik wilde dat het niet zo koud voor je was, liefje,' zeg ik tegen Sara. 'Maar ik vermoed dat ze de koeien zo wel zullen melken. Dan word je meteen gevonden.'

Nog één keer kijken de heldere ogen me aan. Sara trappelt met haar beentjes en woelt zich bloot, ik trek de deken weer om haar heen. Het huis voor me is nog steeds stil, maar ik voel dat het bijna ontwaakt. Achter de deur schuifelen poten over de vloer, nog even en de hond begint te blaffen.

Nadat ik haar neergelegd heb, neem ik de koffer op en loop het erf af. Ik ben vastbesloten me niet om te keren, maar kan de verleiding niet weerstaan. Daar ligt ze, een hoopje voor een deur, het wezen dat me moeder gemaakt heeft. Dat pakt niemand me in ieder geval af. Want moeder blijf je je hele leven.

'Wat heb je gedaan?' Uit de stal komt Casper aangerend, maar nog terwijl hij naar me toe komt, gaat de voordeur van het huis ineens open en hij verschuilt zich achter een hooiberg. Ook ik schiet achter een dikke boom.

Het is de vrouw – haar haren lichten op in de winterzon die plotseling op het erf valt. Ze buigt zich over Sara heen. 'Wat krijgen we nou...'

Als ze de bundel oppakt en de deken wegschuift, afgeleid door het roze gezichtje van mijn kind, maak ik van de gelegenheid gebruik en ren de weg af.

# 47

## HALF MAART 1953

'Hoe voel je je?'

We waren gestopt bij het water, in een smalle straat in Den Oever. Tegenover ons lagen een paar cafés, één ervan was een roodstenen gebouw met de naam DE HAVEN op het grote raam. Er hingen witte vitrages voor, waarachter ik niemand zag bewegen. Catharina deed het dashboardkastje open en haalde haar handtas eruit. 'Heb je een slok nodig?'

'Nee, dank je,' antwoordde ik lachend. 'Drank is niet overal de oplossing voor. Bovendien is het niet goed voor de borstvoeding.'

Ze haalde haar schouders op. 'Ik vind het net zo spannend als jij,' zei ze. 'Dus...' Ze schroefde de dop van de fles en nam een stevige teug. 'Zo, ik ben er klaar voor, jij?'

'Zo klaar als het maar kan.' Ik draaide me om naar Ellie, die in een grote rieten mand op de achterbank van de auto lag. 'Weet je zeker dat je niet mee naar binnen gaat?'

'Heel zeker.' Catharina rolde het raampje van haar portier naar beneden en stak een sigaret op. 'Ik wil hier eigenlijk niet eens zijn, deze plek geeft me de kriebels. Te veel herinneringen. Ik heb dat allemaal achter me gelaten en wil liever niet dat iemand me herkent. Ik pas wel op Ellie en als je denkt dat het kan, kom je haar maar halen.'

'Dank je dat je met me meegegaan bent.' Ik pakte haar vrije hand en ze legde mijn hand even tegen haar wang.

'Dat spreekt vanzelf.'

'Nou,' zuchtte ik. 'Daar gaat hij dan.'

'Succes, lieverd.'

'We zijn nog niet open!' riep een vrouwenstem toen ik de deur geopend had en naar binnen was gegaan, nadat ik nog een keer achteromgekeken had naar de geparkeerde auto bij de kleine haven.

'Ik heb alleen een vraag,' riep ik terug.

Vanachter een ouderwetse bar kon ik haar net zien staan tussen de omgekeerde barkrukken door. Haar gezicht was rond, met bolle wangen en ze had lichtgroene ogen. Haar haren vielen tot op haar schouders. Bij de achterdeur stond een jongeman met dezelfde kleur ogen een deurpost wit te schilderen, misschien was hij haar zoon. Bij mijn nadering stak hij een hand met de kwast erin omhoog ter begroeting en ging verder met zijn werk zonder nog op me te letten.

De vrouw droogde haar handen af en liep om de toog heen. Ze haalde de krukken er een voor een af. 'Kan ik u helpen?'

'Ik hoop het.' Het haar van de vrouw was donkerblond, maar niet zo donker als dat van mij. Ik had zin om het houtskoolportret tevoorschijn te halen en het nieuwsgierige gezicht tegenover mij te vergelijken met de tekening. In plaats daarvan probeerde ik te bedenken wat ik ook alweer geoefend had met Catharina. Nu het erop aankwam, waren de zorgvuldig ingestudeerde woorden uit mijn gedachten verdwenen.

'Ik geloof niet dat ik u eerder heb gezien, toch? Komt u misschien voor de kinderstoel die ik te koop heb gezet? Dan bent u er snel bij, de advertentie is pas gisteren in de krant verschenen...'

'Ik kom niet voor de kinderstoel.'

'O.' Fronsend haalde ze een lap tevoorschijn en begon de tafels af te boenen. 'Zoals ik al zei, we gaan eigenlijk straks pas open.'

'Ik ben Sara,' bracht ik uit.

'Aha.' Ze wist duidelijk niet wat ze met die mededeling aan moest. 'Nou, Sara...'

'Kan ik Kitty even spreken?'

'O, je komt voor Kitty! Zeg dat dan meteen.' Ze wrong zich met moeite langs de jongen heen. De zoom van haar rok streek tegen de net geverfde deurpost aan en liet een vlek achter, maar ze merkte het niet. 'Kitty! Een jongedame voor je.'

De vrouw die achter haar brede rug tevoorschijn kwam was veel magerder en had een verweerd gezicht. Ze had dezelfde lichte ogen en iets in haar gezicht deed aan de andere vrouw denken, waardoor ik onmiddellijk bedacht dat ze zussen moesten zijn. Maar haar haren waren rood! Prachtig rood en ze hingen heel ver over haar rug, net als bij een meisje. Ze was ontzettend mooi, maar ze was een koele schoonheid als van een standbeeld.

Dit keer was het niet nodig om het portret te pakken, want zodra ze met haar lichte, iets slepende tred naar me toe gekomen was, wist ik dat zij een oudere uitvoering van mijn moeder was. Toch stak ik mijn hand in mijn zak en legde hem op het papier, als om er moed uit te putten.

Op weg in de auto, terwijl het landschap steeds meer doorsneden werd door slootjes in de eindeloze polders en weilanden en er dijken en boerderijen opdoemden vanuit de mist, had ik gedacht aan het moment waarop mijn moeder voor me zou staan.

Ondanks het onomstotelijke bewijs dat ze zich al die jaren niks van mij had aangetrokken en me had laten stikken in de kou, was ik ervan overtuigd geweest dat we alle twee, zodra we elkaar aan zouden kijken, onze bloedband zouden voelen. Maar ze had een onverschillige blik in haar ogen en teleurgesteld zag ik in dat ik haar een handje moest helpen om haar geheugen op te frissen.

Ik keek achterom naar de bar, waar de zus weer verderging met haar bezigheden. 'Mag ik misschien een glas water?' riep ik.

Ze knikte, draaide de kraan open en vulde een van de hoge glazen die voor haar op de houten toog stonden. Toen ze naar mij toe liep was de blik in haar ogen nog nieuwsgieriger geworden – toch zei ze niks en zette het glas voor mij op een van de tafels met de vele kringen. Met een korte handbeweging nodigde ik mijn moeder uit te gaan zitten. Na een korte aarzeling deed ze wat ik haar vroeg.

We spraken niet tegen elkaar en ik legde de tekening voor me. Tot mijn blijdschap was dat in ieder geval genoeg om een zweem van interesse op te wekken in de groenblauwe ogen en ik begreep meteen dat ze het portret herkend had.

Ze bracht haar hand naar haar mond en drukte de knokkels tegen haar lippen tot ze wit zagen. 'Hoe...?'

'Ik ben Sara,' zei ik plompverloren. Het had geen zin om het nog uit te stellen, meer was niet nodig om haar te laten begrijpen dat ik haar dochter was. Gespannen wachtte ik af tot ik de kreet van blijdschap zou horen, tot ze op zou springen en mij in haar armen sluiten. Zelf wilde ik haar zo graag aanraken dat het pijn deed, maar ik hield me in, probeerde er rekening mee te houden dat ik me al een tijd op deze ontmoeting had voorbereid, maar dat zij ermee overvallen werd.

'Sara...' Het kwam eruit als een zucht. Haar ogen gleden over mijn haren, mijn ogen, mijn kin en mond.

Ik merkte dat ik hetzelfde deed – op zoek naar gelijkenissen in haar gezicht bleef ik hangen bij het rode haar en ik wist niet of ik teleurgesteld was of niet. Om de een of andere reden had ik altijd gedacht dat onze haarkleur overeen zou komen.

We werden onderbroken door haar zus die naar ons toe kwam en zich over de tekening boog. 'Hé, Kitty, dat ben jij,' zei ze. 'Ik heb dit portret nooit gezien... Wie heeft dat gemaakt?'

'Mijn vader,' zei ik terwijl ik mijn blik op Kitty's gezicht gericht hield.

De mond van de vrouw zakte open. 'Je vader?' zei ze op scherpe toon. 'Maar die is toch... weg? En jij...'

'Mogen we even, Martha?' Er flikkerde heel even iets in mijn moeders ogen, waardoor haar zus met een klap haar mond sloot en meteen afdroop, al keek ze nog een paar keer om naar mij.

'Hij is toch mijn vader?' vroeg ik aan Kitty.

Toen deed ze iets wat me verbaasde: ze gaf niet meteen antwoord en keek me ook niet recht aan, maar zo half achter me naar een punt op de vloer, terwijl ze met haar vingers over de letters van het onderschrift streek. Daarna haalde ze diep adem. 'Casper is jouw vader, ja.'

'Het is jammer dat ik hem nooit heb leren kennen. Hij is net na de oorlog gestorven.'

'Casper, dood?' Haar ogen werden een fractie van een seconde zachter, maar daarna kreeg haar gezicht weer dezelfde stugge uitdrukking die het tot nu toe had gehad, en ik wist niet eens meer zeker of ik misschien een glimp had opgevangen van het meisje dat ze vroeger geweest was. Het verbaasde me dat ze het niet wist, al had Catharina verteld dat ze alleen naar Den Oever was teruggekeerd, zonder Casper en een baby.

Ik verzamelde al mijn moed en zei: 'Ik heb een paar vragen.'

'Ik weet het niet.' Ze wond een streng van haar haar rond een vinger en haar voorhoofd rimpelde zich. 'Het is zo lang geleden.'

'Dat begrijp ik. Maar heb ik, uw dochter, geen recht om u iets te vragen?'

Half onwillig knikte ze. 'Misschien wel.'

'Waarom heeft u me zomaar voor de deur neergelegd? Waarom heeft u al die jaren niet naar me geïnformeerd, heeft u gedaan alsof ik niet voor u bestond?'

Ze stond op, terwijl haar handen de leuning van haar stoel omklemden. 'Daar wil ik niet over praten, het is al pijnlijk genoeg dat je hier zomaar opduikt. Had je niet eerst kunnen schrijven?'

'Zodat u me leugens op de mouw kon spelden?' Ik was ook opgestaan en voelde hoe de woede in me opwelde. In mijn hoofd telde ik tot tien, zoals Lucas me geleerd had. Het hielp niet echt, maar het gaf me genoeg ruimte om iets kalmer te worden. 'Luister, ik ben hier niet om u in moeilijkheden te brengen.'

'Maar dat doe je wel,' zei ze. Haar gezicht verloor heel even de uitdrukking van het strakke masker waarachter zij alles aan leek te kunnen. Ik wist niet of zij niets voelde, of niets wilde voelen.

'Mijn familie weet niet alles, ik heb er nooit meer over gepraat en toen de tijd voorbijgleed, dacht ik er steeds minder aan.'

Ze keek opzij naar haar zus die haar onderarmen op het blad van de toog liet rusten en zo ver naar voren leunde dat ik het idee had dat ze net zo goed bij ons kon komen zitten.

'Is er geen andere plek waar wij in alle rust met elkaar kunnen praten?'

'Daar heb ik geen behoefte aan.' Kitty perste haar lippen op elkaar zodat ze een smalle, bleke streep werden. 'Ik heb je afgestaan omdat dit het beste voor je was.' Het kostte haar zichtbaar moeite om me recht aan te kijken. 'En daar sta ik nog steeds achter.'

Alle vragen die ik voorbereid had, alle hoop die ik van tevoren had gehad, verdampten. Ze liepen stuk op dat bevroren gezicht tegenover mij – het viel me op dat er harde lijnen langs haar mond liepen. 'Het spijt me dat ik u lastig heb gevallen.'

Heel even had ik nog de hoop dat ze me achterna zou komen, maar toen ik de deur achter me sloot hoorde ik alleen Martha nog zeggen: 'Wie is Sara?'

Mijn blik vertroebelde zodra ik buiten stond, met moeite kon ik de auto vinden, hoewel die recht voor me stond. Ik schoot eropaf alsof de duivel me op de hielen zat. 'Rijden,' schreeuwde ik naar Catharina, die me geschokt en verbaasd aankeek. 'Ik wil hier nú weg!'

'Toch ben ik blij dat ik het gedaan heb,' zei ik later tegen Lucas en opa toen we met zijn allen om Catharina's keukentafel zaten met een kop koffie. 'Ik weet nu tenminste hoe ze eruitziet.'

'Het is altijd beter om iets onder ogen te zien,' zei opa en hij kneep zachtjes in mijn hand. Ik moest lachen door mijn tranen heen.

'Een klein vogeltje heeft me dat ingefluisterd, toen ik haar beschermen wilde. Maar ik weet nu dat ze alles aankan,' vervolgde hij.

'Zo is het,' zei Catharina. Ze stond op om iedereen nog eens in te schenken. 'Anders was je je hele leven misschien blijven denken: had ik maar...'

'Het enige wat ik echt heel erg vind,' zei ik terwijl ik een grote slok nam, 'is dat ik het portret ben vergeten. Ik was zo met Kitty's reactie bezig dat ik het op tafel heb laten liggen.'

'Je kunt haar schrijven,' zei Lucas. Hij legde zijn arm om mijn schouder en trok me dichter tegen zich aan. 'Zie het als de laatste kans om de deur op een kier te zetten.'

Wilde ik dat wel? Had ik niet alles wat ik nodig had, hier om me heen, bij de mensen die van mij hielden en mij hadden opgenomen als hun familie?

Ik voelde de hand van Lucas tegen mijn hals, zag opa naar me knipogen zoals hij dat al talrijke keren in mijn leven had gedaan. Het gaf me een geruststellend gevoel – alsof het er niet toe deed dat mijn afkomst schimmig was, alsof het hem ook helemaal niet kon schelen dat ik niet zijn echte kleindochter was. Aan de overkant van de tafel nam Catharina een slok van haar koffie en haar mond vertrok weer. Ik wist dat ze dat met een reden deed, en dat maakte dat ik me dichter bij haar voelde. Op dit moment was de afwezigheid van mama, mijn grillige maar prachtige moeder, bijna onverdraaglijk en ik voelde tranen achter mijn oogleden prikken.

Ellie lag in de grote rieten mand, haar ogen wijd open en leek naar me te lachen. Ik wist natuurlijk wel dat het een spiertrekking was, omdat een kleine baby zover nog niet is, maar het maakte me niet uit – haar hele wezen was me zo vertrouwd dat ik wist dat er een onzichtbare draad tussen ons gespannen stond die niemand kon verbreken. Eens had ik gedacht dat het zo was tussen alle moeders en dochters, maar misschien was dat achteraf niet zo.

Dit was de laatste avond dat ik bij Catharina sliep – de waterleiding in het dorp was gemaakt, we mochten weer terug naar onze huizen. Opa en Lucas hadden heel hard gewerkt om het gat in de muur te dichten, nu was het mijn beurt en kon ik beginnen met opruimen en schoonmaken zodat het weer een thuis kon worden.

Ik woog Lucas' laatste woorden en kauwde afwezig op mijn wang. 'Misschien doe ik dat wel,' zei ik.

# 48

## FEBRUARI 1932

Vader staat met zijn rug naar me toe een paar flessen af te stoffen. Het is alsof de tijd stil heeft gestaan, alsof ik gewoon een wandeling gemaakt heb door het dorp, of oom Frans en tante Dina even heb bezocht. Zelfs toen ik hier aankwam, viel het me op dat alles er zo normaal uitzag, met kinderen die schaatsten op de slootjes op hun vrije dag van school, en het enige wat het anders maakte, was dat iedereen me met open mond aanstaarde toen ik langsliep.

Ik zet de koffer naast me neer op de grond en het zachte geluid is genoeg voor de scherpe oren van mijn vader, want hij draait zich om. Met zijn onderarmen geleund op de toog buigt hij zich naar voren en kijkt naar me. We bewegen geen van beiden – ik durf niet van mijn plaats te komen en ben alleen maar verbaasd dat hij niet meteen op me af vliegt om me tegen de grond te slaan. Iets in zijn ogen is anders – een zekere mildheid die ik in jaren niet gezien heb. Uiteindelijk verbreekt hij de stilte en zegt: 'Kom binnen, meisje.'

De deur naar de keuken gaat open en Martha stapt de zaal binnen met een blad vol glazen. Bijna laat ze het uit haar handen vallen, maar vader is er op tijd bij en neemt het van haar over. 'Kitty,' roept ze. 'O, Kitty! Wat heb ik je gemist.'

Ik laat me omhelzen, al blijf ik alles onwerkelijk vinden en kan ik mezelf er nauwelijks toe dwingen mijn armen ook om de hals van mijn zus te slaan. Sinds ik Sara en Casper heb achtergelaten, voel ik me vreemd – alsof ik een andere vrouw ben dan de Kitty die een kind heeft gekregen. Tijdens de terugreis hebben de kou en honger me niks gedaan. Het duurde veel langer dan ik van tevoren bedacht had, want ik was de weg kwijt en het had dagen geduurd tot ik erachter kwam waar de beurt was die me naar huis kon brengen. Zelfs op dat schip, waar een vriendelijke vrouw haar brood met me deelde toen ze zag dat ik er steels naar keek, ontdooide de brok in mijn keel niet.

'Ben je alleen?' vraagt Martha. Ze knijpt mijn arm bijna fijn. 'Ma, Kitty is thuis!' roept ze naar achteren.

'Ja, ik ben alleen,' zeg ik nauwelijks hoorbaar. Ook mijn stem heb ik in dagen niet gebruikt, hij klinkt schor en krakerig, de stem van een oude vrouw. Ik ben ook vijftig jaar ouder geworden in de laatste twee weken en ik tors een last waaronder ik bijna bezwijk.

Mijn moeder slaat haar handen voor haar gezicht als ze me ziet staan. 'Wat zie je eruit! Zo mager, en je jurk is gescheurd.' Ze trekt me mee naar een tafel, duwt me op een stoel. 'Heb je honger? Of wil je liever eerst slapen? Ik kan ook thee zetten!'

'Doe maar thee,' zeg ik, weer met die rare stem. Ik wilde dat ze weggingen, ik wilde dat ze niet zo'n drukte maakten van mijn thuiskomst. Vreemd... vroeger, toen ze geen notitie van me namen hunkerde ik ernaar, nu wil ik dat ze me met rust laten.

Ze haast zich weg en vader loopt met haar mee.

'Heb je...?' vraagt Martha, die mijn hand in die van haar neemt. 'Heb je inderdaad een kind gekregen?'

'Ja, een dochter.' Ik doe mijn ogen dicht, en als ik ze weer opendoe zie ik dat Martha met gebogen hoofd aan een knoest in het hout pulkt. Heel even kom ik in de verleiding om mijn zusje alles te vertellen. Wat zou het fijn zijn om het met iemand te delen en de onzichtbare muur tussen ons te slechten die onmiskenbaar opgetrokken is in de tijd dat ik ben weggeweest.

'Maar waar is ze dan?' Martha kijkt op, haar ogen zijn nog echt die van een meisje, hoewel ze ouder is dan ik. Ze lijkt op een onschuldig kind dat niks begrijpt van mijn situatie en ook niets zou begrijpen van de keuzes die ik heb gemaakt. Niemand, trouwens.

'Weg...' zeg ik en mijn stem breekt bijna. Martha voelt dat aan en ze gaat nog iets dichter bij me staan. Haar haren ruiken naar de zeep die ik zo goed ken, haar warme lichaam is bijna te veel voor me en ik probeer mijn tranen in te slikken.

'Weg?' vraagt ze. Haar stem is een fluistering en de mijne ook als ik zeg: 'Ja, mijn dochter is dood.'

In de drie maanden die volgen wordt de leugen die ik verzonnen heb, makkelijker te hanteren. Niemand vraagt ooit naar wat er in die paar weken dat ik weggelopen ben, is gebeurd. Het is prima zo – er niet over praten is bijna hetzelfde als er niet aan hoeven denken.

Het wordt zaterdag, 28 mei 1932. Op vrijdagavond zijn de keileemgrijpers aan de beide dijkeinden van de Afsluitdijk vlak bij elkaar gekomen, vandaag zullen ze het gat dichten dat overgebleven is. Ik kijk uit het raam naar de werkhaven en zie dat het werk stilligt. De laatste opening is ongeveer zeven meter, met een polsstok zou iemand zo van de ene naar de andere kant kunnen springen. Voor de laatste keer trekt de vloed van de Zuiderzee onze haven binnen – na vanmiddag één uur is de zee een meer.

'Kom Kitty,' zegt Martha opgewonden. 'We moeten opschieten als we erbij willen zijn.'

'Ik weet niet, hoor...'

'Ach, kom op, je zit zo vaak thuis te kniezen!'

Buiten hebben zich al groepjes mensen verzameld. We moeten door het keileem baggeren om er te komen. Ik stoot per ongeluk een lange blonde man aan die verstoord achteromkijkt. 'Neem me niet kwalijk,' mompel ik terwijl ik langs hem heen schuif. Meteen gaan mijn nekharen overeind staan. Het is Caspers vader, die ik nooit meer gezien of gesproken heb nadat ik zijn zoon in de steek heb gelaten. Hij tikt beleefd aan zijn pet en ik groet hem terug. Ik wil stil blijven staan en hem vragen of... Wat eigenlijk? Of zijn zoon het zonder mij gered heeft, of hij weet wat voor een zootje ik gemaakt heb van die weken samen met hem? Gauw kijk ik naar het feestschip *De Staveren* met zijn vele vlaggen en de vliegtuigjes met filmers en fotografen die boven het gat cirkelen.

'Laten we naar voren gaan,' roept Martha boven het lawaai van de motoren uit, 'anders zien we niks!' Ze trekt me hardhandig mee aan mijn arm, ik moet moeite doen om haar te volgen.

Op het schip zwaait iemand met de Nederlandse vlag heen en weer, onmiddellijk daarna worden de twee kranen aan gezet en valt het keileem uit beide tegelijk met een plons in zee neer. De verbinding tussen de twee provincies wordt gemaakt – het gat is dicht.

'Wat een mooi gezicht, hè?' roept Martha. Haar wangen schitteren, net als alle anderen om ons heen is ze blij dat ze precies staat op de plek waar geschiedenis geschreven wordt.

Ik knik, maar schrik van het lawaai van de sirenes en fluiten van de vletten en motorbootjes die op de golven heen en weer dansen. Vlaggen worden gehesen, er knallen kurken van champagneflessen aan boord van het grote schip, hoeden en petten gaan de lucht in. Maar niet iedereen staat te juichen: de krammatmakers, de baggeraars, de rijswerkers en steenzetters zijn allemaal overbodig geworden nu de dijk dicht is. Hun gezichten staan strak onder de petten die ze niet eens afgedaan hebben. Ik denk aan de rijen werklozen, aan de uren dat Casper als een bedelaar door de straten liep, en mijn hart gaat uit naar alle mannen die straks thuis komen te zitten. De klanken van het Wilhelmus zijn nog niet weggestorven of er stapt een jonge vrouw naar voren. Ze trekt haar schoenen en kousen uit en gaat er met grote stappen vandoor, over de dijk, met haar rok opgetrokken zodat haar blote benen zichtbaar zijn. Naast me voel ik hoe Martha haar adem inhoudt, zoals ze ook die keer deed toen ik mijn rok verwisselde voor een broek en voetbalde met de jongens. Ineens moet ik glimlachen – overal zullen meisjes en jonge vrouwen zijn die zich niks aantrekken van wat de mensen uit het dorp zeggen, of wat hun ouders of vriendinnen van hen vinden.

Voor mij is het te laat – ik geloof niet meer dat ik iets aan mijn lot kan veranderen, maar gelukkig is er altijd iemand anders die wel de moed heeft om op te staan.

Ik hoop dat mijn dochter een van hen zal zijn.

# 49

## APRIL 1953

Terwijl ik de formulieren in zat te vullen voor onze buren, van wat er allemaal verloren was gegaan tijdens de watersnood, werkte Lucas aan de kozijnen.

Neuriënd schreef ik op: een rood tafelkleed, zes aardewerken kopjes, een varken.

Het gehamer achter me stoorde me niet. Het maakte me juist op een vreemde manier blij dat we eindelijk aan het opbouwen waren wat het water vernietigd had.

De radio speelde zachtjes door. 'Beurzen open, dijken dicht!'

Het wekelijkse programma op zaterdag waarin opgeroepen werd om vooral veel, heel veel te geven aan de slachtoffers van De Ramp was een vast onderdeel van ons bestaan geworden. Uit het noodfonds werden nu al die dingen betaald die we nodig hadden. Ik lachte hardop en legde de papieren bij de andere op de stapel die ik al klaar had.

'Wat ben jij vrolijk.' Lucas kwam achter me staan en boog zich over mijn schouder. 'Hoewel je niet echt met vrolijke dingen bezig bent.'

'Wel, hoor.' Ik lachte voorzichtig naar hem. Sinds we terug waren in ons huis, ging het weer beter tussen ons. 'Ik heb gemerkt dat ik goed ben in organiseren. Wanneer alle anderen als een kip zonder kop rondrennen, word ik juist kalm.'

'Hm,' zei Lucas plagend. 'Nooit iets van gemerkt.'

Ik reikte achter me en trok zijn nek naar me toe. Hij stond nu tegen mijn rug aan, met de stoel tussen ons in. Het was lang geleden dat ik me zo dicht bij hem gevoeld had. 'Het is dan ook een nieuw inzicht,' ging ik verder. 'Zonder mij was het uitdelen van de kleding op school een puinhoop gebleven. Ali van Santen zei het laatst zelf nog: "Als ik jou niet had..." En weet je, ik geloofde haar.'

'Zo,' zei Lucas. 'Van een vreemde neem je het wel aan.'

'Ik ben de laatste tijd achter een heleboel dingen gekomen.'

'Zoals?' Zijn hand streelde nu mijn nek, volgde de lijn van mijn hals.

'Ik ben erachter dat het er niet toe doet.'

'Wat bedoel je?'

'Ik heb mijn moeder ontmoet en weer verloren en de wereld is niet vergaan.' Ik keek achterom naar hem, hij gaf me een kus op mijn mond. 'Net zoals jij me al die tijd al probeerde te vertellen.'

'Ik hoef geen gelijk te hebben, Saar,' zei hij zacht.

'Nee.' Ik trok hem nog eens naar me toe en kuste hem. 'Maar ik ben de laatste tijd niet te genieten geweest.'

'Je kreeg gewoon veel voor je kiezen.'

Fluitend draaide hij zich om naar het raam en ik was hem dankbaar dat het bij hem altijd zo gemakkelijk was. Geen gesmeek op mijn knieën of hij alsjeblieft weer met me wilde praten, of eeuwig gemok en genegeerd worden, zoals mama zo vaak deed.

'Genoeg,' zei ik zachtjes tegen mezelf. 'Hou eens op met alles te analyseren.'

'Wat zeg je?'

'Niks.' Glimlachend keek ik achterom naar hoe hij een paar spijkers in zijn mond stak. 'Vanaf nu wil ik gewoon leven. Met jou, met Ellie, met al die nieuwe spullen... Misschien iets administratiefs doen, een beetje geld voor ons verdienen...' Ik grijnsde naar hem. 'Misschien was het water toch nog ergens goed voor. Het vloerkleed was toch al aan vervanging toe.'

Maar Lucas bleef ernstig. 'En het ontbrekende puzzelstukje dan? Het zonder-haar-ben-ik-niet-compleet-verhaal?' Hij ging niet in op mijn voorzichtige suggestie om meer te doen dan het huishouden, waaruit ik op kon maken dat het vooruitzicht hem niet afschrikte. Dat was bijzonder voor een man, maar ik had van hem niets anders verwacht.

Ik haalde mijn schouders op. 'Dat puzzelstukje is minder belangrijk dan ik dacht. Ik ben naar haar toe gegaan, ik heb haar in de ogen gekeken en geconstateerd dat ze gewoon een vrouw is. Niet degene van wie ik een bepaald beeld had gecreëerd, maar gewoon een vrouw met haar eigen verhaal en haar eigen beweegredenen.' Ik slikte en ging verder: 'Ik kan het niet eens veroordelen wat ze gedaan heeft. In dezelfde omstandigheden had ik misschien hetzelfde gedaan.'

'Wat een begrip ineens,' zei Lucas terwijl hij een spijker in het hout dreef. 'Vorige week zei je nog dat je haar nooit zou vergeven.'

'Ik heb er nog eens over nagedacht.'

'Wat volwassen.'

'Ja, hè.'

'Kunnen we dan nu eindelijk trouwen?'

Ik stond op en ging naar hem toe. 'Wil je dat?'

'Dat wist je al.'

Zachtjes raakte ik zijn wang aan. 'Dan doen we dat, zo snel mogelijk.'

Het was een koude maar zonnige dag in mei toen ik aan opa's arm over de stenen kerkvloer naar het altaar schreed. Ik zeg expres 'schreed', want op zo'n belangrijk ogenblik kun je eigenlijk niet gewoon lopen. Van tevoren had ik niet gedacht dat ik het zo belangrijk zou vinden, maar het moment dat Lucas naar me keek en mijn hand pakte, was ik verkocht. Mijn leven had nog steeds geen echte richting, zoals mama zou hebben gewild, maar ik was toch tevreden met hoe het voor het moment had uitgepakt. Op de eerste rij zaten mijn dierbaren: Catharina met Ellie op schoot en opa en een handjevol familieleden die haastig waren opgetrommeld.

Lucas streelde met zijn duim over mijn vingers. 'Neemt u tot uw wettige echtgenote...'

Goed hoorbaar ging achter mij de deur open en er klonk gestommel toen iemand in de achterste bank schoof, maar ik lette er verder niet op. Ik had het te druk met naar Lucas te kijken, die net van de dominee hoorde dat hij de bruid mocht kussen en dat met zoveel overgave deed dat ik naar adem moest happen.

Ik zag haar pas toen we naar buiten liepen – ze had een klein blauw hoedje op dat de kleur van haar haren benadrukte en in haar handen hield ze een paar witte handschoenen. Onze ogen haakten in elkaar en ik zag dat die van haar vol tranen stonden. Zoals Lucas gesuggereerd had, had ik haar geschreven. Een korte brief waarin ik nog een keer had uitgelegd dat ik haar niks kwaads toewenste, dat ik haar met rust zou laten, maar dat ik haar vroeg of ze de tekening naar me terug kon sturen omdat dat het enige tastbare was dat ik bezat van haar en mijn vader.

Toen ik de ondertrouwpapieren ondertekend had, was me wel opgevallen dat erop stond dat de naam van mijn vader niet bekend was, maar ik ging ervan uit dat degene die mij aangegeven had niet wist wie hij was, of dat Kitty zich te veel geschaamd had om toe te geven dat ze ongehuwd zwanger was geraakt. Het maakte me niet uit: ik wist nu waar ik vandaan kwam en daar had ik vrede mee.

Om de een of andere reden was ik niet geschokt dat ik mijn moeder zag zitten, want in mijn gedachten had ze er gewoon bij gehoord, net als mama en mijn gestorven vader. Glimlachend liet ik Lucas los. 'Ik kom zo,' zei ik.

Geruststellend kneep hij in mijn hand en hij liep naar buiten. Ik wachtte tot alle anderen de kerk ook verlaten hadden voor ik naast haar kwam zitten op het harde hout.

'Ik heb niks met kerken,' zei ze.

'Ik ook niet,' antwoordde ik. 'Maar Lucas wel.'

'Is dat de naam van je man?'

Ik knikte en streek de stof van mijn witte jurk glad. 'Waarom bent u hier?'

Ze antwoordde niet, maar maakte in plaats daarvan haar tas

open en haalde er twee papieren uit. Het vertrouwde portret kwam tevoorschijn toen ik het ene openvouwde, en het andere was zo mogelijk nog mooier omdat het in kleur was. Ik keek lang naar de ogen van mijn moeder die haar kindje tegen zich aan klemde.

'Ik heb wel aan je gedacht,' zei ze plotseling snel. 'Iedere dag, nadat ik je daar op die koude stoep had gelegd. 's Morgens als ik opstond, en 's avonds voor ik ging slapen. Alleen die twee momenten per dag, wanneer ik zeker wist dat niemand me kon zien.'

Er viel een streep zonlicht naar binnen die haar rode haren op deed lichten als vuur. Ik zat bewegingloos, bang haar te onderbreken, bang dat ze weer die harde uitdrukking op haar gezicht zou krijgen als ik iets zou zeggen.

'Ik heb zoveel gelogen dat ik niet eens meer weet wat de waarheid is. Maar Sara...'

Ik keek haar aan. Aarzelend kroop haar hand in die van mij. 'Je moet me geloven als ik zeg dat ik altijd van je gehouden heb. Ik was te jong, ik kon niet voor je zorgen. Casper was het er niet mee eens, maar de last was ook voor zijn schouders te zwaar.'

'Ik veroordeel u niet,' zei ik. 'Misschien begrijp ik het zelfs wel.'

'Jou achterlaten was het moeilijkste wat ik in mijn leven gedaan heb.'

'Ja,' zei ik, denkend aan Ellie en het water. Ik had dat alleen gedaan omdat ik wist dat ik niet anders kon. Wie was ik om mijn moeder te veroordelen? Ik glimlachte tegen haar. 'We hebben later nog genoeg tijd om te praten. Kom mee.'

Ik trok haar omhoog, gooide de deur van de kerk open en riep: 'Dit is mijn andere moeder! Ze moet ook op de foto!'

Even later stonden we allemaal opgesteld: Lucas en ik in het midden, met Ellie in mijn armen. Opa en mijn moeder aan weerskanten van ons, Lucas' broer aan de andere kant. En Catharina, de vrouw die mijn vriendin was geworden en die gek genoeg zoveel overeenkomsten met mijn echte moeder vertoonde dat ik een ogenblik had gedacht dat zij mijn moeder moest zijn.

Maar alles was zoals het hoorde te zijn: op zijn plaats gevallen, alle puzzelstukjes aan elkaar zonder dat er een was overgebleven.

'Allemaal lachen naar het vogeltje,' zei de fotograaf.

Die van mij was een brede glimlach, van oor tot oor.

En het was net of ook mama naast me stond daar in het zonlicht en tegen me zei: 'Dochterlief, ik ben trots op je.'

# Dankwoord

In de periode van research naar de historische achtergrond van dit verhaal heb ik van alle kanten hulp gekregen, waarvoor mijn dank.

In mijn zoektocht naar de woon- en leefomstandigheden van de arbeiders die aan de Afsluitdijk werkten wezen dhr. H. Pruntel en mevrouw C. Hoek van Nieuw Land Erfgoedcentrum mij op het bestaan van *De Zuiderzeewerken* van R. van Loenen. Deze interviews bleken van onschatbare waarde voor het verhaal en zonder deze bron was het me niet gelukt hiervan een goed beeld te krijgen.

Steffan hielp me met de medische achtergrond van het verhaal. Hij vroeg de gipsmeester van het AMC of gips al in de jaren dertig bestond en was behulpzaam bij de passage over de botbreuk. Het is handig een aankomend arts in de familie te hebben!

Mevrouw Maris van Het genootschap voor de geschiedenis van Wieringermeer leende mij haar eigen exemplaar van *De polderjongens dominee* van J.K. Lofvers zodat ik mij in de geschiedenis van Den Oever kon inlezen en mijn voordeel kon doen met allerlei details.

H. Post leende mij zijn uitgebreide verzameling over de Zuiderzee en de Zuiderzeewerken en hielp mij zo een heel eind op weg.

Voor de verhaallijn van Sara moest ik naar Zuid-Holland, waar de enthousiaste dames mevrouw Liefaard, mevrouw Van Velzen en mevrouw De Grauw-Schouwenburg van de Historische Vereniging 's-Gravendeel mij hielpen met details over de watersnood en mij bovendien allerlei interviews stuurden, zodat ik alweer over zeer uitgebreide bronnen kon beschikken.

De twee boekjes die uitgegeven zijn door dezelfde historische vereniging, *Golven van herinnering* en *Om nooit te vergeten*, hebben mij ook geholpen een zeer goed beeld te krijgen van de watersnood van 1953 in 's-Gravendeel.

Ik wil ook graag het team van Luitingh-Sijthoff bedanken voor hun uitstekende begeleiding en in het bijzonder Hedda, met wie ik ook dit keer zeer fijn heb kunnen samenwerken.

Ten slotte wil ik mijn man Lars bedanken; je rijdt me overal naartoe, je denkt met me mee, je motiveert me om het beste uit mezelf te halen.

De lijst van boeken en artikelen die ik gebruikt heb bij het tot stand komen van mijn verhaal is te lang om hier op te sommen. Meer over de historische achtergrond van dit boek is te lezen op www.femkeroobol.nl.